后浪出版公司

我在
美军航母上
的8年

海攀　［美］一鸣　著

天津出版传媒集团

天津人民出版社

目 录
Contents

序 追寻"中国航母梦"

航母对于中国是一个梦,最早追梦的是中华民国时期的海军司令陈绍宽,后来是中华人民共和国的海军司令刘华清。两位中国的海军司令是中国人、中国梦的代表。2012年9月25日,中国首艘航空母舰"辽宁"号正式交接入列。

中国的航母梦在此有了新的内涵:期待中国海军的航母史诗!但是,谁也不知道梦的续集是什么。这时候,我看到了《我在美军航母上的8年》一书,讲述了一个来自中国的普通人在美军航母上服役8年的见闻,从生活琐事到训练、战斗的细节,真实生动。

我相信这本书在美国不会引起太多惊奇,因为在航母上当过兵的美国人几乎就跟在中国装甲部队当过兵的人一样多,美国人目前关注的是海豹突击队的士兵如何击毙了本·拉登。但是,这部书在中国会有很多人关注,因为在航母上当兵的中国人刚刚诞生,关于他们的真实生活,很多方面目前还在神秘状态中。于是,这个在美国航母当过兵的华裔,他描述的一切,就构成了普通中国人猎奇的理由。关于美国航母,有完整的战史系列描述;而关于美国航母上的点滴生活,被介绍到中国、我看到的,这是第一部。

中国人对美国航母一点都不陌生,甚至不少中国人还走进过美国航母;但在美国航空母舰上生活过8年时间,而且认真细致地把这些生活予以详尽记载的,郑一鸣是第一个,尽管我们只能称他为华裔。

本书的真实性应该不容置疑,当然,以我的履历只能靠判断得出这样的结论。但作者娴熟的文笔、生动的记述,却是有目共睹的。毫无疑问,本书将满足众多航母迷对于美国海军窥斑见豹的心理,同时,也将由此引发对于中国航母生活的无限想象。

　　航空母舰被美国前总统克林顿称为"书写国际政治的笔尖"，我曾经在自己的著作中称其为"美国的大拳头"。中国人现在还体会不到克林顿挥舞"政治笔尖"的快感，但通过本书，也许可以体会这个华裔美军航母士兵挥舞文学笔尖的惬意。

　　中国将会有更多的航母下水，未来会有一个中国人书写他在中国航母上生活的故事。我相信，那才是读者的"中国航母梦"展开翅膀的真正时刻。

戴　旭

2013年4月16日于北京

　　（戴旭，空军大校。毕业于空军电讯工程学院和空军政治学院，现任国防大学教授。代表作有《太空战》《海图腾》《C形包围》《盛世狼烟》等。）

前　言

"I swear to tell the truth, the whole truth, and nothing but the truth, so help me God."

"我在上帝的帮助下宣誓，我说的是真相，全部的真相，只有真相别无其他。"

我叫一鸣。这是我的本名，不是笔名，是我出生时爷爷给我起的名字。我的英文名字就是中文的汉语拼音Yiming，从来没有改过。我的船友为了方便，给我起过几个英文代号，比如，彼得（Peter）。但从法律上讲，我的名字就是一鸣。我在美军中的正式称呼是"郑"（Zheng），就是我的姓。美军在正式场合互相之间只叫姓，不叫名。

我于1982年10月出生在中国甘肃省兰州市，1997年8月随母亲到达美国的特拉华州（Delaware）的纽瓦克市（Newark），2001年6月高中毕业后进入本地一所社区学院学习机械工程，2003年7月参加美国海军。

在伊利诺伊州（Illinois）的大湖边经过3个月的新兵训练（Boot Camp）并在佛罗里达州彭萨科拉市（Pensacola，Florida）接受3个星期的专业培训后，我于2003年12月被分配到加利福尼亚州奥克斯纳德市（Oxnard，CA）的穆古海军基地（Point Mugu）从事E-2鹰眼（Hawkeye）舰载预警飞机的地勤工作。做过2个月的勤杂工又接受了4个月的职业训练后，我通过了考试，正式成为E-2预警机的飞机维护长（Plane Captain），定期辗转于地面基地、航空母舰和沙漠最佳飞行员训练中心（Top Gun，Fallon，NV）。

2005年1—7月，我随美军卡尔文森号（USS CVN-70 Carl Vinson）

航空母舰赴中东参加了波斯湾战争（Persian Gulf War）。由于在出海期间及其后工作出色，我被我们飞行队选为"年度最佳飞机维护长"（Plane Captain of The Year），并将名字印到我们飞行队队长的E-2预警机的机身上。

2007年1—8月，我随美军另一艘航空母舰约翰·斯坦尼斯号（USS CVN-74 John Stennis）第二次出海，赴中东参加波斯湾战争。因为表现良好，我被我们E-2飞行队选为"月度最佳水兵"（Sailor of The Month），并进一步被我们第九飞行大队（Air Wing 9）选为"最优秀水兵"（Sailor of The Day），从而有幸作为士兵代表参观该航母的舰长驾驶室，并坐在舰长的座位上听他亲自介绍航母的指挥方式，其后我又亲手开行斯坦尼斯号航空母舰。那时我还没有加入美国国籍，所以截至目前，我很可能是第一个、也是唯一一个曾经亲手驾驶过美国现代主力核动力航空母舰的中国公民。

随航空母舰出海期间，我到过世界上许多国家和地区，包括葡萄牙（Portugal）、希腊（Greece）、新加坡（Singapore）、迪拜（Dubai）、巴林（Bahrain）、夏威夷（Hawaii）、关岛（Guam）和香港（Hong Kong）。我见到过很多不同的人、不同的社会和不同的风景。

2005年10月，我在网上结识一位白人姑娘。2007年底，我在加利福尼亚州奥克斯纳德的穆谷海军基地迎娶她为妻。

2006年1月，基于我认真努力的工作态度和出色的工作成绩，我获破格晋升（Early Promotion）成为美国海军航空兵士官（E4，Petty Officer），同时进入E-2飞机发动机修理车间担任飞行机械师（Aviation Machinist）。

2008年7月，我完成了在美国海军中的五年海上工作（Sea Duty），前往加利福尼亚州勒穆尔市（Lemoore，CA）的勒穆尔海军基地从事陆地工作（Shore Duty），并作为F-18大黄蜂（Super Hornet）舰载战斗/攻击机的发动机维修师，参与新入伍美国海军飞行员的培训工作。此后我经常登上停驻在美国西海岸的各艘航母，并时常乘飞机往返于加利福尼亚州的埃尔森特罗（El Centro，CA）和佛罗里达州的基韦斯特（Key West，

Florida），主要从事舰载飞机发动机的维修工作及各种训练任务，没有再长时间出海，工作相对轻松、安全许多。

2011年7月，我完成了与美国政府签订的八年两期工作合同，退出美国海军现役，但仍然继续作为美军后备役士兵，定期参加训练。现在我正在美国政府的资助下学习汽车修理技术，准备将来以此养家糊口。

美国的华人子弟大多读书好，进哈佛、耶鲁、斯坦福等名校的学生不少，但拥有在美军现代航空母舰上的当兵经历，并亲身参加过战争的华人却非常少见。下面由我口述，请海攀先生记录并整理，与读者朋友们一道分享我的独特经历，并希望我的故事能让大家对自己的生活产生新的感悟。

第一章　海军生活初体验

001 在美国不得已去参军

我于1982年10月出生于中国甘肃省兰州市，一直在那里长大。1997年8月，我将近15岁时，妈妈要把我接到美国。她那时住在特拉华州的纽瓦克市，在特拉华大学（University of Delaware）做研究，是留美访问学者。可是我两次去北京的美国驻中国大使馆签证都被拒签了。妈妈就给当时的特拉华州参议员、后来的美国副总统拜登（Joe Biden）写信，说："我是单身母亲，为什么我的儿子不能跟我住在一起？"两天后拜登的办公室给妈妈打来电话，了解了一下情况，说他们会帮妈妈跟大使馆说一说。第三次我再去签证，大使馆立即就通过了。后来选举时，妈妈总把票投给民主党，拜登的努力没有白费。

我到达美国后，9月就进入我们家旁边的一所高中，从九年级一直读到十二年级，于2001年6月毕业。

1.1　4岁时的我和妈妈，当时在兰州

我妈妈是中国"文化大革命"后的第一届大学生，我爸爸是"文化大革命"后的第一届研究生，但不知道什么原因，我从小到大学习成绩都不好。高中毕业后，我不太可能去读好大学，便进入本地一所社区大学（Community College）学习机械工程（Mechanical Engineering）。我读书不行，却喜欢动手，学机械比较合适，但是直到我一年半后离校参军，所学过的东西也只是一些基本的机械原理，实际机器还没怎么摸过。

我刚到美国时，英语不行，就被学校送去

1.2　我刚到美国时去首都华盛顿游玩时留影

参加了英语学习班（English as a Second Language，ESL）。里面有一些中国孩子，都是来补习英语的。因为我这个人的性格比较沉默寡言，不善社交，妈妈就经常让我把这些同学请到家里来，帮我跟他们交朋友。

在我的这些学英语的同学当中，有一个男孩名叫查理，也是中国人，比我低两级。他妈妈在跟他爸爸离婚以后，把他带到了美国，然后又结了婚，还给他生了几个弟弟妹妹，实在太忙，没有时间管他。他经常来找我玩，我妈妈看他挺可怜的，总是留他跟我们一起吃饭，所以他跟我和妈妈都很熟。

2003年初，查理还是一个高中生时，就已经与美国海军签订了合同，准备高中一毕业就参军入伍，去给自己挣上大学的学费。参加美国海军有两个条件：一是必须高中毕业，二是至少要有绿卡（美国的永久居留许可证）。

以前我从来没有过参军的想法。我在跟他聊天时，他总说海军这个怎么样，海军那个怎么样，我从他嘴里，了解到美国海军到底是怎么一回事。当时我觉得挺有意思，参加海军并不是一件枯燥的事情，并不就是去打枪杀人，我还可以干很多工作，就跟进工厂一样。他说："你要是愿意的话，哪天我可以带你去跟招兵的人聊一聊。"我当时没有考虑我的妈妈、爸爸会怎么想。

1.3 我读书不行，动手能力不错。这是2001年我自己搭的模型桥

在市中心的主街（Main Street）上，有一个军队的招兵办公室（Armed Forces Recruiting Center），里面什么兵种都招。2003年2月的一天，我跟着查理去了那个办公室。当时那里有一个女招募员（Recruiter），她原来在海军里干过4年，退伍后就替军队做招兵工作。我还记得她的名字叫斯耐格，具体怎么拼忘记了。当时她给了我许多有关海军的信息（Information），说加入海军后我就可以免费周游列国，出来后政府会供我上学，还会给我许多丰厚的福利，总之我的前途会非常美好。后来我才知道，军队的招募人员跟汽车的销售员一样，是拿佣金（Commission）的，他们多招一个人，就多拿一份钱，所以他们的说法并不完全准确，可以说是一半对一半错（Fifty-Fifty），并不都是真的。

我回家想了一段时间，因为自己的学习成绩实在不怎么样，总惹妈妈生气，就下决心去当兵。过了大约1个星期，我第二次去那个招兵办公室时，就说我要报名参军了。斯耐格女士给了我一本书，叫作ASVAB，让我拿回家去学习。就像美国的大学入学考试SAT或者研究生入学考试GRE一样，ASVAB是美国海军的参军入伍考试。那本书不太厚，不用看很久，内容并不难，但考的东西很多很广，英语、机械、算术、地理等基础知识，全都问到了，而且是英文答卷。志愿参军的人，都要参加这个考试，考不过就不能去，人家还不要你。美国军队全部都是志愿兵，也就是你要自愿参加，没有人来强迫你。大家都把它当成一种比较特殊的职业：待遇一般，福利不错，经常打仗，永远招人。基本上报名即进，进去都能碰到打仗，活着回来算你幸运，死了你就自认倒霉，很多人把参军当作实在没有办法时的最后一条出路。但是海军不一样，不是什么人都要。

妈妈起初不同意我去。作为一个家长，尤其是作为一个妈妈，自己唯一的孩子要去当兵，她是很不愿意的。她怕我有危险，怕我出事，因为那时候美国又打伊拉克，又打阿富汗，还说要打伊朗，很多人都吓得不敢当兵，只有我

1.4　这是纽瓦克市中心的招兵办公室，现在还在那里

反而要去，这不是要去当炮灰送死吗？她很反对，我就是不听。从小到大，我都是听妈妈的，只有这一次，是我自己硬要去的。

我为什么要参军？这么说吧，因为我的学习跟不上，人又太老实，我在国内过得并不算快乐。你知道的，在中国读书很难，谁读书不好，就会被别人看不起，受欺负。妈妈当年离婚出国，都是为了我，因为我受了许多委屈。我挺喜欢美国这个地方，当我第一次踏上美国国土的时候，我就觉得这是自己的家，没有陌生的感觉，因为我来上学的时候，与美国人相处，他们并没有因为我是一个外国人，或者我学习不好而歧视我。我觉得自己到了别人的国家，他们这么接受我，很了不起。另外，当时妈妈与继父结了婚，他绝顶聪明，但脾气就不算太好，我并不想在家里总住下去。还有，妈妈当时没出去工作，我上学要用继父的钱，这也让我心里不舒服。我去参军回来以后，政府会给我钱，供我去读书，这样就可以不让父母为我掏钱了。

我为什么参加海军，而不是空军、陆军或者海军陆战队？因为我一直有一个愿望，就是到世界各地去看一看。如果我加入海军，工作时就可以去别的国家旅游，自己不用出一分钱。我觉得这是一笔很好的交易（Deal）。

陆军和海军陆战队我不想去，因为我的胆子不够大，让我拿着枪，跟别人对射，子弹在中间飞，打得满地是血，我不是那种人，没有那么勇敢。我在招兵站也打听过空军的情况，他们听起来比较懒，好像基本上不干什么活似的，在军队里属于非常轻松的。我也不想什么都不干，就是在军队里面混。

我仔细研究了海军的情况，觉得军舰上的工作并不是那么轻松，而且我去了战区（War Zone）后，视野（Vision）会跟陆地上的那些人不一样。我觉得海军对我来说非常合适，再加上查理去的也是海军，所以我就报名参加海军。

不过，当我决定参加海军的时候，我并不知道以后能不能上航母，也不知道我会去哪里。哪里需要人，海军就会派我到哪里，我没有资格挑拣，没有选择的余地。

海军有两个分支（Branches）:海军陆战队（Marine）和水兵（Sailor）。海军陆战队是一打仗就被第一个送到战场（Battle Field）上的军队。它虽是在海军的名下，但它在国防部（Department Of Defense，DOD）是一个专门的部门，它只是由海军送着去打仗。海军有自己的招兵办公室，海军陆战队也有它自己的招兵办公室，两个不一样。我参加的是海军，不是海军陆战队。

002 充满波折的入伍考试

我准备了大约1个月，觉得可以了，就对我的招募员斯耐格女士说："我已经准备好去考试了。"（I am ready for the test.）她就帮我跟海军的考试中心订下一个时间（Set up an appointment），到时间她就送我去参加ASVAB的考试。

那时候妈妈还没有完全同意我去参军，大概处于半同意又不同意的那种状态，不过我已经下决心要走，她不同意也晚了。妈妈总是舍不得，可是我不能一直待在家里，我都20岁了，我要出去工作。打仗就打仗呗，活着就回来，死了就算了，没有我地球还不是照样转？

考试并不是在本地的招兵办公室里进行，而是要去巴尔的摩（Baltimore，MD）的一个叫"军队招兵处理站"（Military Entrance Processing Station，MEPS）的地方。我的招募员斯耐格女士提前打电话问他们："嗨，我现在招到一个兵，什么时候可以带他去考试？"人家查一下，然后告诉她哪一天什么时间可以来考，并且帮我预订了一个位子。到了那一天，她就开车送我到那里，并且带我进去。她有军队的通行证，可以进军队的机构。我那时还是平民老百姓，没有资格进军营。

这是我第一次考ASVAB，几项加起来平均只考了24分，很低，但也算通过，可以参军。当时考试是在电脑上进行，我左边空着一把椅子，再往左坐着一个人，我右边也空了一个位置，再往右又坐一个人，都在考试。我的分数与左边和右边的两个人都差不多，他们就怀疑我作弊（Cheating），因为这太巧了。可是我怎么可能作弊嘛，你想一想，我两旁都没有坐人，是两个空的座位，我不可能抄他们的。再说作弊怎么可能分数这么低？到最后，他们要让我重考。我很不高兴，心想："这都是些什么人呀？这些给政府干活的人，真差劲！这不是冤枉人吗？什么东西呀，政府的人！"当时我就打消了参军的想法。

可是当时我读书读不下去，已经退学了，打算去找一份工作。不去当兵的话，我又能干什么？后来我就想，再去最后一次吧，再试一次，我倒要看一看结果会怎样。过了两三个星期，我就又去考了一回。这一次我又看了看书，成绩比第一次高出不少，翻了番，平均分考到48分。考完以后，我的入伍考试就算通过了。这是我跨入海军的第一步，离成为一名正式的海军人员，我已经走过一小半的路程了，下面还有新兵训练，也必须通过才成。

ASVAB是一种参军考试，所有想入伍当兵的人都要考，不管你是加入哪一个军种，陆军也好，空军也好，或者海军和海军陆战队，都要考，但是要求不一样，好像陆军、海军陆战队要求低一些，空军高一点，海军最高。海军系统对每一个工种的要求又不一样，如果折算成百分制，比如说搬炸弹，平均分25分就能做那个工作，你要是考到25分左右，你就可以去搬炸弹了。我的第一次成绩只有24分，大概就只能干这种活，而且还差一点点。如果分数比这个还低，就去船上理发或者做饭。海军那么多人，出海那么久，需要剃头，也肯定需要吃饭。当然分数太低了也不行，再低就会被淘汰了。维护修理飞机需要平均分50分以上，我第二次考试比这个要求还是差一点。他们就是这样选人，一层一层分，你考试分数是多少，就去干那个分数对应的活。比如说从事核（Nuclear）工作，就是说你要去操控核反应堆，那么你的ASVAB的分数必须平均95分以上才可以去。

当然，如果考得太低，你可以回去重学，以后再来考。或者你换一个军种，海军不行，就去陆军。军队这种分法，是有道理的。一个理发师与一个飞机发动机的维修师，考分要求肯定不一样，因为你干的活所需要知道的东西不一样。一个理发师，所用的工具不值几个钱，也不会造成危险。发动机一下子几百万美元，出了事就死人，那完全不一样。像卡尔文森号是核动力航母，也需要考九十几分的人去操控核反应堆，那个东西更不得了，出了错全船的人都完了。

003　兵就是兵，官就是官

不过，无论我们ASVAB考多高，工作多么出色，都不可能去当飞行员，不可能做军官。在美国，兵就是兵（Enlisted），官就是官（Officer），它们是完全不同的培养体系。你要做军官，主要有这样几种方法。比如说你的学习很好，大学入学考试（SAT）考分很高，高到你可以被斯坦福大学或哈佛大学录取，如果你这时不想当一个平民百姓好学生，那你可以申请去海军军官学校（Navy Academy），它在马里兰州的安纳波利斯（Annapolis，MD），是专门训练海军军官的。在那所学校里，学生不仅学习平常的知识，还要学怎样打仗，学的东西比哈佛更广更多。他们从那里出来后，就成为海军军官（Commissioned Officer）。

其他有本科以上学历的人，又是美国公民，也可以直接申请去当美军军官。比如说你是学医疗的，你想申请当军医，如果海军发现正好有一个地方需要人，就会录用你。你学历越高，进来后的级别（Rank）也就越高。如果你是进入医学院时申请入伍的，那么你一分钱都不用掏，海军会替你交学费。如果你已经毕业，它会替你还贷款。在美国学医，花的钱相当多，但是你要是参了军，就不用自己掏钱了。

我们这些招兵招进来的人，进来时是兵，那就永远是兵，你要想当官，那就必须走培养军官的程序。在任何情况下，一个兵都不可能直接升为官。比如说你进军队时是一个兵，干了一段时间后，你想去当军官了，你就跟你的长官说："我想去当军官。"他们会说："好呀，你写一个申请吧。"然后他们就把你的申请和资料交给军队专门的办公室，由他们来看一看你有没有这个资格。主要有两点，那就是你必须是美国公民，还必须有本科以上文凭。如果这些你都有了，他们就把你送到佛罗里达州彭萨科拉市的海军军官预备学校（Officer Candidate School）去学习。从那里出来后，你就不再是一个兵了，你就是军官了。

有人可能会问，怎么会有本科学位的人想当小兵，他可以直接申请当军官呀？这么跟你说吧，当兵的人里面，不但有大学生，还有硕士生。美国人持什么想法的都有，有的人宁肯当大兵，也不当军官。也有的人想从小兵当起，然后再去做军官。更主要的，当兵的只要签4年合同，特殊情况下还可以只签2年合同，而当军官至少要签6年合同。有的人就选短的，不想干那么长时间，就只当兵不当官了。

最后一点，如果你是兵，也是美国公民，但没有本科学历，那么你可以在军队里面上学，政府会给你掏钱。你可以一边当你的兵，一边读书，这样过了两三年，你拿到了本科学位，你再申请去当军官。还有一种方法，你是大兵，你说你想上学，去当一个军官，军队上说可以，你现在还属于军队上的人，但是我不让你在军队里面干活了，会让你专门去上学，就是你还在军队里面，给你发当兵的钱，但是你不穿军服，你也不来工作了，你就直接上军校去了。你上完学以后，拿到学位，自动就成为一个军官了。

所有飞行员都必须是军官，就是上尉、中校、上校（Lieutenant，Command，Captain）等等。从海军军官学校出来的军官，可以自己选以后干什么工作。如果你选择去当飞行员，那你就要再去专门的飞行学校学习。海军要测试你，看你能不能通过"过载考试"（G Force Test），比如在转盘上会不会晕倒、能不能保持呼吸等等。他们还要检查你这个人的头脑灵敏度、身体素质等情况。这些你都通过了，他们就让你先学最容易的飞机，比如说螺旋桨飞机，然后再把你送到高级学校，学喷气式飞机，它的速度要快得多了。这些都合格后，他们再把你送到F-18的飞行学校去。3年后，也就是你25岁左右时，你就进入飞行中队（Squadron），成为正式的飞行员。在这个过程中，一直有淘汰。海军会让你试开每一种飞机，如果你不行，你就不能当F-18的飞行员。

004　当大兵要先签合同

在我考ASVAB之前，我跟海军签了一个临时合同（Temporary Contract），就是说我感兴趣，想参加什么的，不重要。如果考完试以后，你又不打算参军了，军方可以把你的这个临时合同撕掉，因为这不是正式合同（Official Document），属于前期工作，你可以反悔。大部分人后来都签了正式合同，加入了海军，因为本来就是你自愿来的。但是也有一些人去了军事基地，通过了ASVAB考试，却又不愿意去了。军方把你的临时合同撕毁就完了，没有问题。

考完试以后，在4月或者5月，我又去了一趟巴尔的摩的军队招兵处理站（MEPS），去做体检，要做2天。很多要去海军的人，都集中到那个地方进行体检，做不同项目的检查，检查骨骼什么的，很详细。如果没有问题，他们就让你穿上衣服，去一个地方。你一坐到那儿，他们就让你签合同。你在那儿签的合同，就不是临时的了，是正式合同。你只要一签字，就不能反悔。我们签合同时还要宣誓，就是发誓说你是志愿参加海军，这样我们签的合同就有法律效力了。

别的军种我不知道，但是海军的合同是一签4年。除非因为身体的原因，你实在干不下去了，否则你就必须给海军干满4年，少一天都不行。当然如果你不好好干、捣乱，海军也可以把你赶出来，那样的话，你就什么福利都得不到，等于前面的活白干了。

2003年，因为美国在伊拉克打仗，又在阿富汗打仗，很多人不愿意参军，怕被送到战场上被人家打死了。所以美军推出一个新政策，就是你签2年的合同也行，出去后也给你所有的军人福利。有些人参军就是奔着这个短合同去的，有的是想进军营混2年，把失业风头躲过去再说；有的是想搞点学费，出来后继续读书。后来我们也有同事干完2年就走掉的，不过这样的人不多。我还是跟美国海军签了4年合同，因为我觉得自己学习太差，出来后也不知道能干什么，还不如就在军队里干上20年后退休，把这辈子干过去。军队的合同是一期一期签，签够5期，就是20年了，军队就会给你提供养老金，直到你去世。

到了这一步，妈妈也就同意我参军了。就算她不同意，我也必须去，因为我已经签了合同，反正是要走了。我去签合同之前，已经告诉过她。她不同意，但是也拿我没有办法。后来她慢慢想开了。她舍不得我受苦，怕我有危险，她为了我，付出了很多很多，实在不能失去我。可是她也知道，孩子如果不离家，就长不大。不吃苦，不成人。她不能永远把我当婴儿捧着，那样我可就真的完了。再加上从小到大，我都不是一个学习好的学生，从来没有像许多华人孩子那样学习拔尖，所以妈妈觉得，我出去工作锻炼一段时间，也不是什么坏事，让我去看一看这个世界是什么样子的，对我以后的生活也有帮助。

1.5　我离家入伍时跟妈妈拥抱告别。后面那个白人女子就是我的参军招募员米歇尔·斯耐格女士

所以最后妈妈支持我了。她说我是头脑简单、四肢发达、特别服从命令的人，适合当兵。我在美国上了4年高中，学习上的奖拿不到，却每年都能拿到全勤奖。就是说，在这四年当中，1000多天，我从来没有迟到过一次，也从来没有早退过一分钟，更没有旷过课、逃过学。她说就是哈佛、耶鲁、麻省理工最好的学生，也做不到这一点，看来我就是当兵的料。她认为我是去海军，不会游泳不行，就掏钱让我赶紧去学游泳，可是已经来不及了，我刚能在水里浮起来，就参军走了。

从我跟海军签订入伍合同到进新兵训练营这段时间，我也没有闲着，而是参加了海军的一个升级计划。大部分参军的人，进去时的军衔都是E1，就是最低级的小兵。海军也可以让你提前升级，但是你必须参加学习。很多人看要走了，要去受苦了，赶快吃喝玩乐。我说我笨鸟先飞，学一点是一点吧，就报名去学。海军给我一本书，叫作《提前升级计划》(*Early Entry Date Program*)，里面是一些最基本的海军知识。他们让我看书，再做后面的作业，隔一段时间还要考一次试。等到这一本书看完了，作业、考试也都通过了，他们就给我升级到E2。我7月参军，6月学完，所以我参军时就是E2，肩膀上有两道杠。我进军队后过了9个月就自动升为E3，出海打仗时因为表现好，又被破格提为E4。军队里都是军衔低的要尊重军衔高的，而且军衔高工资也高，所以我这一步算是走得很对。

我跟军队签订合同之后，他们就给我定下一个日子，要送我去新兵训练营(Boot Camp)。我本来想等一等，跟我的朋友查理一起走，毕竟我是第一次离家，心里还是有些担心，有个伴好得多。可是他6月才高中毕业，有很多事情要做，7月中旬才能走。军队不让我再等，让我7月初就去参加新兵训练。

我是2003年7月3日离家去新兵训练营的。当时我们家刚买了新房子，那天上午我一直在搬家，中午时到外面油漆室外的阳台。正干着活哩，我中学的几个朋友来了，要给我送行。下午他们和妈妈就把我送到纽瓦克市主街上的那个当初我报名参军的招兵站，我跟妈妈、斯耐格女士、查理以及另外几个朋友一一拥抱，说声再见，就上了一辆面包车。我不记得妈妈哭没哭，我不敢看她。

那辆面包车出发后转了几圈，接上周围几个地方的新兵，一共6个人，又去了巴尔的摩的军队招兵处理办公室。到了那儿，军队给我们发了飞机票，我们就穿着平民的衣服，坐上商业航空公司的飞机，飞往芝加哥（Chicago，IL）。那天我一走，就被关起来了，一直等到从新兵训练营毕业，又在佛罗里达上完课，才回来过一次。我从小没有离开过家，这一走，就是3个月见不到妈妈。

我们从巴尔的摩机场（BWI）起飞，到大湖（Great Lake）旁边芝加哥的机场（ORD）降落。到了那里，已经有从新兵训练营开来的大巴士在等着接我们了。

005 下马威

下了飞机，我们又坐了几个小时的汽车，才到大湖边的海军新兵训练营。到达那里的时候，已经半夜了，好多人都困了，但是他们不准我们睡觉。

刚一上大巴，那些训练我们的军官，就开始冲着我们吼叫（Yell），非常不客气，比骂狗都凶。只要一坐进军队的汽车，就等于进了军营，训练就开始了，教官们恶狠狠地对我们叫："坐进去！不许说话！下车！"美国人一般说话都很客气，那些美国新兵从没有见过有人对他们这个样子。妈妈虽然经常训我，但也没有对着我的脸吼过，可是那些教官就是这样凶狠地冲着我们叫唤，一直冲着我们吼。

教官们之所以这样对待我们，是因为我们已经不是平民老百姓了，我们要被训练成能打仗的军人。要是他们对着新兵们客客气气，好好说话，就无法把这些平民变成军人。到了打仗的时候，我们要是还是这样，就无法打赢。打什么仗呀？这么软弱，敌人不是可以轻易把我们打死了吗？军营里要是没有这种气氛，我们就当不了军人。他们就是这样训练我们，直到我们毕业。

下车以后，地上画着45度分开的脚，我们必须按照脚印，一个一个地站在那儿，一排一排的，有几百个人。我们这些从美国不同地方来的人，就在那天晚上，集中到这个训练营里，一起开始训练。

我临来的时候，他们告诉我不用拿任何东西，可是我还是带来一个小书包，装着一些随身用品。当时很多人都是这样，都带着自己的包。我们刚站好队，那些军官就冲我们喊："打开你们的包，把所有东西都扔到地上！"他们还命令我们把书包倒过来，使劲抖动，把所有东西都抖出来。其他我们以为可以随身带的东西，也要全部扔到地上，一支笔都不准留，更不准带手机。

教官们又让我们一人取一个塑料袋，把家庭地址写在上面，然后又对我们吼："把东西捡起来，放进塑料袋！"后来有人拖着一个筐子过来，他们又吼："把塑料袋放进筐子里！"他们不会把我们的东西扔掉，他们会按照我们写的地址，把这些东西寄回我们家里去。我当时心里想，早知道这样，我什么都不带了。我带来了，你们又给我寄回去，等于什么都没带。之前谁也没有想到会这样。

这个时候，已经深夜一两点钟了。我们又排成一溜长队，走进一个大厅。军队要给我们理发，一律剃成光头。他们雇了一些平民理发师，又不用什么发型，嗤嗤几下，一会就光了，一会一个，一会一个，速度很快。

那么多人理完发，已经凌晨两点多了。从昨天早上到现在，我还没有睡过觉，实在太困了。很多人都一样，都累得受不了，有些人就靠在墙上。教官马上过来对那些人吼："不得靠墙！"（Get off the bulkhead！）

一进入海军的新兵训练营，我们用的词就不再是平民的词了，而是海军的词。墙不再叫 Wall，而叫 Bulkhead；走廊，平民叫 Hall Way，我们叫 P-Way，就是 Passage Way。不管我们到海军的任何地方，都不用这类平民用词，都是用海军用语。比如说，平民说左边为 Left，我们海军就是 Port，右边也不是 Right，而是 Starboard。平民百姓把洗手间叫作 Bathroom 或 Restroom，在海军我们把它叫 Head。比如说同伴问你："Where are you going？"（你去哪儿？）你回答说："Go to head." 他就知道你要去厕所。但是平民百姓不知道我们在说什么。如果你对平民用海军的词说话，对他们来说就是外语，他们真不懂。这就是美国的传统（Tradition），从美国有海军的第一天到现在，一直用的就是这些词。

在军舰里讲时间，我们也不用平民百姓的一点、两点、三点，或者是上午、下午，我们不用 am，pm。我们用的是 24 小时，但还是用本地时间（Local Time）。我在加州工作，就用加州的时间，按 24 小时算。比如说早上八点，平民用 8am，我们不这么说，我们把它叫作 0800，Zero-Eight-Hundred。再比如你问："What time do you want to eat？"（你什么时候想去吃饭？）我说："Sixteen-Hundred." 那就是下午四点。

剃完头出来，我们又去排队。这次是走到一个很大的房间，要在这里给大家发各种洗漱用具，还有军服。我们进军营以后，洗脸、刷牙等所有东西，都是由军队发，每个人一份，所有人都一样。军服发好几身，一次发齐，因为还要一个一个试大小，所以我们的速度必须很快。

教官们命令我们："把你们的裤子脱掉！" 然后又说："穿上礼服！" 我们有不同的制服，很多套。当时我们刚进军队，根本不懂人家说的礼服（Dress Pack）、防水服（Water Pack）是什么。我们去问教官，他们不好好说，又对着我们吼。无论什么事情，他们都对我们喊叫，好像我们是罪犯似的。

然后教官们发给我们一人一个小盒子，是印章。在军队里面，每个人穿的衣服，都要盖上印章，我要把我的姓和我的社会安全号码最后四位数字，都印在自己的军服上的一个专门的地方。教官们吼叫着发命令，我们就赶快照着做。

我们来新兵训练营之前，全美各地的军队招兵处理站就已经把我们所有的信息输入海军的信息系统了。我们来时什么都不用带，连身份证件，像驾驶执照什么的，都不用带。训练营一打开计算机，就知道今天该收到哪些人，长得什么样。我们每个人都用自己的最后四位社会安全号码做代号，他们把我们的代号一输进去，系统就会告诉他们，这个人现在什么地方，来了还是没来。训练营每天接收那么多人，必须有这么一个系统，把每一个人都追踪下来（Keep Tracking）。

领完军服之后，他们就根据我们的代号，把我们一一分配到各个训练队（Division）。他们一个一个地念号，叫到的人都站到一边，就组成一个训练队。分配是随机的，并不是说把一个州来的人都分到一块。跟我一起来的人，都没有跟我分到一个训练队。每个训练队大约有七八十人，每个队都有3个训练教官（Drill Instructors）。

分完队之后，我们的训练教官就领着我们队里的所有人，一起住进一个大房子里面。这是一个很大的建筑，里面一共住了3个训练队。我们睡的是高低床，底下睡一个，上面睡一个。我们把睡觉的地方叫作"棺材盒"（Coffin Lot），因为床上睡人，床板推开以后，里面可以放东西，就像棺材一样。以后我们上船，也是这种住法。但是我们的床远没有家里睡的床那么舒服，床很窄，垫子很薄，睡上去很硬。

住处安排好后，已经凌晨3点多了。教官让我们睡3个小时。我们把东西往"棺材"里一扔，赶快睡觉，先睡两三个小时再说，都累死了。有的人因为什么事情晚了，只能睡1个小时。还有的人干脆不睡觉了，因为你只睡1个小时就起床，非常难受，还不如不睡。

我们参军的第一个晚上，就这样过来了。整个过程一项一项完成。我们几百个人，一晚上就安排好了。

006　离家之痛

第二天早上刚到6点，军官们就把我们都叫起来，让我们去吃早饭。人家不管你睡了几个小时，他们才不在乎。

吃完早饭后，我们都站在那里，每个人向全队做自我介绍。我们在军队里不论干什么事情基本上都是站着，很少可以坐在地上。不是说教官现在讲话了，我们就可以坐下，没有那种好事。一天十几个小时，我们都必须站着，没有办法。教官就是这样训练我们，因为很多人都还是孩子，平时爸爸妈妈惯着，第一次从家里出来，不严格不行。我参军的时候已经快21岁了，比他们大一点，也懂事一些，我无所谓。一些年纪小的人可真是受不了，压力大，还累得要死。

在我们训练队里，最小的刚刚高中毕业，十七八岁，因为如果不是高中毕业，军队不收你。最大的是一个白人，当时已经32岁还是33岁了。海军规定年龄35岁以下才收，35岁以上就不要了。他好像来自美国很偏僻的农村，没有什么文化，也没有很多工作机会。我问过他，这个岁数了，怎么还来当兵？参军有什么意思？他说他没有办法，这是他能想到的唯一的赚钱路子。他在家里有老婆和孩子。他老婆找工作好办一点，做小时工，挣钱很少。他们又有孩子，只靠老婆不行，他必须出来干点什么，比如说，当军人——卖命挣钱。

我们80个人里面，有五六个黑人，三四个南美人，中国人只有我一个，剩下的都是白人。有十几个女兵，里面有一两个是黑人。我们是从整个美国不同的地方来的，哪个州的都有，不好说哪个州的比例大。各个训练队都一样，大多数是白人。不管是哪一个军种，总体来说，白人都占最大比例，因为这个国家本来白人就多，当兵的也是白人多。当然，大家都说英语。

女兵跟男兵混在一起训练，并不分开，每个训练队里都有女兵。因为参军的女孩子毕竟数量少，所以我们队里的这十几个女的，跟其他训练队的女兵们住在一起。所有女兵加起来，有七八十个吧，住在另外一个建筑里面，不跟我们男兵混在一块。

入营的第二天，教官让我们每个人给家里打了一个电话。我们都不准带手机，所以是大家集合，一起到训练基地专门打电话的地方去打的。他们不准我们说太长，最多也就是说："爸爸妈妈，我已经平安到达训练营了，请你们放心。"只能说这些，不敢诉苦，更不敢说军队的坏话。

后来我也有机会给妈妈打电话，但我从来没有打过。那里不能发电子邮件，只能打电话。教官定期给我们每个人发一张电话卡（Phone Card），每次五分钟，不要钱的，但是我从来都不用，总是把电话卡让给别人，原因在于虽然我那时候已经20岁了，但还是像小孩一样，不独立，因为从小一直跟着妈妈长大，我离不开妈妈，就是那种感觉，所以我就不给妈妈打电话，我怕一打电话太难受，承受不了那种压力，就会在往后的训练中受不了，挺不下去。反正就两个月嘛，也就是九个星期，顶一下就过去了。在训练当中，我一直不给家里打电话，就是不愿意让自己想家，要推着自己坚持到底。我不是不爱我妈妈，我就是不愿让自己陷入想家这件事情，影响我的训练。我不想那样，因为都长这么大了，这是我自己选的路，不管怎么说，我总得把这个训练营走完吧。

可是实际上我在新兵训练营里待的时间比我想象的更长，整整过了三个月后，我的训练才结束，因为我中途又被送去参加过一次加强训练队。直到10月初，我才给妈妈打电话说："我快要毕业了，你们要是有时间，就来参加我的毕业典礼吧。"妈妈和爸爸没有想到我居然坚持下来了，非常高兴,连夜从特拉华州一气开车到芝加哥。我到大门口把他们接进来，然后他们参加了我的毕业典礼，还录了一个小时的视频。

007　认识军营

我虽然不敢给妈妈打电话，但还是经常收到妈妈的信。美国人也不是把我们这些新兵当牲口折磨，他们也知道对军人要有精神鼓励，不然很多年轻孩子很可能受不了，坚持不下来。所以我们到新兵训练营以后，军队的长官就给我们的家长写信，说："这一段时间对你们的孩子会非常艰难（Really Tough），因为海军要把他们从平民老百姓打造成真正的战士，这个过程对每一个人来说都不会好过，请你们这些家长尽量给他们写信，鼓励他们坚持到底。"我妈妈爸爸收到军队的信后，不管我打不打电话回家，都经常给我写信来，让我咬紧牙关顶住，别人能坚持下来，我就能够坚持下来。他们还动员我的朋友、他们自己的朋友，还有我的老师、同学，从纽瓦克，从北京，从兰州，从日本，都给我写信，都鼓励我，说我是好孩子，肯定能通过训练。这些信对我确实很有帮助，我一直都挺感激他们的。

其实刚开始我们并不算太紧张。第一个星期叫作P-Days，我也不知道为什么这么叫。从进来的第二天开始，教官们就把我们领到训练营的一个医疗中心，给我们做体检。我在巴尔的摩体检过一次，到了训练营后，他们又给我重新做了一次体检，还给我打了一些预防针，测了我的视力，给我配了一副眼镜，还给我看了牙。

这一个星期过得还是比较轻松的，就像是入营教育（Orientation），让我们适应军营生活。也就是说，他们用一个星期时间，让我们把该做的事情都做了，下一个星期才开始正式训练。除了打打针、检查身体什么的，我们每天的主要活动就是到各处参观，每次去的地方都不一样。整个营区很大，要看的东西不少。他们让我们先认识认识这个训练基地大致是什么样的结构，就好像你到了一个新家，每个房间你都要去看一看，哪个房间在什么地方，干什么用的，你都要知道。去参观的不仅是我们这一个队的80个人，而是几百个人，不止一个训练队。在这一个星期内，所有人都必须去看牙或者是打针，都要到各处参观，或者去游泳池练游泳，所以各个队都要互相等，还是很花时间的。我们一天也看不了几个地方，很多时间就是站在那儿等待。

另外就是教官把我们生活中该用的东西都向我们交代清楚。比如教官要教我们怎样叠衣服，不能把东西乱扔。我们的盒子只有那么一点大，船上的空间也是只有那么一点大，什么东西怎么放，都是有规定的，一定要整齐（Organized）。这些教官都要教我们，我们也必须学会。我们叠衣服的时候，教官也在观察我们，看一看这个人是不是细心，是不是认真，每个人的细节都不一样，跟我们以后做什么工作都有关系。他们不能让一个马马虎虎的人去做精确的工作，那样会害死人的。

谁要是不会游泳，头一个星期就必须去学游泳，毕竟我们是要参加海军，以后天天在水上工作。这儿有学游泳的池子，有人教我们。我参军的时候，还不怎么会游泳，因为我是从兰州来的，以前没有学过，就是参军前学了两天。我是到新兵训练营以后，才开始正式学游泳的。我要是学不会，就不能在军营里待，就得回家。每个人都必须学到他自己感到游得相当自如（Comfortable）才行。

其实参加海军的人，并不是说每一个人都会游泳，还是有很多人不会，所以去学游泳的人不少。我们这些人学游泳的时候，要先进一个专门的小池子，水比较浅，脚可以够到池底，这样就不会有人淹死。教官们先在小池子里教我们怎么浮；我们能浮在水面后，他们再教怎么从另一个大池子的这头游到那头。我们就像小孩一样，天天在水里泡着，天天学。因为我已经会浮了，所以我就直接到大池子里去学游泳。不过因为我是北方人，水性不佳，只学会了仰泳，其他游法也会一点，但不会换气。

008　偷懒就会挨打

从第二周开始，不管是在哪一个训练队，都是不停地训练。我们的时间表大概是这样的：早晨5点半起床，6点多吃早饭，然后是训练；11点到11点半吃午饭，然后又是训练；下午4点吃晚饭，然后还是训练；晚上10点睡觉。

我们睡的是高低床，上铺睡一个人，下铺睡一个人。床又窄又矮，因为上面还有床，我们只要一坐起来，就肯定碰到头。海军是故意这样做的，为的是让我们适应船上的生活，船上的床比这个更矮更窄。所以我们起床的时候，必须从侧面出来，从训练营开始，我们就需要适应这些。大家平常起床怎么起？都是直接坐起来，对不对？你见过几个人起床从侧面滚下来的？很少。所以刚开始的时候，很多人不习惯，总有人撞头。一到五点半，教官喊："起床了，快起床！"（Reveille，Reveille！）很多人都还没有睡醒，猛地一坐起来，头就撞到上面的床底了。我旁边一个新兵就是，听到喊声就一下子坐起来，"哐"一声巨响，他起不来了，额头撞到床顶，把他给撞回去了。他"哎哟"一声叫，又直着倒了下去。我们都以为这个人被撞傻了，大家跑过去看他。他闭着眼睛躺着，过一会才说，我没事，没事。他撞得很重，头上起一大包，但还是要去训练，没有办法。我还好，比较小心，从来没有干过这种事。

晚上10点睡觉，军队里把这个叫"熄灯"（Taps）。每天晚上都听教官喊："熄灯，熄灯，把灯关掉！"（Taps，Taps，Lights out！）教官们走了之后，我们不准再把灯打开，也不准互相说话。我们训练了一天，回来已经很累很累了，也没有人想说话。

早晨起来之后，我们每个人只有5分钟时间洗澡，只是冲一下（Take a shower）而已。我们每个营房里没有那么多个水龙头，不可能把80个人一下子全放进浴室。教官就让一排人先进去洗澡，告诉他们只有10分钟。这10分钟里他们要上厕所、洗澡、刮胡子、洗脸、漱口。洗完之后，我们还要清洗厕所，擦镜子，好留给下面的人用，不能让池子脏着。这一排人洗完澡出来，排队站好，教官会进去检查。只要有一个脏的地方，他就让这一排人站着等。等到其他所有人都洗完之后，他再让这一排人进去打扫厕所，一直干到教官满意为止。他要是总不满意，这些人就不能出来，只能不停地清扫下去。

刚开始的时候，有些人偷懒，没有把厕所打扫干净就跑了，结果一排人都跟着受罚。他算是罪有应得，剩下的人就不干了，因为毕竟接着还要训练一整天哩，谁也不愿意早上起来就使劲打扫厕所。我们这些人怎么办呢？晚上睡觉的时候，教官们不跟我们睡在一块，他们有专门睡觉的地方，跟我们在同一栋楼，但不是同一个房间。我们看教官们走了，就开始行动。偷懒的那个人不是犯了错误了吗？我们就悄悄地从床上爬起来，先上去一两个比较壮的人，把他的脚抓住，再去一两个人，把他的手抓住，同时还有人把他的嘴捂上，因为我们不能让他喊出声来，教官们就在我们的楼上睡觉，他们要是听见了，我们就倒霉了，麻烦会更大。把他的嘴捂上后，他想喊就喊不出来，只能发出"呜呜"的声音，只有住在里面的人才能听见。我们每一个人都有一个香皂，每个人也都有一个擦脸的毛巾，我们就把香皂裹在毛巾中间，转成一个球，然后抡起毛巾用肥皂朝偷懒的人的肚子上敲，每个人一下。有时候我们不用肥皂，因为用肥皂花的时间太长，我们就说，嗨，你，去把他的脚抓着，你，去把他的手抓着，后面的人就用手在他肚皮上拍。这么收拾他一回，下次他就不敢了。到最后，也就没有人再敢偷懒了。

009　如何练出好身材

我们住的地方是固定的，吃饭的地方有时候会变，大部分时间还是在我们住处旁边的那一个食堂。早晨起来，冲完澡、穿好军服后，我们要按照身高从低到高的顺序排好队，一起列队行进（March）到饭厅去吃早饭。女兵们住在别的地方，她们要先到我们这边来，所有人排好队一起走。在训练营里面，不管干什么，都是我们80个人一起走，总是排好队，总是列队行进，总是团队合作（Team Work）。

我们列队进饭厅吃早饭时，大概6点多一点。进去后每个人拿一个托盘，指着说你要一份什么，食堂的人就给你什么，但是不能多要。一般吃的都是美国式早餐，就是圆饼（Pancakes）、香肠（Sausages）、汉堡包

（Hamburger）等等，跟普通人平时吃的早餐没有什么不同。

午餐、晚餐也一样，差不多的食物，吃不完可以扔，但是不允许多吃。你要不就拿两个圆饼，要不就拿一个汉堡包，要不就是一块比萨或者一个三明治，但不能都要。还有水果、酸奶、饮料这些小东西，也可以要，跟平常吃饭差不多。食堂会做一些不同的饭菜，每天吃的东西都有变化，过一段时间再转回来，但不会有墨西哥菜或者中国菜，我们吃的全是美式饭菜。

早上、中午、晚上的饭量基本一样，并不是说早上给的少，中午、晚上多。但是吃饭都限量，不准我们吃太多。他们这样做，一是为了让我们减轻体重，二是怕我们吃多了，就动不了了。可是我们吃的东西，跟外面餐馆的不一样。我不知道他们在里面放了什么，我们只吃一点点，就会觉得自己吃了很多，看着量挺少，吃进去却感觉很饱。我从来没有听到过训练营里的人喊饿。照理说高的、胖的，他们吃的应该很多，我却从来没有听到他们说，我吃得太少了，我饿了。我觉得他们在我们的饭里放了减肥药物了，当然，他们还不至于把对我们身体有害的东西放在食物里面，这一点他们不敢，可是这些东西会让我们总想上厕所，一会一趟。很多美国人很胖很虚，走路都喘，军队就是要让这些胖子把肥减下来。两个月训练下来，胖的很快就瘦了，瘦的也结实了。你看美国军人身材都不错，都是这么练出来的。

每次吃饭，他们只允许我们用5分钟，必须在5分钟内吃完，而且这5分钟不是只给你一个人的，是给整个一排人的。我们一排人端着吃的过来，从第一个人一坐下，5分钟就开始了，后面的人顺序坐下，就没有5分钟了，吃饭的时间越来越短。最后一个人可能只有两三分钟吃饭时间，甚至只有半分钟，他只能吃多少是多少了。所以说最后一个人是倒霉蛋。我们还不能说带点食物走，你要吃饭，只能在食堂里面吃，不能说吃完后再拿一个苹果走，没有那个好事。他们的这些规定，说来说去就是不准我们多吃。

除了吃饭的时候可以喝饮料，平时我们训练时是不准喝饮料的，只能喝水。进了训练营之后，他们给我们每个人发了一个军用水壶，我们走到哪儿都必须带着它。水壶里面只能灌水，不准装别的东西。因为当时是夏天，他们不让我们在训练的时候喝饮料，因为饮料是甜的，越喝会越渴，有可能出事。你要是死了，谁负责呢？他们管得非常严，每天要求一个人至少喝8壶水，少喝一点都不行。检查时教官会晃一晃你的水壶，如果里面有水的话，他当时就让你把它喝完。喝完了还不算，你还要把水壶倒过来给他看，如果滴出水，他们就会惩罚你。很多人不爱喝水，教官就是用这种办法强迫大家喝水。

　　每次我们走进食堂，每个人手里拿一个托盘，把食物放在里面，然后一排一排坐好，一起吃饭。吃饭的时候，绝对不准说话，任何人都不准说一个字、一个词。比如说大家坐在一排，这一排有20个人，其中只要有一个人说话，这20个人就一起倒霉。按照中国人的想法，谁说话罚谁不就完了嘛？可是在美军里不一样。无论在任何地方，干任何工作，包括挨罚，军队都讲究团队精神。所以只要有一个人不遵守纪律，那么他所在的那一排人，都会受到惩罚。教官马上叫这一排人都站起来，不准继续吃饭。哪怕你刚拿到东西，还没张口，也不准吃了，就让你们这些人都饿肚子。教官的目的就是要让你们明白，只要有一个人不听话，剩下的人都得倒霉。这样时间长了，你看还有谁再敢说话？别人会恨死他的。我们在军营里第一次吃饭的时候，好多人说话，教官大喊，这个训练队的人，全体站起来，列队，出去！结果整个训练队都不准吃饭了。后来吃饭时，还有人说话，那就一排一排地罚。这么罚上几次，就再也没有人敢说一句话了。谁还敢说呀？对他自己有什么好处？他自己也吃不上饭不说，而恨他的人就不止一个了。

　　我们在训练营里面吃、喝、住、用等等，看上去是白给，其实不能说是免费的。军队告诉我们说，我们是有工资的，但是不能发给我们，而是直接用在我们的生活和训练上了，所以我们实际上一分钱都拿不到。人家算得明明白白，不会给我们Free（免费、自由）的。

第二章　从平民到战士

010 训练开小灶

我在这个普通训练队（Regular Division）只待了两个星期，长官就把我叫出来，让我去加强训练队（Fast Division）。这个加强训练队是专门为那些英语不好的新兵开的。因为我参军考ASVAB时，英语成绩不够好，即使我进训练营后什么都听得懂，训练也没有问题，他们还是把我调到加强训练队，边训练边学习英语。

我们这个加强训练队开了三个星期，主要是教我们这些人学一些海军英语和海军术语（Terminology），以及跟海军有关的知识。我们的英语课也不是天天有，隔一天上一次课，其他时间跟普通训练队差不多，都是要做各种各样的身体训练（Physical Training，PT），因为我们毕竟是在新兵训练营里面，不是去了专门的英语学校。从纪律和训练强度来看，这个训练队还是比普通训练队弱一点，但是我们总的训练时间加长了三个星期。我从这里出来时，我先前的那个训练队已经练过一半了，我只好加入另一个刚成立的训练队，从头开始训练。我毕业做战斗考核（Battle Station）时，也是跟我的第二个训练队做的。

我们这个加强训练队有五六十个人，也是有男有女，里面有好几个中国人，还有墨西哥人、非洲人等等，都是英语不太好。我们也跟其他正式的训练队一样，吃饭时不准说话，但还是要松一点，有时候中国人之间会悄悄说几句。上课的时候，教官也给大家一些交流的机会，算是练习吧，所以我们这些中国人都认识了，算是患难朋友了。后来我们毕业的时候，只有我一个人分到航空母舰上了，他们都没有上航母。我记得有一个人去了日本，另外好几个人分到了弗吉尼亚。

其中有一个人，没有在美国读过书，从中国来后就参军了，英语说得不太好。他从新兵训练营毕业后，被分配到弗吉尼亚州的诺福克，在一艘军舰上工作，没有上航空母舰。在我快离开海军的时候，最后一次上航母，正好就是我第一次出海坐的卡尔·文森号，而且正好碰到他也在这艘航母上。他不是在甲板上工作，而是在底下船舱里干活，穿着黄衣服。我不知道他有没有去波斯湾打过仗，我是在美国本土见到他的，也没有来得及说几句话。

军队把我们送到这个加强训练队来，说是让我们学英语，可是我进去一看，一半以上都是正宗美国人。当时我很吃惊，这些不都是美国人吗？英语不应该很差呀！我知道来当兵的美国人，许多人文化程度不高，不然也不会来当兵，可是他们也都是高中毕业，真不知道他们是怎么拿到高中文凭的。我感觉他们听说都没有问题，可能跟我们一样，读写比较差，入伍时考分太低。其实我们这些中国人的英语听说也算可以，教官说什么我们都能听得懂，我在普通训练队也待了两个星期了，没有什么问题，这就说明我的英语不是太差，但是军队是按照我们考试的分数来决定谁必须进加强训练队的，所以就把我们弄进来了。我们以前考试考的是日常英语，进来后学的是海军英语，并不一致，这个也有点奇怪，可是长官让我们干什么，我们就必须去干什么，我们没有选择的余地。

我感觉这个加强训练队其实就是耽误时间，除了教我们几句海军英语，别的都没有什么用。我回到普通训练队以后，发现他们教的也是同样的东西，所以我在加强训练队先学了一遍，再回到普通训练队再学一遍，再练一遍。我觉得没有那个必要。我后来回到普通训练队时，也没有从加强训练队里出来的人跟我在一起。别的人都去了别的训练队，都分开了。好像美国军队从来不准大家交朋友似的，他们怕我们抱团捣乱，那样就不好管了。

就这样，我经常换队友，也习惯了。军队里面就是这样，流动性很大。你去了一个地方，认识一些人，等你走了或者别人走了，你就换了一些同伴。军队是哪里需要人，它就把你调到那个地方去，不跟你商量。平民可以自己找工作，可以自己决定自己干什么，在一个地方待的时间就会长得多，也会有一些比较固定的同事、朋友。

011 总有人不会走正步

在新兵训练营里面，我们做得最多的，就是体能训练。刚开始的时候，早上吃完饭以后，如果不上课的话，我们就去搞队列行进训练，就是到外面去排着队不停地走，从这儿走到那儿，再从那儿走回来，就这样来回走。大家平常走路的时候，可以先迈左腿，也可以先迈右腿。军队里不行，你必须先迈左腿，走起来就是左脚、右脚，左脚、右脚。我们队列行进的时候，每个人都要先跨左脚，如果有一个人跨错了的话，别人都迈左脚，他迈右脚，他就会踩到前面人的脚上，这样的话，队形就会变得乱七八糟。

起初我们几乎没法队列行进，因为好多人总是迈错脚。后来大家起步都先出左脚了，但又有人在走步的时候，不知怎么就突然有一个跳步（Skip），他比别人少了一步，后面的人就会踩到他脚上。我们是一个一个跟着走的，两个人一碰到一块，就有人跌倒，整个队形马上就乱了，我们只能全部停了下来。

有一些人就是行动不协调。我们队里就是有那么三四个人，怎么都搞不清楚。走得好好的，他们就突然跳了一步。没人叫你跳呀，你们为什么跳？而且很奇怪，这几个人每次几乎都是同时跳一步。他们站的地方不一样，一个在前面，一个在后面，还有两个在中间，结果前面、后面全都乱了，周围的人都倒了霉。最后大家都说，你们这些走错步的人，到处害人，我们在大太阳底下都走了一天了，你们还要让我们走到什么时候去？因为只要他们走不好，别的所有人都不准停。后来我们的一个教官就说，你们两个人走在中间，另外两个到后面去。这样如果他们走错了，因为他们在队伍的最后一排，别人也就不怕了。

可是中间那两个人还是会出问题。有一天，我们在进行队列行进训练，我们的军官到后面去教那两个不会走步的人去了，前面是我们选出来的一个队长（Leader），手里拿着一把剑，挥着走，指挥我们整个训练队。我们前面的人都走得好好的，走走走，走了一段了，突然发现后面怎么人没有了，这些人哪里去了呢？我回头一看，后面的一半在老远的地方站着哩。我就报告："队长，后面一半人没有跟上来。"队长一挥剑，我们都停下来了。不用说，又是中间那两个爱绊脚的人又把队伍搞乱了。教官应该把他们都放到最后去。

只要有人走不好，我们就得停下来，教他们，然后训练更多。唉，没办法，（Oh，Man）总是这样！我们要从训练营的大门口，一直走到训练营的最后头，再跨过街，从那边街道回来，很长一段路，我们就绕着这个圈进行走步训练。只要有一个人不行，我们就得继续练。他要是不改，我们都倒霉，没有办法。军队里就是这样，一个人犯错，全体受罚。我们就在大太阳底下这样走，不停地走。

再往后，除了队列行进，我们还要以别的方式练体力，比如跑步（Running）、俯卧撑（Push Up）、仰卧起坐（Sit-Up）等等。教官们教我们怎么去做，然后我们就是不停地练。

这些体力训练的完成标准不是固定的。教官们要根据每个人的年龄、身高、体重等等，来查你必须达到的标准。他们有一个专门的表格，要对照着查，你这个人年龄多大，体重多少，两分钟之内，你必须做多少个俯卧撑或者多少个仰卧起坐才能算合格。比如说我做55个算是通过，其他人有多有少。当然这是最低要求，做得越多越好。

跑步我们一般的要求是2500米左右，也是根据年龄、身高、体重来算，你必须在多少时间内跑完。这是我们必须达到的，就是及格线。但是在训练中，我们基本上都跑5000米。有时更多，就是你能跑多少就跑多少，直到实在跑不动为止。跑5000米时，教官对我们没有时间限制，不管你跑多快，但是你必须跑够5000米。当然你跑的时候不能像你走路那样，你必须得跑起来，双脚要离地。这种5000米跑，开始大家一起跑，跑上一段后，教官会说，好了，现在你们可以按照自己的节奏跑。这时跑得快的，就跑到前面去了，跑得慢的，就在后面跟着。不管快慢，都跑够5000米就行了。因为天天跑，有时一天跑好几次，运动量还是不小的。

012 军队礼仪：一切都按规矩来

除了练步伐，练体力，我们还要学习敬礼。军人嘛，见人就要敬礼。这个不难，你只要把胳膊举起，跟肩膀平行，然后手心斜着向下，五指并拢指向额头就行了，就是这个样子。教官们会教我们姿势，我们学会就可以了，不用天天练。但是敬礼的规矩比较多，我们必须记住。我们见到军官，必须敬礼。小兵之间不需要互相敬礼，只有见到军官才必须敬礼，军官也要回礼。

这里的细节很多。比如说他是一个军官，我看见他从那边走过来，因为他的军衔比我高，所以我必须先向他敬礼，他随后向我敬礼，就是还礼。而在放下手的时候，他只要不先放，我就不能放，我必须等到他放下手之后，我才能放下手。我不能在他还没放下手的时候先放了，按照美国军令，这属于对长官不礼貌，是纪律错误。另外，如果他是一个军官，他走在我前面，我跟在后面，我要想超过他时，我不能直接从他侧面走过去，不允许。我要告诉他，"长官，我要超过你。"（By your leave, Sir.）军官同意了以后，我才可以超过他。他要是不同意，我就只能跟在他后面走，不能超过他。我很少跟着军官走，有限的几次，也没有遇到不准我走的情况，他们没有必要为难我这么一个小兵。还有，这跟我戴没戴着帽子也有关。我们到了建筑物里面，是不能戴帽子的，我见到军官，也不用敬礼。有些军种，比如说陆军，在建筑里是可以戴帽子的。海军是戴着帽子才敬礼，没有戴就不用敬礼了。

除了做体能训练外，我们还有学习指导（Study Guide），有点像国内说的文化知识课和政治课加起来，就是教给我们一些美国海军的历史，海军中用的飞机类型和用途，还有军舰的类型和用途，就是这些简单的知识。我们不用考试，但是必须去学，我们要对美国海军的情况有一个大概的了解。

除了这些，教官还要教我们船上的各种礼节（Courtesy）。比如说海军规定，在登上军舰之前，只要你穿着军服，如果船头或者船尾挂有美国国旗，你必须先转过去，向美国国旗敬一个礼，然后才能登舰。

训练中，我们把同伴叫"船友"（Shipmate），但是我们很难建立起个人友谊，变成好朋友，因为在训练营里很少有时间聊天，教官也不允许，想了解一个人很困难。我们大多数时间都是不停地训练，从早上5点半一直到晚上10点，排得满满的。再说大家也实在是太累了，有点时间就想睡一觉，别人怎么样没有人太在意。

我们晚上不能聊天，白天训练也不能聊天。只有我们在做学习指导的时候，除了听课、看书，教官也会给我们一些时间，让我们讨论。我们可以说话，但是不能太大声。我们要是说话声音太大，军官会制止。而且我们只能跟身边的人说话，如果我们想跟远处的人说话，就必须走到他旁边去。我就是在这个时候问了那个年龄很大的新兵，为什么来做这个，他说他没有办法，这是他唯一的出路。

我的朋友查理，晚我两个星期也来了新兵训练营，我是7月初来的，他7月中旬才来。训练营毕业后，我去了加州，他去了华盛顿州。我去了E-2机队，就是到美国的航空母舰预警机飞行队工作。他是在美国的P-3反潜飞机飞行队里面工作。我们两个都要出海执行任务，我是上航空母舰，出去一次六七个月。他出海也是六七个月，是去日本。他出海时还是在陆地上，我出海后就是在海上了，这就是我们两个人工作的不同。

我们不是一批进来的，在新兵训练营里面只见到过一次。虽然都是在一个营区里面，我们基本上碰不上面，也绝不允许私下串门。我们的纪律很严格，不严格不行，因为我们是军人，如果没有严格的纪律，上了战场就没办法打仗。有一天，他跟着他的训练队，在我们的饭厅门口列队站着，准备进去吃饭。我跟着我的训练队，刚好从饭厅里吃完饭列队出来。他就在那儿站着，我看见他了，他也看见我了。我看了他一眼，不敢跟他说话。他也看了我一眼，也是嘴都不敢动。我就是这样，从他面前走了过去，就跟不认识他一样。从那以后，我再也没有在训练营里看到过他，更不用说打招呼了。这个真是够严格，没有办法。

我刚进训练基地，就被人剃了一个光头。在后来的3个月里，我又去理过几次发，每次都是剃一个光头。我们也可以留短，但不能有发型。每周都有几百个人进来，又有几百个人出去，进进出出的，军队没有那么多时间给我们一人理一个好看一点的发型。为了省时间，几乎每个人都是剃光头，几下就完。女兵就是给她们剪短，不能留辫子。大概齐脖吧，不用扎了，训练也容易一点。要是留了长头发，干什么都不方便。我们到了军队的训练营，就必须按人家的规定来，不像是在自己家，可以提要求、讲条件。我们去了训练营以后，就没有什么条件可讲。

013 海军不能不会的基本功

除了这些，教官们还要教我们怎么挂船绳，这是海军的基本功，每个水兵都要会。船到了港口，要用绳子把它拴起来，防止它漂走。问题是你应该怎样扔绳子、怎样拴它呢？我们那里没有军舰，因为我们的新兵训练营不在海边，虽然靠湖，但是湖太小太浅，军舰开不进来。我们当时用的是一艘模型船，它的一面是空的，另一面是一艘船，实际上就是半个船这样一个东西。船底下是水，船本身用机器操纵，由电脑控制。

我们上船的时候，这艘船还不动。上去以后，人家把机器一开，那艘船就像真船一样，开始在水面左摇右晃。过一会开船了，它就在水里往前开，船底下是水，船也在摇晃，感觉跟真的一模一样。船开到岸边，停了下来，然后教官命令我们开始扔绳子。我们在扔缆绳的时候，脚下的船是停着的，可是仍然左右晃悠，所以我们感觉到身体在摇晃，往前一摇，往后一晃，跟真船很像。可是这样一来，扔绳子就不那么容易了。

我们一批人在船上，一批人在船下。船上的人，要先拿一根细绳子，往底下扔。扔的时候还要有技术，不是一挥手就行的，你眼睛看着哪里，绳子就要扔到哪里，就是说，你扔出去的绳子，应该直直的朝着对面那个人飞，要扔到他手上。所以这个活不是那么好干的，要学一段时间，练上好几次，直到扔准为止。

那根细绳子的另外一头，挂着船上的粗缆绳。码头上的人接到细绳子以后，就往下拉，一直拉到那根粗缆绳出现。船上的人，要拿着粗缆绳，一点一点往下送。码头上一般有好几个人，前面一个拉绳子，后面几个人要把粗缆绳系在两根铁柱子上面，拴成一个"8字形"，这样才牢靠。一般每一根铁柱前站两个人，一个往上挂绳子，一个往下压，一圈圈的绳子之间不能有空隙，不然就算是白挂了，还得重来。

我们刚把缆绳挂好，教官又说："现在有紧急情况（Emergency），你们必须立即把绳子解开，让这艘船开走。"所以我们还得训练怎么解绳子，都要做得很快。解完之后，船上的人要把缆绳拉回去放好。有的时候，码头上的人还要把细绳子扔给船上的人，由船上的人往上拉粗绳子，这样快一些。船很高，很不好扔。教官命令我们必须学会往上扔绳子。不管船有多高，除了航空母舰，其他军舰我们都必须扔上去。

有一次，码头上的人把绳子扔给我，我要在船上准备接住。扔绳子的是一个女兵，力气不够，那根绳子向我飞过来，我伸手去接，眼睁睁地看着绳子就要挂到我手上了，可是就差一点点，我够不着，结果绳子从我手旁边掉下去了，落到水里。教官让她把绳子拉起来，再扔，直到扔上来为止。她扔不上来，就不能走。后来那个女兵总算把绳子扔上来了。

我们就是这样，每个人要学扔绳子，要学接绳子，还要学挂8字。刚才你在船上，扔绳子、接绳子，现在你下去，还是扔绳子、接绳子，还有挂8字。码头上的人上到船上来，大家轮流都学一遍。所有人都要过，一个人不过，别的人都不准走。

014　适者生存，优胜劣汰

两个月的训练，也会有人顶不住，中途退出，但是比较少。我们训练队里有两个人，在参加海军之前受过伤，却没有对军队里面的人说。我们做俯卧撑或者仰卧起坐的时候，不是说达标是50个，你就做50个，而是你最多能做多少个，你就要逼着自己做多少个。教官常说："使劲做，你们必须做到极限。"就是要求我们尽可能多地做，比如说，做200个或300个。跑步也一样，有一种跑法叫作"跑到底"，要一直跑到挪不动腿为止。我们要是这么跑的话，不管是跑得快还是跑得慢，跑的距离就不仅仅是5000米了，很可能是10000米或者更远。

可是如果一个人的膝盖有问题的话，他能把5000米跑下来就很不错了。你要是让他跑10000米，因为他的膝盖比不上正常人的膝盖，肯定受不了，他就会摔倒，就会受伤。许多人摔倒的时候，膝盖直接磕到地上，有可能膝盖都摔报废了。我们队里的两个人就是，跑着跑着就摔倒在路边爬不起来了。教官给训练营里的医院打电话，让医院来人把他们带走了。下次我们再看到他们的时候，他们就是拄着拐杖的伤兵了。医生说，他们的腿不行，不适合做军人，受不了很重的工作，所以那两个人就是医疗停训（Medical Discharge），就被军队赶回家了。

所以训练也是一个淘汰的过程，他们身体上有问题，那就离开训练营。他们做不到，军队不能逼着他们去做。不管军队多么缺人，他们多么想要留在军队里，军队也不会要他们。如果留下他们，要真是去打仗时怎么办？我们干的都是体力活，还要跑来跑去不停地干，不是那么轻松的。正在打仗的时候，他们突然在航空母舰上摔倒了，不能工作了，他们的活谁去干呢？不仅如此，我们还要派人去照顾他们，总不能把他们拖出去就不管了吧？可是这样一来，别人还做不做工作了？大家都去照顾伤员了，谁还有工夫去打仗？

当然大部分人都是没有问题的，一般一个人的身体如果不好的话，他也不会想当兵，因为那就是给他自己找罪受。军队招募员招兵的时候，会问你身体有没有问题。到军队招兵处理站做身体检查时，如果发现你不行，军队也不会跟你签合同。因为他们要掏钱给你买机票，要花很大力气训练你，如果你坚持不下来，他们就亏本了。所以只要发现你身体有问题，他们就不会让你来。你来了以后，只要你能坚持，他们也不会让你走。像我们这些身体好的人，进来后想回去是不太可能的，即使你犯了错误，他们会惩罚你，也不会放你回家的。

总的来说，在这两三个月里面，我们就是这样不停地做体能训练，不断地跑步，不断地做俯卧撑、仰卧起坐、游泳、打枪、扔船绳，还有就是去上课学习海军知识。总的来说，新兵训练营的生活就是这样。

女兵们跟我们男兵一块吃饭、训练、跑步和队列行进。女人的力量肯定会小一些，可是军队的人不管你是男的还是女的，你扔绳子就必须扔上去，你跑步就必须跑够5000米。因为男兵、女兵干同样的工作，做同样的事，所有人都必须达到同样的标准。比如说正在打仗时，如果男兵受伤了，但是手上的工作需要完成，女兵就必须能顶上去，因为一个小事情做不好，就会影响到战斗行动。你扔不上去一根绳子，船就出不了海，就没法打仗。你不会打手势，就不能把战斗机发出去，陆地上的军人死的可能就不止一个。一件小事，会影响到一件大事，关系到很多人的生命。所以作为一个女兵，在军队里面就必须去干男人的活，男人要做的事，她都必须做，没有男女之分。

女兵是有生理周期的，到时间例假来了，太繁重的训练她会受不了，教官就让女生在旁边看一看东西、读读书什么的。当然她必须提前告诉教官，说我今天有情况，不能干重活。其他人也一样，如果身体不好，就马上跟教官说。要是你不吱声，训练中出了问题，军队不负责任。虽然训练很严，但是如果你真的不舒服，教官是会让你休息的，或者让你去医院看病，做检查，这是他们必须做的。新兵训练营是为了训练新兵，不是为了把你往死里整。

015 跳水游泳：入伍后第一次挑战

　　在毕业之前，我们要通过身体测试。这个是基本要求，通不过就不能让你去参加战斗考核（Battle Station），更不用说毕业了。身体测试可以看成两个部分，一个是体能测试，另一个是游泳考试。前一个就是跑步、俯卧撑和仰卧起坐，必须在多长时间内完成多少。因为我们平常练的比考试的标准高得多，所以只要身体没问题的人都能通过，我过得很轻松。游泳考试对我来说就很难了，因为我是中国北方人，从来没有学过游泳，来这里之前刚开始学，到这里后又学了一点，只会仰泳，其他就不行了。

　　而且我们的游泳，并不就是滑进水里能游就行，我们还要从高处往水里跳，因为如果军舰出了问题，我们就要从军舰上跳进水里，不是像去游泳池一样，走着进去就行，所以我们在训练营里都要练跳水。但是我们并不是像跳水运动员那样头朝下跳，那我们不敢，因为高度太高了，脑袋受到的冲击力太大，一般人都受不了。我们都是直着身体往下跳。这种跳法不容易在空中翻跟头，而且脚先入水，虽然会拍得很疼，但是不容易受伤，还能保护头部。后来我们在航母上工作时，有一个水兵从二十几层楼高的甲板上掉进海里，他用的就是这种姿势入水，才没有受重伤。要是头朝下，他就完了，非把脖子摔断不可。

　　我前面光学游泳了，没有练过高台跳水，因为我胆子小，又不会水，我想先学会游泳再说。到了游泳考试那一天，教官让我到跳台上去，我就只好上去了。那天是第三级游泳（Class 3 Swim），就是最基本的，从高台跳到水里，从这头游到那头。跳水池子有3.7米深，跳水的台子有3米高。我们排队走上去，跳的时候是一个一个跳，但是是两个人站在一起，一个人跳下去，游到一半，另外一个人再跳。我们以前学过一点跳水，也在游泳池边练过，就是在跳的时候，要猛吸一口气，把鼻子憋住，再往水里跳。我们的标准姿势是一只胳膊抱着在胸前，另一支胳膊也夹着，用手捏住鼻子，立着往下跳。掉进水里以后，再把刚才在肺里存的气，一点一点往外吹。边吹边用双手向下拨水，不然浮起来太慢。浮到水面上后，再换成游泳的姿势往前游。

我们这些新兵考核跳水的时候，水底下有两个潜水员，都穿着潜水衣，后面背着氧气瓶，一个在水的最深处，一个是水池的中间，游来游去。他们是为了保护我们，怕有人出现危险，在水里不行了，他们会去把那个人救上来。军队不能说水下没人保护，就让你往下跳，他们必须保证你的安全。孩子跑来参军，却游泳淹死了，家长跑来控告政府，军队的麻烦就大了，所以他们还是很重视安全的。

我前面的一个人跳下去了，下面就轮到我了。我站到跳台上面，往下一看，好家伙，太高了！太吓人了！为什么让我跳这个？我可实在不想跳！可是我不跳又不行，因为游泳要是考不过，我就不能参加战斗考核，就不能毕业，就无法参加海军。我已经从头走到现在，很远很长了，马上就要毕业，不能因为不敢跳水，就毕不了业，又灰溜溜地回家去吧，那可真是丢死人了！参加海军是我一生中第一次自己做的决定，不管是付出什么样的代价，我都要达到自己的目标，把训练营做完。我说我就豁出去了，死也死在水里！我既然已经站到这上面来了，我就逼着自己跳下去，跳到水里去！

我站在跳台上，做好跳水的姿势，心里还在忙着下决心，可是该我跳了，旁边的教官问我："你准备好了吗？"我有点犹豫地说："好了。"他就把手放在我背上，轻轻一推，就把我给推下去了。他的力量不大，其实还算是我自己跳下去的，不然他也推不动我。而且他也不敢使太大力量，因为那样我就可能在空中翻跟头，不可能直直往下掉了。他的主要目的，是给我固定一个距离，怕我跳得太近了，有可能把头磕在跳台的硬边上。他们干了这么多年了，有一套安全措施，知道要做些什么。

我就直直地跳下去了，可是在空中的时间特别长，我心里说，怎么还不到水里？正想着哩，"扑通"一下子，我就掉进水了。然后我就感觉到我的脚碰到了水池池底，我就借用这个力量，使劲蹬了一下，可是水的压力太大，我也没有上升多少。我急忙伸开双手，使劲拨水。可是我想，天啊，我已经拨了好长时间了，怎么还没有浮到水面上？我心想，这下子我不行了，非得让人来救我不可。我赶紧睁开眼睛四处看，看见在我侧下方有一个人跟着我，在保护我，我的心情就轻松多了。再往上一看，我已经游了一半，离水面不太远了。这时候水压小了，我往上游的速度越来越快，然后我就浮出水面了，赶紧猛吸一口气，心里想着，我总算活过来了！

　　浮到水面后，因为我不会趴着游，不会换气，我就一拨水，把自己的身体转过来，躺在水面上，开始仰泳（Back Stroke）。我把自己使劲打开，把胸从水里面挺出来，这样我才不会往下沉。我前面学游泳的时候，只要一沉，脚就能碰到池底。现在我脚底下可够不着任何东西了，所以我不敢躬腰，不然重心会变，我会沉到水里面去。我心想，从那么高的地方跳下来，现在终于浮起来了，不管喝多少水，我也要从这头游到那头去。我不能害怕，越害怕越容易沉。如果我失败了，就要从头再做一遍，还要从那个跳台上往下跳，我可真的不想再来一次了！

　　我就游呀游，游得很慢，反正没有时间限制，只要从这头游到那头，我就算成功了。我躺在水面上，侧着看，如果方向不对，我就一只手不动，用另一只手拨水，把身体转正一点，直线往前走。在我后面跳下来的是一个黑人，他也不太会游泳，那姿势像狗刨似的，还不会看路。可是他游得快，追上我了，手打到了我的腿。吓得我赶紧游，他要是一拉我，我就会沉下去，那我就完了。游泳池边上有一个教官，用一根很长的棍子，去捣那个黑人，说："你干什么呢你？你不能抓别人，那是有危险的。"我们游泳的时候，不能抓人，不能碰墙，不然就算失败。那个教官就用长棍捅一下那个黑人，对他说："你上来吧，别游了。池子这么宽，你为什么非要抓别人？"结果那个黑人就算是失败了，还要重来。那个黑人抓我的时候，把我的方向改变了，所以我的手离池边已经很近。教官知道不是我的错，就说："我现在用棍子把你顶开一点。"我说可以，他就用棍子把我轻轻地拨开。他要是不拨，我再游的话，手就会碰到池壁，那我就完了。

　　由于我是用背游的，看不见游泳池的头。我又想快点结束，就使劲划水。其实我马上要到了，但我自己不知道。旁边那一个教官提醒我："我要是你，就会放慢一点。"我还问他，为啥？他说："你游这么快的话，你的头会碰到台子上。"我就放慢了，心里正害怕哩，就听到"砰"的一声，我的头就碰到游泳池壁了。我就"哎哟哟"地叫，真的好痛呀！

游完上岸后，我还要再走回来，穿上海军的一种专门的工作服，从裤子到身子都连着在一起的那种，还要穿上我们军队上的靴子，重量将近1千克，很沉。两个教官把我抬起来仰面放进水里，让我在水上漂5分钟，我要不停地打水，保证自己浮在水面上，不能沉下去。时间到了，他们再把我从水里捞出来。

就这样，我总算通过了，真不容易！教官给我的考试单上盖一下印章，特别珍贵。别的项目通过后，教官都是用笔在你的考试单上写一个"通过"。有些捣乱的学生，就也用笔模仿一个"通过"。可是游泳这个项目，专门用一个印章，只有教官手里有，别的人弄不来，那些新兵就没有办法造假了。

016 终极考验（1）: 吹响战斗的号角

正式训练八个星期后，我们都要去做战斗考核（Battle Station），就像是期终考试，只有通过才能毕业。我们这一批人的战斗考核是在一个晚上进行的，事先我们并不知道当晚要做战斗考核。那天大概晚上8点多的时候，天已经快黑了，几个教官冲进来对我们喊："战斗考核，战斗考核！"我们这些人就冲过去穿战斗考核的工作服，这个必须在限定时间内穿好，我们以前训练过。穿好工作服以后，教官们又喊："出去，战斗开始！"我们就都跑出去，一切跟真的一样。当然我们知道这是一次演习（Drill），很长时间的那种。

我们出来以后，大家站好，像队列行进那样，排成3排，但是我们在做战斗考核时，前往各个考核点不再是走，而是跑，不过我们跑的时候，不能超过前面带路的教官（Drill Instructor），要是超过他了，他就会越跑越快，而我们大家必须跟上他的速度，那就成了自己倒霉。所以一般就是一个教官在前面带路，他领跑，我们跟着。我们一个训练队分成若干个小组，各个小组去的地方不一样，我们是一会跑上，一会跑下，来回跑。那天晚上还不光是我们一个训练队做战斗考核，还有其他训练队也要做，所以每到一个地方，我们还必须站在外面等。

我们当时穿的战斗套装（Battle Station Gear）仍然是我们在训练营里发的衣服，不过在战斗考核时，我们的穿法不一样。我们穿着长裤子，要把裤子别到袜子里面，脸上戴着防毒面具（Gas Mask），头上戴上钢盔，袖子上所有的扣子都要系上，手上要戴上白手套，浑身上下，就像捆死了似的。我们戴上这些，要跑一整夜，后来里面就全部被汗湿透了，有那种很潮很潮的感觉。我们就是穿着这样一身衣服，把我们这两个月来所学的东西，全部做一遍。我们要做大约12个小时，不能睡觉，不能休息，不停地做，要把所有考点的考核全部完成。

为什么需要这么长时间呢？如果真的只把我们两个月训练的东西加起来，不用12个小时，可能8个小时都不到，可是我们做战斗考核的时候，教官不是让我们把学过的东西照原样重复一遍，我们所去的考点，大概有一半左右，考的东西跟我们所学的不太一样，我们好像从来都没有碰到过似的。就是说，我们必须用我们所学到的知识，去想办法完成这些新的任务。

比如说我们去了一个考点，是一个大房子，里面有一根绳子，从这边墙顶上挂起，斜着拉到那头。教官说："你们要抓住那根绳子，从高的这头滑到低的那头去。"绳子下面拉着一张网，可以把掉下去的人接住，这是保险用的，军队怕有人会摔下去，可能有人会抓不住，比如说女孩吧，一紧张掉下去了，下面总不能是空的吧。我们没有别的东西，只能戴着我们的手套，抓住绳子往下滑。我们不能把身上的东西取下来，轻轻松松地滑下去。我们必须带齐所有东西去溜那根绳子。谁都不敢要小聪明，偷偷去掉点什么，这要是被抓住了，你就完了，全部失败，因为你不诚实。这个考核并不算难，但是我们确实以前没有做过，所以当时我对自己说："哎哟，还得做这样的事，没有人教过我们呀！"

当时我身边有一个男生，个子很小，挺机灵的样子。他上去双手抓住绳子，把腿跨上去一夹，"嚓"地一下就滑下去了，到了绳子的那一头。我说："嘿，不错！"他后面的是一个高个子男兵，对我们说："我也这样试一试吧。"他也双手抓住绳子，把腿跨在绳子上面，滑下去了。可是滑到一半，他却停住动不了啦，因为他的身体太重，那根绳子斜度不够，他滑到绳子中间，把绳子压低了，没有斜度了，再也滑不下去了。他就悬在那儿，下不去，上不来，还不敢松手。他要是一松手，就会掉到网子里，这一项他就失败了。他就在绳子中间挂着，半天不动。我们这边有一个人喊："你能走吗？"他也喊："我卡住了，动不了！"

正好我排在他后面，教官看了看我，说："那就看一看有没有人来帮你吧。"我一看，他是倒过来的，头冲着底，脚朝着上面。我想我就不能倒过来了，不然他的脚就踢到我的头了。我就只能脚朝下，头冲上，我的脚对着他的脚，看能不能把他踢下去。我当然知道，他比我重，我要是也卡住了，谁来救我呀？当时我想，好家伙，这不是给我出难题吗？可是没有办法，我就试一下吧。我抓住绳子，把两条腿往绳子上一搭，猛地一下也滑下去了，然后在绳子中间踹了他一脚，就等于是用我的重量把他踢下去了。他走了，我却不动了，吊在中间。我心里说："哎呀，这算什么事吗？我自己能滑下去的，怎么就轮到我倒霉了？"我往下面一看，下面的网子在那儿，可是我不能松手，否则我就算失败了。我就想，无论如何我都要滑下去。我就抓紧绳子，用双手和腰的劲，在绳子上把我自己一点一点往前推。推到一定地点，我自己就"嚓"地一下滑下去了。后面的每个人都这样抓住绳子，嚓嚓地往下滑，有谁碰到刚才的情况，就学我一样双手倒换着推自己，直到滑到头。这一站，我们整个小组都通过了。

在每一个考核点（Station）前，都站着一个教官。在我们做这项考核之前，他会告诉我们这项考核有些什么要求，给我们各种指示。他一直盯着我们，看我们是怎么做的。我们做完这项考核后，他要给我们打分，还会告诉我们下边要去哪里做另一项考核。

017 终极考验（2）：我们都是搬运工

过了这一关，到了下一个考核点。那里里有一些假的炸弹（Bomb），有大有小，最重的大概有22千克吧。假设的场景就是我们在潜水艇（Submarine）里面，现在潜水艇漏水了，我们要把这些炸弹搬运到另外一个干燥的地方去。

我们做这项工作的时候，把一组人分成两拨。我们这些人进入一个房间，然后教官就把房门关上，我们没法出去。这个房间的地面上放着一些炸弹，一面墙上有一个很小的洞，我们要在一定的时间里，把炸弹从洞里面穿过来，那是唯一能够送出炸弹的地方。墙的另一边那个房子是空着的，那边的人要接过炸弹，把它们一个一个地摆整齐，不能往地上一扔就算了。

我们站成一排，一个人搬起炸弹递给另一个人，一个炸弹一个炸弹地传递，再送过那堵墙，那边再一个一个地传递，最后在地上摆整齐。我们就这样传递着，正忙着干活，教官突然把屋顶喷水的龙头打开了，说是潜艇漏了。我们都穿着衣服哩，这下子每个人都淋成透湿。他们就是要把考核弄得越逼真越好。我们在潜艇里面拼命干活，却看见脚底下的水直往上升，因为教官把出水口堵住了。我们都说："我们这些人怎么这么倒霉呀，人家在外面的可没有这事！"

除了必须在一定时间内干完以外，第二个规定是你不能让炸弹从手上滑下去，因为你要明白，要是真的炸弹掉到地上，就会爆炸，你们这个组的人就算是全体阵亡。正好我们组里面有两个女兵。一个男兵对他后面的一个女兵说："这东西有20多千克，你能抱得住吗？"那个女兵说："没问题。"可是人家刚把炸弹放到她手里，我就看到她的手顺着墙往下滑。正好我在她旁边，赶紧把手伸到她的手底下，把炸弹给搓（托）起来了。当时那颗炸弹都快贴到地了，只要炸弹挨到地，就会爆炸，我们这一项就算是全体失败了。我说："好家伙，我们差一点就全部死掉了！喔哟，好险！"当时好几个小组都在考核，我们这一组是第一个干完的。我们的教官打开门让我们出去，当时水已经漫到我们膝盖这儿了。我们出去时全身都湿透了，每一个人都像落汤鸡似的。

接着教官带我们去做下面一项考核。这一次考的是什么呢？也是运送东西，可是运送的是什么呢？是我们自己。我们进了这个考核点一看，也是一个空屋子，也有一面墙，墙上有这么一个四四方方的洞。那个洞看着不大，每一个人却都可以穿过去，不管你这个人是高、是矮，还是很壮、很瘦，都没有问题，因为它是方的，你平着不行就斜着穿，总能穿过去的。那个洞的位置比较高，离地面很远，比我们这些人的个头都要高一点，所以我们想穿过去不是那么容易的，这边要有人送，那边要有人接。

我们商量着，让大个子先过去，因为他可以在那边接下面的人；要是我们先送一个矮个子过去，他太矮，没法拉别人，帮不上忙，没有用。所以我们几个人就先把一个高个子举起来，插过去，然后又举起另一个高个子，又送过去。当时可真是费了很大劲，因为那两个人个子高，块头大，身上都是肌肉，沉得要死。我们硬是把他们俩塞过去了，可把我们大家累得够呛。

然后我们这边就一个人一个人地送，他们那边就一个人一个人地接，直到把小组的所有人都穿过去。这一项没有时间限制，只要每一个人都从洞口穿过去了，我们这一组就算完成任务了。我们送女兵的时候，也是把她们扛起来，往洞里放，那没有办法。送男兵的时候，我们是抓住哪里就是哪里，把他送过去就成。女的不行，我们要很小心地不能碰到女兵的屁股或胸部，你不能趁机占人家的便宜，所以我们只能抬着她们的胳膊，扶着她们的腿，举起来往那边送。我们在做每一项考核的时候，都有一个教官在旁边看着，还有专门的摄像机监视，毕竟男的女的，军队会想到这种事，他们也怕发生问题。虽然举女兵要小心，但是她们个子矮，身体轻，我们举起来就扔过去，感觉很容易。她们又小又细，出溜一钻就到洞那边了。送男兵就费劲多了，又沉又大，不好往过扔。

一个一个送完之后，我说："坏啦，我是最后一个，我把别人都送走了，谁来送我呀？"那个洞比我还高，我要跳起来才能够到，还不能跳太高，不然头就碰到房顶了。没办法，我先把我的头伸到那个洞里头，可是我的身子没法进去，没有人在下面抬我。对面有人拉我，也拉不动，试了一下，不行。我又用双手抓住洞口，斜着往上一跳，使劲往前冲，就挂在墙上了，一半在这边，一半在那边。那边上来两个大高个，把手伸到我胳膊底下，硬把我拖过去了。

这项考核还没有完，穿进这个房子后，我们还要钻出去。出口是墙底下的一道缝，它做得很怪，看着很小，其实谁都能钻过去。长得很壮的人，会有些困难，可是使劲挤的话，还是正好可以钻过去的。一个大个子非要先钻，我们就让他去，可是他钻不过去，塞住了。我们在这边推，又不敢推太狠，怕把他哪里挂破了，弄伤了，那样也不行。我就说他："为什么你非要第一个过去呢？你应该让个子小的人先钻。"我们组里有两个男的，个子比我矮一些，应该容易过。我就说："你们俩先去吧。"他们俩就先去钻。他们就像蛇一样，左转右转、东一扭西一扭，就爬过去了。

然后我说："大个子，你现在过去，这次你钻的时候，先把脚伸过去。"那边已经过去的两个人，能够听到我的话。我就喊："你们拉他的腿，不要硬拉，一点一点左右蹭。"因为这个人太壮了，真的不好过。我们这边推，他们那边拉，最后总算把他弄过去了。剩下的人都好过，我就不用担心了。我们就这样一个一个往过钻，哧溜哧溜的都过去了。

我们这一个训练队有80个人，平时都是一起去做每一件事，但是80个人一起做战斗考核时间会太长，这次就把我们分开了，分成8个小组，10个人一批。这样做完一项，就不用等剩下的人，速度快得多。小组里也没有选组长，谁有好的主意，谁就站出来讲，大家就按他的话做，跟随他。这就是团队合作，互相帮助，共同完成任务。

018 终极考验（3）：枪口对着谁？

下一站我们到了一个地方，里面很黑，是一个深夜的战场。在那里面，我们听到枪声、炮声，看见爆炸的闪光，地上全是真土，还有真石头，到处都乱七八糟的，完全就是战场的环境。教官说："那里面有两个假的死人（Dummy），每个有近100千克重。你们要先去找到那两具尸体，然后把它们抬到这个地方来，再放到担架上面，还要抬着它们通过一个洞，钻到另一边，你们就算是过关了。"

我们这组正好有10个人，我们就分成两批，5个人到这边去找假尸体，另5个人去那边找。我们两组人各找到了一个假死人，把它们都抬到出发点，又把它们放在担架上面，抬着它们，要去找洞口。教官并没有告诉我们洞在哪里，我们自己要去找出来。后来我们找到那个洞了，往里一看，里面是黑的，什么都看不见，而且还不准点灯。我们都想："完蛋了，不好办！"那个洞里面也是土和石头，都是真家伙，不是假的，很难走。那个洞又小又低，我们进去时只能卧着，头抬不起来，只好用膝盖往里爬。我们要抬担架，尸体太沉，必须前面两个人，后面两个人，四个人一起抬。正好我们这组有两个女生，力气小，我们就让一个女生在前面带路，四个男生一起抬假人；后面那组也是一个女生带路，再来四个男生抬。我们没法抬着一起走，只好喊："123，抬起来（Lift）！"往前移一下，就再喊一声，再移一下。我们还不允许拖着担架走，因为不能对尸体不礼貌，必须抬起来往前放。就这样抬呀抬呀，一下一下地，好家伙，费劲，真费劲！最后总算过去了，累死人了！这一项完成之后，那栋楼里面的项目就全部做完了。

接下来是技能考核，射击、挂船绳之类的。当时我们已经做了大半夜的项目了，又累又困又饿，注意力集中不起来。可是军队就是要在这个时候考我们，因为真正打起仗来，谁会在乎你是不是累呀、困呀？你打不过别人，你就死了，没有人会可怜你！

第一项是射击，就是去打枪。以前训练的时候，教官教过我们，比如说怎样打开和关上保险，怎么瞄准什么的。在训练营里面，我学过两种枪，但是学完也就算是完了，以后摸不摸枪不是我能够决定的事。我学过的一种是9毫米（9mm Pistol）的那种小手枪，另一种是12毫米口径的长枪（12 Gauge Shotgun），就是那个往后一拉，一次只能打一颗子弹的那种。我们打靶时，用的是真枪，但不是真子弹，而是激光束（Laser Beam），所以打在靶子上就是一个黑点，而不是弹孔。报靶也不用人，电脑上一看就行了。训练时是这样，真正打靶时也是这样。会用这两种枪对一个军人来说是最基本的，但要求不高，因为海军不是海军陆战队，很少会去玩枪，所以我们这方面的训练不多。再说这个也不是一件很困难的事，如果要用的话，稍微训练一下就行了。我的一个朋友在巡洋舰上当兵，在波斯湾战争的时候，他就穿了两件防弹衣，开着小快艇，架着重机枪，在海上巡逻，检查伊拉克的渔船。他就受过打重机枪的训练，练两次就行了。

等到真正做战斗考核的时候，我们不再打12毫米口径长枪，而是只打9毫米手枪。我们每个人前面都有一个装满子弹的子弹盒，枪里面也压满了子弹，这些别人都已经给我们准备好了，我们现在不用再做什么。教官命令大家："所有人都站好。"那里面可以站40个人，一排有20个人。教官让我们举起枪，然后说："瞄准目标。"我们都用双手把枪举起来，对准目标。我们的左手大拇指旁边有一个保险栓，教官再命令："打开保险。"我们就把保险打开。他没有喊开火，我们就不能开枪。他再问："每个人都准备好了吗？"大家都回答说："准备好了。"

这时候我们身后站着几个教官，在我们开火之前，教官们先检查一遍每一个人，没有问题了，就向总教官打一个手势，然后总教官就下命令："开火（Fire）！"我们这些人就"砰砰砰"地开火射击。教官不管我们打没打到靶子，他就让我们一直打下去。所以我们所有人做的就是不停地扣扳机（Trigger），直到把子弹打完。这时候，我们要关上保险，把枪放到桌子上，把空弹匣拿下来，再换上新的。装上新子弹以后，我们直接射击就行了，不用再问教官。再"砰砰砰"打完以后，我们就算结束了射击这一项。

这时我们用的还是假子弹，还是激光束。教官不给我们真子弹，怕有的人不会用，因为很多没有练过枪的人会常犯一个很危险的错误，就是放下枪时会把枪口对着别人。教官教我们说："不管在什么时间，什么情况下，都不要把你的枪口对着任何一个人。"可是很多人还是很容易犯这样的错误，尤其是都训练快24个小时了，累得不行了，可是在做战斗考核的时候，谁要是忘了，就等于他死了。

开始的时候，大家都还活着，我只能听到旁边的子弹声，砰砰砰砰。等到我打了一阵子，声音就越来越小了。到最后，我只能听见我自己打枪的声音，砰，砰，砰。我还没打完呢，我心想，这些人都跑哪里去了？怎么没有声音了？我打完枪后，关上保险，把枪放到桌子上。然后我就听到一个教官说："你可以转过来了。"我转过身一看，只有我一个人站着，剩下的人全躺在地上了。也就是说，那些人全都犯了错误，已经阵亡了。规定就是这样，谁只要一犯错误，就等于死了，教官就让他躺到地上去。

教官们还会故意给我们捣乱。在我们换子弹或打完后放下枪时，有些教官会故意对我们说话，他就是要看我们是不是小心注意。有些人转过来时，把枪对着教官。尤其在枪上着子弹的时候，这是非常危险的，因为它随时可能走火。另外也有人忘了关保险之类的。教官只要一看见你犯错误，他不会告诉你哪里错了，直接让你躺在地上，就是你死了，不会给你第二次机会。我们这一批人中，射击这一项只有我一个通过。教官对我说："看一看那些人，永远不要那样做。"我说："是。"教官又说："你做得很好。"后来我出去时，有人问我："就你一个人没有死？"我说："我想是这样吧。"

我们从射击场出来后，又跑到船上去，再做了一遍扔绳子、挂绳子的系船、解缆那些活。这个跟以前学的一样，没有什么变化，但是大家都累了，有人绳子扔不好，有人接不住，拖得时间比较长，也有人失败了，还得重来。挂完绳子后，我们的所有战斗考核就算是结束了。

　　那些打枪、挂绳没过的，只是这一项失败了。我们做这个战斗考核时，并不是说每一项都必须过，教官们按照一项一项算，每个人有一定的可以失败的项数。比如说一个晚上从头到尾，可以失败5次，如果一个人只犯了3个错误，他就过了整个战斗考核。如果他超过了5个，那就完全失败了，还要从头再来一遍。不过他也不用再参加训练，只是在下一个训练队做战斗考核的时候，比如说一个星期之后，他去跟着别人再考一遍，还要再做一夜12个小时。每次战斗考核总会有些人不过，还有一些人因为犯了纪律错误，所以正常在新兵训练营是待两个月，实际有些人会是两个半月或者三个月。

019　真的可以说话吗？

　　我们做完所有战斗考核项目的时候，已经是第二天早晨8点了，用了整整一夜，12个小时。教官们马上宣布成绩，说我们整个训练队全部都通过。刚进训练营的时候，我们属于新招人员（Recruits），并不算真正的水兵（Sailor）。做完战斗考核之后，教官给我们每一个人发一顶帽子，上面写着"海军"（Navy）。我们戴上这顶帽子，才等于完成了所有训练，通过了所有考核，真正参军入伍了。

　　随后我们走进训练营的一个大厅里面，大家都立正站好，听美国国歌，还听宗教歌曲《奇异恩典》（*Amazing Grace*），结果好多人都哭了起来。你也知道，美国人爱国爱得不得了。还有就是，吃了这么多苦，受了这么多累，好不容易熬过来了，心情特别激动吧。我也挺兴奋的，但没有哭，我不是那种容易激动的人。我们听完歌之后，教官让我们出去，我们又队列行进，全队一起去吃早饭。

通过了战斗考核，马上就要毕业了，我们吃饭的时候应该可以说话了，可是我们前面两个月被吓坏了，现在还是没有人敢吱声。平常我们吃饭时，我们的3个教官就坐在我们旁边，我们连看他们一眼都不敢，生怕他们找我们的麻烦。如果他们谁喊一声全体起立，我们大家就都要饿肚子了。

训练我们的教官里面，有一个个子很矮的黑人。他这个人不坏，真的一点都不坏，可是大家都怕他，因为他就算心情好的时候，脸也是拉着的，你还以为他正在生气。他就是属于那种人，在任何情况下，都是板着脸，其实很多时候他并没有在生气。后来我在军队里，也碰到过几个这样的人，可能军队就是严肃认真的地方吧。

我们忙了一夜，都饿得不行了，端着饭回来准备好好吃一顿。这时这个黑人教官对我们队里最高最壮的一个白人说："你，过来，坐在我旁边。"那个白人就乖乖地坐到他身旁。那个黑人就跟他说话聊天，那个白人一句话也没有回答，因为习惯了，没有人敢说话。那个黑人就说："我们已经把你们训练成海军的军人了，你们现在为什么不能跟我说话？"那个白人还是没有吱声。那个黑人又说："你还怕我吗？"那个白人还是不说话。那个黑人又说："你现在应该跟我说话了。"那个白人就是不说话。那个黑人只好说："瞧，把你们吓成这样了！"他站起来后又说："你们完成了训练，完成了战斗考核，已经毕业了，可以说话了。"因为他说话的时候没有笑，也没有什么表情，我们都不知道他说的是真心话，还是跟我们开玩笑，所以我们每个人都觉得，最好还是别吱声，所以仍然没有人理他。他没有办法了，就说："那好吧，你们这些家伙不愿跟我说话。好吧，我回去了。"

我们头一天早晨5点半起床，晚上做战斗考核，12个小时完成，到现在已经连续20多个小时没有睡觉了，都非常非常困。可是教官不让我们睡觉，我们也没有办法。吃完饭后，我们回去在地上坐着，有的人就睡着了，他们实在顶不住了。教官也不打扰我们，让我们坐着睡了一会，可是后来还是把我们都给弄醒了，给我们训话，比如今后我们应该注意什么，下一步我们还要做什么。一直到了晚上，他们才准许我们睡觉。这是非常累人的，整整36个小时不能睡觉，还要完成考核，这没有办法，军队就是这样规定的。

第二天吃饭的时候，那个黑人教官又来了。他又跟我们说话，我们还是

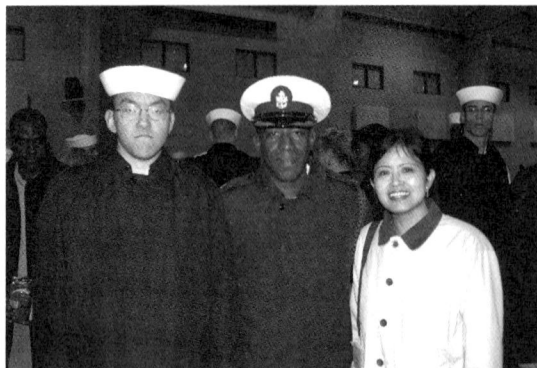

2.1　我和妈妈跟教官合影。他就是我说的那个很凶的黑人教官，照相时倒是笑迷迷的，很和蔼

都不敢回答。他又对我们说："你们结束了训练，已经毕业了，就要离开训练营了，你们可以说话了。"我们都看了他一眼，还是不跟他说话。最后把他气得不行。他虽然说的是真的，可是我们都不相信他，因为他平时太凶了。我们真的不知道他是怎么回事。

当天吃晚饭的时候，正好我第一个端盘子过来。教官们有他们自己取饭的地方，跟我们这些新兵不在一块。那个黑人教官已经拿好饭，坐在那里了。平时我从不跟他坐在一起，这天我端着托盘过去时，可能因为我是那里唯一的亚洲人，比较显眼，他指着我说："你，坐到我旁边来。"我当时就觉得大难临头，心想："唉，我怎么这么倒霉呀！早知道这样，我就晚点过来。"他让我坐下后，其他人都顺序坐到我旁边了。这时候他对我说话，跟我聊天。当时我没有多想，忘了他是那个很凶的教官，他跟我说话时，我就跟着他说了一句。我们训练队的人，全都抬头看了我一眼，很惊奇的样子。我这时才提醒自己："完蛋了，我怎么张嘴说话了？"可是我已经说了，还是继续跟他聊吧。他并没有说："你不能说话。"他也继续跟我聊天，我就跟着他说，反正我啥事也没干，他不能罚我吧。那个黑人最后走的时候，对我们大家说："看吧，他跟我说话了。你们这帮家伙说话吧。"大家看着他，都笑了。

以后吃饭的时候，因为我已经跟教官说过话了，并没有受罚，大家

都知道他说的是真的，不是逗我们玩。我就坐在那儿，跟我对面的人说话。他从我旁边走过去，啥话也没说。我们大家就都开口说话了。这个黑人是训练我们的三个教官中的一个，我们不怕另外两个人，只怕他。在我毕业的时候，我还跟他照了一张相。他属于那种人，你要是听他的话，服从他的命令，他不会故意整你，他不是那种很坏的人，但是你要是不听他的命令的话，他会让你的生活很悲惨。

020 毕业还要填志愿

在我们训练快要结束的时候，在战斗考核之前，海军就开始准备给我们分配将来的工作。他们的分配基本上也算是双向选择，我们可以选工作，海军也可以选我们，但是海军的权力大，我们的权力小。我们可以告诉他们，我们想去什么地方，想干什么工作，但允不允许我们去那里干这个，就是海军说了算了。最后海军派我们去哪里，我们都必须去，派我们干什么，我们都必须干。

首先是选工种，这个跟我们参军考试ASVAB的成绩很有关系。教官给我们每一个人发一张表，上面标明什么样的工种需要多少分。你可以根据自己的成绩，在自己可以选的工种里面，找几个自己最想做的填在表上。然后海军就根据他们的需要，对照你的志愿，要是配上了，他们就派你去。要是你的第一志愿没有配上，他们就查第二志愿，就这样往后推。如果你的所有志愿都配不上，他们就派你去做海军需要的工种，不管你愿意不愿意。

要是一个人参军考试的成绩太低，进不了工种，海军就会让他去做未确定工种新兵。我的分数不好，就属于这种情况，没法选工种。当然我可以选择去搬炸弹或者理发、做饭，但是我不愿意去做那些，我还是想做技术活，所以最后我的职业就是未确定工种航空兵（Undes Airman）。

我们参加海军工作以后，军队还会给我们机会，让我们到各个车间（Shop）去转一转，看一看各个工种都干什么活，想一想哪一个你最喜欢，然后你再去学着干那个活，做那个工种。如果你考试合格的话，你就去做。如果你自己愿意，或者没有工种肯要你，你也可以一直不进工种，干一些杂活。

另一个选择，这是每一个人都必须做的，就是选择你想去的地方。军队让我们每一个人选3个想去的地方，填在你的志愿表上。我当时选的第一个地方在弗吉尼亚州的诺福克港（Norfolk，Virginia），我是东海岸长大的，也想离家近一点；第二个志愿我选的是加州，因为爸爸妈妈曾去那里出差，照了许多相片，看上去很漂亮；第三个地方我选的是美国在欧洲的一个海军基地，后来没有了，被拆掉了。我想到欧洲去转几年，那里国家很多，各个国家的文化都不一样，我想看一看他们都是怎样生活的。

在填表准备毕业分配的同时，我们开始训练毕业典礼的队操，因为毕业典礼上我们的队列行进与平常的不一样，更花哨好看一些。还有谁在典礼上要做什么动作，这些都要练，还是天天练。等到战斗考核一完，我们休息几天，再去参加毕业典礼，然后就算毕业了。

在战斗考核结束之后，毕业典礼之前，我们就是宣布去向分配，办很多文件（Paper Work），准备进入海军参加工作。当时海军分配的基本原则是，从哪里来，就到哪里去，一般人也是这样选的。训练队宣布分配工作的地点时，所有东海岸来的，都回东海岸了，就把我一个人分到西边去了。当时可把我气死了，凭什么别人都回家，就我跑那么远。我去找管分配的军官，他们说："西海岸需要更多的人，你不是选加州了吗？那你就去吧。"我没有办法，只好认了。反正我想要独立，想要出去闯，听说加州挺不错，去就去吧。

我到了加州以后，才发现军队并没有整我，除了离家远一点，他们给我分配的几乎是最好的地方，最好的职位。我去是做的海军航空兵，不是军舰上的海员，只要不出海打仗，大部分时间我都是住在陆地上，而海员在E4军衔之前，只能天天住在船上。我可以有自己的寝室，自己单独的房间，他们在船上就是大家挤一块了。还有，我去的是南加州的海边，风景很漂亮，旁边就是富豪住宅区，气候也好，不冷不热。最重要的是，我登上了航空母舰。我认识的那几个留在东海岸的中国人，都是上了小船。航空母舰当然不一样啦，谁进入海军工作不想上航母呢？

021 逃兵和偷情都要受惩罚

海军的入伍训练，从体力上来讲，不是顶不住，其实还行，苦的主要是精神，压力太大。很多人受不了那种压力，真的受不了。我们在家里头，从来没有人对着我们这么喊过，没有人冲着我的脸猛吼，别人都很尊重我。可是我只要参加了军队，他们就不拿我当成一个人，对那些当官的来说，我什么都不是。以军队的角度来看的话，我当然微不足道，就是一个小得不能再小的小兵。训练本来就没完没了，累得人半死，还不许说话，不能做这个，不能做那个，吃不饱饭，睡不成觉，稍不注意自己就要受罚，还会招别人恨，我们都才十几、二十岁，从来没有吃过苦，没有出过家门，一下子这么难受，压力能不大吗？心理上能不崩溃吗？

有一天，我们正在训练的时候，就有一个人实在受不了啦。他是另外一个训练队的，当时正跟我们队一起训练。他突然冲出队伍，往大门口跑，想爬过大门上的那些栏杆，逃出训练营去。当时大门是关着的，我们只要进了新兵训练营，就不准出那个大门半步。大门旁边停着一辆军营的警车，可能就是为了防止有人逃跑的。看见他想跑，那辆警车马上开过去追他。他已经爬大门爬到一半了，两个警察跳下车，上去把他抓住往下拖。他被拉下来了，气得不行，回过头来跟警察打架，警察就用枪托敲他的头，然后把他按在地上给抓住了。这个人没有跑掉，还被警察打得一脸是血。他已经跟军队签订合同了，除非他通不过考核，军队不要他，那他可以走，但是不能说他签过合同，突然不想干了，自己想跑，那就是违反纪律，犯了大错误。后来海军好像也没有把他关起来，而是让他从头开始再做一遍训练。他那时已经做完一半了，现在又让他从第一天开始练，就等于他前面一个月白做了。谁让你逃跑的，那就让你多难受一阵。

如果你受不了心理压力或者身体训练，实在承受不住的话，军队可以把你送回家，但是那必须是人家送你回去，你自己不能逃跑。你签了合同，宣了誓，那就有法律约束。你现在想毁约，那可不行。别忘了，送你来这里训练，政府为你花了很多钱，它不会轻易让你回家的。那样的话，政府的钱不是白花了吗？一般说来，如果你违反了纪律，军队就惩罚你，只要不是特别大的错误，他们就不会开除你。如果你被军队开除了的话，就算不上法庭、蹲监狱，你以后要找好工作也很难了，因为人家一查背景，就知道你有问题了。

我在训练营的时候，还听说过这样一件事。一个男兵和一个女兵，两个人都毕业了，马上就要坐着巴士离开训练营了。这时那个女兵给这个男兵写了一封信，那个男兵忘记自己现在在哪里了，读信的时候就笑了起来。正好有一个我们叫作主管的训练营高级教官看见了，就问他："你笑什么笑？"他对教官说："我没有笑什么呀。"那个长官就说："把你的信拿给我看一看。"尽管他已经毕业了，但是他人还在训练营里面，教官是有权力检查他的信件。你说你笑什么呀？训练营可是一个很严肃的地方，当官的是不会让你笑的。

那个信里面写的是什么呢？原来这个男兵跟那个女兵在训练营里发生了肉体关系，晚上趁人不注意的时候，偷偷地溜出去，干了那种事情。我们那个地方，黑夜里谁都找不到谁。平常晚上睡觉的时候，教官们一般也不会来把我们叫醒，比如说要集合，或者跑来查一查有没有人少了什么的。到了晚上，到了该睡觉的时候，他们就让你睡觉，因为他们知道我们第二天的训练会很长很累，不会来打扰我们，不然第二天训练的时候，大家会支持不住。这个男兵和那个女兵知道不会有人来查，就趁夜深人静时悄悄跑出去，过一会干完事就回来，别人也没有抓住他们。

本来他们没事的，就因为这个男兵在上巴士的时候，一边走一边看女兵的信，还瞎乐，就被教官抓住了。那个长官一看，啊，你们竟敢干这种事！太不像话了！那个长官马上下令："你不能毕业！还有那个女的，你去给我找出来，她也不能毕业。"最后训练营把这两个人都扣下来了，让他们从头重新开始训练，就等于他们以前的训练全部作废了。这两个家伙活该，谁让他们干这种事的！你犯了错误，你就得对自己负责！这种事没有被发现的可能还有，但是大多数人都不敢，像他们胆子这么大的很少。他们也不看看他们是在什么地方。他们冲动了，他们就要受到惩罚。

022 新兵训练营毕业了！

查理虽然比我晚到新兵训练营两个星期，却早我一个星期毕业，因为他的学习状况比较好，不用去上加强训练营，这样他就跟大多数新兵一样，大概九个星期，也就是两个月就毕业了。因为他入伍考试成绩高，所以他一毕业就分配了工种，不像我，在海军里打了两年半的杂，才去修飞机发动机。他毕业后就飞往佛罗里达，进专门的学校进行专业培训，学习他的工种。

他属于比较机灵的孩子，想法就比较多。他说他在新兵训练营里训练时，实在有点受不了，就总是骂自己："我这是发得什么疯？为什么跑到这里来受这个苦、遭这个罪？我去干点什么不行啊？为什么来当兵？"有好几次，他都想退出算了，只是找不到机会。直到做完战斗考核等待毕业典礼时，他跟几个同伴一起进芝加哥逛街，因为他们穿着雪白的海军军服，很多小姑娘都围上来要求跟他们合影，特别喜欢特别钦佩的样子，他这时才觉得，哎哟，这一切都值得，自己的罪没有白受。从此他知道，当兵是一件很骄傲的事，他再也不后悔了。我后来也发现，美国人对当兵的

2.2 毕业典礼结束后，我跟妈妈合影

都不错，没有说看不起你什么的，我从来没有碰到过这样的事。

查理不仅是我的好朋友，也很喜欢我妈妈。他到佛罗里达后，可能是因为他妈妈没有时间跟他说话，他就经常打电话给我妈妈，一聊就两三个小时，从训练营的经历一直聊到佛罗里达的海景，什么都说。我妈妈从我嘴里打听不出什么来，却从他那里了解了很多我们的情况。直到他飞往华盛顿州工作，因为有时差，他才慢慢地不再给我妈妈打电话了。我妈妈总说我是闷葫芦，什么也不说，可是我天生不是能说会道的人，我有什么办法？

战斗考核通过后没有多久，就是我们的毕业典礼。在参加毕业典礼之前，我打电话给爸爸妈妈，请他们来。他们没有想到我居然顶下来了、通过了，特别高兴，就开着车，半夜从特拉华州出发，直接开到我们训练营来参加我们的毕业典礼。门卫通知我说，我父母来了，我就到门口去接他们，不然他们进不来。

2003年10月3日上午10点40分，我们举行了毕业典礼，当时离我入营整整3个月。仪式开始后，爸爸妈妈从头到尾都在录像，但是那么多人毕业，又都穿着同样的制服，不好找，所以他们的镜头没能在人群中找到我。他们就把我们做队操，长官的讲话，都录下来了。典礼结束后，他们跟家长一起，冲进场地，才把我从人群中找出来，我们一起照相，还跟我们的教官也合影留念。

那时候我已经可以出训练营了，所以后来我又跟着爸爸妈妈去了他们的旅馆，聊了很久。妈妈跟我聊天时，爸爸还给我录了像。他们一直为我操心，到了那一天，我才发现他们以我为傲了。妈妈一直叮嘱我要好好干，我也下决心一定努力，做出成绩来。

毕业典礼以后，我还在新兵训练营待了好几天，办一些手续，等待去佛罗里达的飞机。2003年10月9日，我离开了新兵训练营，飞往佛罗里达州的彭萨科拉，作为一个未确定工种航空兵，到那里的海军教育中心（Education Center），去接受三个星期的专业基础训练。

023　最后的岗前培训

我是2003年10月9日被美国海军从芝加哥送到佛罗里达州的彭萨科拉市的美国海军训练中心去上学进修的。我能知道这个日期，并不是我的记忆力多么好，而是我妈妈有写日记的习惯，她帮我查出来的。

彭萨科拉是美国海军的教育中心，海军里的大部分人都在那个地方上过课。它里面有预备军官学校（Officer Candidate School，OCS），那是专门训练海军军官的，相当于军官的新兵训练营。它里面还有海军各个工种的专门培训学校，大多数工种的新兵都要去那里学习一段时间。也有一些工种的人是去其他地方培训，因为有些特殊工种必须在特殊的环境下才能进行训练。

在那里，每一个工种都有一栋自己的大楼，里面只教这一个工种的课程。比如说A楼（Building A）是学修理发动机的，B楼（Building B）是学修理导弹的，C楼（Building C）是学这个的，D楼（Building D）又是学那个的。已经分配有工种的新兵，就去专门教这个工种的楼里上课学习。比如说你是修导弹的，你就去B楼学怎么装、怎么拆、怎么检查那些导弹（Missiles）。你的主要工作就是集中在这些导弹上，你不用学别的东西。

因为我是未确定工种航空兵，所以我进的是空中交通控制学校（Air Traffic Control School）。我们有我们自己专门的大楼和教室，在里面学一些最基本的海军知识，比如说把每一种飞机都讲一遍，还有各种船什么的，不是很详细，因为我们这些人毕竟是没有工种的人，不用专门学具体的哪一个东西。跟我们在新兵训练营里学的差不多吧，等于复习一下，加深一些，再巩固一遍。

我在彭萨科拉待了五个多星期，其实上课的时间大概只有三个星期，主要是学校开课的时间与我们到达的时间没有配合上。我们去的时候，上一拨人还没有走，我们这一拨人就不能进去，没有我们的位置，我们只好等了两个多星期。

这两个星期就是站站岗，放放哨，做身体训练，下午一般就没事了，随便玩，但是只能在基地里转来转去，不能出去。后来我们上了一段时间课后，军队才发给我们"出入卡"（Lift Lease），我们才能出基地到外面看一看。基地在海边，有一些风景还不错。外面也有酒吧、女孩，比较热闹。

我们在等待上课期间，美国海军的蓝天使（Blue Angels）飞行队来佛罗里达给平民做空中表演（Air Show）。蓝天使飞行队是美国海军专门的表演队（Demo Team），在全世界都很有名。教育中心的人就问我们："你们谁愿意做志愿者去帮他们维护秩序？"我说我愿去。反正我待着也没什么事，去了又能看飞机又能看热闹。志愿者的工作也很轻松，就是站在军队拉起的黄线后面走来走去，防止有小孩钻进来，或者有东西扔进来，因为飞机起飞和降落要用这些跑道，要是有人或东西在跑道上就会出大事故。

蓝天使非常棒,他们把飞机玩得特别溜,想怎么飞就怎么飞,很精确。那些F-18飞机就在我头上飞来转去,表演十分惊险刺激。比如说两架飞机对着头开,在空中的速度高达六七百千米每秒,直到最后关头才侧一下身,突然分开。这种动作要是差0.01秒就会出事,很危险。

不过,给我印象最深的,还是那些飞机起飞时的阵势。飞行员们站成一排,第一个飞行员走近第一架飞机,广播上报名,他叫什么名字,什么军衔,来自哪个州,然后第二个飞行员走近第二架飞机,就这样一个一个走过去,都站好,然后一起转过去。他们一起戴上自己的帽子,再一起转过来,一起向观众敬礼,然后再一起进飞机,一块启动发动机,所有人都是同步。打手势的地勤也完全一样,动作非常整齐同步,手势打得那可真是利落(Sharp)。大家看了都说,好家伙,就是不一样!这简直就是一个完美的节目表演。当时我就想,要是哪一天我能到这个地方来工作,那才真是不得了哩。

我们开课以后,每天上课的时间都不太一样,但是大多数都是从早晨8点上到下午一两点,中间给我们几次休息时间。下课以后,我们就没事了,想干什么就干什么去。在这里我们也不用考试,学一学就行了。只要通过了新兵训练,我们就算毕业了,就是真正的水兵,不会说在这里学不好就不让我们当兵了。虽然我们是没有工种的水兵,但军队不能不管我们了,让我们随便玩去,他们还是要给我们这些人开一点课,学一些基础知识。我当时并不知道我以后会去做飞机维护长(Plane Captain),就是跟着学,人家让我干什么,我就干什么。

我们上课的时候,有20多个人,从不同地方来的,组成一个班。平时我们8点钟开课,早上5点就得起床,5点半要在外面集合,全班人一起去做身体训练:跑步、俯卧撑、仰卧起坐等等。军队要求我们一直保持训练,天天早上都要这样练。我们的身体在新兵训练营里已经锻炼得很强了,已经练出强健的肌肉(Build Muscle),但是如果有一段时间不练的话,这些的肌肉就会一点一点萎缩。所以海军规定我们必须天天练习，保持身体状态。跟新兵训练营一样，我们不管去哪儿，都是20多个人一块队列行进，一起去吃饭，一起去身体训练，一直到我们从这所学校毕业。

相对而言，这里比新兵训练营轻松一些，因为我们已经是正式的水兵了，没有人对着我们吼了，压力不那么大了。以前我们住的是80个人一间的大房了，现在是2个人住在一个单间里，他的床在这个角，我的床在那个角，中间没有隔开，跟大学生的宿舍差不多吧。吃饭的时候我们可以说话，但还是不能随便吃，不是自己盛饭，是别人给我们盛。我们可以多要一点，但是不能吃第二次，因为我们毕竟是在军队里面，不是平民老百姓，不能说我想吃多少就去吃多少。虽然这里管得不是太严，但是我们还能感觉到那种严肃劲，还是有各种限制。

我们刚到那个地方的时候，虽然已经是水兵了，但在学校里还算是新人。很多老兵给我们这些新人起外号，好像给我也起了，不太好听，我无所谓，随他们去。在里面待了一段时间以后，我自己也不是新人了，也成了老兵。那些老兵们公认我是他们中的一员后，我在大兵们中的待遇就感觉要好一点，我也可以给其他新兵起外号了，当然我不会去干那种事。军队里很讲究资历，谁待得长，就比待得短的要高一档。这不是正式的规定，可是大家都这么认为。

这个算不算老兵欺负（Bully）新兵？别人看来也许是一种欺负，从我个人的角度来看，我不能说是欺负，因为一提到欺负，很多人想到用身体接触（Physical）的手段，比如说打人家、推人家、踢人家、踹人家，那是不允许的，但是像老兵给新兵起外号，这不能说是欺负，就算是他们拿你寻开心吧，也是海军的一种传统（Tradition），美国军队的一种文化吧，你只能这么看，没有别的更好的解释。

军队里面按照军衔（Rank）来定位置的，如果一个人的军衔比你高，他让你去干什么事，你当然要去干。其实在军校学习时，那些人的军衔跟我们是一样的，他们自以为是老兵，其实也就比我们待得稍微长一点，也还是新兵。他们当时也跟我们一样，从来没有见过舰队（Fleets），就是我们所说的真正的海军。他们也就是在心理上感觉到自己比别人优越一点吧。我觉得这个算是正常现象，并不是很严重的事情。

我从飞机维护长进入工种去学修发动机时，并没有再回来培训。飞机维护长在海军里面不是一个工种，我们把它叫作"临时指定任务"（Temporary Assignment Duty），就是一个临时的工作，不是一个长期从事的工种。后来我要进工种时，本来军队是想派我回彭萨科拉学习，可是由于资金问题，他们不再把我们送到学校来了，就让我直接到修发动机的车间，一边工作，一边跟着学。我就是这么一点一点学出来的。我后来训练新飞行员时，经常带飞机跑佛罗里达，但再也没有回彭萨科拉读过书了。

第三章　一切为了战争

024 新兵都要从清洁工做起

我在佛罗里达州的彭萨科拉海军教育中心学习结束后，长官问我是先回家探亲还是直接去加州工作，我当然说我想回家。他们就给我买了票，把我送上飞机。我妈妈的日记中说，我是2003年11月19日从新泽西州的纽瓦克机场（EWR, Newark, New Jersey）坐火车（Amtrak）回到特拉华州（Delaware）的。我在家待了两个星期，也没干什么，吃吃喝喝，会会朋友，休息一下，很快就过去了。

2003年12月2日早晨5点多，妈妈开车送我去纽约郊区的纽瓦克机场，我要从那里乘飞机飞往加州。路上妈妈还把我骂了一顿："军队的机票都是免费的，你怎么会订到那么远的机场？为什么不订到费城？"她认为我肯定只说了纽瓦克，军队的人想当然就给我订到了新泽西的纽瓦克机场。她问我为什么没有加一句，说清楚是特拉华州的纽瓦克呢？她说我给她找了这么多麻烦。她说她的，我也没有吱声，我都被她说习惯了。我不算是聪明人，跟妈妈没有办法比，总是惹她生气。

我从纽约飞到芝加哥，再从芝加哥飞到洛杉矶，然后再从洛杉矶飞到加利福尼亚州的奥克斯纳德，然后到那里的穆古

3.1　我从新兵训练营毕业后，回家探亲时在客厅里和妈妈合影

3.2　VAW-112 鹰眼预警机队的队牌正面。这块队牌是我获得"年度最佳飞机维护长"时我们队长发给我的

3.3　VAW-112 鹰眼预警机队的队牌背面

海军基地工作。奥克斯纳德离洛杉矶有1个小时的路程，不远，它夹在洛杉矶与旧金山中间。我们这一批新兵，有几个人也分到了加州，甚至还有一个人跟我分到同一个基地，但是跟我不在同一个飞行队。我来之前，长官只告诉我是去一个飞行队，我也不知道是什么飞行队，我要去干什么，一点都不知道。到这里以后，才知道是航空母舰上的E-2C 鹰眼（Hawkeye）VAW-112（Golden Hawks）预警机机队。他们专门派了一男一女两个军官去机场接我，我还记得那个女军官长得相当不错。我那个时候已经穿上白色海军军装，戴着海军的徽标，他们很容易就找到了我。我当时的军衔是E2，就是列兵二级。到了穆古海军基地后，我就给妈妈打电话，说："我到了，一路还算顺利，就是飞机晚点几个小时。奥克斯纳德是一个好地方，我挺喜欢这里的。来接我的是一个女军官，长得真漂亮。我很高兴。"

　　第二天我就去队里报到，他们把这个叫作"报到登记"（Check-In），就是做一些纸面工作，办证件，办正式入队手续，还要到飞行队（Squadron）的每一个部门，去跟大家见个面，彼此认识一下，让飞行队的人都知道来了我这么一个新人。他们也给我介绍飞行队的一些情况，还有我现在要去哪里工作，要做些什么，谁是我的上司，谁是我的同事等等。第一个星期就是这些事。飞行队里常常人来人往，他们有一套新兵报到的程序，我跟着走一遍就行了。

刚入队的时候，长官派我去打扫卫生，就像内勤一样，给队里的军官清扫办公室，还有打扫走廊、清洁厕所、收拾垃圾等等。你见过清洁工打扫卫生吗？我就是干的那样的活，只不过我穿的是军服。早晨一去，我先把军官们的垃圾扔出去，四处擦一擦，然后用吸尘器吸一下办公室和走廊的地毯，再去拖一下洗手间的地，把便池涮干净，装上卫生纸，总之要把所有地方都弄干净了。完事后我就在那里坐着。快下班的时候，我再吸一次地，再把他们的垃圾扔出去，再四处打扫一下。总的来说，我的工作就是早上打扫一次，下午打扫一次，其他时间爱干啥就干啥。我干就是这些事，那就是我的工作，没有别的。我只是白天上班，晚上不用去，还是相当轻松的，可就是心里不痛快，就这样天天扔垃圾洗厕所？我参军入伍受训练有什么意义？我在家直接找这么一个工作不就得了？

当时我真的是够可怜的，说是进了飞行队，却连预警机具体什么样都没有见过，只能远远地看着人家飞。我们从办公区到飞行区有一条分隔线，我都不能跨过那条线。我也没有资格去给飞机站岗放哨，更不能碰自己飞行队的飞机，我能摸的就是吸尘器和马桶，我就那么可怜！

可是我知道，我刚刚进来，身份就是低，只能从最低级一点一点升上来，从最小的事一点一点干出来。我就想，不管你们让我干什么，我干好再说。我就老老实实地干活，没用的东西不多想。当时我不知道自己什么时候能去干正经活，但是我感觉飞行队也不会让我三年、五年都干这个，他们迟早会把我调走，但是我那时不知道自己到底要等多久。

直到有一天，长官打来电话，跟我说："从明天起，你到航线屋（Line Shack）那边去干活。"当时我特别高兴，特别兴奋，就像从新兵训练营出来时一样，有一种终于解放了的感觉。就这样，我只做了两个月清洁工，就去学做飞机维护长了。有的新兵干了三四个月，直到某个地方需要人，才把他调走。军队还好，比较公平，没有谁可以一下子跳到上面去，不可能。不管你是谁，刚到军队后都是这样，所有人走的都是相同的路，没有人可以不做清扫工作就直接去飞机上干活，因为每个人都必须从最底层开始，从最基础的做起。

为什么要让每一个人都从最底层干起呢？军队就是要通过这些一点一滴不起眼的小事，看一看你在工作中会是什么样的一个人。比如说让你吸地，吸地很简单，谁都会做，但是吸得是不是干净，每个人就不一样了。他们就是要观察这些新兵，通过做一些很琐碎的事，看这个人是不是认真，是不是尽心尽力，是不是能够注意到细节，是不是能够踏踏实实地做好每一件小事，有没有努力、认真、诚实的态度，尤其是对于飞上天的飞机来说，他们不会让一个粗心大意的人去修飞机，因为那样出事的几率就太大了。他们是通过观察你，认为你合适，才会把你派到那个位置上去。不是人家瞧不起你，让你一个军人去打扫卫生，而每一个人都必须干，白人也得干，黑人也得干，美国人得干，墨西哥人、中国人、菲律宾人都得干。他们不管你是什么肤色，只要你是新人，都得干几个月这种活。直到再有新的人来了，你才能去修飞机，新人去清扫办公室和厕所。

还有，海军的要求就是，每一个水兵，无论做什么事，不管你是在工作，还是在休息，你都要按照三个原则行事，那就是忠诚、勇敢、上进（Honor，Courage，Commitment）。这就是海军的核心价值（Core Values），是每一个海军人员的目标和方向。不管我是在维护飞机还是在打扫卫生，我都必须按照这个原则行事。如果一个人打扫卫生都干不好，你敢让他去维护飞机吗？

这里还要说一下，我入伍时的参军考试成绩，对于军队派我去做什么工作，一开始影响比较大，比如说别人就进了工种，我就没有工种，但是越到后面，影响就越小了。因为你开始工作以后，军队评价你的标准就会变化，他们看你的就不仅仅是考试成绩，而是你工作中的表现。你进去以后，他们培训你一下，感觉还不错，他们就会用你。即使你考分高，如果不好好干，那也不行，因为你进去后还要学很多东西，再考岗位证书，要考试合格，要拿得起工作，还要好好干，这些才是他们想要的。所以说跟你考试的分数有关系，但也不是一考定终生，他们会根据你的工作情况调整。

　　虽然我参军考试成绩低，并不代表我不能干，因为能考试不见得能干活，每个人的努力程度也不一样。我后来拿了很多奖，还去修飞机发动机，也说明考试虽然重要，长时间的工作表现更重要。就像是跑步，有的人前面跑得快，后面停下玩去了，这样他也跑不了太远。我启动慢，可是我专心跑，这样一点一点地，最后我能跑的比别人更远。

025　我的老师有点严

　　2004年2月，我们飞行队正式发文，把我送到航线屋（Line Shack）去学做飞机维护长。飞机维护长类似于在民航机场给飞行员打手势的那些人，主要管接、发飞机，还要检查、维护、清洁、准备飞机，要做飞机的日常保养工作。虽然我们工作单位的名字是航线屋，但我们大部分时间都是在露天或者机库直接面对飞机工作，坐在那个小屋子里办公的时间并不多。

　　在我们穆古海军基地里，有4个预警机飞行队（Squadrons）。每个飞行队里，有4架E-2C预警飞机。所以在整个基地里，一共有16架预警飞机。这些飞机全部要上航母出海打仗，没有一架不去。我们这里只有舰载预警飞机，没有别的飞机，像F-18等其他海军飞机，都在别的基地里。我们有一个大机库（Hangar），4个飞行队的所有飞机，都停在里面。我们的航线屋，还有我们飞机维护长和所有学员，只管发、接、维护我们自己的4架E-2预警飞机，其他的飞机不归我们管，由他们自己的飞行队负责。

　　我学做飞机维护长的老师，是一个墨西哥人，也是我们那里当时干得最好的人。我们总共4架飞机，他的名字印在了3架飞机上面。我后来最好也只做到把我的名字印到2架飞机上，所以我一直都很佩服他。在工作方面，他的性格跟我一样，要做什么，就一定做到最好。他要是做不好的话，他就碰都不去碰。他自己也说，他要干活就一定要干得很漂亮，要不他就不干。

开始的时候，他看不上我，不肯教我。那时我还是一个新人，看到他干活的态度，特别佩服，而且他确实干得很好，我一直想跟着他学，因为我知道好老师很重要。可能是因为我不太爱说话，看上去也不算机灵，他觉得我不行，就是不教我。当时航线屋里还有一个真正的印第安人（Native Indian），也是飞机维护长。我进去的时候，那个墨西哥人看了看我，也不理我，就叫那个印第安人来训练我。

我没有办法，还是老老实实干我的活，学我的本事。干了一段时间以后，这个墨西哥问那个印第安人，这小子干活怎么样？那个印第安人说，这小子干活挺不错的。这个墨西哥人就开始注意我了。后来有一天，他走了过来，对我说："从今天起，我来教你。"从那以后，我就成为这个墨西哥人的学生，他使劲教，我努力学，进步很快。再到后来，我们两个人都一样，航线屋里没有哪一样活是我们干不了的。他做了两年飞机维护长后，就进了自己的车间（Air Wing Shop），工种就是修机翼。我干了两年半飞机维护长后，也进飞机发动机车间去修发动机去了。

我直到现在还跟这个墨西哥人有来往，他早已经变成我的朋友了，前两天我们还在视频上见面聊天来着。他几年前就离开军队了，也结了婚，生了孩子。现在他在加州当警察（Sheriff），是在监狱里看管犯人。他现在可比以前胖多了。

026 飞机维护长的五项修炼

我们做飞机维护长，大概有五项工作。当飞机回来的时候，我首先要做的，就是往飞机轮子底下塞一条又宽又厚的橡皮垫块，挡住轮子，这样飞机就不会滑跑。我还要从飞机后面的一个柜子里拿出几把特制的锁，把飞机的机首起落架（Nose Landing Gear）和主起落架（Mid Landing Gear）都锁上。一般人可能都知道，飞机起飞以后，会把轮子都收到机舱里去，这样可以减少飞行阻力。在降落的时候，它再用液压机构把前后轮都推下来。可是飞机的起落架毕竟是一个机械装置，不可能十全十美，有时候它们可能没有完全卡住。如果不给起落架加锁，万一它们突然自己打回去，飞机就会歪倒在地，摔坏机翼，或者磕破机首。所以我们要挂一个铁销上去，卡住起落架，让它不会打回去。飞机要起飞时，我们必须把锁取下来，放进飞机的锁箱里。我们在打手势帮飞行员起飞前，必须再三检查机轮锁是否已经取下。这个不能犯错，否则飞机到了空中，机轮就收不回去了。

在飞机关掉发动机的10分钟之内，我们必须给飞机的两个发动机换机油。飞机发动机里面都是铁，在高速转动的时候，你不能让金属跟金属直接摩擦，如果没有润滑油，这些零件的表面会互相摩擦，那些金属很快就会被磨坏或者压碎烂掉。此时发动机是热的，我们计算的油量就准确。我们要测出左边发动机用掉多少机油，右边发动机用掉多少机油，然后都填在一张专门的表格内。

E-2飞机的发动机下面，有一个挺大的出油口。我们先把它打开，让旧机油自动流出来。然后我们从发动机上面的一个注油孔往里面加新机油，把旧的机油挤出来，直到看到新的机油流成一条稳定的直线为止。我们再把新加机油的数据写下来，拿回航线屋里去计算。我们有专门的表和公式，每次飞机回来，我们都要计算，这个加那个再减去另一个，除去飞行时间，最后就是应该用掉的机油。如果我们加的新油在限额以内的话，就说明发动机工作正常。如果多用了机油，就是说发动机有问题了，我们就要通知发动机车间，让他们去查发动机为什么用了这么多机油，查一查哪里出了问题；当然用少了也不行，也有问题，比如说发动机内可能有些地方没有被润滑到。

第二项工作是洗飞机。在陆地上，每隔28天要洗一次飞机。我们有一厚沓卡片，叫作"维护要求卡"（Maintenance Requirement Card，MRC），它会告诉我们用什么工具、怎样去洗飞机等各种细节。我们还有一个工作列表，在卡片的后面，我们要一项一项地做，一项一项地打勾，直到全部做完。我们还要记录下来，什么时候、由谁洗的这架飞机，有没有碰到什么问题，要注意些什么地方，非常详细。

清洗各架飞机的时间，我们会尽量隔开，因为我们要留几架飞机出去飞，不能说4架一起洗，结果没有飞机可以飞了。所以我们大约是每隔7天洗一架飞机。

清洗一架飞机所用的时间，取决于谁去洗。要是给我的都是有经验的人，去4个人，要用2个小时，因为飞机很大，洗起来不容易。如果去的是学员，我要边洗边教他们，花的时间长得多，要三四个小时。大多数时候，洗飞机的人有老有新，一半对一半，因为有经验的人还要去干一些检查飞机或者给飞行员打手势等技术活，不能都来洗飞机。

第三项是给飞机加汽油。这个活要两个人一起做，一个人钻进飞机驾驶舱，检查一下发动机的点火器，要断开它，然后打开电池看油量。外面那个人要检查一下油箱的情况，然后把加油管跟飞机加油口连接上。两个人一打手势，没问题了，就让加油车加油。一般我们要加5吨左右的油，飞得不远就少加点，这样飞机比较轻，省一些油。在飞机里的人还要定好预警油量，一旦落到那里，它就会"宾戈、宾戈（Bingo，Bingo）"地叫，提醒飞行员汽油已经不多了，要往回飞了，怕他们忘记。加完油后，飞机外的人再把油管卸下来，把飞机的油箱盖拧好。

第四项是给飞机打手势。你在民航机场也可以看到地勤人员对着飞机比比划划，就是那些动作。这是一个技术活，我们做各种动作，跟飞行员交流，指挥飞机转来转去，启动或者关掉发动机。比如说我打手势把飞机发出去，做这个动作是让飞行员打开左发动机，做这个动作是让他打开右发动机，还有这个动作是让他松开闸，准备滑行起飞。还有好多，要一项一项来，每一项都要把飞机的情况看得清清楚楚，然后再把动作做得准确到位，让飞行员把飞机安全舒适地飞上天。

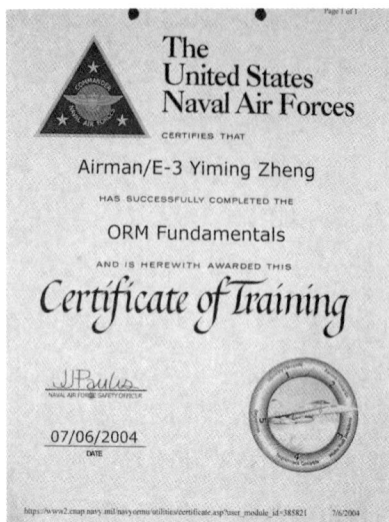

3.4 我考试通过所得到的许多证书中的一个。从里面可以看到我在2004年7月军衔已经是E3了。这是直接升上去的，不用考试，因为E3以下都是列兵，E4以上才是士官

飞机回来的时候，我们要去接飞机，这个叫作恢复（Recover）。我们要举起双手告诉飞机怎么走，向左、向右、快点、慢点，最后双手交叉，让它完全停住。这个活还要分白天打和晚上打。白天打手势就是用手，不用指挥棒，晚上要用手电筒，这些都不一样。我们必须很小心，不能出一点差错。出了错不是飞机坏了，就是我们没命了。我们还要尽量做得漂亮，要快速到位、正确好看。

最后一项是检查飞机。我们有两种检查，一种叫作"日查"（Daily Turn-Around Inspection, DTI），另一种叫作"次查"（Turn Around Inspection，TAI）。次查就是飞机刚回来，但是它马上还要飞，要做一个比较快的检查，就是大概看一下飞机有没有哪里被撞了，有没有一些明显的损坏什么的。大约用30—45分钟全部做完，不像日查那么详细。

日查就是每天飞行结束以后的专门仔细检查。在飞机整天飞完以后，要做日查，就是把飞机里里外外、上上下下全部仔细检查一遍。有什么问题要记下来，有的我们自己修，有的要送到车间里去修。日查可以管72小时，就是在72小时内都认为它是完好的，不用再做检查。如果飞机天天飞，那么每天我们都要做一次日查。

这五项工作，都不算难，但要真正做好，也不容易，因为细节很多，不能马虎。每个人情况不同，学习时间就不一样。军队要求新人六个月内要学成一个合格的飞机维护长，我只用了四个月就通过了，算是相当快的。我一项一项学完之后，我的老师和上司们都觉得我可以了，就让我去考试。我必须通过，才能成为合格的飞机维护长。如果我没有通过，

就要再学2个星期，还可以考一次。

我通过之后，我的顶头上司航线屋的长官要签字，表明这个学员考试通过，推荐他成为一名正式的飞机维护长。还有我们的行政主管、部门主任、维修长官，都要签字。到最后是我们的飞行队队长，最大的头，也要签字。此后我才有资格单独接发飞机，单独维护飞机，并且训练其他学员。

我在成为一名合格的飞机维护长的时候，我的名字就被印到一架E-2预警飞机上。我们的飞机的机首下面有一个轮子，轮子收进去后就有两扇门左右关上。我们把那两扇门叫作机首起落架门（Nose Landing Gear Doors）。在那架飞机上，一扇门上写着我的名字，另一扇上写的是另外一个飞机维护长的名字。因为当时我是航空兵，所以我的名字前面就写了一个AN，还有我的姓，就是Zheng（郑），后面是我来自的地方：特拉华州纽瓦克市。

027 训练、打仗是一个循环

我入队的时候，我们飞行队才从波斯湾打仗回来没有几个月。前面他们一直在休整，也不是不训练，但也不是很积极。我在2004年2月被派到航线屋时，我们飞行队才恢复正常训练没有多久，所以我算是比较幸运的，直到2005年1月出海打仗，我有一整年的正常训练时间，基本上走过了飞行队的训练准备全程，而且也拿到了合格飞机维护长的证书。有的人刚进飞行队，就赶上出海打仗，那就比较倒霉了。

我们航母预警机飞行队的训练和打仗情况是这样的，我们先是单独练，就是我们飞行队自己练，飞行员自己飞自己的，飞各种动作，测试各个项目。我们地勤人员也要把大家训练好，把人员配齐。然后是合练，就是我们飞行队和F-18飞行队、航空母舰部队一起练，一点一点地融合在一起。最后是考试，就是设定一个真正打仗的场景（Scenario），把我们放在最真实的情况下，我们要像真正打仗一样，完成的一个很大的战争行动（Mission）。这个考试我们必须有95%以上的项目合格才算整体通过，我们才有资格出海打仗。然后就是我们整个航母打击群出海打仗，规定一次出海是六个月，一般都会延长一两个月。打仗回来后我们会休整几个月，然后又是这样的训练。大约一年半之后，我们再一次出海打仗。我们所有航母部队都是这样，像一个圆圈（Circle），一直转，不停地转。

我们自己的训练也是一种不停地循环。我们三个星期在陆上练，就是在奥克斯纳德的穆古海军基地里训练。然后三个星期去船上训练，就是坐我们的航空母舰卡尔·文森号去出海训练。回来后再有三个星期的陆地训练，接下来的三个星期是去内华达州的法伦（Fallon，Nevada），就是美国专门训练最好的飞行员（Top Gun）的地方。从那里回来后，又是三个星期的基地，三个星期的船上，三个星期的法伦，就是这么一直转，一直练，直到出海打仗。这个时间也不是很固定，大多数情况是每个地方训练三个星期，有的时候会延长到一个月，比如说在一个地方我们的训练没有做完，那我们就得延迟一个星期，直到把它完成。

我们训练的时候，所有飞行队里面的人都得去，包括新人、学员，不是说能干的人去，不能干的人在家待着。我们学做飞机维护长，是到哪里都学，在基地里学，到法伦学，上航母也学，不是说在陆地上学好了，再上航母训练。我们无论去哪里，都是全队200人一起走，一个都不留。我们训练时上的船，就是那个后来拉我们去打仗的卡尔·文森号航空母舰。我们飞行队是跟它配套的，所以我进飞行队没有多久就直接上了航空母舰。那个训练最佳飞行员的内华达州的法伦基地，我也是一进队就去了，不是说等我成为合格的飞机维护长之后才去的。

我们出海打仗，也是全队都走，一个不留，连请假都不允许。那些学员，哪怕刚入队，什么都干不了，也必须跟着走，不能说留在家里学，要学也得到战场上去学。军队就是这样，训练跟打仗一样，打仗也要训练，特别当真。美国人天天打仗，谁要是玩花样，上战场就会完蛋，而且一死一大批，因为打仗的时候，大家互相支援，一个地方出了漏洞，不光是那里会死人，别的地方也会死人，全体倒大霉。

028　初登航母

我还在做飞机维护长学员的时候，就第一次登上了卡尔·文森号航空母舰（Carl Vinson）。那个时候是在2004年的春天，我当时就是跟着我们整个飞行队，主要跟着我的老师，那个墨西哥人，一起去的。每次我们上航空母舰训练的时候，我们都是坐上大巴车，从奥克斯纳德的穆古海军基地，开三个多小时的汽车，到达圣迭戈（San Diego,CA）的北岛（North Island）军港，从那个地方上航母。我们自己的穆古基地虽然就在海边，也有一个港口，但是水不够深，航空母舰进不来，我们也没有足够大的码头能让航空母舰停靠。

在去圣迭戈的路上，我有些激动。我还从来没有亲眼见到过航空母舰，更没有登上过这么大的战舰，我只是在电视电影和杂志书刊上看到过录像和图片，现在马上就要见到真家伙了，自然有些兴奋。但我又有些忐忑，因为我听别人说过，你上去以后，就没有了在陆地上的自由，会很辛苦，很难受，很不舒服。我当时的心情，可以说就是一半一半吧，既有些兴奋，又做好了面对艰苦的准备。每个人应该都差不多，你只是去看热闹，当然会很高兴，但你要是真的到航母上去工作，感觉就不太一样了。

我对航母的第一印象，就是特别大，特别了不起。我原来在中国时，就很喜欢航空母舰。中国有卖军事杂志的，我经常看。上面介绍不同的坦克、飞机，还有各个国家的军舰。航空母舰就是以美国的航母为主。坦克吧，你还可以看俄罗斯、德国、英国的。飞机也是，比如说英国、法国、俄国的飞机。可是你要看航空母舰，那就美国最多了。我还记得，我在杂志上看到的第一艘航空母舰，是美国的"小鹰号"。我小时候就喜欢汽车、飞机、军舰这些东西，特别喜欢看航空母舰，因为它是最大的军舰，上面还有飞机。没想到我来了美国，长大后还参加了美国的海军，更没想到我居然要上航空母舰工作了，真的是一点都没有想到。所以第一次看到航母时，我觉得，好家伙，这可比我从报纸上、杂志上、电视上看到的航空母舰大多了，感觉特别大，特别气派。当时我觉得我自己，还有这艘船，都挺威风。

我在上航母训练之前，从来没有坐过船，因为我是兰州来的，那里没有多少水，只有一条河。当地人过黄河，用的是羊皮吹起来的筏子，当然那个我也没有坐过。所以我第一次坐船出海，就坐的是航空母舰。这个当然不是我自己有什么不得了，只不过是因为我做的就是这个工作。我的飞机去哪儿，我的人就得去哪儿。我的飞机是附属在航空母舰上的，所以飞机要上航母，我这个人就必须上航母。我们的 E-2 飞机很大，又需要跑道，别的船它肯定落不下来，只能落在航空母舰上，所以我也就只能坐航母出海了。

在码头上看了两眼之后，我们就开始登上航母。它有一个像桥一样的东西，就跟踏板一样，从航空母舰里伸出来，搭在码头上。我们先爬上一个楼梯，然后过桥，就走进了修飞机、存飞机的航母机库（Hangar）。从那里，我们要爬上 3 层楼。航母里有电梯，但那是给飞机坐的，跟我们没有关系，我们不是享受去的，我们是干活的，所以我们要爬船上真正的梯子。那些楼梯很陡，都有七八十度吧，而且楼梯的出口不是很大。我们背着自己的行李，加上睡袋，起码有 25—30 千克，所以我们每个人都必须手脚并用地上楼，还要躬着腰，不然背上的包会碰到那个出口，会把人绊住。我们上去之后，就开始了航空母舰上的生活。

我们住的地方，在航母的甲板之下。我们先到要住的小格子里，把东西放好，再上甲板。航空母舰甲板很大，从这头到那头，从左边到右边，起码有 3 个美式足球场地那么大，可能还要大一些。当时甲板是空的，没有一架飞机。等到后来那么多飞机都落到甲板上，我才发现，航空母舰其实不算大，到处都挤得满满的，还要空出跑道让飞机起飞和降落，一点空闲的地方都没有，跟陆地上的机场没有办法比。

白天我们一直忙，从车上卸东西，吊上船，再装到船上车间里。我们不停地跑来跑去，还要帮别人的忙。F-18飞行队，还有别的飞机的飞行队，也都在登船，他们要是需要帮忙，我们也要去。到了晚上，忙得差不多了，飞行队的军官说，你们可以下船逛一逛，明天就要出海了。我下了船，站在码头上，看着这艘航母，心情就不一样了。噢，原来这个东西就是这样，这么长，这样大，也没有什么嘛。当时我心想，我真的要在这个上面关三个星期吗？早知道我就不来了，不参军了。我没有见到航母的时候，我想见它；等真正见到它，就觉得原来就是这么宽、这么长的一个铁盒子，在水上浮着，可以让飞机飞上去，还可以让飞机停在那儿，就是一个飞机场，没有什么嘛。所以那个时候，我又有点不喜欢航空母舰了。我要在这个灰色的大盒子里面待上三个星期，就像是蹲监狱，哪儿都不能去，还要不停地干活，跟苦力一样，我受得了这个吗？我说参军就是来把自己关到监狱里了，还是这么一个监狱，不停地晃，不停地响，这不是折磨人吗？可是我已经来了，后悔也没有用了。想一想也是，到哪里都一样，工作嘛，没有舒服的。

029　世界上第二危险的工作

我们的船上训练跟后来出海打仗时一样，航空母舰要先开出海，然后飞机才自己一架一架地飞上来，不是说把飞机都吊上船，摆好了再开出去，不可能那样。船停在港口，不是停在机场，那么多飞机，怎么运？怎么吊？航母没有出海时，什么都不运转，拦阻索、弹射器都不工作，飞机怎么起飞？怎么降落？只能把船开到海上，一切系统都运转良好了，再让航母顶着风，以最大速度开，飞机才能起飞和降落。

我们这些做后勤的人，要先上航母。我们的飞机和飞行员，那时还都在陆地上待着，因为我们不上航母的话，飞机飞过来就没有人去接他们。我们必须把一切都准备好了，等在航母上，再把飞机接下来。

等飞机都上航母了，我们的训练就正式开始了。在我们训练时，航母其实离岸不远，就在圣迭戈外面的海上转悠。可是对我们来说，在这三个星期里，周围完全是海，什么都看不到，一块土疙瘩、一艘其他船都见不到。肯定有一些小军舰在我们周围，还有水底下的潜艇，可是我们肉眼看不到，什么都看不到。

我们飞机维护长在航母上的工作，跟在陆地上大部分都一样，只是在起飞和降落的时候，我们要把飞机交给那些穿黄衣服的人。我们在船上穿的是蓝衣服，我们自己不再发飞机和收飞机了，因为在船上，起飞只有一条跑道，降落也只有一条跑道，那么多飞行队，都要飞自己的飞机。如果各个飞行队都自己发自己的飞机，或者自己收自己的飞机，非乱了套不可。所以所有的飞机都交给船上那些专门管航母上飞机的起飞和降落的人，因为这个时候飞机起飞要用弹射器，降落要用拦阻索，非常专业，由他们统一发，统一收，才会最安全。我们准备好飞机后，就给他们打手势，他们接过我们的飞机，然后发出去。他们接我们的飞机下来后，再给我们打手势，我们才接过飞机，再给我们的飞机打我们自己的手势，把他们停好，然后再开始检查、维护飞机。

另外，船在海上走，总是不停地晃动，光在飞机轮子底下塞挡滑的垫块就不管用了，我们还要用铁链子，一头拴在甲板上的圆圈中带五角星的固定环上，一头挂在飞机上面，这样飞机才不会掉到海里去了。多大的风浪，要拴几条铁链子，拴在飞机的什么地方，都有规定，这个不允许出错。船上那么挤，飞机一架紧挨着一架，要是一架飞机没有拴好，损失的就不止是一架飞机了。

我们在航空母舰上也要修飞机，每个车间都要上船，所以我们要运很多机器、工具、零配件等好多东西上来，都存在甲板下的机库里。问题是我们在船上订零件就很难了，要等很长时间。打仗时飞机24小时不间断地飞，环境也差，还可能受伤，不是那么好修的，这些都不一样。

我们在航空母舰上同样要洗飞机，而且时间间隔缩短了，每14天我们就要洗一次。因为在海上，海水会蒸发出来，湿度很大，里面的海盐（Sea Salt）会吃金属（Eat Metal），所以我们洗飞机的次数要多一倍。

加油也有一点不一样。航母上有自己的油库，甲板上有好些加油口，飞机可以就近加油。其他都跟陆地上一样，只是船上有专门的人给我们加油，我们在飞机里面配合就行了。

船上的工作时间也是两班倒（Shift），也分白班和晚班，但是12个小时一班，就是每个人每天工作12个小时，休息12个小时（12 hours on, 12 hours off）。白天就是从早上6点，干到下午6点，晚班是下午6点，干到第二天早上6点。但是两个班都要求5点半就到达工作岗位，因为还有交接手续，提前半个小时到，就可以接上了，没有缝隙。为什么在船上必须这样，一个班来了，必须见到另外一个班？因为我们有任务要交接。比如说晚上干活的人，必须赶紧告诉白天的人，哎，一会这架飞机出去的时候，有些什么东西要干，那架飞机还有什么活没有干，你们要赶紧派人去干。有了交接班，我们才互相接得上，不容易出错。

另外在船上，我们就没有周末，没有了星期六、星期天出去喝酒散心这一说。整个训练就是一周7天，一天24小时，一刻不停，跟打仗时一样。大家都在喊："战斗任务，战斗任务，战斗任务！"（Mission, Mission, Mission！）我们感觉压力很大，非常紧张。

我第一次上航母时，还是学员，是我的墨西哥老师和印第安人老师带着我上去的。因为我从来没有在航母上工作过，不知道航空母舰到底是怎么一回事，那些合格而有经验的飞机维护长们，就要一点一点地教我。虽然我们的很多工作跟陆地上一样，但是毕竟我们在航母上，工作环境复杂许多，也危险许多，所以我要学的东西不少。比如说船上有一些线，我们不能跨过去，否则有危险。飞机从这条跑道起飞时，我们必须在那条线之外。飞机从那条跑道起飞时，我们又必须在这条线之外。飞机降落时，我们又必须在哪些线之外。这些都要时刻记住，不然一出事你就完了。

尤其是那个时候，我还不知道怎么躲飞机，怎么走甲板，更要学。

不同的飞机，它停在那里时，我在它周围应该怎么走，它动起来之后，我又应该怎么躲，这些都必须有人教我，必须有人带着我走。还有我必须不停地转动脖子观察周围情况，因为时刻会有飞机开来开去，我要小心不能让它们伤到我。这些都是我必须学会的事情，不然他们就不会让我通过，我也就不可能在航母的甲板上工作，因为如果我不懂，不光会给自己带来危险，还可能会伤害别人。

我懂得这件事的重要性，所以我很认真，他们也就是训练了我一次，我就全部记住了，船上的活，我也能干了。从此以后，去船上训练，我都是一个人干活，只不过在我没有正式成为飞机维护长之前，我得跟着一个合格的飞机维护长，因为我还不能单独干。但是基本上就是我干活，他在旁边看着就行了。等我正式成为飞机维护长之后，我不但要自己干活，还要去训练别人了。

因为我去的时候，正好赶上我们飞行队陆地上、船上轮流训练，所以我一次就把陆地上和船上的训练全部做完。飞机维护长要求在陆地上要合格，在航空母舰上也要合格。考飞机维护长时，我经过一次考试就可以，不用上船再考一次，更不需要把那五项工作在船上重新学一遍。

不过，船上工作的气氛、压力、危险都跟陆地上大不一样。大家都说，在航空母舰的甲板上工作，是世界上第二危险的工作。我不知道第一危险的是什么，但是我们经常开会，长官每次都重复那些注意事项，要我们一定小心。可是我们出海打仗时，还是出过事，不止一件，我以后会讲。

030　飞行员的沙漠训练

我们去内华达州法伦（Fallon，Nevada）训练时，就不是坐大巴车去了。本来海军可以租巴士送我们去，可是很多人不愿意坐，所以军队也就不弄了，给我们一些补贴，让我们开自己的车走。为什么是这样呢？

因为那里还是陆地，没有车的话，就哪也去不了，很不方便。一些人想要周末出去逛，喝酒呀、玩呀什么的，都需要车。法伦周围基本上没有商店或者玩的地方，就是内华达州山区和沙漠那种干热干热的地形，跟戈壁滩差不多。离法伦最近的城市是里诺（Reno，Nevada），就是内华达州的另一个赌城。那个地方相当繁华，很多人周末开车去那里，喝酒呀、赌博呀，尽情地玩。它旁边还有一个湖，叫太浩湖（Lake Tahoe），是比较有名的一个大湖。很多人也会开车去那儿玩，钓鱼呀，烧烤呀什么的。

我们去法伦，是因为那个地方虽然偏僻，却是当年美国海军用来训练F-14飞机最好最棒飞行员（Top Gun Pilot）的训练场。那个地方之所以有名，就是因为它有一个最佳飞行员训练学校（Top Gun School）。后来美国人不用F-14了，那个地方就用来训练F-18的飞行员。那个基地的旁边都是山和沙漠，可以用来训练扔炸弹，还可以用来训练飞行员玩"缠斗"（Dog Fight）。在飞行队里面，"缠斗"就是两架飞机在空中追来追去打仗，看谁先把对方射下来，这就是空中格斗，近距离缠斗。

法伦那个地方，没有多少人，旁边就是一片大沙漠，全都由政府买下来，归海军管，别人不准进去。海军飞机训练的时候，往下扔炸弹，它要是炸了，就把一堆沙子炸起来，不用担心会炸到人。当然我们训练时用的是专门的炸弹，蓝色的那种，也会炸，但比真正的炸弹威力小得多。

法伦离我们自己的基地穆古很远，开车起码要六七个小时。我要是愿意的话，可以开着自己的车去。我要是不愿意开车的话，就跟同事的车走，比如说他出车，我出油钱，两个人一起去，一起回来。我一般都跟别人的车，反正我到那里也不需要车了。我也开过一次自己的车，就是我那辆丰田佳美，带着一个我们一块工作的同事，一起开车去法伦。那个人也是飞机维护长，我们算是朋友。

我们路过的地方，有点像在山窝里面，我们的手机都不管用了，接不到信号，所以飞行队的军官就对我们说，你们要走的话，必须至少两辆车一起走。这样如果一辆车出了什么问题，另一辆车还可以帮助你，所以我们都是成群结队地开车走。

我们飞行队还要用两辆十八轮大货车，把我们在穆古的所有东西，放上运输车拉到法伦去。训练后回来时，再把那些东西拉回来。这个跟我们上航母训练时一样，都是要带很多机器设备。

我们去那里的时候，会早一点送几个人过去，叫作"先头部队"（Early Troop）。他们要安排训练的事情，还要帮我们把住的地方、吃的地方都安排好。然后我们这些人，飞机维护长、车间里的工作人员等等，才都过去。我们所有人都到达以后，飞机才往法伦这边飞。飞机飞过来后，我们的正式训练就开始了。

我们过去后，那里专门有军人宿舍让我们住，就跟我们在加州的住处差不多。我们也要把我们的行李都带过去，比如说我们的军服什么的，还有便服。我们出去时不能穿军服，只能穿普通人的衣服。当然我们也不爱穿军服了，我们一天已经穿着它工作十几个小时了，哪里还想出去时也穿？

我们在法伦的所有的工作，因为都是在陆地上，跟在加州穆古基地一样。我在加州是打手势，我到法伦还是打手势；我在加州是检查飞机，我到法伦还是检查飞机。我的工作不变，只不过是地点变了。对于飞行员就不一样了，因为他们要炸的目标，主要在陆地上，不是在海上。他们还要练习飞行技术，练习空中战斗，所以去法伦主要是他们在训练。

我们在那里也是正常的工作时间，星期一到星期五，周末会休息，比船上舒服，毕竟是在陆地上。当然如果有的活平时你没有时间干，周末就要去干。一般也就是周末站岗值勤，很少有额外的事做，这个也跟在加州时一样。

另外，我们之所以这儿跑那儿跑，还有一个原因，就是要让每个人、每个飞行队，到不同的地方，去不同的环境下，看一看你到底能不能够适应。你虽然干的是同一个工作，但每个地方却都不一样，它的各种条件，比如说它的气温呀，它的湿度呀，它的环境呀，都变了。因为我们打仗的时候，尽管说是在波斯湾，但是我们要一会出来，一会进去，我们的环境在变，每个人的情绪也都跟着变。军队要看一看，外部条件变化以后，每个人的心情变了以后，会不会影响打仗。后来我发现，基本上没有。

031 一定要做到最好！

我进入航线屋以后，并没有花很长时间接受训练，仅仅4个月后，我就成为合格的飞机维护长了。从此我就可以独立工作，也要教刚来的新人怎么干活。

我们在陆地上的工作，是从星期一干到星期五，周末休息。我们是两班倒，分白班和晚班，由我们的上司（Supervisor）分配谁干早班，谁干晚班。我当然两个班都得干，隔一段时间换一下。白天的班是早晨6点半上班，一直干到下午4点，将近10个小时。晚上的班从下午3点半开始，下班时间就不一定了，什么时候活干完了，什么时候才能走。所以我们可能在那儿干8个小时、10个小时、12个小时，或者一直干到第二天早上，等白班的人来了，我们才能回家。当然这种情况有是有，相对来说比较少。

我们早班是6点半要到那儿，而我平时5点就起来了，洗一个澡，刮一下胡子，吃一点东西，5点半不到就离家了。我住的宿舍离上班的地方不远，开车五六分钟就到。

下晚班的人走的时候，会把一个板子插在飞机的尾喷口（Exhaust）上，怕鸟呀什么的飞进去。我去了以后，就开着一个像小拖拉机一样的东西，就是我们用来拖飞机的小拖车，把那4架飞机的盖子（Cover）全取下来，放到一个专门的柜子里。

我们每天发飞机前，都要检查飞机汽油的样本，看一看是不是清净。飞机停了一个晚上，如果汽油里有杂质的话，就会沉淀到油箱的底部，因为那些杂质比油重。我取下飞机尾喷管的盖子以后，就打开飞机的油箱，从最底下放出一点汽油，然后检查。我要旋转装油的瓶子，并用一个大灯（Flush Light）去照，然后用肉眼看一看有没有沉淀物。只要有杂质，我就会看到有东西在动。一般都没有问题，我就把那些油瓶放在门口，以免屋子里的汽油味太大了。这时我不能把油倒了，因为我的上司来了以后，还要再检查一遍，然后他才在一张纸上签字，说明这架飞机里的汽油是没有问题的，这架飞机可以起飞。我本人不能签字，因为我没有那个资格，我只是做初检，最后由他来决定合不合格。

然后我还要检查我们的工具有没有丢，是不是完好无损，有没有什么易耗品需要补充，看一看还有些什么活是昨天留下的，我要是一个人能干，我就去做完。我干了好一阵后，到6点半了，我的同事们才来，大家开始一起上班。

晚班的人3点半来接我们，可是因为我们总是没有足够的飞机维护长，很多人都去车间学自己的工种去了，我们的活又很多，尤其是我们训练的时候，晚班的人总是显得太少。所以每天下班后，我都要看一看晚班需不需要人手。只要需要，我就不走，再干上两三个小时或者四五个小时，帮助他们。有时候我早上5点多就去上班，到了晚上六七点钟才回到我住的地方。我很累，累死了，但是没有办法，我总要把自己的工作做好。

回到家里，我也没有闲着。我不抽烟，不喝酒，也不找女人，有时间也就是上一上网，看一看电视。除了这些，我还干什么呢？我还要对着镜子练习给飞机打手势。只要你是一个飞机维护长，就会打手势，可是打得好不好看，是不是快速、准确、到位，每个人就不一样了。比如说举手到90度，很多人其实只有85度，还有的80度、75度，反正飞行员也明白你的意思，差不多就行了。可是我对自己的要求不一样，是90度，我就要举手到90度，差一点都不行。姿势做好了，还要练速度，慢慢悠悠想半天才做一个动作，那会耽误时间。我就对着镜子练习，咬着牙练，再累也要练，因为我对自己说，我一定要做到最好。

我就这样干活，天天如此，一直干到我走。我每天都是第一个到那儿，最后一个走。别人不愿意干的活，也都由我来干。我能被评为"年度最佳飞机维护长"（PCOY，Plane Captain Of The Year），也是因为我干得好，很努力。我这个人干活，不会偷懒，不会躲起来，也不会去讨好上司，不会给长官说些好话什么的。就像中国人说的那种溜须拍马，我根本不会。我觉得要是自己工作干不好，通过给老板说几句好话，送点礼，就靠这些给自己得一个什么奖，那这个奖没有意思，等于是骗人。

妈妈总说我太老实，我就是这样吧，没有太多想法，没有什么要求，也不计较得失，更不会出去乱来，只知道认认真真地干活，把自己的事情做好。长官让我干什么，我就干什么，给我一个工作，我就尽可能把它做得完美，就是这样。我不算机灵，但是很能吃苦，比其他人都努力，反正就是多干一点，更累一些，无所谓了。

032 简单的工作 ≠ 容易的工作

说句实话，飞机维护长本身并不是一个很困难的工作，因为我们做的都是表面上的东西。我们检查飞机有没有毛病，有了问题我们就把该修的地方在电脑上写下来，然后发给修理这个部件的车间，由他们去修理，我们自己不修。比如说我检查胎压，如果胎压低了，我就回到航线屋，在电脑上写下来，说哪一个轮胎压力低了，然后把这个要求发给专门管维修飞机的总部。总部里的那些人，再把它转发给管轮胎的车间，那个车间的人就出来给轮胎打气或者修补。我们只不过是发现问题，自己不修，所以还是简单得多

总的来说，这个工作不算一个工种，是很简单的。简单到什么地步，你要教猴子，它都能够学会。可是就是这种简单的工作，要做好也不那么容易。好多人不愿意做，也做不好，因为他们不肯用心，不肯使劲，嫌太枯燥，而且又苦又累，还挺危险。我们要站甲板，吃飞机尾气，弄不好还会受伤，总是紧张。那些在甲板下面工作的人，就舒服多了，有冷气吹着，也不会有危险。但是我觉得，对一个人来说，如果他连容易

的工作都做不好的话，困难的工作就更不行了，因为他不够认真，也不懂得努力。在军队里，很多人其实就是混日子，混到时间好拿着钱去上大学，或者早点拿到退休金回家。有些人不是没有能力，可就是不愿意好好干，所以最后也没有做出什么成绩。

我们虽然做的是表面上的检查工作，其实看到的也是很具体的东西，非常重要，不是说有没有都行。我举一个例子。有一天我去检查飞机，我的一个快要考飞机维护长的学员着我一起去。飞机维护长的考试是这样，先考笔试，笔试通过后，再进行实际工作测试。这些都由质量保证人员（QA，Quality Assurance）和高军衔的人来做考官，他们是负责飞机安全的。参加考试的考生只能犯3—5个错误。要是超过的话，他就不及格了，就只能回去再练，以后再考。

因为这个学员一直跟着我干，是我训练出来的，我走到哪儿，他都必须跟着。当时他想练习一下，就问我："你能不能带我走一圈？"我说："我不带你干，你自己去做，我跟着你看。你做的时候，不管对错，我都不会告诉你。等你做完以后，我再给你讲，哪些地方对，哪些地方错，应该怎么做。"他说行，然后我们就开始了。好了，他在外面干活，还要到飞机上面去检查，最后再进飞机里面。他检查完之后，出来了，我也跟着出来了。

他问我怎么样。我说："总体来说，你做得不错，但是有一个地方，你没注意到。"他问是哪个地方。我对他说："你刚刚在飞机里面，没有注意到有一个地方少了一颗螺丝。飞机里面有些板子是一块一块拼起来的，用螺丝固定在墙上。它少了一个螺丝，那一个螺丝一定掉在飞机里面了，这就是一个缺陷，你就要发物件损坏（Object Damage）信号。也就是说，你只要发现缺了一个螺丝钉，你就要用笔画一个圈，写上'没有螺丝'，并记在纸上，报告上去。"

可是这个学员在做检查的时候，没有发现那里少了一颗螺丝，没有划那个黑圈，更没有告诉别人，别人也就不知道。那么那颗螺丝在什么地方呢？这架飞机本身可能没有坏，但是因为丢掉一颗螺丝，它就不能飞了，就有问题了。我们一定要搞清楚，这颗螺丝上哪里去了。我们不能说让飞机飞到空中，螺丝卡在哪个地方了，飞机出事了。飞机里面坐着5个人，5个人的生命在里面！干活不能这样干！

当时这个学员没有发现，他走过去了，因为机舱里面黑咕隆咚的，确实不容易注意到。我就告诉他："你就是没有发现墙上少了一颗螺丝。"他说："哎呀，我真的没有注意到，你能不能指给我看一眼？"我就指给他看。他很吃惊，喊着，天呀！我说："你总体做得很好，下次要更加注意。一颗螺丝看上去不算什么，可要是飞机出事了，我们的人就没有了。当然一般不太可能的，可是万一呢？"其实，很多大事故都是这些小疏忽一点一点积累起来的。

033 我也成为老师了

我们的工作流程大体是这样的，上白班的人，工作主要是以飞行计划（Flight Schedule）为主，因为飞机白天飞得多，要训练飞行员驾驶飞机和操纵雷达，所以飞机是一会一架，一会一架，这个出去了，下面一个又准备走了。这一架刚飞走，那一架又该回来了。就这样，一架又一架，在空中转悠几圈就回来了。我们加加油，检查一下有没有问题，然后又发出去。我们白天的工作，主要以飞行为主，不停地发飞机、接飞机。

如果白天太忙了，又有飞机需要洗，我们就把那架飞机放在洗飞机的池子（Spa）里，等到下午上晚班的人来洗。天黑后我们一般就不发飞机了，就算飞也飞得少了，所以晚上我们的主要任务就是检查、修理、清洗飞机。有时候我们不太忙，如果别的车间需要人，也会叫我们去帮忙，去几个人给他们打下手。当然我们去车间干活，也是为我们以后进工种做一些准备。

有时候白天没有太多事，我们也会洗飞机，能洗多少是洗多少。不过，

3.5　加州穆古海军基地里的E-2C预警飞机

这种情况很少，因为E-2飞机很大，我们至少要5个人去洗飞机，可是我们没有那么多人。比如说我们一个白班只有8个人，如果5个人都去洗飞机了，剩下的3个人根本忙不过来，因为另外3架飞机要不停地飞，我们要发，要接，还要检查，平均一架飞机一个人不可能完成这些工作。而且这3个人也不可能全是合格的飞机维护长，可能有人是学员。如果我正在发一架飞机，另外一架飞机回来了，怎么办？没有人去接它了，学员又不能单独工作。

我们一共4架飞机，平时只飞3架，剩下一架我们就是备用机（Backup），也有可能正在修理、清洗什么的。如果正在执行任务时，一架飞机突然出了问题，不能执行任务了，我们就要赶快换这一架备用飞机。这种事也有，但是很少。

在我成为合格的飞机维护长不久，那些以前训练我的老飞机维护长，有的调走了，有的进入他自己的工种了，我们可用的人就少了，所以我们要不停地训练新人。这样我们以后要走了，才会有人接我们的班。

我们快要出海打仗的时候，我们航线屋白天干活的人里面，只剩下3

个合格的飞机维护长，我和另外两个白人女兵。女兵也是可以做飞机维护长的，基本上经过训练以后，什么人都能做。军队里工作从来没有男女之分，没有说男人干的活女人不能干。你只要参军了，这些事你就都得干。军队不会说你是一个女的，就不让你干事，照顾你，没有那一说。可是因为毕竟是女孩，她们两个人干活都不太行。其中一个比另外一个好一点。那一个太懒，上班老迟到，干一会活歇一会，总是偷懒。这种懒人，我最看不上。

除了3个合格的飞机维护长，我们还有七八个学员。学员们有的活干不了，比如说他们没有资格打手势发飞机，如果我们非要让他们去做，他们要是弄错了，就是我们的责任，上司不会说他怎么没有干好，只会批评我这个人是干什么吃的？因为我是飞机维护长，他不是。再比如说去洗飞机，他们要是洗不干净，或者把飞机弄坏了，也都要我们负责，不是他们负责。就算有些活他们已经可以干了，也要我们带着，比如说给飞机加锁、打油，我们可以让他们去干，因为我们的人太少，没有办法，但是我们必须在旁边看着，还要检查他们的工作，看他们做的对不对。

有一天，由我分派工作，我问那两个女飞机维护长，看她们愿意做什么。一个女兵不愿意到飞机前面去打手势，因为她太懒。我就说："那你带着4个人去洗飞机吧。"她选了4个人，全都是会干活的学员，把不太会干活的人留给了我。我无所谓，无论是谁，我都能训练，无论是谁，我都能在一起工作。我这个人就是这样，没有跟别人打架吵架什么的，从来没有过，大家都愿意跟我一起工作。另外一个女孩，比较勤快一些。我问她："你愿意给第一架飞机打手势，还是第二架？"她说她比较累，问我能不能拿第一架，我说，那好吧，我就拿第一架吧，没有问题。

我们飞机维护长工作时，必须带一个学员去，一点一点教他。我就说："我带两个人走，你带一个女新生，教她打打手势，怎么样？"她说行。我让剩下的一个女兵在航线屋里面接接电话什么的，有事通知我。然后我就带着一个男学员和一个女学员出来了，开始教他们怎么把锁从飞机的轮子上拿下来，怎么摆好，摆的整齐好看一点。还有教他们怎么擦玻璃，一定要擦干净，不能让飞行员看不清楚。我们飞机的闸是液压的，我们必须用手打进去液压油。我又教他们从哪里，怎么打油，到哪个位置停下来。就是教他们干这些事，一点一点地教。

过了一会，看见那些飞行员来了，我就告诉这两个学员："你们就站在那儿，不用说话。"飞行员要走一圈，把飞机检查一遍。然后他们上飞机坐好，把飞机后面那个一闪一闪的灯打开，就是告诉我们，他们已经准备好了，可以起飞了。因为发动机的噪声很大，飞行员只要一上飞机，他们说话我们就听不见，所以从他们打灯开始，我们就完全用手势跟他们交流。我就用眼睛看着他们，给他们打着手势，直到他们把飞机飞走。

除了训练学员怎样干活，我还要教他们很多规矩。比如说我们规定，只要在飞机旁边工作，每个人身上只允许带一支笔，一个小本子，其他任何东西都不能带，因为发动机高速旋转起来以后，如果有什么东西被吸进去，发动机就会损坏。我们在海军里面把它叫作"外来物品损伤"（Foreign Object Damage，FOD）。如果石头被吸进去，发动机马上就报废了。所以我们身上不能带车钥匙，不能带发卡，任何东西都不能带。我们每个人都有一个小锁柜，除了这两样我们允许带的东西之外，剩下的个人物品全都放在自己的柜子里面。

让我们带纸和笔，是因为每次飞机一回来，我们必须记录很多数据，比如机油量、汽油量，还有检查结果，发现什么问题等等。我们记下这些数据后，要拿回航线屋去计算，用专门的公式，对照一些表格，算一下油量是不是正常，怀疑有问题必须马上上报。还有就是要在电脑上发信息给飞行队，飞机什么时候出去，什么时候回来，有些什么情况，需要做些什么。这些工作很细，我们要一件一件做好。我们虽然是干粗活的，也不是完全不用动脑子，光有体力就行。军队要求参军的人必须是高中毕业生，不是没有道理。

034 我的独家教学法

因为我干得很好，经常得奖，而且我也训练、帮助过很多人，所以在我们飞行队里面，没有一个人不知道我的名字。当时你只要到了我们飞行队，说你要找郑，你不用说出我长得什么模样，所有的人都知道我是谁，在哪里工作。当然，在军队里面他们全用我的姓，不用名。正规的叫法，每个人都一样，就是军阶加姓。当然出去玩的时候，也可以直接叫名字。

也因为我干得很好，军衔高，我在航线屋的上司就对我说："你现在干的这么好了，就不用再去干一些太脏太累的活，你就管分配工作吧。"这样我就负责航线屋的工作分配，由我来决定谁去干什么，哪个新兵跟着谁，算是一个小头目吧。

我们每一个飞机维护长手下，都有学员。这些学员要时刻跟随着他们的老师，接受训练。飞机维护长走到哪里，他们就必须跟着去哪儿。飞机维护长干什么活，他们也必须干什么活。

每个人的性格都不一样。有的飞机维护长为了显示自己的权威，故意不教学员怎么干活，学员总要去问他这个问题、那个问题，他便觉得自己什么都知道，非常了不起。我讨厌这样的人，我说："你要不教就算了，我可以教，你别在这里耽误我的时间，也耽误大家的时间。"

还有的人教的是一半对一半，他不是百分之百地告诉学员应该怎样做，而是只教给他们一部分。有时候我去问学员，你跟着这个飞机维护长学这么长时间了，你来回答我几个问题。可是他们给我的，都是半个答案，因为他们的飞机维护长教的就是半个。学员好像知道了，但是你真要让他们去做的时候，他们只能做一半。这样的人，我也不要。

还有的人干脆就不具体教，就是"我做着，你看着"就行了。这样那个学员是永远都学不会的。我们干的活主要是动手做，学员自己必须亲自动手不断练习才行。他光在旁边看，根本学不会。这种教法也不行，出不来能干活的人。

所以很多时候，看到我们航线屋又来了几个新人，都是刚从训练营里出来的，或者从哪个学校毕业来的，我就说："你们一个飞机维护长，只准带一个人，教好就行。"他们想带两个，我都不让，因为他们带一个人都那么困难，如果带两个人的话，就等于他们谁都教不会了。我一个人带3个学员没有问题，我有办法教会他们。

通过自己干活，也通过自己总结，我找到一些教人的办法。我教学员的时候，并不是让他们直接去做，我会先告诉他们为什么要这样做，是什么目的，有什么道理，而不仅仅是去做。他们明白了以后，我再教给他们怎样具体去做。

我在做学生的时候，就经常问我的老师："为什么我要干这件事？为什么飞机上会有这么一个零件？它是干什么用的？"干活谁都会，但是要说出为什么，不是每一个人都做行的。很多人不问，会做就行了，不用心，混过去就是。我很认真，要弄明白它们的原理，还要弄明白为什么先做这个，再做那个，道理在哪里。我凡事都要问一个为什么，直到搞清楚了才满足。

在我教新人的时候，我就把我所知道的知识传授给他们，让他们明白这些道理。我先告诉他们这个东西的重要性在哪里，后面教他们怎么做的时候，他们的印象就会越来越深刻。有些人教别人，教是教会了，可是问学的人为什么要做这些事，他们就不知道。

讲明道理后，我会先示范一遍，让他们先看着我怎么做，还要告诉他们每一步是为了什么。然后我便让他们自己动手去做。比如说给机首起落架（Nose Landing Gear）加锁，我要告诉他们为什么要加这个锁，原因是什么，这样他们就懂了，然后再做给他们看，向左一移，把锁插好。然后我再教他们怎么取锁。我教完了以后，问他们，你们看明白没有？他们说看明白了，我便把锁取下去，让他们每个人都给我做一遍，当着我的面做完。谁要是不会做了，我可以再给他示范一遍，我多做一遍无所谓，但是他们一定要懂，要会。

我的老师是我们飞行队最好的飞机维护长。我做了一届年度最佳飞机维护长，我的一个学生做了下一届年度飞机最佳长，我的学生的学生又做了下下届年度最佳飞机维护长。我们就是这样，一个一个传下来的。

第四章　工作不是海军生活的全部

035 坐飞机是一种奖励

虽然我们这些飞机维护长每天不停地发飞机、收飞机，平时并不允许我们坐飞机，只有飞行员才能上天。不过我算是干得比较好的，人又老实，从来不惹事，那些飞行员军官们都挺喜欢我，所以有时候会给我一点点特殊待遇。其实我们飞行队的长官都是飞行员，飞行队里面的所有官员都由飞行员兼任，这个飞行员管这些事，那个飞行员管那些事，不管多大的头，都要开飞机出去打仗。所以飞行员就是官员，他们的权力是很大的，因为他们本身就是管事的领导。

有一天我正在工作时，一个飞行员对我说："你跟我一块去坐飞机吧。"我说我又不会开。他说："我来开，你就在我旁边坐着玩吧。"当时他们不是出任务，不需要副驾驶员（Copilot），所以我可以坐上去到空中转一圈。飞上去的时候，我感觉一般，因为它毕竟是螺旋桨飞机，速度慢，不是很过瘾。我就看了看飞行员在空中都做些什么，扳这个、动那个，觉得他们的工作倒是挺好玩的。我想他们带我到空中转一圈，也算是对我辛苦工作的一种奖励吧。

我只在陆地上坐过E-2飞机，在海上没有坐过，因为海上训练任务很重，飞行员都要出去，没有多余的位置。我一共坐过两次飞机，坐在前面一次，后面一次。E-2很大，总共5个飞行员。两个在前面的驾驶舱开飞机，主要的预警指挥任务是由后面的3个飞行员完成，他们都是在电脑上面工作。E-2不是用来直接打仗的，不会往下扔炸弹。它上面有一个很大的圆圈圈，就是雷达。E-2飞机飞到空中后，那个圆圈会转，能看清楚周围的情况，指挥别的飞机。它在美国海军中起到一个空中指挥中心的作用，很先进。世界上别的国家也有，但是不如美国人的好。俄罗斯人用直升机做航空母舰的预警机。有些国家买美国的飞机，因为预警飞机造起来太贵，很花钱，也很不容易，那些国家做不出来。

另外那一次，飞行员们让我跟他们一起上飞机，让我坐在飞机后舱，所以我也看到过另外3个飞行员怎样工作。它的后面是3个电脑那样的东西，也有屏幕、键盘这些。那一个电脑很重，很大，比咱们家里用的复杂得多。它在地图上给你一个点，告诉你现在飞机在什么位置。我可以看到周围的海，那边是美国大陆，我们就在圣迭戈旁边，离岸不太远。它可以缩小，可以看到整个美国的地图。我还能看到我们的船在哪儿，其他飞机在哪儿，空中的情况、海上的情况，全都能看到，清清楚楚。

除了我们自己的飞机，我也上过几次其他军舰，就是我们所说的小船，那些保卫航空母舰的船，像驱逐舰（Destroyer）、护卫舰（Frigate）什么的。不过我从来没有进过潜艇，也很少看到它们。我们出海的时候，有时候会停在别的国家，我们可以去其他船上转一转，参观参观。可是因为第一小船上没有我认识的人，飞行队的人和船上的水手属于不同的海军分支，第二它们跟我的工作一点关系都没有，我们的E-2飞机太大了，不可能落到小船上来，所以我对它们不是太感兴趣，我也从来没有随它们出过海。只要一出海，我们就是在航空母舰上。我在哪儿工作，我就必须在那里，不能说跑到别的地方去了。我们工作的时候，少一个人也不行，尤其是到了打仗的时间。

036　吃不上饭还要交伙食费

我们上航母时，当然只能在航母上的士兵餐厅里吃饭。我们进去直接点餐就行了，表面上不需要我们交钱，实际上只要我们一上船，海军就从我们的工资里扣掉饭钱并交给航母上的人了。这一点我们可以理解，航母就那么大一点，不可能允许我们自己做饭吃，也不可能开几家餐馆让我们自己去点菜。再说我们一上航母就从早忙到晚，有口吃的就行了，也没有时间和精力去自己搞饭吃。

可是在基地里，他们也是一样的规定。他们事先把伙食费从我们的工资里面扣掉，然后要求我们这些军人都去吃基地里的食堂。吃的好坏不说，他们开饭的时间就不对。早上7点钟基地食堂才开，我们6点半就要去上班。我们一上班就走不开，怎么可能去食堂吃早饭呢？我们上晚班的人，下午3点半就要到工作场所，而食堂4点钟才开门，也是错过了。我们交了钱，还吃不上饭，等于白交。结果我们还得从自己的腰包里另外掏钱买吃的，比如说去吃基地里的麦当劳或者其他餐馆，要不就是自己做饭吃。我的同事一般都是在外面吃。我很少去，都是自己买，自己做给自己吃。

如果工作不太忙的话，我们也可以抽时间去食堂吃饭，可是这种情况不多见，一般都是一大堆事，谁都走不开。尤其是我们几个，本来合格的飞机维护长就少，我们一走，就没有人管了，飞机发不出去，收不回来，肯定不行。我们有几个学员，可是他们不能单独干活，必须由我们带着，而且学员也不能乱跑，必须跟着自己的教官进行训练。有的时候实在不行，大家都饿肚子了，我就对他们说："你们可以派一个人去吃饭，但他要帮其他人把饭都带回来。我不能让你们都走，一半人走也不行，那样剩下的工作太多，我受不了。"

很多军人都向基地的行政部门反应，说你们扣掉我们的钱了，如果我们吃得上饭，那也说得过去，可是你们的食堂开饭的时间跟我们军队上的人错过了，我们吃不上你们的食堂，你们又不把钱给我们退回来，因为你们说我们只要住在基地里面，你们就要扣我们的生活费。我们发的工资就这么一点，你们一个月扣我们三四百美元，我们还要自己另外付钱买吃的，是不是太冤了？

可是那些当官的不听我们的，还是又扣我们的钱，又不给我们饭吃。后来我们这些军人都不去食堂吃饭了，算是一种抗议。食堂这下子也不好办了，总没人去吃饭，他们开着也没有意思，他们要用电，要做饭，可是没有人来吃，他们就很被动。

我们又让我们飞行队的上司去申请，去帮我们说话。我们基地的领导们可能也觉得，这些军人说的有道理。那些当官的挣钱比我们多得多，他们无所谓，可是我们的工资本来就不高，再扣我们的钱，我们又吃不上，还要另外花钱买饭吃，这可太不公平了，对我们来说很不划算。

我们的抗议最后总算有了结果，基地司令官下了命令，不再扣我们这些军人的伙食费了，而把这些钱发给我们。以后我们可以自己决定是掏钱去吃食堂，还是去吃基地里别的饭馆。我大部分时间还是自己买菜，自己做饭，把饭带到航线屋里去吃，热一热就行了。

在内华达州的法伦训练时，我们也有吃饭时间跟工作时间不配合的问题。他们食堂开饭的时间，我们不是在上班，就是在睡觉，所以很多时候我只能自己另掏腰包去买吃的。我没有办法，还能怎么办？总要吃饭吧！好在法伦的基地里有饭店，也有食品店，我可以在饭店吃，也可以买些半成品回来自己热一下吃。在法伦的时间也不长，而且在那里主要是训练飞行员，我们的工作还行，不是特别忙，可以派人去给大家买吃的。

这里顺便提一下，在美国的所有军事基地里面，我们这些军人无论买什么东西，都是不用交消费税的。你也知道，在美国，除了几个州之外，大家出去买东西吃饭，都要交6%—8%的消费税。你花了100块钱，交就要交106块钱。但是在基地里面，我们只要出示自己的军人证件，就不用交这个税。花了一百，只交一百，不用多交。这样一年下来，我们还是可以省不少钱的。所以只要能在基地里吃饭，我们就不出去吃，否则不合算。

037　每个人都要当"看门狗"

只要我们在陆地上，就可以过周末，不像在船上，上去就是连轴转，

4.1　我在加州穆古海军基地门口留影

直到下船才能休息。我们每个人每个月都有一天要去站岗放哨，就是去做"看门狗"（Dog Duty），可能是在平时，也可能是在周末。如果周末我不用去当"看门狗"，我就可以休息，爱干啥就去干啥。如果一个周末正好轮到我站岗，我就只能去做"看门狗"，不能出基地。

只要是正式在军队里面工作的人，都要轮流去站岗放哨，只有那些新来的打扫卫生的人不用站岗，因为他们没有资格碰飞机，也不准过飞机场那条线。所以说就算是去当"看门狗"，那也是要有资格的，你不合格，人家还不用你。

我们的站岗任务，分为两种，并不全是一直在那儿站着。一种是站岗（Watch Stand），就是站着放哨，保护自己的飞机，不准外人进来；另外一种是做司机（Duty Driver）。这个司机是干什么的呢？比如说有一个新人从机场到基地来，要有人去接，这就是司机的工作。假设你是一个新来的人，你给基地的办公室打电话，说我是谁，我从哪里来，我现在某个机场，要到基地来报到，你们能不能派人到机场来接我？这时，这个司机就要去出任务，到机场去接人。这里有一个原则，他接送的人必须跟基地的工作有关，是正式的（Official）的任务。不能说你出去喝酒了，喝醉了，你给站岗的司机打电话，让他来接你。那不行，他不能去，就算你是多大的官，他都不能去，不然他就违反了纪律。他只能出车执行与工作有关的任务，不是哪个人的私人司机（Personal Driver）。

做司机的话，一个岗是8个小时。不管有事没事，都得在那儿待着。我们那儿设有一个办公室，我必须坐在那儿，看看电视，或者在自己的电脑上玩游戏，爱干什么都行，就是不能走，必须等在那里。有人来叫了，我就得走。按照我的经验，基本上没有什么事，坐够时间了就行。

我们的站岗就是机库放哨（Hanger Bay Watch），每个岗4个小时。就是说在这4个小时里面，我要在外面一直转，怕有人偷飞机，或者搞破坏。其实谁会偷我们的飞机？那东西不是谁想开就开得了的。主要还是怕有人破坏，还有怕别的飞行队来偷东西。比如说他们缺一个什么零件，可能跑到我们的飞机上偷走一个。这种情况当然很少，但是这是一份工作，我们必须去做。

到了下岗时间，一般说是提前半个小时，有人会来接我的岗。比如说今天是星期天，轮到我站岗，从8点到12点。我7点半要去，接上一个岗的班。然后我就在那里转悠。到了11点半，下一个岗的人来了，我就给他一个交代，有什么事，有什么情况，都告诉他，然后我就可以回家休息了。

"看门狗"是额外的任务，比如说我上白班，下午4点下班，然后还要站岗，从4点站到8点。可是如果我站岗的时间正好有人在工作，人家在上晚班，我就不用站这个岗了，就等于说我直接免了，可以回家了，因为机库里已经有人，我站岗转来转去没有什么用，反而影响别人的工作。

我们平时的工作和训练，大概就是这样。从我来加州，到去波斯湾打仗，一年多时间当中，我没有回过家。在训练过程当中，不能少任何一个人，因为如果你走了，其他人就得担负起你的那份工作，他们会更

4.2   穆古海军基地里为军人家属准备的宾馆，就在海边，门外就是美丽海景

忙，而且如果你没有受到很好的训练，打起仗来就会出问题。军队这个时候一般不准我们请假，除非你有特殊情况，比如说你家里有紧急事情，有人去世了什么的，才会让你走。平时你想出去跑哪里去玩，去看你的家人，那是不行的。

军队不准我们回家，是有它的道理的，因为我们毕竟是要出去打仗的，不是说要出去玩。从训练到打仗这一年多时间，对于一个军队，对于一个航空母舰打击群（Strike Group）来说，是非常关键的。在训练当中，我们的态度就是，要把我们的训练像真正的打仗一样对待，这样等到我们去打仗的时候，我们就不会说："哎呀，我还没有准备好。"那是不允许的！我们就是要把训练当成打仗，一切按照打仗的要求来，不能偷工减料。既然是打仗，你当然不能请假，不能说我不打了，回家玩去了。

我训练认真，没有时间回家，妈妈爸爸就来看我。当时我的继父来加州洛杉矶出差，妈妈就跟着他一起来了。他们开了一个多小时的车，来到我们基地。那天好像是一个周末，他们起初住在我们基地周围的一个宾馆里。我说我在基地旁边能够给你们找到更好的房子，他们第二天就跟着我搬过去了。就在我工作的地方，再往海边开，底下有平民在基地旁边开的一间一间汽车旅馆那样的小旅店，价钱也不是很贵，大约40多美元一个晚上。可是他们打开门后往外走，马上看到的就是大海和沙滩，那种景色，一般人见不到。他们的后院，就是海滩。他们打开后门，或者从玻璃往外一看，就是太平洋，很漂亮。海边的山上，就是著名的马里布（Malibu）富豪区，加州有钱人在山上买的大房子，看的就是这样的海景。妈妈爸爸在那里住了好几天，非常高兴，不仅是因为美丽的海景，还因为他们觉得我出息了，可以独当一面了。对于我来说，做到这一点并不容易。

038 大兵爱搞一夜情

在奥克斯纳德的穆古海军基地工作的时候，我们同一个飞行队里没有结婚的大兵，都住在同一层楼上。这里有4个预警机的飞行队，每一个飞行队住在不同的楼层，但是我们所有的未婚大兵都是住在同一栋楼里面。我们的住宿条件比较好，就像住在公寓里面，一般是两个人住一个套间。我的室友必须与我同一个性别，就是男兵跟男兵住，女兵跟女兵住，我有我自己的房间，他也有他自己的房间，中间隔着墙，互相不打扰，很舒服。我们两个人共用一间厕所，共用一个厨房，不过各有各的冰箱。我们房间里面的家具全部由军队提供，水、电、空调都是军队掏钱，我们什么都不用管，军队全包了。

我们那些成了家的同事，可以把他们的家属接到兵营附近租房住，军队会给他们住房补贴。他们也可以申请基地的住房（Base Housing），按他们的军龄和军阶分房。只要他们当兵的时间足够长，就可以分到很好的房子，而且基本上不要钱。他们的家属也可以在军营里找一份工作，因为我们军营里有自己的商店，比如说卖些吃的、衣服什么的，就跟外面这些商场一样，他们可以在那些地方找一份工作。

我这个人不喝酒，也不抽烟，对于我来说，军队的生活很枯燥，因为大家都知道，军队里的人很多都喜欢抽烟喝酒，尤其在海军里面，这两件事很普遍。当然，工作时不能喝酒，上班时间，你喝醉酒来上班，干不了活不说，还会把飞机弄坏，有可能出大事故。工作的地方可以抽烟，不过要到专门的抽烟区去，不能在房间里抽，不能在有汽油、机油的地方抽，也不能影响工作。而且只能抽普通的烟，如果你抽大烟，就是吸毒，海军就会把你踢出去。

只要你周末不用去站岗或者加班修飞机，那个周末就是属于你自己的时间，没有人管你，你爱喝酒就去喝，爱抽烟就去抽，你也可以出基地去玩，爱去哪去哪，但是不能跑太远，你要是出远门的话，必须得到军队的批准。你也可以带人进基地，比如说带一个女孩子回来过夜。军队上有点乱，它虽然有规定，晚上超过10点以后，任何军人的屋子里不能有来访者，但是你只要不是闹得太厉害，不是太吵、不是太乱的话，一般没有人管。所以一般你爱带谁回来住，就带谁回来，没有人过问。比如你在酒吧里认识了一个女孩，晚上带着她进基地住一个晚上，也不是不可以，并不像我们在训练营里时管得那么严格。

那些管我们这些年轻人的军官们，主要是怕我们彼此争风吃醋打架斗殴，怕有人受伤，怕有人被打死，其实很少有这样的情况发生，大家都知道这事不允许，所以都很小心，长官也就睁一只眼、闭一只眼，不跟我们这些当兵的过不去。我们当然就更不管别人的闲事了，看到谁带女孩子回来了，我们都不问，只要他们不影响我的生活，不是闹得太厉害就行了。

我的室友如果带来女孩子，我会跟他说，你们干什么我不管，但是你们不能打扰我，不然我就不乐意了。我换过两个室友，这两个人品质幸好都不错，不是那种为了自己高兴不顾别人的人。大多数人也都是这样，旁边还住着人哩，他们都知道，也会注意尽量不打扰别人，也怕别人去告状。有时那些人带女孩回来了，还会给我介绍一下，说这是谁，很高兴认识你。就是做个样子吧，是美国人的一种礼貌。有时他们会提前通知我，说这个周末要带回一个女孩，问我那个女孩能不能住在这儿？我说你们爱做什么就做什么，我不在乎，你们折腾一夜，我都不管，但是你们不要影响到我。

我周围的这些男孩子，常常从外面找一些女孩回来住，但他们大部分不是正儿八经想找一个女朋友。美国有一个词，叫作"一夜情"（One

Night Stand），就是男的女的一起住一个晚上，第二天早晨起来就各走各的路，谁也不打扰谁。他们干的就是这种事。那些女孩子，其实也不是很认真，有些人愿意找一个军人做男朋友固定下来，也有好些人不愿意，因为我们在基地的时候，就算我们出去训练，还会回到这个地方，他们男男女女的彼此还可以经常见到对方，他们还可以相处好几个星期或者好几个月。可是只要我们一出海，一走就是半年，这些女孩就不一定能守得住，因为她们毕竟不懂我们出去干什么去了，人一走了，感情也就完了。我们这些大兵，就像她们的一个玩具一样，你在的时候，人家玩一玩，你走了，人家可以换新的。所以我们很多人就不愿把自己绕到里面去，因为你不知道你6个月后回来时，她都跟多少个男的发生过一些什么事情了。

039　他们说我是"军中圣人"

这里还有一个笑话。我跟妈妈讲我们的事情，说我的同事都出去找女人，还有的人带女孩回来一夜情。妈妈问我："你去了没有呀？有没有带女孩回去过夜？"我说我从来没有。她问我为什么。我说我不感兴趣。妈妈当时就叫起来："你到底有没有病啊？你为什么跟别人不一样啊？"我告诉她："我没病，哎呀，给你说吧，我真的没有病！"

这个是这样，我在中国国内长大的那个年代，社会上管得很严，有一些人两地分居，一年就见一回面，不是也挺过来了？中国人当时多数都是这样，都是很老实。少数人出去乱来，一旦被发现就受很大的惩罚，谁见他/她都可以骂，什么流氓、破鞋等等，他/她见人根本抬不起头来。至少在我们兰州，那时候还是很保守的，没有人敢违规。我就是在那样的环境里长大的，总觉得这不是好事。我这个人又很认真，坏事当然不去做。就算我当兵了，也不会跟那些兵一样，不愿意跑出去乱来。你看又没有感情，都不怎么认识，两个人就上床了，那不是跟动物一样吗？

　　我不喝酒，是因为我小的时候，有一次检查身体，查出来乙肝阳性，大夫说我不能喝酒。妈妈要我向她保证，这辈子滴酒不沾，烟酒不沾。我发誓了，也确实做到了。可是我到了美国以后，去当兵、公民入籍，都检查过身体，很多很多次，根本就没有乙肝阳性那么回事，肯定是之前的检查出错了。不过我发现，我是真的不喜欢烟和酒，都已经到了这个年龄还不喜欢，当然也就不用再去发展那种爱好了吧。

　　我不抽烟，不喝酒，不乱找女人，也不刺文身（Tattoo），跟一般美国大兵不一样。这不是说我有多么了不起，只不过家教不同。不能说美国人都没有家教，中国人家教就好，这就是不同的文化吧。美国人从小就很自由，早早就自己决定自己的事情，很独立。稍微大一点，就出去约会什么的，没有人管。他们的家长也是从他们很小起，就商量着跟他们说话。中国家长谁这么跟孩子商量过？都是让他干啥，他就得干啥，怕孩子学坏，不听话就打。我就是听妈妈的，不让我做，我就不做，就是这样。

　　因为我都习惯于听话了，军队的生活对我来说，并没有那么可怕。我适应那样的工作，挺简单的，长官说让我干什么，我就去做。我就是一个当兵的料，不能当官。美国人不一样，他们从小就自由自在惯了，现在要过这么拘束、这么苦的日子，你再告诉他们，不要喝酒，到了港口也不应该找女人，他们都在海上熬了好几个月了，连死的心都有了，那是不可能做到的事。

　　我每次一挣到工资，就去买吃的，因为我喜欢自己做点饭什么的。我也不怎么会做，就是瞎做。我那些朋友们就不一样，他们一发工资都干什么去了呢？你打开他们的冰箱一看，里面全都是啤酒，就是那种半人多高的冰箱，一冰箱那玩意，满满的。他们的冰箱里从来没有吃的，也从来没有空过，全都是酒。每个周末，他们有的人就是天天喝酒。有的人即使是平常下班后，也喝上一两杯啤酒、红酒。他们的房间里其他酒瓶子，像葡萄酒、烈性酒的瓶子，也堆得像山一样。军人生活很无聊，不喝酒不可能。他们人人都是这样。在一起的时间长了，我那些同事们都知道，只有我一个人，冰箱里面全都是吃的，没有一瓶酒。

　　基地的大兵们周末都干啥去？就是到酒吧跟朋友们喝酒去，或者找小姑娘们调情去。他们天天就是这事，也没有别的爱好，不会说去读个书学点东西什么的。我也不是爱读书的人，但是我不喜欢跟这些人一起，因为我自己对喝酒、抽烟、文身，真的不感兴趣。所以我不愿去那种地方，不喜欢那些东西。可是有时候也没有办法，比如说一个大兵是我的朋友，他说："我们今天要去哪喝酒，你能不能帮我们开车？"既然都是朋友嘛，我就说去帮人家忙吧。我当然不愿意让他酒后开车，他要是把别人撞了，或者把自己摔死了，那不是太可怕吗？毕竟他是一条生命，是我的朋友。所以我有时也跟他们一起去，帮他们开车，把他们拉回来。

　　大家都住在一块，有时候周末聚会，他们也会叫上我，还有从基地里、基地外抓来的一些工作人员，还有一些男孩、一些女孩，大家很多谁都不认识谁，就在一个屋子里玩。我们闹得也不是很凶，就是喝酒、听音乐、聊天、看电视、打牌、打游戏。我有时候给大家弄一点吃的，像冷冻比萨什么的，烤一下就吃。他们那些人后来上不上床，我就不管了，因为那不关我的事。也不是没有女孩对我有一点点兴趣，可是我不会去干那种事，我要找跟我有感情的人。

040　大兵的待遇到底怎么样？

　　平时到周末了，我喜欢把我那个单元的门打开，拖一张椅子在那儿挡着。我们厨房里有一个台子，就是像酒吧里那样的高桌子，还有两个高脚凳子。我自己一边听音乐，一边瞎做饭，高高兴兴的，就我一个人，我也无所谓，别的人都去酒吧了。我活着是为自己活的，不是为别人活，不用非跟别人一样。所以我就自己在家里，给自己做一些吃的，算是放松放松。

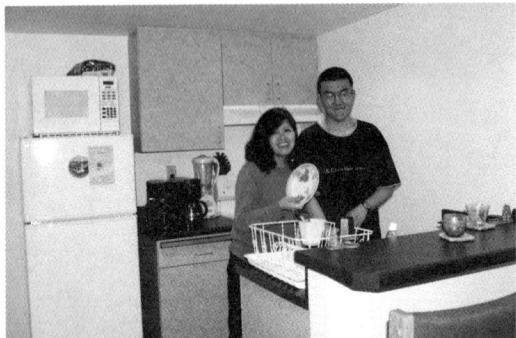

4.3 我和妈妈在我们基地宿舍厨房里留影。后来6个女学生住在我的房间里时，我只好拿一个睡袋睡在这儿

我们旁边一个单元里住着两个女生。就算她们是女兵，也还是女孩子，她们那个屋子弄得很香，很干净。其他男孩的房间就不一样了，又脏又乱。我的屋子算是我们这些男兵里面最夸张的一间，是最干净的。我天天都收拾屋子，我要是不收拾，就觉得难受，嫌脏。我一下班，一进门，不换衣服，就得打扫房间。如果我的房间不够干净，我就不愿意在里面待着。

可笑的是，因为我不是攒了一点钱嘛，那时候年轻，出于傻还是怎么回事，我带着我的一个好朋友，一起去逛商场，那里有一个店，里面卖各种灯，还有一些奇怪夸张的东西。我买了好多彩灯，买了一个音响，还有一些乱七八糟的玩意。这下子我屋子里面的装饰就跟别人不一样了，有很多一闪一闪的灯，还有放烟雾的装置，简直就像是夜总会（Night Club）。好多人都爱到我的屋子里来，他们说："哥们，周末我们不用出去了，到你这儿来就行了，可以喝酒，还可以跳舞。"我不喝酒，他们喝，自己带酒来喝，我无所谓。我说："只要你们别给我惹事，你们爱来我的房间就来，你们爱干啥就干啥。"他们也会带女孩一起来，我不在乎。他们喝醉了，也会亲热拥抱什么的，但是他们只要没有在我这里做得太过分，我就不管。他们要是真想上床，那就回自己的房间去，这儿不允许。

我刚到加州当兵时，工资是一个月1200美元。这是到我口袋里的钱，因为我住在军队的房子里，不用掏房租，不用掏电费，也不用掏水费，甚至连暖气、冷气都不用掏。这也是他们扣掉我的伙食费后净发给我的钱。这点钱很少，我买了灯，同伴们买来一箱一箱酒，我们还要养车、买汽油，很快就花光了。根据每个人的职位、军衔、军龄，每个人的工资都不一样。

每年我们也涨工资，每次涨一两百美元吧，不多。

我们出海以后，会有一些额外的收入（Extra Money）。我们上了航空母舰，就有不同的津贴，比如说我在甲板上工作，我就有飞行甲板津贴（Flight Deck Pay），还有危险工作津贴，因为在甲板上工作很艰苦，也很危险。我们到了战区（War Zone）以后，我们挣的钱就是免税的（Tax Free），所以只要航母一进入波斯湾，我们挣的每一分钱都是自己的，不用交所得税了，但是在路上就不行，出了波斯湾也不行，政府算得很清楚，我们占不到便宜。去打仗的时候，我的收入会高一些，加起来大概快2000美元了。这也很少，军人都是福利比较好，挣得钱并不多。我们的工作时间很长，从来没有加班费这一说，按小时算下来，也许我们连美国法律规定的最低工资都达不到。况且我们的工作又累又苦还危险，不是一般平民的工作可以比的，所以我们入伍当兵，可以说是为了周游世界，为了给自己挣学费，但是如果没有一点奉献精神，还是不行的，因为真的不划算。

我们有十几套军服，比如说军礼服（Dress Uniform），我有白的两套、黑的两套，还有鞋和袜子什么的。因为我要工作，所以还有工作时穿的工作服。加上内衣、外衣，很多，总共十几套吧，这些都是军队发的，我们不用花钱。但是便服要自己买，军队不发给我们，因为每个人穿的便服都不一样，每个人的偏好也不相同。我自己有三四套便服，都是我回家时从家里带去的。

我刚到加州不久，就买了一辆汽车，是从我的第一个室友手上买下来的。他当时要走了，想把他的旧车卖给我。我就去海军的信用社（Navy Federal Credit Union），贷了4000块钱，把他的车买下来了。我上高中时，在东海岸就考上了驾照。我们当时有一门课，叫作"驾驶助理"（Driver's Aids），就是教我们怎么开车，是必修课。我学了那门课，所以会开车。在美国，尤其在偏僻的地方，没有车活不了。

妈妈知道后，又骂了我一顿，说我太傻，不知道拒绝别人。那辆车已经开了32万千米了，实在太老太破，怎么会还要那么多钱，还贷了款。

后来她寄钱过来，让我把贷款还了。果然，没有开多久，那辆车就不行了，修也没法修了，只好扔掉了。现在我开的这辆车，是我结婚时爸爸妈妈送的。他们知道怎么挑车，这辆车一直都挺好的。

我们飞机维护长中，只有我一个亚洲人。我们整个飞行队里面，只有我一个中国人。一般人都喜欢跟自己差不多的人在一起，黑人跟黑人，白人跟白人，墨西哥人跟墨西哥人。我周围没有中国人，所以我也就不跟谁扎堆，跟同事们的关系都不错。我的朋友也是什么人都有，白人、墨西哥人、印第安人、马来西亚人。他们经常来找我一起玩，有时还带着女孩子们来，给我找了一些麻烦。

041　我的宿舍挤进了6个女孩

有一个周末，我正在做饭，我的一个朋友，一个男兵，也是飞机维护长，过来对我说："哎，哥们，我有3个姑娘在我的房间里，是我从外面带进来的。我们都饿了，可是我们喝酒喝多了，不能开车出去。你有没有吃的，哥们？"我说："我现在正在做晚饭。"他问我："我可不可以回去带那3个女孩过来一起吃点东西？"我回答："为什么不呢？我反正有很多吃的。"其实我每次做饭时，都会做的比较多一点，因为我一做饭，只要我的门敞开着，那些不做饭的人，都会跑来蹭吃的。他们知道只有我一个人在宿舍给自己做饭，不会有别人，而他们那些人都是出去吃饭，家里不会有吃的东西。

过了一会，那个男孩进来了，一个人后面跟着4个女孩。我对他说："你刚才不是说3个吗？"他说："又来了3个，刚到的，我从你这里走了之后才来。"他和那4个女孩把我做好的东西都吃掉了。吃完饭后，他们就走了。

我关上门没有多久，那个男的又过来了，"砰砰"地敲我的门。我打开门说："你又干什么？我刚才不是喂过你饭了吗？你又饿了？"他嘿嘿直笑，看上去已经喝醉了，手里还拿着一个杯子，拿不稳，晃来晃去的。

我说："你一会要是把酒洒了，千万别洒到我身上。"他邀请我："哥们，来我屋里玩吧，喝点酒，有女孩。"我不想去，说："你们自己高兴去吧，我不去。"

又过了一会，他又来了，后面跟着两个女孩，要来我这儿玩。那两个女孩也喝了酒，还没醉，不过也差不多了，算是半醉半清醒那种。我让他们进来，把屋顶那盏灯关上，房间里全黑了，然后我拍一下手，音乐响起来了，我的那些彩灯也亮了，还有烟雾也升起来了。我的屋子里有很多灯，到处都是灯，全都在一闪一闪地，很好看。

跟着他来的女孩们喊："哇，太棒了！（Oh, Boy）"她们挺惊奇的，问我："这是你的屋子？"我说："是呀。"她们刚才来过，没有看到这些，所以她们现在觉得奇怪。那个男孩看了我一眼，又转过去看着那些女孩，说："你们两个待在这儿，我一会回来。"过一会他回来了，把另外4个女孩也叫来了。我不知道他一个男孩怎么会带回来6个女孩。那4个女孩一进来，就看见那些灯在我的屋里面哗啦哗啦地闪，也是一阵惊呼。那些女孩就不走了，那个男的也不走了，就在我的屋子里待着玩，喝酒、听音乐、聊天，非常高兴。

后来那个男的喝醉了，对那些女孩说："我要去睡觉了，咱们明天见。"我说："慢着，慢着，你去睡觉了，她们睡哪里？"他说："她们就睡你这儿。"我说："你一个人回去了，让我照顾这6个女孩，我都不认识她们，从来没有见过。"那几个女孩不是那种跟别人胡来的人，是属于那种比较文静、比较害羞的白人女孩，都是大学生，跑来跟当兵的一起玩，属于瞎混呗。她们也不缺钱，因为她们当中有4个女孩住在马里布（Malibu）山上，就是那些非常有钱的人才能住得起的地方。她们就是出来看一看我们这些军人都在干什么。她们很大方，每次都是她们给这个男孩买东西。我从来没有问过她们谁跟这个男孩有什么关系。

就这样，这个男孩喝醉了，跑回自己房间睡觉去了，把6个女孩扔在我屋里。我心想，这是什么事嘛！这下子我倒了霉了！怎么办呢？我又待了一会，没办法，就拿着我的睡袋出来了，到厨房找了一个空地方，

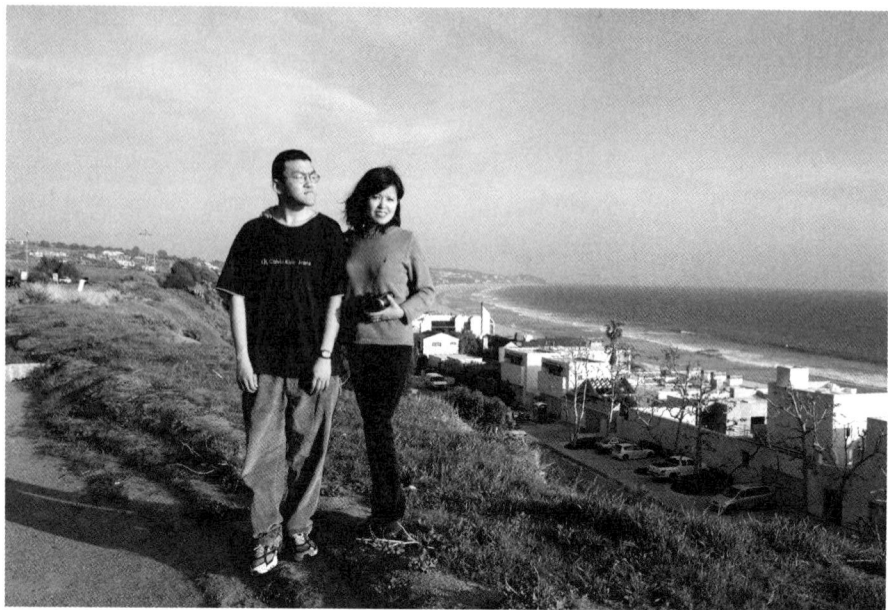

4.4　我和妈妈在马里布山上的留影。山下就是无敌海景和一些海边住宅，当然不是豪宅。豪宅一般在半山腰上

躺下睡觉。那一个晚上，我就睡在厨房的地上，因为人家毕竟都是女孩嘛，我不能跟女孩子睡在一块，我不是那种人。那6个女孩就在我的屋子里，床上、沙发上，东倒西歪地，睡了一夜。

　　我跟那个男孩是很好的朋友，就等于给他帮一个忙呗。他在舞场呀、酒吧呀、歌厅呀那些地方碰到的这些女孩，就跟她们认识了，还把她们带回来一起玩。我们当兵的去那些地方都穿便服，不能穿军服。我没有问过，也不知道他是怎么跟这些女孩认识的，不知道那些女孩跟他好，是不是因为他是一个军人。我后来又碰到过这些女孩几次。她们这些有钱人家的孩子，除了知道怎么花钱，其他的知道得很少。平常我跟她们聊一些东西，她们都不是很清楚，因为她们生活的条件太好了，不用她们操心。她们只是上学，从来不用出去打工，什么都不用管。别的人都是一边上学一边打工，在社会上待过，知道的就多。她们住的房子、开的车全都是父母给的。她们只要需要钱，家里就给，因为她们的家里有的是钱。住在马里布那个地方的，都是非常有钱的人，所以对她们来说，得到什么都很容易，因为她们能用钱去买下来。可是你要知道，对于我们这些已经工作了的人来说，她们就显得比较傻，比较单纯，什么都不知道。如果我跟一个同样在军队里工作的人讲我们的事情，他们脸上不会有惊奇的表情，可是我要是给这些有钱人家的孩子讲，我在海军里面干了些什么，她们能坐在那里很聚精会神地听我讲一整天，因为她们觉得很新奇，从来没有经历过。对于我们来讲，这就是每天的工作，对于她们来说，我们就是来自另外一个世界。

第五章　出征波斯湾

042 出征，出征

我们整个飞行大队，包括我们E-2预警机、F-18战斗轰炸机、电子战飞机、反潜飞机等，经过一年多陆上、海上还有沙漠里的训练，到了2005年1月，又应该出海打仗了。这是我第一次参加波斯湾战争，而我们的飞行队已经去过3次了。大家都知道这一次可不是去训练，而是去真正打仗，也不是只在航母上待3个星期，而是至少半年，如果有需要，还要延长。

我们出海前并没有正式的动员，长官只是告诉我们1月要出海打仗了，没有什么特殊的，跟要上船去训练差不多。主要是因为我们早就知道过完圣诞节后要出去打仗，人人都知道，没有必要再强调。再就是美国军队打仗都习惯了，几乎天天打，你说哪一年不打仗吧？要说动员，平常的训练就算是动员吧，训练完了就要上战场，不好好练你就有去无回了，你说你能不当真吗？

要说有什么不同，那就是在出海打仗之前，我们要把所有的东西都从我们住的宿舍搬出来，由政府出钱请的搬家公司来搬走，因为我们走了以后，别的飞行队的军人就出海回来了，他们要住我们的房间。等我们回来的时候，又有军人出海走了，我们就用他们留下的。所以每次出海打仗回来，我们住的就不是同一层楼了，我们以前住的那一层，已经被别人占了。

我当时在穆谷基地已经生活1年多了，也给自己买了一些东西，像电视、音响、彩灯什么的。这些东西我不用管，只要告诉搬家公司哪些是我要存的，他们就会全都拿箱子装好，写上我的名字和编号，然后拖走，放到存贮仓库（Store Room）。他们还会给我发票和物品清单，上面记着他们从我的屋子里面都搬走了些什么东西，我要签名。

等我们打完仗回来，分给我们的新房间还是空的，两三天之后，搬家公司才会把我们的东西搬回来。他们不可能一次把所有人的东西全部拉来，他们会告诉我们，从几点到几点，从哪个号到哪个号，他们送东西过来。看到我的号，就说明这一车里肯定有我的东西，我就等在那里。他们来了后，我告诉他们，我现在住在哪个房间，他们也有记录，知道我的东西是哪些，他们会找到我的东西，都搬上来，放在我的屋里，还帮我拿出来放好。我自己根本不用动手，这些全是搬家公司的事。搬家公司并不是军队的，都是承包商，专门靠这个挣钱。

我们上航母时，要带上自己的睡袋、洗漱用品、随身电子产品、书、日历什么的。更主要的是要带上自己的军服，还要带几件下船时要穿的平民服装。美军有规定，我们到了别的国家，就不允许穿军服，所以我们下船时，全都是穿着便服。除非哪天我要在航母停靠的码头上站岗，那时可以穿军服，其他时间，我出去玩的时候，只能穿便服，要看上去像一个平民。比如说到了巴林，我下军舰时，穿的就是平民的衣服。我要是穿军服的话，那不是招着人家来杀我吗？很多人不喜欢美国人，想杀美国兵，所以我要是穿着军服的话，他们就会说，噢，这是一个美国兵，就会把我盯上，就会想办法杀我。而且我被盯上后，倒霉的可能不是我一个人，因为我出去的时候都是跟着一帮人的。人家一看，就会说，噢，这些人也都是航母上的军人。这样就会给很多人带来危险，他们也有可能被杀。所以我们一定要带上平民便服，不然就不允许我们下船。

到了出发的那一天，按照长官之前说的时间地点，我们就把该拿的行李都带好，到那里集合等着。军队租的大巴士一到，我们坐上就走。大巴开了3个多小时，把我们送到了圣迭戈的北岛海军基地，然后我们就登上了卡尔·文森号航空母舰，一切都跟平常去训练时一模一样，只不过我们带的行李多一点，心情也不一样。

那天我有点兴奋，大家都有点。我那时已经上过好几次航母了，所以我对航母本身并不是特别感兴趣，跟我第一次见到航母时的那种激动不一样。我是为自己第一次要出海去真正地打仗而兴奋。我不是说我要去打仗了，我要去杀人了，所以我很激动。不是的，我兴奋是因为我就要乘坐航空母舰去参加我有生以来的第一场战争，以后我就是一个亲自参加过战争的人了。为杀人而兴奋，我肯定不会。

我并没有紧张或者害怕，因为这种战争对我来说，好像并没有什么危险。那些我们要对付的中东国家，虽然因为有石油而非常有钱，但其实这些国家都很小，没法跟美国比，像伊朗呀、伊拉克呀、阿富汗呀，都不是真正有实力（Powerful）的国家。它们只会拿一些小东西来吓唬人，发几颗导弹，或者派一些人肉炸弹，这些都对付不了航空母舰这种大东西。但是我们在航母甲板上工作还是有危险的，有可能出事故，这个谁也说不准。还有就是在阿拉伯国家下船休息的时候，也有可能碰到恐怖分子。总之只要是去打仗，就不可能百分之百安全，这一点每一个军人心里都清楚。

我出发前告诉过妈妈，说我要出海6个月，但是我不能告诉她我要去哪儿，也不能说什么时候走，更不能说我几月几号到达什么地方了，因为这些都是机密，不准告诉家里人。但是妈妈知道我出海就是要打仗去了，而且谁都知道打仗就是去波斯湾，不可能是别的地方。妈妈很担心，因为这是我第一次出海，第一次打仗，她怕我受伤，怕我被敌人打死，一再叫我多加小心。其实我真的没啥，已经真把自己当军人对待了。我小的时候非常胆小，滑滑梯都不敢，坐旋转木马也不敢，现在却要跑过半个地球去打仗，反而无所谓了，让去就去呗，能回来就回来，回不来就算了。

043　航母上也有小偷

我们在加州并没有为航母出航举行欢送仪式，因为在美国西海岸的航空母舰，都是住在华盛顿州的一个叫作布雷默顿（Bremerton，

Washington）的地方。那里就是美国航空母舰在西部的家。美国东部的航空母舰，则是停在弗吉尼亚州的诺弗克（Norfolk，Virginia）港，就是在我新兵训练营毕业后想去但没去成的地方。卡尔·文森号航空母舰是从布雷默顿出发，南下到加州圣迭戈的北岛港，然后接上我们这些飞行队的航空人员，再开往波斯湾。所以那个正式的出海仪式，他们1月初从华盛顿的布雷默顿港出发时，就已经举行过了。

　　航母从华盛顿州开过来的时候，船上已经装了2000多人，都是船上水兵。航母出海要带的东西，比如弹药、食物等等都在华盛顿州那边装好了，并不需要在加州再装。到了圣迭戈，又上去2000多人，就是我们整个飞行大队，海军航空兵。船上水兵只是负责开船，我们飞行大队才负责打仗。北岛海军基地可以停靠航空母舰，航母也经常来，但是航母主要的家，还是在布雷默顿。北岛基地一般停着很多比较小型的军舰，有一些海军陆战队的军人，还有一些给海军干活的承包商（Contractors）。

　　我们坐车到达圣迭戈进入北岛军港后，马上登船。我们爬到船舱，把自己的行李往要睡的多层床上一扔，就跑去干活。床的位置可以自己选择，下铺、中铺、上铺都行，一般我喜欢睡下铺，比较方便。除了我们的大巴，军队还租了两辆十八轮的大货车，把我们要用的设备、仪器、零件等等，都先拉过来了。到了那里，我们要卸下我们的装备，再把它们都吊到航空母舰上去。有些设备可以直接运进航母机库，有些装置则要提上航母甲板，还有的零件要下放到航母最底下的仓库，很多设备还要固定或者安装，所以很麻烦。我们起码要干整整一天，从早上七八点钟开始，一直干到晚上八九点。其他一些飞行队，还有他们的大卡车，也都到达北岛。每个飞行队都在卸自己的东西，都在往航母上运，往航母上装，所以场面很乱，忙成一片。飞行队之间也会互相帮忙，都是一个飞行大队的，经常在一起训练，所以大家都认识。

　　做完这些，我们长官说："明天早上要出海了，你们现在可以换上便服，出去玩去吧，放松放松。我们的航母是明天早晨几点几分离开，你们今天晚上几点几分必须回到船上来，这是命令。"然后我们这些马上就要出海的军人就都下船了，出去吃点东西，喝点酒，再给家里人打几个电话，因为出海以后，我们的手机就不管用了，收不到信号了，谁知道出海后会碰到什么事，还是再跟亲属朋友最后聊一会吧，再说一遍"我爱你"。

非常倒霉的是，刚刚才上航母还没有出海，我的手提电脑就被人偷走了。那是妈妈给我买的，可以看电影、玩游戏、听音乐、存东西，做好多事情。这下子，我啥也玩不成了，我喜欢的电影、游戏、歌曲全丢了。马上要出海了，还有6个月要熬呀，这贼娃子可太可恨了！

当时我们刚刚上船，有很多活必须立即干，我们没有时间把自己的东西都放好，所以我们就直接把行李往床上一扔就走了。我当时一点没有想到我的东西会被偷。我知道军人中有小偷，也听说很多人都丢过东西，但是我觉得这种事不会发生到我身上，因为我在加州基地里没有丢过东西，上船训练过好几次，也没有丢过东西。平时我总是带着我的那台电脑，从没有丢过。我带去的其他东西，也都全部带回来了。

可是就是这次出海打仗，正好是最最需要的时候，我的电脑被偷了，真把我气得要死。我出发的时候，是把电脑放在背包里。上船以后，我把背包扔在床上就走了。回来后一看，坏啦，我的背包不见了！我对面的同事也喊，哎呀，我的包也没了！我们俩的包里都有电脑，都被偷了。我们两个都很生气，可是也没有办法。

我猜事情可能是这样的，船上的水兵不喜欢我们这些飞行队里的航空兵，因为他们认为飞行队的待遇比他们要好。确实是好一点点，可也差不了太多。一般说来，我们的津贴要多一点，因为我们有甲板工作津贴和危险工作津贴，水兵们在船舱时吹着空调，也没有什么危险，拿钱就要少一点。另外就是我们可以住在陆地上，比住在船上的人要舒服一些。水兵们在做列兵时，就是在E1到E3期间都必须每晚回船睡觉，只有在当上士官以后（E4以上），他们才能在基地分房，军舰靠港的时候，才可以在陆地上休息。不过就算是列兵，下了船以后照样可以开车去酒吧，可以找女人，这跟我们没有区别。不过，他们不可以把女孩带上航母，更不可能一起过夜。

美国对军官的要求高，待遇也好，所以军官们的素质非常棒。而一些士兵的素质就很差了，要不然他们也不会来当兵。船上的这些水兵，素质就更差了。他们有些恨我们这些航空兵，找机会就给我们捣乱。每次我们飞行队一上来，那些船上的水兵，趁我们不在的时候就来搜行李，有好的就偷走。这种事情也没有办法查，因为我们不知道是谁干的。要是全船搜的话，大家还干不干活了？再说军官们也不可能让我们去搜，多一事不如少一事吧。有了这个教训之后，我上船就小心了，先把自己的东西锁到床柜里，再去干别的事情。

我这次出海大半年都没有电脑用，只好买来一本书，平常休息时就看看书。我还有一些电影电视的DVD影碟，可是没有能放DVD的东西了，我就又买了一个DVD播放器，可以看一看自己喜欢的节目。可是它的质量不太好，没过多久就坏了，我只好把它扔掉了。

后来这样的事几乎天天都有发生，不是这个人丢了东西，就是那个人丢了东西。我们也懒得去找，因为我们还要工作，很忙，也很累，没有时间和精力去折腾这种事。那些偷东西的兵，抓住就抓住了，抓不住就算他们走运。不过我们没有听说过有人偷东西被抓住的，可能船上的水兵们自己知道。我们飞行队跟他们不属于一个系统，人家不会告诉我们，他们掩盖还来不及哩。

044　手忙脚乱的实战演习

在正式出发去波斯湾打仗之前，我们整个航空母舰打击群还要做一次实战演习（Real-Life Exercise）。因为时间紧，原来需要3个星期的演习被挤成2个星期。在这点时间里，我们要把这次战斗任务的所有项目都做一遍。就像考试一样，每一个项目都要打分，而整个航母打击群的综合成绩必须达到95%以上。只要低于这个分数，这个航空母舰打击群就

5.1　从航母上起飞的E-2预警机

不及格，就不能出海打仗。所以说对待打仗，军队是非常严格认真的。

我们的航母开出海，就在圣迭戈附近，开始实战演习。就是这么一个演习让大家全乱了套，因为我们在训练的时候，飞行队里会有一张表，叫作"飞行计划"（Flight Schedule），它会告诉我们，这架飞机几点要准备好，几点从船上起飞，几点飞回来。可是打起仗来的实际情况就不是这样了。我们的飞机飞出去，纸上写着下午3点回来，可我按时跑去等飞机却半天都不来，我又不能离开，因为飞机随时可能会在我的头顶出现。我不知道，我的上司也不知道，没有人知道会发生什么，就是乱七八糟的，一会这样，一会那样，总是变，什么情况都有可能出现，就跟真的打仗时一样。

我们接飞机和发飞机是两拨人，接飞机的在这头，发飞机的在另外一头。所有的飞机都绕着圈，不管是要飞出去的，还是刚回来的，都是一架飞机跟着另一架后面，就这么逆时针转圈圈。每30秒就有一架飞机发出去，每30秒就有一架飞机降下来，速度很快的，不停地飞，不停地落，不停地转，从来没有间断。

我等不到我们的飞机回来，只好钻过那些转圈圈的飞机，到另一头去发飞机。正在打手势呢，我们的飞机就进来了。我只好赶紧停下来，跑过去给它加油、检查。等我把这些活做完，它又得做下一次飞行。好啦，我又得把它发出去。我们还没有休息呢，长官又说，那边有一架飞机坏了，可是我们的战斗还在继续，我不能说不管了，那样就是失败。只要我们有好飞机，我们就必须把这一项战斗任务完成。

本来我们有一架好飞机准备晚上起飞去执行下一个任务，可是上级硬说另外一架飞机坏了，要去修理，所以那些飞行员就"蹬蹬蹬"跑过来，上了这架好飞机，把它飞走了。我们这些人就更不能休息了，要继续忙。虽然我们已经忙了很久，没有吃饭，没有上厕所，可人家不管这个，让我们赶快去把那一架坏飞机修好。

那两个星期，就是这样，一周7天，一天超过12个小时都在不停地忙，不停地转，一刻也不休息，直到演习完成。它就像真正打仗一样，压力很大，很累，很苦，很紧张。还好，演习通过了，我们也提前体会到了打仗是怎么一回事了。

演习结束后，我们的飞机全都飞回岸上去了，我们的船也往回开。可是我们的卡尔·文森号航空母舰开进了圣迭戈的北岛海军基地后，却没有靠岸，转了一圈，又开出港口，直接驶进太平洋，奔向波斯湾。我们这些人，就站在船上，看见港口和陆地越来越近，然后又越来越远，最后看不见了，都觉得非常失望。我们已经在海上忙了两个多星期了，下面一走又是半年，能上岸去待一个小时也好。可能是航母有任务，要赶时间，它就只好跑到岸边做一做样子，然后是一刻不停，直接带着我们就上战场去了。

我们出海以后，暂时还不接飞机，就空着船，在海上开着，漂了有一两天吧。这时船上的广播突然告诉我们，我们所有飞行队的飞机要来做"碰一下就走"（Touch And Go）这个动作，就是飞机从空中落下来，把它的轮子在航母的甲板上碰一下，马上又拉起来飞走。就是这样，在船甲板上贴一下，飞走，贴一下，飞走，不降落到船上来。飞机一架跟着一架，"咣"地砸一下甲板，再飞走。如果有一架飞机没有油了，就降落下来加点油，然后又飞出去了。

就这样，我们的飞机已经到我们头顶上了，就是不上船。它们不是在空中转圈，就是落下来砸一下甲板，像表演一样。我们的甲板上空空的，一架飞机也没有。最后广播上通知说，几点几分，飞机要降落了，大家准备。然后飞机就一架接着一架，全都下来了，只要一个多小时，甲板上就趴满了飞机，很快的。然后我们就天天在甲板上工作了，不停地侍候着我们的飞机。航母也是全速不停地开，直奔波斯湾。

045 忙里偷闲也要工作

我们用了1个多月才从圣迭戈开到波斯湾。航母用多长时间开到那里，要看国防部要求航母什么时候到达。我们2005年第一次去打仗的时候，波斯湾的局势有点紧张，但不像刚开始打伊拉克时那样，所以我们去波斯湾的路上停靠了关岛和新加坡两个地方，各玩了好几天，没有直接去波斯湾。2007年我们坐斯坦尼斯号航母出海打仗时，就很紧张了，航母是一刻不停地开，过关岛时都没有停，直接就开进了波斯湾。

航母去哪一个地方，都按照一定的计划走，不是说它想去哪里就去哪里。比如说你是一艘航空母舰的舰长，我是国防部管海军的一个将军，我告诉你说，东部派出去的一艘航空母舰，已经在波斯湾打了6个月的仗了，现在你这艘西部的航空母舰已经训练完毕，应该出发去接替他们了。所以我命令你，必须在3月初到达波斯湾。你们要去接替东部的那个航空母舰战斗群。然后我们的舰长说，好的，你让我们3月初到达波斯湾，但是我们1月中旬就可以出海了，我们有足够的时间，所以我想先去关岛转一圈，再在新加坡待几个晚上，最后去波斯湾，你看行不行？将军同意后，然后我们就可以这么走了。

我们在路上的那1个多月，基本上没怎么发飞机。为什么呢？因为飞机要在航母上起飞和降落的话，航母最好是顶风开，不然飞机就飞不起来或者不容易落下来。可是如果这样的话，航母就没有办法走直线了，必须弯来绕去找顶风，我们路上的时间就会拖长。我们去每一个地方都是有时间限制的，因为国防部已经通知我们了，在这6个月中，我们要去哪些国家访问，要在波斯湾待多长时间，都已经计划好了。为了不耽误时间，飞机就不飞了，只有船在那里拼命地开，不停地开，从早上到晚上，一直是全速（Full Speed）。你想想看，那么大一艘船，本身已经很重了，上面还带着5000多人，100多架飞机，要从圣迭戈开到波斯湾，1个月穿过太平洋，绕地球半圈，已经很快了。它是一个核动力的船，很有劲，所以才能拉这么多东西，还开得那么快。别的小船也能跟得上我们，大家一起走。但是我们在航母上看不到它们，至少我用肉眼是看不见的。在海上开行的这1个多月，我们什么都看不到，没有见过其他军舰，也没有见过渔船，整天周围全都是海，没完没了的，还是很难受的，非常孤单，非常枯燥。

当然我们也没有闲着，还要去甲板上工作，擦擦飞机什么的。再一个就是正好这个月很少有其他任务，我们就用这段时间来训练新人。这也是一个比较好的训练窗口，因为船上没有飞机起降，很安静，也挺安全。

我们飞行队这一次出来的飞机维护长总共只有6个人。我们白天用3个，晚上用3个，剩下的只能用学员。如果不算上我们老板还有上级军官，能干活的加起来有20个，其中14个人都是学员，还在学习。这些学员当中，有些已经训练几个月，学得差不多了，只是还没有通过考试，在我们的监督下，可以做一些工作，比如说换机油、加汽油、洗飞机什么的。但是打手势、检查飞机这样的工作，还必须由我们自己来做，因为这些活的技术水平要求高一些。另外一些学员什么都还不知道，刚参军就被拉到前线来了。他们不但干不了活，还要我们一点一点教，搞得我们更累。没有办法，他们也不想来，可是到了打仗的时候，所有人都必须跟着走，连请假都不允许，我们只好边打仗边训练他们，直接在战场上训练他们。

这1个月训练完成以后，至少那些新人对我们要干的工作有了一定的了解。他们也很倒霉，刚进军队没有多久，什么都不会呢，就跟着我们出海打仗来了，在船上一关半年，还要当苦力，不停地干活。军队的要求是很严的，不是说你不会干活，就可以在家里待着了，没那个好事。要走大家一起走，你不会就学，边学边干，学会了正好直接干活。我们就有学员在战区里通过考试，成为了合格的飞机维护长。

046 "软蛋硬汉"狂欢节

我们的航母战斗群会横穿整个太平洋。在经过赤道的时候，大家休息一天，庆祝美国海军的一个节日，叫作"软蛋节"（Wog Day）。从很早以前开始，过这个节日就是美国海军的传统。具体的历史我记不太清楚了，好像跟海盗有关，是从海盗们那里传下来的。软蛋就是不成熟、不强硬的意思。每一个水手，经过赤道的这一天，必须通过一番考验，经历种种困难。如果他坚持下来了，他就不再是一个软蛋（Wog），而变成为一条硬汉（Shellback）。那些没有做过这些项目、没有通过这些考验的人，就像我们这些第一次出海的新兵，都是软蛋。我们这些软蛋，在那一天里，必须做那些硬汉的奴隶，任由他们整治，只有坚持下来，我们才能跟他们一样，变成硬汉。在你进入海军以后，就算你经过赤道很多次了，只要你没有做过这些项目，没有最终成为硬汉，那你就一直是一个软蛋。很多人都认为，只要你没有成为硬汉，你就不能算是一名真正的水兵。

那一天，船上的人都不工作了，放假（Day Off），就是一个狂欢节（Fun Day）。从早晨开始，甲板上、船舱里，到处都是人，大家都参加一项一项的活动，个个都挺有意思，很有创意。我们这些软蛋，穿上旅游鞋、短裤和白衣服，排队进入机库，等着被那些老兵们收拾。他们先在我们的衣服上写一些字，画一些东西，就是拿我们开玩笑，寻开心。然后有人就让我们在地上爬，必须得爬，不爬不行。机库的地面不平，我们爬的时候，还必须把膝盖放在那些疙疙瘩瘩的东西上面，很难受。人家让我们爬几圈，我们就得爬几圈。他们叫我们停，我们才能停，他们不说停，我们就只能接着爬，不能停下来。有的时候，他们突然让我们在地上打滚，我们就只好打几个滚，然后接着爬。而且在我们爬的时候，他们还会往我们身上挤一些各种颜色的乱七八糟的东西，也不知道都是些什么。比如把番茄酱挤在我们头上、脸上、身上，抹来抹去的，弄得我们黏乎乎的。

我们爬到机库的尽头，他们让我们每一个人选一个挂飞机的那种铁环，一个圆圈套另一个圆圈那种铁链子。他们在水里面放上一些洗衣粉和染料，泼到铁环上，让我们对着铁环吹泡泡。可是他们在我们对面，拿着一个吹气机，往我们脸上喷。我们拼命地吹，但是哪能顶得过吹气机呢？那些染料就掉到我们眼睛里面了，有一点杀眼睛，虽然不是很疼，但那些毕竟是化学物质，平常我们是不会弄到身上的。他们就是使劲折腾我们呗，我们虽然不舒服，但也觉得挺好玩。

后来他们让我们停下来，站起来，走到另外一个地方，给我们吃鸡蛋。鸡蛋是扔在地上的，我们

5.2　我的硬汉证。就是一张小卡片，得来并不容易

不能用手，必须像动物一样，趴在地上用嘴去吃。其实我们看到那些东西就不想吃，因为他们把鸡蛋染成绿的、红的各种奇怪的颜色，我心里想，这是人吃的东西吗？不过实际上是可以吃的，比如说绿的是芥末酱，红的是辣椒酱，还有黄的不知道是什么酱，总之味道很怪。我们就咬牙吃，吃不进去还不行，人家不准我们通过。

吃完以后，我们坐着船上的电梯往上升，要去甲板。上面的人，就用灭火的水管子，对着我们底下的人冲。我们根本站不住，只能爬着被水冲。电梯一直走，他们一直冲，把我们全身上下全浇透了。上了甲板以后，他们还不允许我们站起来，要我们爬着出去。跟下面一样，我们还要做一些别的项目，一项一项的，都是整人的，我们必须全部过。比如说他们在地上堆了一些垃圾，让我们从上面爬过去，还要往我们身上喷各种酱和油漆。到了另外一个地方，有一个很大的铁桶子，里面放了染料，水都是绿的，我们必须跳进去，游过去，再爬出来。

就这样，像玩电子游戏一样，人家一项一项地整治我们，我们一关一关地过。所有关卡都过完了，走到了最后，站在我们面前的是一个老头。他打扮成海王，手里拿着一根棍子，可能就是他的权杖吧。他对我们一个一个说，你已经通过了什么什么样考验，现在你是一个硬汉了，并且给我们每一个人都颁发一张硬汉卡。

不管是士兵还是军官，都是一样的，都要参加这项活动，经过考验，

才能从软蛋变成硬汉。你只要参加一次，变成硬汉了，就可以去整别人。不过就算你已经是硬汉，你也可以自己要求再做一遍。很多人为了玩，又因为天气很热，图个凉快，就再做一遍，再一次变成硬汉。所以也有一些老兵自愿跟我们一起去被别人收拾。我只做过一遍，第二次出海时没有再做，因为做完以后太脏太累，我第二天还要上班，事情很多，不想再折腾了。不过我一点都不讨厌这种游戏，就是闹着玩，比打仗轻松多了，要是这个你都顶不住，你也别去打仗了，去了也打不赢。

047 甲板上的生存之道

从新加坡出来后，我们又开了两三个星期，总算绕过半个地球，到达波斯湾，进入了战区。我们是去替换另一个航母打击群的，他们是从美国东海岸派出来的。两艘航母交班时我还看了它一眼，但我不记得那是哪一艘航母了。然后我们的航母就开始打仗，船上的飞机都发出去了，去伊拉克、阿富汗，去支援美国的地面部队，这就是我们的战斗任务。我不知道我们的飞机飞出去后具体都干了些什么，我的工作就是发飞机、接飞机、维护保养飞机。

到了那儿，我们就不再是不停地赶路了，而是不停地打仗。我们的飞机是白天黑夜不停地飞，我们自己是白天黑夜不停地忙。我们的航母本身是一周7天，每天24小时，一秒钟也不停地运转。我们这些在航母上工作的人，也是一周干7天，每天分黑白两班，一班12个小时，拼命干活。平民百姓里的一些人有时不也是匆匆忙忙的吗？可是他们的匆匆忙忙跟我们的比起来不是一个水平的。他们还有一个停顿的时候（Stop Time），我们是永不停止（Nonstop）。我们一上甲板，就一点休息的时间都没有了，就像机器一样，总是不停地转，成天不停地转。我们没有停顿的时候，一点都没有！我们总是很紧张，压力真的非常大，工作真的非常累！

中东热死了！那个鬼地方，实在是太热了！我们的甲板又是黑的，很吸热。我们在甲板上工作，穿的衣服又很多，要穿上我们的工作服，还要穿上救生衣。白天那么大的太阳，等我们干完活了，全身上下都湿透了，衣服裤子全都是湿的。我本来穿上去的是绿色的衣服，等我干完活回来，就成了墨绿色的了。别人看到我，还以为我跳进哪个游泳池里去了，刚刚爬出来。只要是在甲板上工作的人，每个人都必须在身上带一个大水袋子，美国人把它叫作"骆驼包"（Camel Bag）。它就像一个小书包一样大，每个人都有一个，我们要自己灌好水，走到哪里都在身上背着，不带不行。上面有一根管子，我们就用管子吸水喝。我工作一天，能喝掉8袋子水。就是不停地吸水，可怎么喝都觉得渴。

到了晚上更难受。很多人会想，晚上那里的天气是不是凉快一点？不是！白天是干热，晚上是潮热，就像中国的南方一样，温度高，湿度大，汗出不去。就算你刚刚洗过澡，什么也不干，过一会浑身又是黏乎乎的，更不用说我们还要不停地干活了。我们是白班、夜班来回倒，一个人干两个星期白班，再干两个星期夜班，轮流转。

白天多少还有点风，那种风很热，但是对于我们来说，有点风就不错了，至少能把汗带走。有的时候，我们还会把机库的门打开，这样就能感觉到一点船舱里的凉气，那里面有空调。夜里上班的时候，为了安全，长官命令把机库的门关上，结果我们就一点凉气都没有了。外面也没有一点风，只有那种潮气，就是那种湿湿的闷热，罩在我们身上。干活时我们只要动一下，马上就会使劲地出汗，衣服很快就湿透了，就像我刚刚把那件衣服放在水里面，拿出来直接穿在身上一样，就那种感觉。一个晚上都是那样，不是吹牛，真的就是那样！

而且我们在甲板上工作，要记住一句话，叫作"不停地转动你的脑袋"（Keep Your Head Waving），就是要经常转头注意你的周围，不停地观察四周的情况。因为甲板空地有限，那么多飞机，不停地在甲板上转，它们有的要起飞，要去起飞线，有的落下来了，要进停机位，都有可能对你造成危险，你必须躲起来。比如说本来你可能是站在一个安全的地方，可是有一架飞机要拐弯，它的尾部冲着你拐，你怎么办？飞机不能让你，它要起飞呀。所以你自己就要看清楚了，要赶快躲飞机。你要赶紧蹲下来，抓住地上系飞机的固定环，要不然你就会被飞机的尾气吹跑了，或者在地上打圈圈了。所以不是说你光会干活就行了，如果你不注意这些事情，你在甲板上根本无法生存下来。

也就是说，在甲板上工作，除了热风吹，太阳晒，还有飞机尾气喷。比如说我在我们的E-2飞机旁边干活，正好有一架F-18飞机拐过来，它后面的那个尾喷管（Exhaust）冲着我这边。那架飞机只要一上动力（Power），它的尾气就会把人往外推，所以我要马上躲开来。我还要看看我旁边有没有人走来走去，提醒我的学员赶快蹲下，还要看一看有没有其他飞机也冲着我来了。可是即使我们没有被飞机直接喷到，它的废气也有很多扫到我们身上，就是那种很烫、很呛的气体，所以一天下来，我们的脸上、身上、衣服上，全都是黑的。我们每天都必须洗澡，里面是汗，外面是灰，实在脏透了。

波斯湾的气候，也是非常不好。我们在那里待了3个多月，几乎天天都有沙尘暴（Sand Storm）。甲板本来是黑色的，可是我们每天早晨出去一看，甲板变成黄色的了，都是天上下的沙子，很细的那种，像土一样，都是被风从陆地上刮到海上来的。我们往海面一看，海上也都是黄的，根本看不到远处。每天早上，所有夜里没有飞的飞机，上面都是一层土。因为那些土沙吃金属，再加上我们在海上，那些苦咸的海水，对金属也有腐蚀性，所以我们天天都得擦飞机，每架都要擦，特别讨厌。可是那就是我们的工作，我们没有办法，只能去干。

048 艰苦，航母生活的关键词

因为我们是24小时不间断地打仗，飞机不停地飞，所以有的时候忙得连上厕所的时间都没有。如果我要去上厕所，就必须有人来替我盯着我手上的活。如果没有人来换我，我就只能憋着。实在不行了，我只能趁飞机起飞或者降落的空隙，告诉跟我一起工作的人，说我必须去厕所了，马上就回来。他要是说，行，那你快去快回，我帮你看着。这样我才能走。航母上的厕所跟我们平时在陆地上的厕所一样，并不算小，男女分开，什么都有，因为它要给5000多个人用，设计航母时人家考虑到了这个问题。

上厕所都没有时间，吃饭就更是不好说了。天气不好，飞机飞得少，我们还能轮流去吃饭。如果有任务，飞机使劲飞，我们就赶不上点，吃不成饭。那我们没有办法，只要上了航母，只能委屈自己。航母上吃的东西跟陆地上差不多，只是更烂脏一些，因为航母上的人太多，食堂里的兵不可能做得很精细。航母上的餐厅也不是24小时开放，每顿饭它只开2—3个小时就关了。其他时间我们要是饿了，就只能去吃快餐，就是热狗。那个是24小时都有，也就是把肉肠煮了以后，用酒精炉温着，什么时候我们要吃了，就拿出来夹在面包里吃，没有蔬菜，也没有其他吃的。只是那个东西，我们只要吃上几次，就是再饿也吃不进去了，实在是太难吃了。可是在很多时候，那就是我们唯一能够吃到的食品。我们要是不吃，就只能一直饿到第二天早上。

平时我早晨起得比较早，都去吃早饭。吃早饭的人不多，很多人都想多睡一会，所以大多数时间我都能吃上饭。然后我就到甲板上去工作。一大早上去，在上面干6个小时，一直没有下来过。到了中午吃饭的时间，如果不太忙，我们就轮流去吃饭。先去的那个人比较好的话，他会吃了饭后马上回来，这样别的人才可以走。我们不能说丢下飞机没人管，都去吃饭去了。但是有的人去吃饭的时候，找别人聊天去了，休息去了。问题是我还没有吃饭呢，等他回来的时候，人家餐厅已经关门了，结果我就没有饭吃了。所以派谁先去吃饭挺有讲究的。不过要是到了开饭时间，正好他有空，我没空，我只好让他先下去吃，可是他下去就不回来了，谁不想多休息一会呢？结果等到我有空了，又不能走开，还是吃不上饭。

有的时候我们实在太忙，不能下去，中午吃不到东西，一直到晚上才能吃上饭。可是我们还要排很长时间的队，因为人太多了，很多人都在等着好好吃一顿。没有办法，我们只好排队等着，可是我们已经很累很累了，很想早点回去洗澡睡觉，所以有时候还得去吃热狗。总的来说，如果我幸运的话，我一天可以吃到两顿正常饭，想吃第三顿的话，除非去排很长时间的队。如果不够幸运，那么我一天只能吃到一顿正经饭，中午和晚上只能吃热狗或者我自己的零食。

我们是不允许带饭到甲板上去吃的，因为那里是专门工作的地方，不是吃饭的地方，所以在航母上没有让人给你带饭这一说。而且就算让我吃，我也吃不成，因为飞机到处乱飞，它一开发动机，热气一喷，什么都能给你吹走。当然，我可以带点小吃，放在我工作的小房子里面。但是有的时候，别人会偷吃我的东西。船上就那么一点地方，我也没有柜子可以把我的东西锁起来。我有时带一些零食，放在我工作的地方，实在太饿了，就吃一点，顶一会。可是有些不自觉的人会偷着把我的东西吃掉，结果我还是没有吃的。我就没有这个毛病，别人的就是别人的，我不会去偷别人的东西吃，不是我的东西我不碰。对于我来说，这是一个做人的基本道德原则。每个人的家教不一样，别人做不做，我管不了，我只能说我自己不做。

我们下班后的第一件事是去吃饭，赶不上就没有吃的了。第二件事是去洗澡，因为出了一天的汗，还因为飞机对着我们喷废气，不洗澡不行，太脏了。我们洗澡很方便，跟陆地上差不多。航空母舰底下有吸水的管子，它把海水吸上来，然后过滤淡化成淡水，给我们用，包括洗澡。可是美国航母用的是蒸气弹射器，为了把一架飞机弹射出去，每次要用1365升的水。有的时候，我们正在洗澡，航母要弹射飞机了，如果水不够怎么办？哪怕差1升水，这架飞机就飞不起来，就会掉到海里去。所以船上的人就把洗澡的水停掉，把船上的水全部给弹飞机的机器。问题是洗澡水一停，什么时候再来，我们就不知道了，也许几个小时都来不了。可是我正在洗澡，我的头发、身上全都打上了肥皂，你说我怎么办吧？我实在太累了，没有时间等，有时只好拿洗澡毛巾把身上擦一擦，穿上衣服，回舱睡觉去。

船在海上，总是要晃的。相对而言，航空母舰体积大，重量重，它就是再晃，也不是晃得太厉害，就是那种慢慢摇的感觉，不是很快地抖动。刚上船睡觉时，我不习惯，因为船在动，我的头左右摇，身体前后晃。躺在床上，我不太能感觉得到上下颠簸，就是总觉得自己的头一会向左跑，一会向右转，静不下来，挺难受。不过时间长了，也就习惯了。

我们睡觉的地方，正好在飞机降落的甲板底下，在炸弹舱上面，所以说我们是头顶飞机，脚踩炸弹。飞机降落时，我们就听到"哐"的一声巨响，然后"吱"的一个长声，因为飞机下来先是用很硬的轮子砸在甲板上，然后用铁钩再一钩钢缆，最后停住，所以我们在睡觉的船舱里，就总是听着这些声音："哐，吱……""哐，吱……"我心里说，这还让不让人睡觉了？吵死人了！头一两天非常难受，一会一声，没完没了，但是我们每天上班12个小时，还有许多其他事情，实在太累了，过了两天，也就能睡着了。

我们睡的床，就是我说过的那种棺材盒，就跟棺材似的，上面住人，底下放东西。我们6个人睡在很小的一个船舱里，两边是床，每边3层，每一层都很矮。我躺在那里，上层的床板离我的脸很近。我们的床又很窄，睡觉时基本不能动，一翻身就会掉出去。我们头上有一盏小灯，可以用来读读书什么的，但是坐不起来，只能躺着读。我们要是下班后想在自己的电脑上、DVD机上看一看电影，或者玩一玩游戏，也要另找地方，不能在床上，太难受。总之，在那个地方待着就觉得很压抑，没有宿舍的感觉。

就是这样，我们工作时间很长，干活很累，压力很大，吃不上东西，也睡不好觉，还没有放松的时候，所以航母上的生活，相当艰难。有的人哭闹，也有的人实在受不了，跳海去啦，自杀去啦。我不知道你能不能理解。比如说把你长期关在一艘船上，没有自由，就那么大一点地方，四周见不到陆地，也看不到任何东西，只有海，天天都是海。你也没有什么东西可以娱乐，没有女孩，没有地方打保龄球，也没有酒吧让你喝酒或者唱歌，什么都没有。可是有5000个人，挤在那个大的一个铁盒子里面活着，很小的空间，干不完的活，很少很差的休息，你天天走的都是那些路，看到的总是那几个人。开始一两个月，你可能还行，还顶得住，但是到了第三个月，你可能恨不得把这条船上的人都杀掉，自己也不活了。真的，不哄你，你真的会有这种想法！真的就是绝望，就是崩溃！因为在那个环境里，你会非常非常压抑，真有可能就是受不了，就是不想活啦！尤其是对一个新兵来说，更是难以承受那种压力。实在不行了怎么办呢？他就跳海去了！

049　真假自杀事件

　　在航空母舰上，经常会发生一种事，就是有人跳海（Man Over Board，MOB），就是有人从船上掉到海里去了。其实很少会有人是不小心掉下去的。真要是有人掉进海里的话，很有可能是他在船上待着受不了啦，压力太大了，跳海自杀去了。

　　我们航母的四周，都有站岗的哨位，每个位置一般站两个人。如果天气不好，万一有一个人被风刮跑了的话，另外一个人还可以报警，船上会马上出动直升机把他救回来。当然，这些人站岗不是为了防止有人跳海，他们是为了航母本身的安全，怕有敌人偷袭。航空母舰太大了，光靠舰桥上的人盯着不行，所以海军会上在航母甲板的每一个角上，都安排一个岗哨。就因为航母外面一圈都有站岗的哨兵，所以如果有人跳水的话，他们就能听到"噗通"的落水声。他们会赶快看一看是怎么回事，有情况的话，就马上给飞行甲板控制室（Flight Deck Control）打电话，向上面报告。

　　我们这次出海，我确切知道的就有一个人跳海去了。他是一个小兵，是另外一个飞行队的。我不认识他，但在甲板上见过。他可能是感到压力太大，实在受不了，就跳海自杀去了。白天他不能跳，因为别人可以看到他在往下面跳，会拦住他。所以等到天黑以后，他跑到一个别人看不到的地方，"噗通"就跳下去了。航母很高的，有十几、二十层楼高，掉下去的声音很大。站岗的人一听，赶快拿着夜视望远镜去看，见到有一个东西在水里漂，像是人，就大喊："有人跳海啦，有人跳海啦！"

　　那时是半夜三四点吧，大家都在睡觉，睡得正香，就听到广播里喊："有人跳海啦，有人跳海啦！"按照规定，所有人这时都必须立即去自己的单位报到，全舰都要查，看是谁不见了。大家一边忙着往起爬，一边骂，说是哪个王八蛋这么晚了还捣蛋。其实不是的，这次还真的是有人跳下海去了。我们就听到直升机"嗄嗄嗄嗄"地飞出去了。过了一会，把跳海的那个家伙给救上来了。

　　只要听到说有人跳海啦，船上的所有人马上集合。我们必须5分钟内赶到飞行队办公室报到，全船5000人必须15分钟内统计完毕，并报告给舰长。我们报到后，还不能走，要等到警报解除，才能再回去睡觉。这么一来一往，至少要40分钟。我们第二天还要去上班呢，睡不成觉可实在太难受了。没有办法，碰到这样的事，全船所有人都跟着倒霉。

　　第二天，船上的司令官把那个跳海的人叫去骂了一顿，把这个兵在飞行队的长官也给骂了一顿。然后他该干什么还是去干什么去，也没有开除他。他就是受不了，心理崩溃了，怎么办呢？谁都有软弱的时候，骂他几句，再让他去看一看心理医生，也就算了。他都不想活了，你还能把他怎么样？其实这个人就是精神上受不了，体力活他可以干，军队里的活不会把人累死，但是精神上的这种压力，无穷无尽的压力，他顶不住，承受不了，就想死了算啦。

　　一般在每次航母的出海行动中，至少会有两个人干出跳海这样的事来。我们这次出海还好，有人跳海自杀，被船上的人发现，把他救上来了。还有的航母出海时，有人可能是跳海了，可是站岗的又没有发现，结果人找不到了，这个人就没有了，不明不白地失踪了，其实是死掉了。还有的人跳下去，发现了，却没能救起来，也就完了。就是这样，不容易的，在航母上工作是非常不容易的。你想想看，都能把人给逼死，怎么可能容易？

当然，实际上很少有人真的去跳海，想死的人毕竟非常少。可是有一些人在船上活得太无聊了，太难受，就给大家捣乱。我们船上的每一个人，不管是白天还是晚上，除了穿着自己的工作服之外，还必须穿一个能在水里浮起来的救生衣。它只要一见水，就能自动充气，把人给浮起来。它上面还有一个口哨，一盏灯，还有染色剂什么的。谁要是掉进水里了，这些东西可以帮助别人找到他。那盏灯是化学的，到了晚上，只要把它晃一晃，它就亮了。那些想捣乱的人，就把这种灯掰一掰，丢一丢，等它亮了，把它扔到水里去。也有人往船舷外面扔垃圾一类东西，因为那是一个大袋子，他往水里一扔，站岗的人根本看不出来那个到底是什么东西，因为人往海里跳的时候，也是一个大黑影子。尤其在夜里，别人根本不可能分辨出，那个掉下去的到底是人，还是别的什么东西。

哨兵在那里站岗，航母很大，隔得又远，他们只能看到一个亮的东西，或者一个大的东西，掉到水里去了，他们没有办法分清楚那个东西是不是一个人。在无法确定的情况下，他们只能喊，有人跳海啦。这样一来，整个船就都被叫起来了。全船5000个人，都在上下乱跑，折腾一番。那些扔东西的家伙，为了自己高兴，把全船的人都害了。

这样的人还很多，我们也抓不住。怎么抓呀？一个船，那么大，那么多人，那么忙，那么乱，怎么去找这个人？就算抓到了，又能把他怎么样？有的人都不想活了，你给他一个处分，他根本不在乎。

我们在波斯湾里头，正打着仗哩，忙得要死，累得要命，可是一连3天的深更半夜，都发生了这样的事，都是有人故意往外面扔东西，船上就发警报说有人跳海了，害得全船的人连续3个晚上爬起来去报到。最后我们的舰长发脾气了，说："谁要是敢再往船外扔东西，我就不客气了，我要查到底，抓住重罚。"结果第四天就好了，没有人再扔东西了。过了两个星期，又有人忍不住，又悄悄地扔东西捣蛋，我们又要跑。总是有这样的事，只要出海就有。要是有那么几个星期没有听到喊"有人跳海"，我们都会觉得奇怪。

如果我正在工作，那还可以。我就给我的上司做一个手势，指一指自己的鼻子，他就替我签到了。如果我在睡觉，就倒霉了，必须爬起来往外跑。还有一种情况，就是正在洗澡。我本人没有遇到过这种事情，但是跟我在同一个飞行队的一个同事就遇到过。他正在洗澡哩，刚刚打上肥皂，头上、身上都是泡沫，就听到广播里喊，有人跳海啦。他根本没有时间把肥皂冲掉后再走，不去集合又不行，只能又是拿毛巾擦一下，赶紧穿上衣服，跑出去报到去。那他没有办法，要是他回去晚了，别人还以为是他跳海自杀了呢。

050　今天星期几？

我们每一次靠岸，一般都是停留5天。时间到了，大家都回船，航母又开回波斯湾，继续打仗。飞机又是不停地起飞降落，我们又是不停地干活。我发现美国军人转换得很快，你让他放松，他就能马上放松，你让他工作，他也能很快投入工作。他可以"啪"地一下就自动地调过来，开始紧张地工作，不需要很长时间去一点一点转变。很多美国平民也是这样，适应性很强。

打了几个月的仗，天天都是没完没了地忙，我们一般也就不算日子了。也有一些人会去算，因为他们家里还有老婆孩子等着他们回家哩。大部分人不去算它，我就不算，因为我要那么活着的话，会很痛苦难熬。不去算也不去想，一天一天过得很快。很多时候我都到了这种地步，不知道今天是星期几了，因为我从来不去记这些日子。有时候旁边一个人问另外一个人，今天星期几了？那个人回答说，今天星期四。我一想，今天已经星期四了？我还以为今天才星期二呢。我就是这样，从来不想，该干啥就干啥。我去想那些有什么用呢？我能干啥吧？我又下不了船，我又管不了这样的事。

那些喜欢算日子的人，就买一个日历，挂在自己床头，一天过去，就在日历上打一个叉，就跟监狱里的人算什么时候能出狱一样。我看到他们就说："你这样划，划到哪年哪月去了？而且你也不知道人家什么候才会让你回家呀！"果然，到了6个月，上级宣布，不能走，要继续打仗。那些人就很失望。我无所谓，不去想它，习惯了就好了。再说我也还没有成家，回去还不是照样我一个人？我在基地里也见不到妈妈。有家的人会盼着回去，但还不是一样的，他们再想家，也下不了船。所以到了后来，大家就都不考虑这个问题了，因为除了继续失望，我们还能干什么？

我们本来计划是去6个月的，因为在美国海军里面，通常航母出海都是6个月。可是本来应该来替换我们的另一个航母打击群中领头的那艘航母好像在来波斯湾的途中坏了，不能按时到，我们也就不能出去，因为美国的地面部队需要支援，我们必须等接班的人进来，自己才能回家。

就是我们这6个合格的飞机维护长，也没有一人以前出过海，包括我在内。所以我们所有的20个人，在打仗这一点上来说，全都是新人。以前出过海的那些老飞机维护长，全都进入了他们自己的工种，比如说去修发动机、去修机翼，都到车间里去干更有技术的活去了。他们也要出海，但是一般在机库里，不用上甲板，比我们轻松一些。我们这些新人，大部分都在航母上训练过，可是没有人进入过战区，对那种压力，那种环境，那种要求，不是很适应。不管我们训练时多么认真，出海打仗跟训练还是不完全一样，因为在训练时如果有哪个地方出了点小错，我们还有时间或者机会去再做一遍，可是在真正打仗的时候，那就是一点错误都不能有，否则不光是我们自己的这个飞行队的任务没有办法完成，整个航母舰队的大行动也都给破坏掉了，而且船上飞机不能飞出去的话，就不能协助陆地上的美国军人打仗，地面上就会死许多人。所以真正打仗时，我们的压力比训练大很多。我们每个人都很紧张，都想加快工作，但是又不能太紧张，因为如果过分紧张，干得太急，反而可能做不好工作。我自己就是一个例子，因为急着跑去干活，出过一次大错，导致整个航母都几乎停止运行。这件事对我来说，是一辈子都忘不掉的。

051　我犯了大错！

就是这一次跟卡尔·文森号航空母舰出海的时候，正在战区里打仗哩，最紧张的时刻，我把我的手电筒给弄丢了。还不是丢在船舱里，而是丢在甲板上了！我们出海的时候，不管是干什么工作的，每个人都配有一个工具袋（Tool Pouch），里面放着手电筒，一些小玩意，还有随手的工具等等。我们要带着这个工具袋上甲板去干活，因为里面装着我们随时要用的东西。我们的这个工具袋，做的有一点不合适。它上面有一个空格，是专门用来放手电筒的。那个格子上面有一个盖子，把手电筒放进去以后，要把盖子盖好，然后用那种粘的布粘起来。这个格子不太够长，手电筒不能完全放下去，每次都要很使劲才能把盖子盖好粘上。

那一天晚上，我要上夜班，当时我急急忙忙要去干活，因为我的飞机马上要回来了。我"蹬蹬蹬"地往甲板上跑，边跑还边摸了一下，东西都在，那两支手电筒也在。夜里起飞或降落飞机，都是把手电筒举在空中打手势，不然飞行员看不见，所以我特意看了看它在不在。过了一会，飞机来了，我要打手势了，伸手去掏手电筒，突然发现有一个手电筒不见了。当时我就急了，因为那是夜里，天很黑，四周很乱，飞机该起飞的起飞，该降落的降落，非常忙。这要是出了事，那还得了！我立即对我们老板说："我的手电筒丢了！"我们老板马上报告给飞行甲板控制室，就是航空母舰上专管飞行甲板的中心，说我们这里有人的手电筒找不到了。控制室的人立即就把航母的飞行线都关掉了，该起飞的飞机不让起飞，先在甲板上等着；该降落的飞机不准降落，都在空中绕圈子。同时让船上的人赶快组织起来，到甲板上去搜，必须把那个手电筒找回来。

一个人只要在甲板上丢了东西，航母就不敢再让飞机起飞和降落。他们倒不是怕飞机的轱辘把那个东西给压坏了，一只手电筒能值几块钱，无所谓的。他们是怕飞机的发动机把那个东西吸进去，那样就是外来物品损伤（Foreign Object Damage，FOD），会造成大事故。一台发动机多少钱啊，只要吸点东西进去，就全打坏了。而且还不光是钱的事，还怕飞机掉下来，飞机上还有人呢！一架飞机刚要起飞，突然发动机碎了，很可能会掉到海里去。飞机如果摔在航母甲板上，那就更坏了，不光是死一两个人，还有可能死很多很多人，因为航母上跑道很窄，两边都停着飞机，如果一架飞机的发动机突然坏了，这架飞机就可能冲出跑道，撞到其他飞机身上。那些飞机里面有汽油，外面挂着炸弹，要是起火，炸弹一爆炸，航母都会被炸沉。所以在甲板上丢东西是一件很大的事，可能造成特别大的事故。

按照规定，只要你发现你丢了东西，就必须立即报告给你的上司。船上就会通知正在空中飞行的飞机，说："有一样东西在甲板上找不到了，你们先不要降落。"同时把正要起飞的飞机也停住，告诉他们："因为甲板上丢东西了，你们先待着别动，要等一会才能飞。"另外马上喊在甲板上工作的人，在甲板上来回做检查，就是找来很多人，在甲板上站成一排，每个人手里拿着自己的手电筒照着，从甲板的这头一起走向那头，一直往下走，去找那个东西。如果找到了，就赶快捡起来。要是没有找到，就要一直找，把整个甲板仔细搜查一遍，看一看到底这个东西在不在甲板上。如果不在的话，航母就赶紧让空中的飞机落下来，因为飞机里面只有一点汽油，不能在空中待太久。同时让该起飞的飞机赶紧走，因为前面还等着他们去打仗哩。

那次我丢了手电筒，他们也是这样，把起飞和降落的飞机全停住了，让一些水兵在甲板上排开，仔细搜查。很快有人发现了我丢的手电筒，拣起来交给飞行甲板控制室，然后一切都恢复正常，飞机该起飞的起飞，该降落的降落，大家该干啥就去干啥。

　　每次出海，都会有人丢东西。这一次出海，除了我之外，也有别的人出事。隔一段时间，总会有一个人的东西找不到了。那么多人，那么多工具，在那么一个紧张的环境中，不可能大家从来不丢东西。在甲板上工作的人很多，从早上到晚上，又从晚上到早上，不停地转。大家都是人嘛，人肯定都有注意不到的时候，太忙了，急了，这架飞机要起飞，那架飞机要降落，还有别的飞机坏了，要赶紧修，赶快去干。人人都是压力大，事情多，在忙活的过程中，犯了错误，丢掉一个东西，别人可以理解。军队的要求就是，如果你丢了东西，必须马上报告，然后就是仔仔细细地搜索，把那个东西找回来。大多数情况都是很快就找到了。如果找不到，也要保证那个东西没有在甲板上。

　　当然，也不是说我犯了错误，就啥事没有。第二天，船上专门管这种事的军官要见我，我就去了，等着挨骂。他们问我："你知道你的手电筒丢了吗？"我说："我知道，是我发现后马上报告给我的上司的。"他们又问："这是不是你第一次上船？"我说："这是我第一次出海打仗，以前上船训练过。"他们又问我在军队里面待多长时间了，我说有1年多了。他们说："你是不是在E-2飞机上工作？"我说是。他们再问："这是不是你第一次丢东西？"我说："这是我第一次丢工具，以前从来没有丢过东西。"他们说："因为你是一个新人，没有经验，而且你虽然丢了东西，马上就承认，至少还知道不瞒着别人，当即报告上司，有这个担当，不像有些人怕挨骂就不告诉别人。"他们也看到我天天在那里忙，不是在玩的时候丢了工具，所以他们就原谅我了，把手电筒还给我，还叫我以后工作时小心一点，因为东西丢在航空母舰上是很危险的，你看飞机出来的、进去的，比较乱。把东西丢在甲板上，会影响我们的整个行动。他们让我自己也小心点，注意安全，航母上面容易出事。最后我说了声谢谢，就出来了。

052 在航母上给妈妈写邮件

丢了东西，惹出事故，我的心情非常不好。从那天起，我有好几个星期都没有高兴过。我这个人的性格就是这样，去干一件事，就要把这件事干好，我要干的比完美还要完美。我对自己要求非常严，干活也非常卖力。我这么一个对自己要求很高的人，突然出了这么一个事故，延长了整个航母的工作计划，影响了那么多人的工作，我感觉就是我给我自己狠狠地扇了一个耳光一样。那时候在战区，军队正在打仗，大家的压力都很大。我出了事故，别人也跟着倒霉，忙上加忙。我并不是因为人家把我叫去训了一顿而难过，他们也是为我好，让我长记性，以后不要再犯错。我是为自己没有干好工作而痛苦。我一直在反省这次事故，从那之后，我再也没有丢过东西。

那段时间，我一直心里特别特别难受，很久没有笑过，也不跟别人说话。我的老板看到了，就对我说："谁都丢过东西，你现在丢过一次东西，按中国人的说法就是，你犯了一次错误，你就长了一点知识。你不要为丢了一个手电筒这么难过，手电筒已经找到了，飞行也很快恢复了，没有关系了。事情已经这样了，你不能假设它没有发生，变成没有丢东西，只要你以后多注意就行了。"他天天找我聊天，跟我说话，每说一次，我的心情就稍微好一点了。慢慢地，我就缓过来了。我以后小心就是，光恨自己也没有用。

我当时特别难过，就很想念妈妈。我把这件事情跟妈妈说了，是在船上给妈妈发了一封电子邮件。在陆地上我们每一个军人都有自己专门的电子邮箱地址，是以军队（.mil）结尾的。到了船上去打仗以后，我们又有另外一个电子邮箱地址，跟陆地上的不一样。我可以给家里发电邮，家里也可以给我发，但是毕竟我们是在军队里工作，如果我们出海去打仗，或者发现外面的情况不是很安全的时候，军队就会通过专门的安全保密系统，控制我们这些军人与外面的电邮联系。

美国人在航空母舰上的电子邮件控制系统叫作"河城"（River City）。

它有4个控制程度。RC1就是我们既可以发也可以收电子邮件。他们肯定会监视我们的邮件，看我们都说些什么，但是不阻拦我们跟外面的通讯。RC2就是我们只能往外发电子邮件，但是收不到。RC3是我们只能收电子邮件，不能发。RC4就等于断线了，我们既发不出去也收不到电子邮件，全给拦住了。

大多数情况下，除非军队觉得很危险，我们还是可以跟外面联系的，但是有延迟，我今天发的电邮，对方可能明天或者后天才能收到。我知道这肯定是故意的，大家也都能理解。比如说你给朋友说，你看到一个什么岛了，他就猜到你的航母到哪里了。可是他过了两天才收到，我们早就不在那个地方了。

我们在去波斯湾和回来的路上，还算轻松一点，不是那么严格。但是在进入战区以后，管得很严，我们的电邮动不动就被关掉了。我们是什么时候能发就什么时候发，对方什么时候收到我们不去想。我们也不会盼着今天发过去信，明天就会接到回信，不可能的，什么时候收到就什么时候算吧。

我丢手电筒的事，是我发电邮给妈妈说的，那是我在船上给妈妈发的最长的电邮。妈妈一直留着那封信，还打印出来，存在一张纸上。妈妈也给我回了信，具体内容我不太记得了，好像说每个人都会犯错，向前看吧。她还发动我的亲戚、朋友都给我写信，鼓励我。我觉得我能坚持下来，他们都帮了很多忙。军队也时常给我们这些军人的家属写信，请他们多来信鼓励我们，尤其是出海打仗的时候。大家都是人嘛，都需要心理上的支持和帮助。

我们自己的个人电脑是不能连接到军方的网络里的，我们要发电邮，只能用船上政府的电脑，它会监控每个人收到和发出的信件。我们知道世界上有一些人在监视着美国人的一举一动，想截获美国政府的行动计划，所以我们必须小心，不能让别人发现我们具体在什么位置。我们自己发邮件时不能说，军队也会检查我们都说了些什么。

航母上也有越洋长途电话，都是美国电讯电话公司（AT&T）给装的那种公用电话。他们是美国政府的专属承包商，其他公司的进不来。所以我们在船上也可以给家里打电话。我要花20美元去买一张电话卡，每张卡只能打15—20分钟吧。电话上也绝对不能说任何机密的事情，只能说些日常话，就像是我们出差时一样，给家里人打电话，说些我现在还好什么的。我给妈妈打过几次电话，每次都跟发电邮一样，全是"我好着哩""航母跟邮轮差不多吧"这些话，就是不让她担心呗，因为其他的话我不敢讲。我去诉苦有什么用，我又不能跳海游回去，上了船就坚持到底吧。

053　女兵没有优待

我们航母上有男兵也有女兵，所以也有男女厕所和男女澡堂。有的小军舰或者小航母上，就不分男女厕所和澡堂了。我们航母上的女兵还不少，大概每六七个军人里面就有1个女兵吧。我们的飞机维护长里面，就有好几个是女的，航母去打仗时，当然是一块上，不会说男的走，女的留下来。军队不管你是男是女，只要你是兵，就按人头算，该干什么，都得去干。活也基本差不多，除了一些太重或者太危险的活不让女兵去干外，大多数活都是男的干什么，女的就干什么，一模一样。

许多男人，尤其是亚洲人会这样想，她是一个女人，不能当男人用，要照顾她。女兵跟男兵比起来，力气肯定要差一些，打起仗来，心理素质也可能会差一点。可是她只要参了军，就必须跟男兵一样。为什么有的时候，你会觉得军队里面的一些女兵没有女人味？你会说，这个女的怎么像个男的似的？其实这是环境把她们给逼成那样的。要是她们小里小气，或者软弱得像个大小姐似的，她们就当不了兵，上不了战场。她们就得把自己往男兵的方向推，要不然她们在船上可真受不了。对我们这些男人来说，有女兵在船上的好处是，看到人家都能坚持下来，我们要是坚持不下来的话，那就太丢人了。

　　我在船上有时也管分配工作。如果一个女兵有生理问题，比如说来例假了，她必须提前告诉我们。对于这些个人私事，不是我们想知道，也不是我们想拿别人的隐私开玩笑或者出去乱讲，我们是要分配干活。只要她们身体不舒服，我们就尽量不让她们去站甲板，因为如果她们出了事，那就是我们的责任。你已经知道她身体虚弱，为什么还要让她去？尤其在女生来例假的时候，她身体很弱，干不了很重的活。甲板上12个小时，男的都很难受，女的更不行。再加上她有那种情况的话，也不方便，她一会要跑厕所，一会不舒服，基本上干不了什么活。我们还要考虑到别人的生命安全。她如果突然头晕了，打错手势了，就可能给飞机带来危险。所以我们会尽量照顾她们，让她们休息或在船舱里值班。

　　船上女兵不仅干活像男人，生活也像，比如说有好多女兵也抽烟。美国的航空母舰上不可以喝酒，却可以抽烟，但要到专门抽烟的地方去，不能说到哪里都抽，在工作的地方也抽。抽烟的军人很多，可以说大多数水兵都抽烟，男兵女兵都抽。但是大多数美国女兵抽烟不是为了享受，是为了减肥。听说因为烟里面有尼古丁，它会让人感觉不到饿，不想吃饭，所以能减肥。军队对体重是有要求的，每半年检查一次，太胖就过不了关，就要被踢出去，因为胖了就跑不动，去打仗等于是送死。军官也一样，也不能胖，要求很严格，所以你看他们的身材比我们当兵的还好，因为他们吃东西很小心，动不动就去跑马拉松。

　　我觉得女兵们抽烟其实是为了装酷，因为她们害怕，就学男人的样子抽烟，好像自己很了不得似的，什么都不在乎了。其实在船上干活根本胖不起来，天天在甲板上跑来跑去，有些人工作的地方还在飞机机库那一层，要爬楼梯上来下去的。那楼梯很陡，都快90度了，动不动就要爬好几层，身上还挂着东西，一天好几次，不会不减肥。有的时候我们为了工作还吃不上饭，所以谁都不可能发胖。

　　按理说女的应该去做办公室工作，或者在船舱里洗衣服、做饭、清洁打扫什么的，可是实际上有很多女兵在甲板上或者机库里工作，反而有许多菲律宾男人在船舱里做后勤。他们也是兵，航空母舰上没有平民老百姓。他们也不一定是水平低，也有考试考得不错的。他们就是不爱干我们做的那种复杂的活，就是想干一些简单的工作，在这儿混上4年，拿到上大学的钱回家。他们也有干得长的，比如说干满20年，拿着全薪退休养老，那就是当个厨师，扫个清洁，怎么轻松怎么来。最轻松的工作就是当一个厨子了，又不难，切个菜，加点盐，因为军队上的饭最好做，就是大锅饭，只要把东西往上一混一煮，就这样了，你们爱吃不吃。还有很多是半成品，陆地上已经做好冻起来的，他们只要热一热就拿给我们。那些饭很难吃，可是我们这些军人都工作十来个小时了，累得快晕过去了，就想填饱肚子回去睡觉，谁还在乎这个东西有没有味？

只有在一种情况下，女兵不用上航母跟着我们出海去打仗，那就是她们怀孕了。我后来去修飞机发动机时，车间里就有一个女兵生了一个私生子，因为她要照看孩子，军队就不能让她出海。女兵们都很年轻，20出头，很容易怀孕。她们要是每到要出海时就怀上一个，那不是就不用出海了吗？没那么容易，军队早就算好了。女兵们入伍时，都跟军队签了合同，好像是两年内不得怀孕。谁要是怀上了，军队就有权把她踢出去。那样的话，她原来应该享有的福利待遇就全部没有了，这兵就算是白当了。

054　在暴风雨里英雄救美

可是女人毕竟不是男人。平时干活她们跟我们一样，要是碰到特殊情况，比如说刮大风、下大雨，她们就差一点。我们从圣迭戈去战区的路上，没有碰到大的风暴，没有很坏的天气，有一点风雨，不影响我们赶路。进入波斯湾以后，一般还行，只是沙尘暴太多，很烦人，但是飞机照样能飞，不受影响。如果风很大，浪就大，航空母舰就会晃得厉害，一会上，一会下，像荡秋千一样，不过航母很大，一般都没有问题，飞机还是能飞出去。

　　能上航母开飞机的飞行员，都是第一流的，应该在任何天气情况下都可以飞，刮风下雨照样打仗。说是这么说，实际上不一定，因为风和雨对飞机的起飞和降落还是有很大影响的。比如说天气太糟糕了，下很大的雨，不管飞行员把雨刷刮得多快，还是看不见前面的跑道，这样他就不能飞了。这就跟你开车一样，要是雨太大，不管你把雨刷打多快，就是看不见前面的路，你就不能再开车了。如果风浪太大，航空母舰起伏得太厉害，飞机起飞和降落有危险，只要地面上不是特别需要，他们就不飞。而且风雨太大，敌人也出不来，我们也就没有必要去飞。

　　我们正在波斯湾里面打仗的时候，有一天晚上，我和两个女飞机维护长一起上夜班。那天晚上正好下大雷阵雨，又有闪电，天气很差。在这之前，我们的飞机都飞回船上来了，因为我们有天气预报，知道今天晚上有暴风雨。船上也发了警报，让甲板上的人都回到船舱里去。当时有巨大的浪，船颠得很厉害，人在甲板上很难站住。这时候谁要是掉到海里去的话，肯定非常倒霉。航母上的人当然也会试着去救他，但是那么大的风，那么大的浪，直升机怎么飞出去？一个浪过来，落水的人就会被打到水底下去，很容易就完了。

　　当时风很大，雨也要来了，所有人都下到船舱里去了，我们的一些飞机也放进机库里了。那两个女孩也下到机库里干活去了。大家都走了，只有我一个人还是甲板上工作着，把所有的飞机再检查一遍。这时雨已经下起来了，我在甲板上看到天上的闪电，很亮很大，离我很近，挺吓人的，然后我也下去了。这个时候，按规定甲板上不能有人，所有人都必须下到船舱里去。

　　回到机库后，我们老板问我："你怎么身上湿了？"因为别的人早就下去了，他们衣服全是干的，只有我一个人淋了雨，衣服是湿的。我说："外面已经下雨了。"他有点惊奇说："啊，已经下了？"因为不同的天气，要用不同数量的铁链子，把飞机拴在甲板上。飞机不同，铁链的数量也不一样，因为飞机大小不一样。这些都是有规定的，在手册上能找到。比如说我们的E-2飞机比较大，所以平常要拴十几根铁链子。但是有的时候，比如说今天这种大风大浪下大雷阵雨，我们就要用20多根铁链子去拴紧它，就是要加上那么几根铁链子。因为在浪很大时，航母上下颠簸得特别厉害，我们就怕我们的飞机拴不住滑跑了，掉到海里去了，或者撞到别的飞机，还有碰到别的东西，像舰桥什么的。航母上当然有机库，但是我们不可能把所有飞机都放进去，机库没有那么大。即使在机库里，我们也得这么做，把飞机都拴起来，因为飞机之间离得很近，如果不拴紧它们的话，它们很容易互相碰到。如果一架飞机撞一下，修起来可就麻烦了。在航空母舰上，如果需要一个零件，不是像在陆地上那样，我们下一个订单，别人马上就可以给我们寄过来。我们必须全球找，看附近的哪个基地有这种零件，再用航母上的运输机把它运过来，要等很久，很不容易。

过了一阵，我们老板不放心，让我们上甲板去再检查一遍飞机，看铁链子够不够，有没有拴紧，他怕出事，因为船晃得太厉害。我说我去吧，毕竟我是那天唯一的一个男飞机维护长。可是我们老板不让我上去，说你已经干了很多活了，还是让那两个女飞机维护长上去检查一下吧。那两个女的没有办法，就上甲板去了。

她们两个人上去了很长时间，我看着表，大约都有45分钟了，还没有下来。因为我们有一架飞机在机库里，甲板上只有3架飞机，不多嘛，我想她们检查一下也用不了这么长时间呀，就有点担心。我就怕她们哪个人掉到海里去了，或者碰到哪里以后受了伤回不来了。我越来越担心，毕竟是两个女孩嘛，怕她们出事。我就跟我们老板说："这两个人怎么还没有下来？如果她们5分钟后再不下来，我就上去看一看。我现在很担心，她们上去太长时间了。"我们老板说："你不用去，我让另外两个男的新兵上去。"我说："我是飞机维护长，这是我的职责，还是我去吧。上面可能已经出了问题，你再送两个新人上去，又是这样一个坏天气，四周黑咕隆咚的，他们要是再受伤或者出事怎么办？这不是险上加险吗？咱们别干这样的事了，还是我自己上去吧。"如果真要是有人出了事，我心里会受不了的。

老板只好说："那你去吧，小心点。"我穿上衣服就跑上甲板，赶快去找那两个女孩。我心想我至少要知道这两个人还在甲板上，就算她们不下来，也要证明她们都还在，要是找不到就麻烦了。当时甲板上已经不准有人上去，天气非常糟糕，连站岗的都取消了，因为风很大，浪也很大，而且下着雨，还有闪电，很危险，但是问题是我们还有两个女孩在上面哩，我不能不去找我们的这两个人。

你想象一下当时的海浪有多高吧。航空母舰很高的，十几、二十层楼那么高，那些海浪，都能超过航空母舰的高度，冲到甲板上来，那可真是太猛了。因为天黑，我看不到海，能看到的就是一种黑乎乎的东西从船头扑过来，然后甲板上就全都是水，也就是那个浪"噗"的一声越过船头打在甲板上，然后那个大浪就不见了，一下子全都变成了水了。当时我就感觉船头好像不是在水面上了，而是一下子钻进水里，一下子又回到空中，整个航母都被水推起来了，然后再"哗"地一下掉进水里去。人在甲板上，就像是没系安全带直接坐在过山车上一样。我心里想，我的天，我自己能不从船上掉下去就已经很幸运了，我怎么还跑到这上面来救别人来了。

没有办法，我抓住拴飞机的铁链子，一点一点往前挪，从甲板的这头找到那头，绕着飞机走，把我们的每一架飞机都找一遍。我先找到一个女孩，她是墨西哥人，但是在美国长大的，皮肤很白，长得不错。我说你没事吧。她两只手抓住一根铁链子，不敢动，吓坏了。我说："走，下去！"她说："我不下去。"我说："你在这上面待着干什么？太危险了！而且淋了雨你会感冒、发烧、得病，多不好。"她还是说："我不下去。"我问她："为啥。"她说："我害怕。"我说："你害怕什么？"她说："你没有看见吗？这破天气！"我就看着她说："你以为我上来干啥来了？"她问我："你上来干啥？"我说："我来看一看你跟那一个女孩是不是在甲板上，我要带你们下去。我拉着你，一块去找她去。"她不愿意去找人，太害怕了。我说："你要不去，就先在这儿待着别动，我一会回来把你们一块带下去。"

我又找呀找，去找另外一个女孩。那个女孩是一个白人，也是两只手抓住一根铁链子，不敢往回走。她看见我就问："你上来干啥来了？"我说："我是来找你们的，要把你们带下去。"那个女孩就拉住我的救生衣，我们去甲板上天天都得穿着的那个玩意，它后面有一个带子，别人可以拉着，就像一个把手似的。那个女孩就抓住那个地方，由我带着，跟我一起走。我叮嘱她："不管我去哪儿，你都要抓紧我，我不会让你出问题的。"我们就这样走呀走，顶着巨大的风，一起走到前面那个墨西哥女孩那儿。然后我说："你们两个都在后面，拉着我的救生衣，咱们一起下去。"这两个女孩就抓住我，跟着我一起，抓住一根根铁链子，一点一点挪到舱门口，然后跳进船舱里，安全回来了。她们两个在上面真是很危险，时间太久要是抓不住铁链子就完了。我上去跑一趟，也不能算是救了她们吧，只是帮一下忙。我这个人比较关心别人，尤其是在同一个地方工作的人。我不管她们，她们在甲板上下不来，怎么办？被吹到海里去了怎么办？

055　有人被吹进海里了！

那个刮风下雨的晚上，我把我们队里的两个女飞机维护长从甲板上带回来了，因为我知道风太大，她们要是被吹到海里去了，那就完了，肯定活不成。救人要用直升机，那天夜里那么恶劣的天气，直升机根本不能起飞。虽然她们穿着救生衣，还是撑不了多久。

那么有没有人从航空母舰的甲板上被吹到海里去了呢？不仅有，我还亲眼看见过一个。就在这次跟卡尔·文森号出海打仗的时候，一个水兵就在我面前从甲板上掉进海里去了。他倒不是被风吹下去的，而是被飞机后面喷出来的尾气给吹下去了。航空母舰上不光有海军的飞机，还有海军陆战队的飞机。跟我们在一起的就有好几个海军陆战队的F-18飞行队，所以船上有一些海军陆战队的士兵。那个掉到海里去的，就是海军陆战队的队员，不是我们海军的人。

我们这些水兵，因为经常在海上工作，干的时间长了，就有了经验。比如说我们这里来了一个新人，我们这些老兵就要带他、教他、训练他，帮他弄懂甲板上的规矩，不能随便就让他上甲板工作去，那样对他有危险，对别人也可能造成危险，毕竟他什么都不懂，我们必须带着他，在航空母舰上走几圈。我们要告诉他，这个线是干什么的，什么时候你应该站在哪里，那个标记是什么意思，你要注意些什么。如果有飞机起飞或降落，我们就让这个新人紧跟着我们，就站在我们旁边，不准他乱跑。要是感觉不安全的话，我们会让他抓住我们救生衣后面的把手，拉着他一起走。总之我们很小心，他没有学会怎么在甲板上行事之前，我们不会让他单独上甲板，因为航母甲板是一个很危险的地方，稍不小心就会出事。

可是海军陆战队跟我们不一样，他们把新兵扔到那儿就不管了，直接让新兵上甲板，都不给他们讲有什么危险。所以他们那些新兵就不知道在飞机后面应该怎么走，飞机底下应该怎么过。航空母舰嘛，就是有很多飞机。那些飞机不停地转圈圈，从这头转到那头，转来转去的，这个起飞，那个降落，还有去机库或者去维护的，很乱。不光飞机可能撞到你，飞机后面的尾气也可能喷到你。你必须知道不同飞机的尾气是直着喷，还是往下喷，这样你才会躲，才能保证自己的安全。你要是不会躲的话，就很有可能被飞机的尾气吹跑或者烧伤。

我们航母上有一种飞机，叫作"徘徊者"（Prowler），就是EA-6B电子战（Electronic Attack）飞机。这种飞机是专门用来压制敌人的雷达和切断敌人的通信的。比如说它可以发现敌人的雷达在哪里，然后派我们的飞机去把它炸掉。如果敌人A给敌人B发信号，"徘徊者"可以收到那个信号，然后发假信号去干扰，B就没法明白A想让他去干什么。我们航母上有一个"徘徊者"的飞行队，也是4架飞机。所以航母上飞机种类是很多的，不光有战斗机，还有其他飞机。

这种飞机很大，每架上面坐着4个飞行员。它前面是一个大鼻子，中间有一个加油管，后面就越来越小，高度也越来越低，有一点梯形，看上去怪怪的。那种飞机用的是喷气式发动机，从前面看过去，它的进气口是直的，可是它的发动机到了后面就斜下来了，喷气口是往下的。只要它一启动，我们就不能从它后面过，弯下腰也不行，因为它喷出来的气是冲着地的，我们躲不过去。

那天正好有一架这样的飞机往前走，要到弹射器那边去，然后起飞去打仗。这时一个海军陆战队的士兵从侧面过来了，要从飞机后头插过去。我们这些人看到他了，都冲着他直摇手，意思是说，回去，回去，不能过，不然你肯定会被吹走。那架飞机正在启动，声音很响，我们喊叫，他可能听不见。不过他明白我们的意思，不但不听，还给我们摆手，意思是说，你们别管我。这个海军陆战队队员脑子里就是没弦，有问题。甲板上很多人都在喊，让他别过去，因为大家都知道这种飞机的马力大，会打炮，就是猛烈喷气，但是这个海军陆战队队员就是不听。

当时我就在甲板上，离他不远。我们都受过教育，在航母甲板上，你要照看好你自己，照看你们飞行队的人，也要照看其他人，不管他们跟你的工作有没有关系。就是说，每一个人都要照顾其他在甲板上的人，互相帮助。所以我就跑过去要抓住这个海军陆战队队员，想把他拉住，可是来不及了。他不但不听，还跑得很快。当时好几个人都想抓住他，都没有来得及。这个人真是把人气得不行！

他刚刚走到那架飞机的后头，就听见那架飞机"呜"的一声加马力了，因为那种飞机很大很重，必须加马力才能往前走，不然它就走不动。那种飞机的马力可比我们预警飞机的马力大很多，因为我们的飞机是螺旋桨的，它是喷气式的。当然它喷出来的气也很大。然后我们就眼睁睁地看见那个海军陆地队的队员，挺高的个子，块头也不小，"啪"地一下，就从甲板上升起来了。可能是喷气发动机发出的气炮打到他脚上了，他的腿就离地了，身体也侧过来了，接着倒下去，然后他整个人就像一个滚筒一样，滚滚滚，越滚越快，滚到航母舷边的网子上去了。

　　航空母舰甲板的前头和后头，好多地方是有网子的，要是有什么东西不小心掉出船舷了，它就能接住那些东西。但是那种网子不是软的，不是线拉起来的，而是铁丝做的。谁要是掉下去，会很疼的，因为那是铁丝，比较硬。海上环境很差，有海水，有盐，还有风和浪，要是线做的绳子，没几天就烂了，根本撑不住人的重量，所以那种网必须用铁丝做。

　　当时我们都希望那个人是掉到网里了，这样我们就可以把他拉起来。前面有人就赶紧叫飞机的飞行员把发动机停下来，飞机也就不动了。我们跑到后面去，一看，那个人，不在网子里。可能是那架飞机喷气的力量太大，他掉进网里后，还是止不住，继续滚，又被吹出去了，把他给吹到海里去了。

　　他并没有被摔死，因为我们这些上船的人，都受过训练，掉进水里前，要猛吸一口气，这样才不会淹死，也容易浮起来，而且我们要脚朝下进水，这样头才不会受伤。不知道他是运气好，还是被摔清醒了，他掉进水里并没有受重伤，也浮起来了。我们看见他拼命往外游，尽量离船远一点，因为他是从船的前半段掉下去的，当时航空母舰正在弹射飞机，速度比较快，这个水兵要是再不走的话，后面的螺旋桨就过来了，就可能把他给搅进水里去，那他就彻底完了。另外他也知道，离船远一点，直升机才好飞过去救他，离船太近了，直升机不好往水面降。这跟公园里划船落水赶快往回游不一样，他自己不可能爬上航母。

　　我们就赶紧找直升机。当时一架直升机刚刚回来，本来他们说是要换一批驾驶员，去执行其他任务。甲板控制室的人通知："你们这个机组赶紧再回到飞机里去，有一个人从船的右舷掉进水里了，没有时间换飞行员了，你们马上去救他。"结果那个机组的人赶紧跑回直升机，接着他们就"哒哒哒"地飞了，飞到水里面，把那个掉进水的海军陆战队队员给救起来了。

　　还算好，有惊有险，没有死人，因为是白天，我们的动作也够快。要是在晚上，如果他被热气烫坏或者掉进水时受了重伤，那就不好说了。

救是救上来了，他肯定会挨一顿骂。估计他自己也吓个半死，摔得很痛。谁让他不听话的，甲板上哪里是他撒野的地方！

056　航母上的各种补给方式

我们出海一次，要半年多时间，船上那么多人，天天都要吃饭，光带吃的，就不得了。我们还要天天打仗，飞机要用汽油，轰炸要用炸弹，还要用很多很多其他东西，航母不可能一次都带齐。它虽然很大，但是有飞机要起飞，那么多人要工作，地方还是不够大，要是都带东西的话，它就啥也干不了，变成货船啦。所以我们每隔两三个星期就要补给一次。主要运上船的，是汽油和食品，其他东西都不太多，用飞机随时运来就行了。

一般说来，我们用的炸弹，是一次带够。在船的底部，有一个炸弹库，从头到尾全都放着炸弹，都在铁架子上摞着，一排一排的，很吓人。航空母舰上的军人，都住在甲板下的船舱里，头在飞机底下，脚在炸弹上面，飞机里有汽油，炸弹里有炸药，我们夹在中间，想起来很可怕。可是我们能睡到哪里去呢？不能让大家都睡在甲板上吧，那样飞机就没法飞了，而且甲板上风很大，能把人吹到海里去，也不是好地方。所以在航母上，睡在哪儿都不安全。

在每一个航母打击群里，都有一艘船不是用来打仗的，它叫作"供应船"（Supply Ship），是专门给航空母舰还有其他军舰供应食物、汽油和各种补给的。我们在海上赶路的时候，它跟着我们。等进入波斯湾，要打仗了，它就开走了，到附近的美军基地去装东西去了。比如说我们在海上打仗，一看现在快要没有吃的了，汽油也不多了，就打电话给这艘船说："哎，我们再过一个星期就没有吃的了，也没有油了，快来救我们。"这艘船就装上食物、装满油以后，开到我们这个航母打击群里来，给我

们补充我们需要的食品和
汽油。

在海上补给（Underway
Replenishment）的时候，
这艘供应船要用同样的速
度，在我们航空母舰的旁
边开。航空母舰这边，用
一种枪，往那边打两根细
绳子。绳子的头上，有一

5.3　正在给航母传送补给的供应船

个挺重的弹头，这样才能打得远。对面捡到弹头后，就用这根细绳子拉
过去一根粗绳子，跟我们抛系船缆差不多吧。然后这两艘船就用这两根
绳子来传递东西。在传东西的时候，开船的还要注意着这两根绳子，它
们绷得太紧，就说明这两艘船距离太远了，不行；如果太近了，那两根
绳子很松，也不行。所以这两艘船要保持一定的速度，一定的距离。那
么大的两艘船，一直这样开着，不能靠得太近，又不能离得太远，再加
上中间还有那么粗的两根送油的管道，不能出一点错，海上还有风和浪，
所以这是一个比较危险的工作。

粗绳子拉好后，供应船就把一根送油的管子从绳子上打过来，航空
母舰也发这么一根管子过去，两根管子从中间接住了，就自动锁上。它
们的接口好像是电动的，碰到一起，这么一扭，就扣住了，然后拧紧。
两条管道都连上后，那艘供应船就开始往航空母舰上送汽油。那么粗的
两根管子，同时送油，一次可以送好些油过来。因为航空母舰上很多飞
机天天要飞，特别能吃油，所以加油是最重要的。

供给船一边给我们送油，同时还要给我们送食物。那艘供应船的后
面，是一个很大的平台，叫"供应台"（Supply Board）。他们那边的一些人，
就把很多食物和苏打水，装在吊篮里面，送到平台上来。然后航空母舰
上的直升机，一架接着一架地飞过去，悬在空中，底下的人，拿一个杆子，
往上一插，连在直升机下面，直升机往上升，然后平飞过来。另一架飞

机又过去，也是这样。就这么来回来回的，不停地吊吃的。供应船上面也有自己的直升机，可以给其他军舰吊东西，不过航空母舰一般都是用自己的直升机。

我们的航空母舰上也有自己的运输飞机，叫作C-2。它跟我们的E-2差不多大，可以运货，也可以运人，比直升机装得多，也飞得快。但是它不是波音747，没那么大，也飞不太远。它只能从航母飞到附近的美军基地，然后再飞回航母。有时候我们修飞机时需要什么零件，船上没有，就通过电脑全球找，找到后，军队就把那个东西用大货机运到航母附近的美军基地，然后再用C-2把零件运回航母。供应船一般只运大东西，小东西都是用C-2运，比较快，也方便，不会等两三个星期才来一次。

我们的航空母舰上还有自己的医疗中心（Medical Center），船上也有海军自己的医生和护士，平民医院里有的，我们的船上基本都有，连牙医都有。如果病人的手术我们能做，这些医生就在船上做了。如果不能做的话，就用C-2送到最近的美国军事基地，再送到欧洲或美国的大医院去，不会送到补给船上来。

我们出海的时候，因为许多人都是新兵，第一次出海，一下子这么长时间，压力还特别大，很多人会受不了。美国军方就让我们的家长和亲戚朋友给这些新的军人——第一次出去打仗的人——寄一些贴心包裹（Care Package），里面有一封信，信里鼓励我们坚持下去，再有一些小食品、小礼品，表示对我们的关心。他们寄的东西，都是发往我们原来在陆地上的基地，然后由美军的远程货机运到波斯湾附近的美国基地，比如说巴林或者科威特的美军基地，然后再用C-2飞机运到我们航空母舰上来。

我出海时，妈妈就给我寄过好几个包裹。她只有我这么一个孩子，到前方打仗去了，苦一点、累一点不说，还有可能受伤，更倒霉的话，就回不来了，所以她特别挂念，就经常给我寄东西，各种点心零食呀，牙膏香皂等等，都是最好的。那里是热带，也没法寄别的东西。可是结果怎么样呢？我什么都没有收到过，不知道被谁给拿走了。

一般说来，在美国国内寄包裹是很少丢的，但是在军队里面，不能说每个人都是好人。可能有些军人看到别人的包裹，自己想家了或者想吃好吃的了，就把东西拿走，自己回去打开吃去了。军队是集体生活，彼此也没有边界，要是有东西送来了，就是往办公室哪个桌子上一放，大家自己去拿，肯定不会送到每个人手里。我太忙，也想不起来去查看，所以每次都被别人偷拿走了。

美国军人就是这样，你看他打仗也还勇敢，工作也算认真，可是也喝酒，也找女人，还偷东西，跟电影上个个都是英雄的形象根本不一样。他们也就是普通人吧，谈不上多好，也不是多坏，完成任务之余，再干点偷鸡摸狗的事，就这样吧。

不过我并不缺吃的，我也有自己的补给计划。中国人嘛，爱吃。我们每一次靠岸，我都下船买一大堆吃的背回船上，因为我太忙，总有时候吃不上饭，就靠这些东西填肚子。我的同事有不少知道我的这个习惯，所以有时也跑来问我要吃的。我的小老板跟我睡在同一个隔板间里，有一天他下班回来，过来对我说："我听很多人说，你这里有吃的。"我开玩笑说："没有啊。"他说："拜托，快点，我现在饿了。"我就把我的床柜打开了。他一看，眼睛都睁大了，说："好家伙，这么大一张床，我们都是放着别的东西哩，你怎么全是吃的？"因为他们是老兵，家里有老婆孩子，出海的时候，总要给家里人买些礼物呀什么的。我没有什么可买的，所以柜子里只用了不到一半的地方来放点衣服什么的。我还有一个小的立式柜子，我的鞋和平时不穿的衣服，都放在那个柜子里面，一般五六个月都不动，但是我还必须带着，像礼服那些，有时候站甲板还要用。他问我："这些全是吃的吗？"我说："是呀。"他又问："你总是有吃的，对吧？"我说："是的，我可不想饿着自己。"他说他也不想。以后他每次饿了的时候，就到我这边来，我马上就知道他是什么意思了。

057 撞机了！

我们2005年出海打仗的时候，在伊拉克和阿富汗的正规战争已经打完了，只剩下一些民兵和恐怖组织什么的跟美国兵继续打。他们没有飞机大炮，只有步枪、火箭筒，再就是路边炸弹、人肉炸弹这类东西。他们把美国的地面部队打得很惨，但对我们的航空母舰没有办法，因为我们是开飞机去炸他们的，他们根本够不着我们，所以我们不怕他们。但是航母打仗很复杂，有很多危险，必须遵守很多规矩，要求很严，所以只要有时间，长官们就给我们开会，一遍又一遍地提醒我们，要小心，要遵守规定，因为稍微不注意，我们就会残废，就会丢命。我们一直也都是很认真地干活，知道以前也发生过大事故，死掉好多人，这次还算幸运，没有听说我们这些航母上工作的兵们遇到重大伤亡。

可是出海打仗，说是没有太大危险，其实谁知道会发生什么？很多事情不是事先可以预料到的。我们这次出海，就损失了2名海军陆战队的飞行员。他们是飞F-18战斗轰炸机的。具体出了什么事，怎么发生的，为什么会发生，上级不告诉我们，因为我们就是干活的小兵，跟我们说了也没有什么用。但是我听船上的人讲，这是我听说的，不一定是真的，他们出去飞战斗任务的那一天，正好遇上沙尘暴，那些沙子把他们飞机上的雷达给打坏了，要不就是糊住了，不管用了。他们也不一定知道自己的雷达不工作了，可能他们看着雷达还是好好的，其实已经看不到别的飞机了。他们执行任务回来的时候，可能是好些飞机，前面几架，后面几架，一起往回飞。下降的时候，他们都要在空中绕着圈子，然后再一架接一架地降落到航空母舰上来。可是在他们转圈的时候，由于天气的影响，他们在雷达上都没有显示出对方来，所以两个人都没有看到对方的飞机。军舰不知道为什么也没有管，可能本来就应该是他们自己管吧。他们两个都以为前面没有人了，就直接拐过来，其实他们两个是对着开的，因为飞机速度很快，等他们看到对方，实在来不及躲，结果就迎头撞到一块去了。

　　我们发现有两架飞机没有回来，航母打击群的那个两星级的将军就说："我们要马上做搜寻和救援，全力以赴。"我们把所有能派出去的直升机，都派出去了，飞到他们落水地方，在海里面找。潜水艇也过来帮着我们，还有别的船，都来了。好像是大家分块，一点一点查。因为飞机上有黑匣子，掉到水里了，还能发信号，飞行员的椅子背后，也有一台发报机，他要是跳伞了，也能发信号，所以过了一两天吧，我们把他们两个人的遗体都找回来了。听说一个是受伤了，但是那是晚上，天很黑，太难找了，第二天早上找到他时，他已经死了。另外一架飞机都被撞成碎片了，人在空中就已经完了，过了两天才找到他的尸体。

　　我们救人的时候，就不打仗了，航母停在海上，拼命找那两个飞行员，因为他们是出去执行任务时失踪的，可不是像我们一些小兵跳海自杀什么的。其实飞机都无所谓了，又不是没有，再造呗，培养飞行员可是太不容易了，要挑最好的人，还要学这个，学那个，学习很多年，训练时要花很多很多钱。后来我去跟着飞行训练学校修飞机发动机时，知道训练飞行员有多么困难。好不容易培养成熟的飞行员，说没有就没有了，而且还是两个，大家都很难过。

　　我们打完仗后，在回家的路上，用C-2运输机，把那两个飞

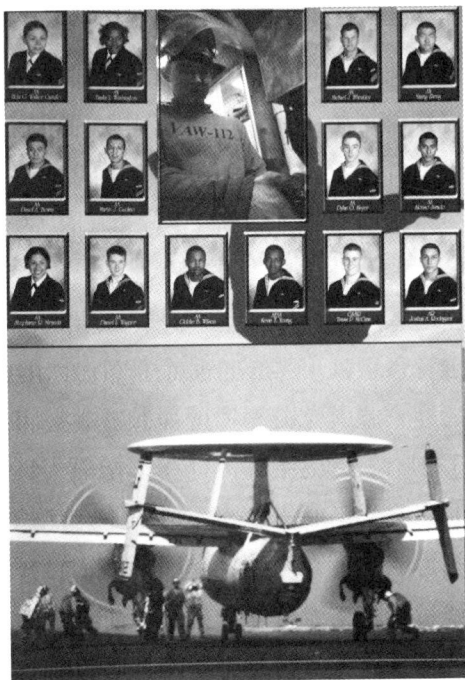

5.4　卡尔·文森号航空母舰2005年出征波斯湾纪念册中的我和船友。右上角第一个就是我。所有乘航母出征水兵的名字和照片都可以在网上找到（http://navysite.de/cruisebooks/）

5.5 我的照片特写。这张纪念册图片可以在官方网站上找到（http://navysite.de/cruisebooks/cvn70-05/425.htm）

行员的家属接到我们航空母舰上来了。我们整个船上的人，给他们开了一个追悼会。那天的气氛很悲痛，很多人都哭了，因为他们两人是为了国家、为了打仗牺牲的。他们都很年轻，也很优秀，如果不参军的话，他们可以活很久，也可以活得很好。挺精神的两个人，就这样死掉了。

我们这些当兵的，如果一个人因为打仗或者工作而死亡，保险公司会付给我们的家属50万美元。这个保险是军队为我们买的，我们一分钱也不用付，属于军人福利的一部分。但是我现在转为后备役（Reserved）军人后，每个月就要自己掏7块钱买保险，政府掏其余的，不全包了。军官们的保险应该比我们高一些，但是也不会高太多。只要去当兵，就不要指望发财，就算死了也不可能。

我回来以后，花了上百美元，买了一本书，是专门纪念卡尔·文森号航空母舰2005年出征波斯湾的。这里面有我的照片，在这一页的右上角，很小。也有这两个人的照片，很大，占整个一大张。我从来没有见过这两个人，因为他们是海军陆战队F-18飞行队的，跟我不是一个单位的，也不是一个级别。海军为了纪念他们两个人，把他们的大照片还有简历都印在这本书里面了。这两个人比较可惜。一个结婚没有多久，他太太刚刚生下一个女孩，是在他出海以后生的。他都还没有见过女儿，就在战场上牺牲了。那个年纪大一点的，是他们飞行员的副队长（Executive Officer, XO），也结婚了，也有一个孩子，也是一个女孩，还挺小，只有几岁吧。这个孩子也到航空母舰上来了，可是她再也见不到爸爸了。

第六章　外面的世界很精彩

058 海军的四大传统：烟、酒、嫖、赌

出海打仗，也不全都是工作，还有休假和游玩，有些挺有意思，有些很长见识。我当时参军的一个目标，就是想到全球各地转一转看一看，现在终于成行了。下面我集中讲一讲我们出海时都玩了什么地方，有些什么故事。

我们2005年随卡尔·文森号航空母舰出海时，在出发的路上，我们一共逛了关岛、新加坡两个地方。我们开了很久，总算见到一块陆地，就是关岛。关岛是美国的海外属地，航母在那里停了5天。我们所有人都可以上岸，逛逛街，喝喝酒，跳跳舞，休息几天。那是我第一次来到这个小岛，也下去看一看当地的文化，吃点好吃的，买点东西，玩一玩，就跟我以前到了圣选戈差不多。那里比较热，气候挺像夏威夷。它的当地人长得有点像亚洲人，但不像夏威夷土著，倒有点像菲律宾人跟夏威夷人的混合。我不知道他们是什么人，哪里来的，也没有去查。那个地方就是一个旅游点，不是一般人可以去找工作或者去生活的地方，因为它太小，就是一个小岛，而且离哪里都很远。它上面的酒吧呀、商店呀、港口呀都跟美国本土没有多大区别，感觉就是一个比较特殊一点的美国小镇，基本上都是为美国军人服务的。

关岛有一条街，就是红灯区，街上也有卖吃的、卖酒的，还有卖一些小玩意的，但主要都是一个个小房子，里面都是妓女，专门跟美国大兵做生意。我们船上的好多水兵一下船就往那条街跑，然后就都消失在那些房子里了，去得晚的还要排队等着。关岛没多大，我在那里瞎转时，也从这条街走过，当然没有进那些小房子。我这个人有点洁癖，觉得那

样会很脏。

当时只有我们一艘航空母舰停在关岛港，跟着我们的那些小军舰并没有停在我们旁边。它们可能在海上巡逻，保护航空母舰，也可能去了别的什么港口。他们没来更好，我们就有5000多人了，要是再来一些，那就更乱了，不知道会闹出什么事来。

港口旁边有一些酒吧，是专门供应军舰上下来的水兵的。从圣迭戈开到关岛，有两三个星期了，再加上前面的演习，很枯燥难受，放松放松也能理解。但是美国海军有一个传统，是从很早以前一代一代传下来的一种文化，就是抽烟、喝酒、嫖、赌。你看照片，那些早期的美国水兵，身上都有文身。现在一些水兵也是这样，他们要是不喝酒、不抽烟、不刺文身、不嫖女人，就觉得自己不是一个水手，不够爷们（Man）。所以美国人走到哪里，就经常把麻烦带到哪里。我们美国海军好事上没有什么太出名的，干坏事却是很有名的，我不骗你。

我们这次去关岛，也有水兵喝酒喝多了，闹了一些事，发酒疯啦、打架啦，还有偷东西的。这些都很正常，我们到哪里都有人被罚。在美国本土还好一点，因为大家都是美国人，哪个水兵要是捣乱的话，酒吧的人一般不会去叫警察，只是找来军队上的人，说赶紧把这个家伙从我们这个店里带走。于是我们就把那个人架回船上去，骂他几句，或者关他的禁闭，就算是没事了。

但是要是到了别的国家，如果一个水兵还去干这种事的话，他的麻烦就大啦。我们的航母卡尔·文森号离开关岛后，又全速开，过了一个多星期吧，把我们带到了新加坡。我们船上的一个美国兵，是另一个飞行队的，下船去玩，跑到新加坡的酒吧里，喝醉酒了，跟别人打架，把一个当地人打得很惨，差一点打死。酒吧的老板打电话报警，新加坡的警察来了，把他给抓到新加坡的监狱里去了。

第二天早上，新加坡的警察把他送到我们的航空母舰上来。你知道船上的军官怎么说吗？像这样的事，我们舰长也没有资格说话了，因为美国人把外国的当地人给打了，这个属于国际纠纷，不是舰长能管的事，是外交问题。一个美国舰长对于一个国家来说，什么都不是，级别太低。他是美国航空母舰的舰长，但不是美国的外交官，不能处理这种国际问题。我们舰长能做的只有一个决定，你不是打了人家新加坡人吗？我现在就把你交给新加坡政府。我们舰长不能再用美国的法律来惩罚这个美国兵，因为他是在新加坡犯了法，对他只能用新加坡的法律来惩罚。我们舰长就说："这个人交给你们了，你们国家爱怎么处理就怎么处理，用你们自己的法律吧。"然后我们航母该出海就出海走了。这个水兵就被扔在了新加坡，关在新加坡的监狱里，我们不管了，开着船走了。他的同事只好多干一点，把他的那份活都担起来。以后他怎么样，就是美国外交部门的事了。我不知道他以后有没有回到军队里来，就算回来，也肯定给他一个大处分，闹得太不像话了嘛！

我对新加坡这个国家的印象，总体来说还不错。那里的人素质比较高，很干净，公民的环境意识也相当强，非常有礼貌。我到新加坡后跟着几个同事到处转，看一看人家怎么生活，也开阔一下我们自己的视野。在那里我可以说汉语，也可以说英语，他们本地人都懂。新加坡的饭菜跟中国的饭菜差不多吧，我吃着还行。还有一些西餐馆，我们也去吃。

我们没事去逛街时，看到那里有一些小摊子，在路边摆着，就像中国许多地方一样。那些小摊子很好玩，他们一看到来的是美国兵，就有点要讹美国人的钱的意思，马上提高价格。比如说美国人去买东西，他们就故意把价钱往上提很多。如果我去买东西，尽管他们知道我也是美国军人，可是我会说中文，他们还是会把东西的价格叫低一点，或者就按照给当地人的价格卖给我。一遇到其他美国人，尤其是白人，他们的报价就上去了，挺有意思的。我不知道他们为什么这样做，不能说他们是歧视美国人吧，也许还是高看我们。他们可能就是觉得美国兵有钱，能多要就多要一点，可我们还是觉得，他们就是专门讹美国人的，把我们当傻瓜骗。

059 小心塔利班

我们是军人，军人就是来打仗的，艰苦就艰苦一点，我们也能理解，可是军人毕竟也是人，不是机器，不能永远这么紧张下去，所以每隔3—4个星期，我们的航空母舰就要找一个港口，靠岸停一次，让我们这些军人下船去休息4—5天，轻松一下。等我们重新充电（Refresh）以后，他们再拉我们回去继续打仗。我觉得海军是计算好了的，打多长时间，休息几天，都有道理，不然我们这些人真的受不了，不知道会有多少人跑去跳海去了。

我们在波斯湾里头，常去靠岸的港口有两个，一个是迪拜（属于阿拉伯联合酋长国），一个是巴林。这两个地方都对美国比较友好，他们需要美国的保护，也想挣美国人的钱。每次靠岸，我们都要交给他们一笔钱。美国军人上岸买东西，到处玩，也在他们那里花很多钱。5000个人，不是一个小数字。很多港口也都喜欢美国航母来，因为他们可以发一笔财，像酒吧、妓院这些地方，都可以有一笔生意。巴林还是美国在中东的一个军事基地，不太大，但很重要，因为中东那个地方天天打仗，美国需要一个立脚点。这个也是每年要交费的，不然人家不让美国用。他们是既想得到美国的保护，又想得到美国人的钱。

我们去别的港口，比如说香港，航空母舰是不靠岸的，因为它开不进去，水不够深。迪拜和巴林的港口都不错，我们可以停进去。我们这一次出海打仗时，第一次靠岸去的是巴林，第二次是迪拜。以后每次靠岸也是这样，来回来回转这两个地方。我们在海湾的3个多月里共靠岸4次，每次5天，所以我们在迪拜休息了10天，巴林10天，一共20天。我记得大概是这个样子。

每次靠岸时，只有我们卡尔·文森号航母一艘船停在那里，我没有看到别的军舰跟我们停在一起。它们可能停到别的港口去了，比如说我们去迪拜，它们就去巴林，再有一两艘船在海上巡逻，保护我们。航母在海上跑来跑去，都需要这些小船掩护，何况它现在停下来了呢。潜水艇好像是从来都不上来的，我也很少见到过它们。它们也许只有要取食物的时候，才上来一次，平时都在水底下。航母上就很艰苦，潜水艇里更难受，连太阳都见不到，不知道他们是怎么坚持过来的。

我们船上有情报官员（Intelligent Officer），我们每到一个国家，他都要事先了解当地的情况，掌握一些信息，比如说哪些地方能去，哪些地方不能去，有一些什么样的危险，必须注意什么样的事项，什么事不能做，什么环境不能乱来，等等这些。他会给船上的军官们发一封电子邮件（Email），让军官们转告大家。我们下军舰之前，所有船上的人都要做一次安全培训（Safety Bulletin），一两个小时吧，说来说去，就是要我们小心注意，不要出问题。

我们下船去玩，也不是大家随便走。我们有一套规定，叫作"同伴系统"（Buddy System），就是说我们这些军人，只要是到了美国之外的任何一个国家，下船出去玩的时候，必须至少两个人一起走，一般更多一些，三四个人或者五六个人一路。而且我们回来的时候，还必须是同样的几个人。比如说那一天我们到了迪拜，我们3个人要进城里去玩，在我们3个出去之前，我们要去一个准备室签离（Sign Up），就是几点几点，谁跟谁出去了。回来的时候，又必须是我们3个人一起去签到（Sign Back In），说我们回到船上了。我不能跟别的人一起回来，他们也不能跟其他的人回来，谁跟谁一起出去的，回来时还必须是同样的人。这样做的好处，就是我们这些同船的人下船后可以互相照顾，互相保护，还可以互相监督，不容易出问题。军队总说，出海以后，我们这些一条船上的人，就是一个大家庭。你的同事，就是你的家庭成员。一家人当然应该互相帮助了。

除了必须几个人一起走之外，我们还必须穿便服，不允许穿军服，这个前面说过。对于我们这些美国军人来说，到了中东的某个国家，不是那么自由的，我们随时都要注意着周围的情况，不断地扭头左张右望，看一看是不是有人想伤害我们。比如说咱们两个人一起出去，你说你要给你的老婆孩子买玩具或者买一条金项链什么的，因为中东国家的金子比较纯，也比较便宜。我说行，那你去，我给你看着。在你看货的时候，我会站在你旁边，离你不太远。我的任务是什么呢？就是用眼光扫视周围的这些人，看一看有没有危险，就跟站岗是一个道理。等到我去买东西的时候，我们两个人再互换过来，我去看货，你帮我看人。为了自己的安全，我们必须保持这种警惕，没有办法，因为"9·11"事件是中东人干的，我们现在也在打中东人，他们恨我们，我们也恨他们。尽管我们去的不是阿富汗或者伊拉克这种基地组织人多的地方，但是这里毕竟是在中东地区。那些想杀我们的人，也不是穿着塔利班的黑衣服，把头蒙起来，让我们知道他们是谁。他们穿的也是平民百姓的衣服，就在人群里面，我们分不出谁是好人、谁是坏人，我们只能尽量小心。这几次还好，没有听说我们有船友碰到过什么危险。

我们跟当地人也有一些接触，比如说我们去买东西，商店的店主很多是阿拉伯人。他们也跟我们聊几句，但是不深。他们一看到我们，就知道是美国兵来了。军队里的人都不胖，有很多肌肉，很壮。从我们走路的姿势，从我们的谈话，他们一看就能猜到我们是什么人。我们不用说自己是美国人，我们刚一说话，他们就问："你们是美国人，对不对？"这样的话，我们就不好办了，因为周围其他的人也会知道我们是美国兵，我们不知道周围的人对于我们来说有没有威胁，所以我们出去的时候，身上虽然不带武器，却总是这么用眼睛扫着，就怕有危险。

我不知道巴林或者迪拜是不是允许私人拥有枪支，反正我是没有看见过有人手里拿着枪在街上走或者在路上跑。在中东国家里面，这两个地方对美国还是比较友好的。它们要是不友好的话，也就不让美国人进去了。我们也不愿意去，去那里干啥呀？太危险了。要是出上几次事，我们也就不敢去了。所以总的来说还行，我们很小心，他们对我们也还友好。

060 押车防闹事

我们每一次靠岸，通常是5天，但是在这5天里，我们也不能全部都用来休息和玩乐，还必须抽一天出来去站岗值勤。如果在其他国家，我们就是在舰上值勤，或者在港口站岗，这个时候我们是穿着军服的。但是到了中东国家，在迪拜和巴林，我们必须穿着便服，提着午餐，到城里去押车。这些车是用来接送下船出去玩的大兵的，这样大兵们会安全一些，是我们在中东采取的一个额外措施。

具体哪一天工作，由军队说了算，可以是这5天当中的任何一天，我们自己没有选择的余地。在迪拜或巴林靠岸休息时，到了值班的那一天，我们这些应该工作的人，先在航母的准备室，每人领一包午餐，然后下船，在码头上集合。这时有专门值班的军官来给我们点名，谁想逃是不可能的，他们马上就能查出是谁没有来，所以我们不去不行。然后他们就分配我们上一辆辆小巴士，去做押车人（Bus Rider）。谁上哪一辆车也是军官定的，我们不能选。他们还会记下哪一个人押的是哪一辆汽车，很仔细，这样谁要是出了事或者半路跑了，他们一下就查出来了。

这些汽车，都是美国军队事先从当地的汽车公司雇好的，已经付过钱了。它们就停在码头上，一辆接一辆，排成一行，准备带着我们这些下船的大兵，去各个地方玩。每一辆小巴士都对应一个专门固定的点，它把大兵们从港口载到那个地方，放下来，再开回港口。比如说有些大兵要去一个商业中心，有几辆小巴士就是只去那一个中心，不去别的地方，它们就把这些人从港口载到那个中心，然后回到港口，再接下一拨大兵。所以它们就像班车一样，不停地在几个点之间绕，接送这些来玩的美国军人。但是如果有人想从这些选好的地点再去别的地方，他们就得自己付钱去叫出租车，这些巴士不能去送去接。当然在中东，大家一般也不敢乱跑。

我们这些值勤的人，就穿着便服，每一个人跟一辆车。我们的责任，就是要保证自己人的安全，还要防止大兵们喝醉酒闹事。如果有美国军人喝醉了酒，我们不能让他们上巴士，因为那是别人的财产，我们要尊重别人。如果有人打架，我们就要去处理，因为美国人和美国人之间、美国人与当地人之间，都会有一些冲突。这就是我们的责任，就跟宪兵一样，有点像军队内部的警察。

比如说我跟的一辆车，是专门去一个商业中心，我就上了车，坐在司机旁边。去的时候军人们都是好好的，还没有喝酒嘛。等到晚上回来的时候，他们都喝了酒了，我就得看着，就得防着。如果有人吵架了、打架了，我就得去把这些人拨开。他们要是吐的话，我要给他们一些塑料袋，不能让他们乱吐。如果他们实在不行了，我就让他们先在外面走一走，然后再上下一班巴士。如果他们醉得太厉害，还是不行的话，我就会回去，跟真正的军队警察说："有一个男孩，他必须几点回船，可是他喝得太多了，他在哪，你们去接他回来吧。"我们军队上的人，就会用自己的军车，去那个地方，把他拉回来。我们做的，主要就是这些活。

军队里的军衔是很重要的，军阶低的人，必须尊重军阶高的人。但是我们这些值勤的人，是直接为航母打击群最大的那个两星级将军干活的，所以在这个时候，任何一个人的军衔对于我们来说，就什么都不是了。我对你说什么，你就得去做，因为我是在做我的工作。尽管有些人的军衔比我们这些押车的人高很多，他们如果犯了错误，比如说喝醉了去打砸当地人的东西，我们让他们停下来，他们就得停下来。他们如果不停止，我可以强行阻止他干坏事，还要直接向将军报告，他们就会受到惩罚。

061　生活再苦也要微笑

我们这种押车的工作，其实大部分时间就是在汽车上坐着，从早晨一直坐到晚上，整整一天，就是这么坐着。我们无所谓的，因为这比在船上干活轻松得多。我们每个人上了一辆车，那一天就看住这辆车，中间不换。就是说这个车到哪儿，押车的人就跟到哪儿，随着这辆车不停地转。到了中午，我们就在车上吃午饭。那些司机没有时间吃东西，也没有什么东西可以吃。他们很穷，非常非常穷。有些人连鞋都买不起，只能光着脚给我们开车。所以那些人是很可怜的，任何人看到他们，都会为他们摇头，为他们流泪。

我们很快就发现，在迪拜和巴林，本地人干活的很少，给我们开车的，很多是从巴基斯坦或者阿富汗来的，也有其他国家的人。这些外国人干活很辛苦，比我们这些大兵还苦，工作时间更长，干的活也更累，却挣不了几个钱。他们的工资跟他们所花的时间、所费的力气相比，跟我们比起来，差得非常远，距离很大。

我在车上坐着，就跟司机聊聊天，因为他们跟我一样，都是人嘛，应该互相了解一下。他们能说一点英语，但不是很好，就是我们常说的那种"蹩脚英语"（Broken English），断断续续地蹦单词。我就问他们，是从哪里来的，家里怎么样，就是这些，闲聊呗。我并没有觉得，噢，你是中东人，我们不喜欢中东人，就因为你们炸过我们，我们就恨你们。我觉得不能用这种心理去看待他们，就像我说过的一样，不是所有中东的都是坏人。他们对我们也还可以，不会说我问他们话，他们不理我。他们也知道，我们就是一些小兵，跑到这儿来打仗，也是为了生活。其实我们跟他们也差不多吧，只不过是一些人干的工作比另外一些人稍微好一点，或者是挣得钱多一点。

他们中的很多人，家里已经有老婆孩子了，因为打仗，也因为太穷，他们的家属不能跟着他们出来。如果他们把老婆孩子都带出来的话，晚上在哪里睡觉呢？没有地方。他们自己都找不到地方睡觉。所以他们都是自己跑出来干活挣钱，隔一阵子回家看一看。可是他们家乡那些地方，并不通火车，也没有飞机。我问过一个司机，他要是回阿富汗，怎么走？他说要是幸运的话，路上会有卡车停下来，把他招上车，要是没有搭上车的话，就自己走。我问他要走多久，他说要走很多很多天。我问他真的能从这儿走到阿富汗吗？他说他又不是没有走过，他已经回去好几次了。他说要翻山越岭，很难走，很远，也很累，有时还很危险，可是要回家呀，怎么苦都值得。

我听了这些以后，就对自己说，唉，这样的人，这样的地方，他们都有动力，跑到邻近国家打工挣钱，然后在没有火车、没有飞机的情况下，回去去看自己的老婆孩子。这些人的品质，真是我们有些人身上没有的。阿富汗本来就很穷，现在又在跟美国人打仗，在那么恶劣的情况下，很多人都会绝望，可是他们这些人呢，为了自己和家人能够活下去，愿意做出任何的牺牲，付出任何代价，吃任何苦。这种品格，不是付钱就能买来的。这种东西，在很多国家已经看不到了。

我没有想到，我还能亲眼看到这样一些人，世界上还有这样的人。我感觉自己都很惭愧。有时候自己还去抱怨，说我的生活太悲惨，我也常听到我的同事说，他们的生活多么不好。我心想，我们任何一个人，就是这些美国兵，甚至美国平民，都没有理由去抱怨，说这个国家没有给我们足够多的好处。你看我们的条件，比他们不知道优越多少倍了，我们还在不停地抱怨。而这些人，他们没有任何东西，就是低着头不停地干活、干活、干活，能维持自己的生命，他们就觉得很高兴了。他们总是嘻嘻哈哈的，很快乐的样子，不是说他们很穷，他们就很难受，他们就天天都在生气。他们不是那样，他们很乐观。这种精神，对我来说，非常可贵！人家活得那么不好，都会那么坚强，活得高高兴兴。我们这些人，不去珍惜自己现有的东西，总是在争吵，总是要求太多，我们真的不如他们。所以跟那些人谈了话以后，我觉得就像是人家给我上了一课。我一辈子都会记得还有这样的事，还有这样的人。不简单，他们这样的人，真的不简单！

062 被妖魔化的中东人

我们这一次出海打仗，第一次靠岸去的是巴林。它跟迪拜还有一点距离。从世界地图上看，它们似乎在一块，很近，其实不是的。这是我参军后第一次来到另外一个国家。我有些激动，但并不是因为感觉很新鲜，而是因为总算可以喘口气好好休息几天了。

我来到中东，并没有很陌生或者很惊奇的感觉，毕竟我生于中国，来自美国，见多识广吧，而且我这个人属于适应性比较强的，到哪里都能跟当地人很快熟悉起来，成为他们中间的一员。我从没有到了一个地方后说，噢，这是什么鬼地方，我不喜欢这里！从来没有过。不管什么地方，都是好地方，就看你怎么去适应那里的生活了。

我可以这么说，我对中东的感觉相当好，出乎意料，因为在出海之前，我常听到别人说，中东人很坏，因为中东人把美国给炸了，很多美国人死了，还有许多别的国家的人也死了，就像"9·11"事件。我听到的总是这些东西，给我的印象就是，中东人不是什么好人。所以我就问自己一个问题，中东人是不是像我们认为的那么坏？等我真的到了中东，再看看他们，其实跟我们差不多嘛，对我们也不错，人家也是人，并不是什么妖魔鬼怪。很多人很穷，可是他们很努力地工作，也活得很快乐。亲眼看一看，我就觉得，中东人也没有那么可恶，那么可恨。不能说因为我们被中东人炸了，就说所有的中东人都是坏的。哪里都有好人，也都有坏人，中东也一样。

中东就是一片大沙漠，沙漠底下都是石油。就是这样，除了石油就是沙子，除了沙子就是石油，其他什么都没有，什么也不产。那里富国很富，穷国很穷。很简单，有石油的就富，没有石油的就穷。有些小国家挨得很近，日子却过得差很远，就看他们有没有石油了。所以没有石油的国家的穷人，就跑到有石油的国家去打工，挣一点钱养活自己。要是哪一天中东没有石油了，那么他们那儿所有人就全都完了，因为他们都是靠石油而生活的，别的东西很少。

到了那里以后，我就在心里对自己讲，这是另外一个国家，我要了解一下，这个地方的人是怎么生活的，住什么房子，吃什么食物，有哪些文化传统。我想是因为地理环境差得太远吧，他们跟美国非常不同，人长得不一样，宗教不一样，文化更不一样，当然想法也不一样。美国总是想影响他们，让他们跟我们走，结果他们就派人来把我们给炸了，然后我们又过来打他们。他们恨我们，我们也不喜欢他们，但是不管是他们还是我们，都没有办法，谁也不能说把对方全部消灭掉。

作为一个美国军人，我在他们的大街上走来走去参观游览时，并没有太害怕他们来暗杀我，因为这样的事不太可能，而且越是往那方面想，就会觉得越恐怖，还不如啥都不想。我们并没有跟这个国家打仗，他们对我们也还友好，至少表面上看起来是这样吧。

063　酒色禁忌

迪拜和巴林两个地方的居民都信奉伊斯兰教，本地人是不能喝酒的，可是我们这些外来人却能喝到酒，因为那里有专门卖酒的地方。当地的很多饭馆其实不是当地人开的，而是一些欧洲人出资开办的。欧洲人自己喝酒，所以他们也往外卖酒，美国水兵就跑去喝。我跟同伴们一起出去玩时，他们喝酒，我不喝，就在旁边坐着，喝点饮料，比如可乐什么的，再听听音乐，都是欧洲或者美国的，所以有时候都感觉不到自己是在中东，什么都是欧美式的。

我们也吃过一些当地的饭菜，味道还不错，并不是很怪，跟兰州回民开的馆子有些像，但并不完全一样。不过我们在街上吃的大部分还是西餐，一般都是在欧洲人开的饭店里。在我的印象中，我在那里没有见到过真正的中餐馆，但是在一些商店的小吃城里（Food Court），有一些中国人开的快餐小店，那里卖一些混杂的中国饭菜，说是中餐，吃起来又像是西餐，还有点本地口味。

我们花钱很方便，可以用自己的信用卡直接从当地的取款机上取当地的钞票。在美国这边的银行，就自动把那些钱换成美元，从我们的账上扣掉。当兵的都很能花钱，有的人把卡都划爆了，没钱了就四处借着花。所以我们到战区挣得多，花得更多，什么也剩不下来。我还好，花了很多，但是因为不喝酒，也不干乱七八糟的事，所以还是能省下一些来。

那几次下船，我都是跟着已经来这里打过仗、有经验的老兵一起走，一块玩，由他们带着我。他们来过这里几次了，知道哪里好玩一些，我就不会耽误时间，不会花冤枉钱。他们也知道哪里比较安全，我们也就不去可能有危险的地方。我算是比较特殊的，因为我跟别的新兵不一样。一般说来，新兵都不愿意跟老兵在一起，因为他们要胡闹，怕受约束。航母上的军官，也都要下船玩。军官总是跟军官一起走，我们这些小兵跟小兵在一块。军队也有规定，不让军官跟士兵下船一起玩，甚至不准高军衔的兵跟低军衔的兵一起下船，因为他们怕军阶高的人欺负军阶低的人，怕他们利用军衔或者职权占人家的便宜。这里有很多规矩，我以后再详细讲，现在就讲出海打仗的事。其实一般说来，不同的人也不会在一起走，因为收入、爱好什么的都不一样。新兵晚上还要回船，军官和老兵就不用，所以也走不到一块去。

在阿拉伯国家，也有妓女，但大多数来自外国，他们当地的宗教是不准自己的女人去做那种事的。有些下船的大兵也悄悄去嫖妓，他们实在忍不住，但是也是因为宗教的原因，在那些国家，这种事情不被允许，所以不能明着来，只能暗地里做，就是在美国人所说的"地下角落"。不过因为中东不是一个很安全的地方，美国大兵们去干这种事的人会有，但是跟去别的国家比起来，还是要少很多，因为大家都比较小心，都害怕，好些人也就不会去冒这个险了。我也没有听说美国大兵因为这种事而与当地人发生纠纷的。

我们出去玩时，大部分女兵都是夹在男兵中间一起走的，毕竟人家也需要休息，也需要安全。要是几个美国女兵一路，那就太危险了。军队并不允许女兵与男兵谈恋爱，但是船上的生活艰苦枯燥，总会有人情不自禁。大家都是人嘛，这个没有办法。所以虽然原则上并不允许，但是只要不出大错，军队也就不特意去管。我们飞行队里就有男兵女兵偷偷谈恋爱的，大家知道了都装不知道。还有另外一种，男的女的，本来就有点暧昧，船上不可能，5000个人挤在一起，他们到哪里找地方呢？现在一停下来，两个人就跑去开旅馆了，就是战争中的一夜情。带着我一起去玩的老兵，基本都成家了，都有老婆孩子，比较成熟，一般不会乱来。新兵呀，那些结了婚但还是很年轻的大兵会去干这种事，因为他们还没有成长起来，还不成熟。大家都知道有这种事，但是没有闹出大乱子，所以也没人管。那么多人都下船玩去了，军队也不能说去把每一个人都看住。看不住的，5000个人，怎么看呀？所以军队就睁一只闭一只眼，不出事就好。

064　见识富豪生活

我觉得迪拜跟巴林比起来，显得要繁华一些。我想这可能跟石油有关吧，也许迪拜那边的石油比巴林这边多。但是他们都还是发展中国家，只能这么认为，因为虽然他们有石油，有钱，可他们雇的工程师全都不是本地人，大多数是欧洲人，也有美国人。就算做生意什么的，也都是美国的公司、日本的公司或者欧洲的公司，他们本地没有很著名的大企业。迪拜那么繁华，很多很漂亮的高楼，可是他们建起来的任何一座建筑，都是欧洲人设计，外国劳工建造。像世界上第一个七星级的宾馆，在海上从水里面升起来、跟帆船一样的那个，就是由欧洲人设计，本地人掏钱建的。我觉得，总体来说，不管多么有钱，只要没有人才，那个国家就不算是发达国家，因为人家就是冲着你的钱来的，有一天你没有钱了，人家就都走了，你什么也剩不下。

我们在迪拜没有住宾馆。一般军官可能去住，大兵们不会，因为我们既没有那么多钱，也没有那个必要。很多时候，我们都是玩通宵，要是困了，就在电影院或者酒吧睡一会。好容易上岸玩几天，都睡过去了，太可惜。当然，要是有男兵和女兵想干那种事，他们也会去找旅馆开房。

我们四处瞎逛时，也去高档酒店看一看，像那个七星级酒店，我就进去转过。那里面简直就不像是给人住的地方，好像专门用来让大家参观的。那种地方，不仅一般老百姓住不起，就是中级富翁也住不起，只有像唐纳德·特朗普（Donald Trump）那种非常非常有钱的人，才有可能住在那里。特朗普是世界上非常有名的地产商，在纽约有他的很多大楼。大西洋赌城有一所著名的赌场叫泰姬陵，也是他的。

在那个酒店的顶上，有一个圆圈，是让人打迷你高尔夫球和网球的。我们没有资格玩，但可以上去参观。一般人都会想，这么高的建筑，顶上肯定风很大。你上去后，可能站都站不住，怎么打球呀？你要是掉下去怎么办？要是有生命危险，谁会去玩？就算人没有事，球也会被吹水里去，那么高的地方，风刮过来，不容易打准。其实人家设计师早就已经替你想好了，他们设计得很好，我们在上面基本感觉不到风，玩高尔夫球或网球也不会有影响，所以我当时觉得挺有意思的。

迪拜还有一个商业中心，不太高，但很大，在外面看起来不起眼，就是一个大房子，先斜过去，再直过来，可是它的顶上却是一个滑雪场。我们没有进去滑，没有意思，因为它毕竟是在商场里面，跟美国这里的半座山那么大的滑雪场不能比。可是你想，中东那么热的天气，在一个商场的房顶上居然有一个可以滑雪的地方，是不是挺有意思？听说这个东西是一个法国人做的，都是本地人出钱，请欧洲最好的工程师来给他们设计。

这个滑雪场的一侧，是玻璃墙，旁边有一家很大的自助餐馆（Buffet），我跟同伴在那里吃过一次，不便宜，一个人要七八十美元。这个自助餐厅做得很时尚，也挺好吃，里面的食物是什么都有，各种风味，只要你能想到的，那里差不多都有。它中间是一个很大的圈子，走都走不完，到处都是吃的。那里也有中餐，我也吃了一些。我在航母上都是吃西餐，也还行。我这个人比较随便（Flexible），吃什么都没有问题。我们一边坐在里面吃饭，一边看着一些小孩在滑雪场里滑雪，也是挺有意思的。

065 路遇人肉炸弹遗孤

我们有一次在巴林靠岸休息时，我在街上碰到两个要饭的小孩，是姐弟俩，女孩比男孩稍微大一点，有多大我说不清楚，好像女孩八九岁，男孩七八岁的样子。他们脏兮兮的，衣服都破了，身上乱七八糟的。跟中国要饭的不一样，他们不伸手要，也不叫喊，更不会抱着别人的腿不让人家走。他们就是在路边安静地坐着，低着头，都不怎么动。

我看他们很可怜，就走过去问："你们的爸爸妈妈呢？"他们能说很少一点点英语，就这么比划着告诉我说，他们不是当地人，在这次战争中，他们的爸爸还有妈妈，被别人逼迫着去当人肉炸弹（Suicide Bomb）了，就是在自己身上挂着炸弹，然后向美国兵冲过来，把美国兵炸死，但自己也炸死了。那些人本来答应他们的父母会照顾他们的，可是后来却不管了。

我看不出来他们是伊拉克人还是阿富汗人，因为我觉得那些人都长得差不多。我不知道他们怎么跑到巴林来的，也没有办法问。反正就是觉得太可怜了，这么小的孩子，爸爸妈妈就没有了，以后怎么办呢？我每次出去的时候，背包里都装着水和吃的东西。看到这种情况，我心软了，因为我属于那样的人，看不得别人受苦。我就把我的大面包拿出来，掰成两半，分给这两个小孩，还给他们每个人留了一瓶水。他们接过这些吃的，就跪下了，我赶快转身走开了。

我一回来，跟我一起走的一个老兵就冲我吼："你他妈的在干什么？"我回道："你这是什么意思？"他问我："你为什么要去做这种事？"我说："当然了，我不可能去给每个人吃的，我不可能有这个力量去帮助每一个人，但是这个世界上毕竟有比我们更困难的人，如果在你有困难的时候，别人不支持你或者不鼓励你的话，时间长了以后，你就不会有动力活下去。不管怎么样，他们毕竟还是孩子，如果没有人帮助他们，他们可能就活不下去，我尽力而为吧。"

那个老兵之所以反对，是因为他觉得我去跟那些人接触有危险，也不知道这两个小孩真的是穷，还是别人利用他们来做人肉炸弹。我离他们那么近，他们一旦爆炸，就会把我炸死。这种可能性确实有，但是我们现在不是在阿富汗，也不在伊拉克，这种几率很小很小。他说："你得保护自己。"他没有再怎么骂我，只是说："下次你要小心点。"我们这个也不算是争吵，就是用一种聊天的态度说话，因为他骂我也没有用，本来就没有什么事。他只是告诉我，这种事以后要少干，因为它会牵扯到你自己的生命，很危险。我明白他是好意，我说我理解。

066　夜不归宿是一种优待

　　美国海军对我们这些军人下船游玩也有限制。晚上是不是必须回航母睡觉，新兵和老兵就不一样。新兵就是那些第一次出海的人，晚上必须回航母报到，不能夜不归宿，主要是怕我们在外面闯祸。老兵就是那些以前出过海的人，他们有通宵出行证（Overnight Lift Pass），可以在外面爱玩多久玩多久，不用回船。本来这是我第一次出海，我是新兵，没有那个通宵出行证，就因为我工作一直干得很好，而且他们也看到我这个人来了这么长时间，从来没有捣过乱，不抽烟、不喝酒、不找女人，所以军官给我们这些兵们发通宵出行证的时候，有个人说了一句，给郑发一张证吧，他们就破例发给我了。我是我们那艘航母那次出海的所有新兵中，唯一一个有通宵出行证的人。

　　我是在第一次靠岸巴林的时候，拿到通宵出行证的，而且这个证件一直有效，在我们这次出海的剩下的时间里，只要我们的航母一靠岸，我晚上就可以不回船。那是一个很大的福利，因为别的新兵在晚上10点钟就必须回到船上去，我却可以几夜不归。当然，我回船还是要回船的，人总要休息嘛，但是我想什么时候回去，就什么时候回去，几点回去都行，其他新兵都不行。

　　上岸后我们都很兴奋，我常跟着几个老兵一起去玩通宵。我们一直走，到处乱转。那些地方就像中国一样，马路两旁都是商店，我们就是逛那些地方。我主要就是陪着他们买东西。他们有家有孩子，肯定要买些礼物带回去。我自己没有买什么，要买就是吃的。我那时候太年轻，不知道该买点什么回家，妈妈说她什么都有，啥都不用我买，我也就不操那个心。我们到了吃饭的时间就去吃饭，想喝酒了就去喝酒。我记得好像有一天晚上还去看了一场电影，是美国片。基本上就是这些事吧，到处玩呗。

其实像我们这样纯粹瞎玩的是很少数，多数美国兵都会去找女人，只不过在中东他们都不太敢，不像在关岛，一条街都是妓女，水兵们一下船就全往那里跑。新兵几乎都去，老兵有时也去。军官可能也有去的，到底怎么样我就不知道了，因为我是小兵，跟他们不在一起走。这些水兵下船时，都带着避孕套，这些东西是免费的，随便拿，就在航母准备室放着，谁签字下船时，都可以顺手拿几个放在口袋里。每次靠岸，航母上都会摆出很多这种玩意，让水兵们带着下船。军队就是怕他们得病，反正拦不住，那就不要影响工作吧。要是很多当兵的都得了病，航母还怎么打仗呀？水兵中流传着一个笑话，说是很多人当兵就是为了玩遍全球女人。军队对这事不管不问，本来就招不到兵，你要是再说不准他们找女人，他们就更不肯来了。

我从来没有去拿过避孕套，我有点洁癖，不干那种事。我下船去别的国家旅游和参观时，一般只带一双旅游鞋，几件衣服，两条裤子，很少一点东西，但我一定会带上军队发的那个绿色的背包。出去逛街时，到了当地的超市，我就给自己买一袋袋各式各样吃的，然后背回船上去。人家买的礼物都不大，只有我背了一大袋回来。有人奇怪，问我："你都买啥了？"我就打开包，往地上一倒，一大堆，别人一看，哟，全是吃的。有时候同事下班回来，说他饿死了。我就问他："你想要吃的吗？"他们奇怪，问我："你有什么吃的？"我就把床打开，他们一看，好家伙，这么多吃的！所以我在船上从来没有少过零食。其实我在陆地上也是这样，没什么爱好，就是喜欢吃。连我们老板都说："你怎么到哪里都有东西吃？"他有时候也跑到我这里来要吃的。

只要一下船，我们就要玩通宵，要是困了，就找一个地方睡一会，就是不想回到那个大铁盒子里去，好像在陆地上怎么待都待不够似的。

有的时候太累了，或者要站岗值勤，或者有点别的什么事，我也会回船上睡觉去。

可是我回到船上后，却睡不好了。以前刚上船时，船晃得睡不好，飞机起飞和降落那种"喱、喱、吱、吱"的响声也很烦人。后来就习惯了，天天都这样，不习惯也不行。等到船靠岸了，床不太晃了，我却睡不着了。没有了那种飞机的噪音，我反而睡不香了。有时候迷迷糊糊的，我会觉得奇怪，哎，那个声音怎么没有了？就像是催眠曲停掉了似的。以前那种晃的感觉，就像你是一个婴儿，妈妈摇你，你就睡了。航空母舰对我们这些军人来说，就是一个大摇篮。现在摇篮不晃了，我们就不知道自己睡到哪儿去了。

我经常躺在"棺材"上，翻来覆去地睡不着。一睁眼，看着上面的床板就在我的眼前，那个滋味很压抑很难受。过了一会，不知不觉的，睡着了，但是睡不了多久，又会突然醒来。感觉好像睡了很长时间，一看手表，才睡了半个小时。我想，哎呀，我还有多长时间才能下船呀？算了，我还是再睡一会吧。然后我又闭着眼睛使劲睡，过一会又醒来了，怎么也睡不踏实。后来我就想，我还不如起来呢，躺在这儿太难受了。我就爬起床，找一个地方待着，等着天亮下船。

除了我们这些小兵和年轻的军官们要下船玩，我们的舰长也另外有他自己娱乐的地方，毕竟大家都是人嘛，都需要休息。在航空母舰上，我们有一艘小游艇，就是专门为舰长准备的，他可以自己开着出去玩。我们有专门给他站岗的人，给他开游艇的人，还有给他做饭的厨师。他住的是自己的套房，有主卧室，还有客厅和厨房。他的军衔标志，是一只银色的鹰，翅膀张开伸出来，跟我们这个两道杠、三道杠很不一样。

想要在航空母舰上当官，都是有规定的，很严格。比如说一个军官要在航空母舰上当舰长，他自己以前一定要是航母上的飞行员。如果他没有当过飞行员，只是一个大官，是不可以当航母舰长的，因为一个人要是没有在航空母舰上飞飞机的经验，他就很难去学习或者掌握航空母舰的操控技术。他当飞行员的时候，会有很多的知识和印象，因为他自己以前干过，现在要当一个舰长的话，会更容易，更轻松，也更专业一些。

　　不过，航母的舰长还不是将军，它的军衔是O6（Officer Level 6)，达到O7才是将军。一般跟我们一起出海的什么人是将军呢？每一艘航空母舰，还有周围保护它的很多船，巡洋舰、驱逐舰、护卫舰，加上两艘潜水艇，所有这个舰队，我们把它叫作一个"打击群"(Strike Group)。整个这群军舰，又有自己的老板，就是一个一星级或者二星级的将军。他也在航空母舰上，也有自己的房子、厨师，跟舰长差不多，也许比舰长还高一点，但是不会太多，毕竟船上只有有限的空间。航空母舰由船长指挥，可舰长只能管这艘航空母舰，而这个将军，所有的船和所有船上的人，都是他的手下，都归他管。他以前很可能也当过航空母舰的舰长，然后升上去了，可也不一定，有一些文官也能当将军，但是一般很少很少，毕竟我们要去打仗，不是开玩笑去了。

067 环游大西洋（1）: 慵懒的希腊

　　我们第一次出海了7个多月，真正在波斯湾里面打仗，总共也就只有三四个月，其他时间就是在去的路上和在回来的路上，还包括访问一些经过的国家和地区。这种互相访问，有点像搞外交，就是说海军也是要做一些外交上面的事情，因为我们去那些地方参观休息，等于互相交流，别人也就知道，我们很强大，我们也很友好。

　　我们卡尔·文森号航母打完仗以后，等东部的航空母舰进来，接替了我们，我们就从大西洋这边回国，不走太平洋了。我们从太平洋来，从大西洋走，等于环绕全球一周，既访问了亚洲，也访问了欧洲，还打了仗，练了兵，也搞了外交，炫耀了武力，收获不少，花钱也很多。

　　我们从波斯湾出来之后，要经过埃及的苏伊士运河，然后去欧洲，访问几个国家，再跨过大西洋，回到美国。过那个运河可真是费劲，因为航空母舰太大了，它过那个运河，就跟我们的汽车过高速公路交费的那个栅栏一样，要很小心，因为出口很窄，你稍微偏一点，就会擦坏你的车。运河上有一些运输船，都开得很慢，航空母舰比那些运输船大得多，又是在水上，不好把握，所以开得更慢。

航空母舰要进苏伊士运河的时候，先由埃及的小军舰，开到我们前边，把我们带到运河口，然后它就开走了。另外一只小船，是专门负责领航的，开到我们前面，一直带着我们航母开，直到走完运河。我们的航空母舰，必须就在运河中间那条线上开，只要错开一点，就会蹭到岸边，就会搁浅。所以我们一进去，就得开很长时间，用最慢的速度，一点一点走，就跟乌龟爬似的。航母在过苏伊士运河时，也不能起飞和降落飞机了，不能再打仗。我们就是待在船上，看着船慢慢开，什么事都干不了。那条运河不太长，可是我们开了几十个小时。要是在海上，一会就开过去了。

本来我们的计划是经过红海去英国，要去参加英国的一个海军节。他们邀请了全世界的许多军舰，都停到他们的港口，跟他们一起庆祝这个节日。可是就在我们到达之前，英国的地铁被恐怖分子炸了，死了好些人。我们觉得这次袭击可能是冲着美国人来的，为了这些军人的安全，我们就没有去英国，而是去了希腊和葡萄牙。

我们先去了希腊，然后再去葡萄牙。在这两个国家，我记得我们的航母都是停在海上，然后用许多小船拉我们上岸，因为它们港口里的水不是很深，航空母舰进不去。到了那两个国家，我们就没有开班车和押车这种任务了，毕竟它们是欧洲国家，对我们来说安全许多，我们不再需要那么小心。而且那些国家的公共交通很方便，面积也不太大，好多地方我们走路就可以去。但是我们也不能说完全不害怕，因为基地组织在全世界都有人，在欧洲有，在亚洲有，在美国也有，英国不是刚就被炸了吗？就是说我们还是要防着点，只是可以稍微放松一些，不过相比之下，我们的警惕性会降下来很多，不像在迪拜和巴林那么厉害了。

跟在中东时一样，我们还是要站岗，5天里头抽1天工作，其他时间玩。飞行队的军官就给我们一张表，每一个人都会在上面看到自己的名字，旁边写着哪一天，从几点到几点，在哪里站岗。站岗那天你就是有任务，一天都不能下船。每个人都会有4天可以下船玩，这是平等的，但是到底你是哪些天出去玩，哪一天站岗，就不一定了。比如说有的人刚一进去，第一天就站岗，那后面的4天他就可以连着玩。也有的人前两天玩去了，中间那一天，第三天，他要去站岗，一样的。他要是不回来值班，会受到严重处分。尽管我们去的国家没有那么大的危险，但是站岗是我们工作的一部分，必须去做。

我到了希腊，跟去别的地方一样，就是同船友一起逛一逛街，看一看希腊的古文化，吃一吃当地的饭菜。也就是这些吧，每一次靠岸大多数都是同样的行程，没有什么特别的。

当时我们一路是3个人，一般我上岸都是跟着那两个人一起走。他们俩都是老兵，都已经结了婚，有一个有孩子，另一个跟老婆的关系一般，不是太好，也不是太坏，还没有要小孩。他们两个是最好的朋友，每次出去的时候，都是他们两个在一块。跟我一起进来的那些年轻的水兵，都不愿意跟老兵一起出去。他们就是喝酒找妓女什么的，干一些没影的事。水兵出去吃喝嫖赌，很正常。不过那些国家没有赌博，军队也不准军人去赌，因为我们发的那点钱，下不了几注。输了怎么办？他还喝不喝酒了？要是没有酒喝，他们都会跳海去。我跟新兵不一样，我到了别的国家，喜欢看一下那个地方的风景，吃一吃当地的饭菜，就是体验一下当地的文化，还有人情风俗，我比较喜欢这些东西。正好这两个老兵也是这样的人，我就跟着他们走。这样的话，对于我来说，就容易一点。比如说他们带着我去什么地方玩，因为他们以前可能来过好几次了，就可以给我介绍一些背景情况什么的。

希腊风景很不错，人也不错，文化也很好，我感觉这个国家还行。它那里的好多古迹，我以前在照片上都看到过，所以那几天过得挺好。只是有一件事比较奇怪，就是那里的人好像不怎么干活似的，天天坐在街道边晒太阳，跟我们在中东碰到的那些司机太不一样了。他们的大街上到处都是人，喝咖啡的，骗闲传——就是聊天呀什么的，我就想，这些人不用上班还是怎么着？因为早上很早，10点多钟，饭店、酒吧基本上就坐满人了，喝酒吃饭，坐着聊天，然后一喝一天，一聊一天。我就说，这些人怎么都不用干活？从早上坐到下午，什么都不干，他们哪来的钱？这样下去，这个国家能不出问题吗？

那两个老兵跟我一个看法，我们就边走、边看、边聊。很多欧洲国家是这样，国家把每个人的生活、医疗、上学等等全包了，什么都归政府管。不像美国，你不干活就什么都没有。所以这里的人干不干活其实无所谓，因为政府已经都管起来了嘛，人家为什么要干活？干活可是很累很难受的。结果这些人上班的时间在那里喝咖啡，不上班的时间也在那里喝咖啡，天天喝咖啡。再说政府把每个人都养起来了，当然花的就钱多。国家把钱花光了，就只能找邻国借，可是它自己又不生产，后来就还不起钱了。现在你看希腊整个国家都没有钱了，别人也不敢借给它，它就破产了。欧洲当年就是这样的体制了，所以现在好些欧洲的国家都不行了。我去那里玩的时候，就是这样的感觉。那时他们还不像现在这么差劲，表面上还行，还能凑合着过。那时那里的人就显得很清闲，特别舒服。但是这个样子，它只会一点一点往下走，不可能往上走，坐吃山空嘛。时间长了，它们就越来越不行，越来越不行了，就像得了慢性病，治不好，最后就完了，死掉了。

068 环游大西洋（2）：葡萄牙的农家乐

我也没有觉得葡萄牙比希腊好多少，街上的人都很悠闲，不是急急忙忙要去上班的那种情形。这两个国家都属于欧洲国家。欧洲的体制就是这样，干活的时候，大家都不太卖力，费那个劲干什么？政府都包了嘛！不过当时欧洲的经济还不是特别明显地差劲，其实他们那个时候就在一点一点往下走，但是当时还看不出来而已。可是再往后，就越来越清楚了。

不过葡萄牙还是好很多，在我的印象中，没有太多人跟希腊人一样不去上班，在外面喝咖啡骗闲传，好不好好干是另外一回事，至少人家还去工作。

葡萄牙很多人会说英语，所以我们不觉得陌生，那里的风景也不错，我们玩得挺开心。我在葡萄牙也是一样，跟船友一起逛逛街，看一看当地的文化，吃一吃当地的饭菜。葡萄牙的文化跟希腊不太一样，尤其是当地的饭馆，跟希腊的饭馆很不一样。那里的很多饭馆是家庭餐厅，在家里头招待客人。他们住的地方有点像中国人的平房或者四合院，有好几个房间，家里所有人都住在一起。比如说，爸爸妈妈住在中间，儿子住在右边，女儿住在左边，就是一大家子住在一个院子里。

他们的院子很大，就像中国农村的大院一样。每一家的院子里都摆着几张桌子，一堆椅子，很像外面的露天餐馆。基本上家家户户都是这样的。门口好像也不写饭馆，也不挂招牌，当然就算他们写了，我们也不认识。我们就是看到里面有一两桌人在吃饭或者聊天，我们就直接推门进去，不用问。其实有的时候我们都不用推门，门是敞开的，我们就通过他们那种窄窄的胡同，走进去就行了。

我们进去后，主人就问："你们是来吃饭的吗？"我们说是，然后问他们这里有什么吃的？他们就把我们带到桌子旁，让我们坐，再给我们一些菜单，让我们看。那不是正规的菜单，是手写的，就是一张纸，好像是英文的，但是我们读不懂那是什么东西。我们都觉得奇怪，这是英文吗？其实是英文，但是跟美国的菜单不一样。我们就说："我们不知道你们这里有什么好吃的，你把你们家里最好的饭菜给我们做来吃，好吗？"他们说行，就回去做饭去了。

一般是主人的儿子或者女儿迎接我们，他们年轻，英语好一些。真到了要做饭的时候，妈妈就出来了。一会儿就做好了，主人就用一个小车子推出来，往我们桌子上放。好家伙，他们做的饭菜量那个大哟，我看着就觉得，你们这是在喂人呢，还是在喂猪呢？不管它，反正我们就是敞开肚子吃吧。

他们的饭菜，等于是本地人给我们做的家常饭。我们闻着不怎么样，还说这菜怎么一股药味，这是什么菜呀？但是当我们吃起来以后，又是另外一种味道，会感到很好吃，吃完后也很舒服。正餐过后，他们端上自己家里做得当地的甜点，也是看着不起眼，我们心里会想："这是什么甜点呀？好吃吗？"从外表看或者闻起来，那些甜点确实都不怎么样，但是我们吃的时候却发现，真的非常好吃。我们吃完之后，问他们要多少钱。他们就说一个数，不是很贵，比街上的饭馆便宜。我们就掏钱给人家，谢谢一声就走了。

这种家常饭，我们去吃过好几次。真是挺有意思的，因为他们做的就是给家里人吃的饭，每家做的都不一样，都不错。我们要是只到餐馆，就没有体会到当地的那种风情，感受不到当地文化中的那种意味。我们去当地人的家里面吃饭，还有一点回家的感觉。那里的人非常友好，一点没有要防着别人的样子。我们到了那里，真的就像是回到了自己的家。

从欧洲出来，我们就是横跨大西洋，往美国开。回来的路上，我们基本都不怎么发飞机了，偶尔飞出去一圈，很快就回来，跟去波斯湾的时候差不多。但是大家的心情就不一样了，马上就要回家了嘛。

但是我们并没有回加州，而是去了弗吉尼亚州的诺佛克，因为我们的航母卡尔·文森号要去那里的工厂进行大修，要给核反应堆加核燃料，还要更新船上的各种设备，要花两三年的时间升级。这一段时间，五角大楼会另外拨一艘航空母舰给西海岸。我们飞行队以后训练和打仗用的船就是斯坦尼斯号（Stennis）航空母舰了，再也不是卡尔·文森号了。

卡尔·文森号还没有进港，我们船上的飞机就全飞走了。它们穿过美国，直接飞回我们的基地去了。我们这些船上的水兵和飞行队的地勤人员，就从诺福克港上岸，然后坐海军的飞机飞回加州。拉我们的是海军自己的客机，就跟民航的波音737、747一样，只不过它上面画的是海军的标记，就是海军专门用来拉自己人的。

有一些军人事先告诉家里人了，就有许多军人的家属在港口岸边等着欢迎我们。这个是军队允许的，因为已经回了国了，没有安全问题。

The Commanding Officer takes pleasure in commending

AIRMAN
YIMING ZHENG
UNITED STATES NAVY

For service as set forth in the following

CITATION:

For outstanding performance of duty while serving as Plane Captain in Carrier Airborne Early Warning Squadron ONE ONE TWO from January to July 2005. Airman Zheng performed his demanding duties in an exemplary and highly professional manner. Displaying remarkable dedication and expertise, he qualified as an E-2C Plane Captain in record time and assisted in 200 launch and recovery evolutions on four E-2C Hawkeyes. Additionally, he flawlessly performed over 100 daily and turnaround inspections and 24 aircraft wash evolutions. His hard work and dedication were integral to the squadron's 98 percent sortie completion rate during the 2005 Global Deployment while embarked on board USS CARL VINSON (CVN 70) executing combat operations in support of Operation IRAQI FREEDOM. Airman Zheng's professionalism and devotion to duty were in keeping with the highest traditions of the United States Navy.

R. D. HAYNES

6.1　我们飞行队 2005 年颁发给我的出海打仗优秀表现证书

我不是那种多愁善感的人，也不愿意麻烦妈妈，就没有告诉她。我要是说了，她肯定是会来接我的。我们坐飞机回到基地以后，更多的人来迎接。每个人都对我们说，欢迎回家。还有家属主动用车把我们这些没有家的人送回宿舍。他们真的很热情，很友好。

在诺福克下船的时候，我背着我的行李，走在队伍的最后面。我不认识那些欢迎的人群，也没有跟他们打招呼，就是默默地走着。在码头上走出来一段路后，我回过头去看了一眼我们的航母。想起我在这个大家伙里面整整待了半年，经历了那么多的事，真是有种不可思议的感觉。我好像一下子就成熟了，长大了很多很多。以前总觉得自己是一个新人，啥都不懂，太年轻。现在我已经是老兵了，出过海，打过仗，幸存下来，又回来了。我发现我自信了许多，可以面对任何事情。我觉得从今天开始，我就是一个男人了，一个真正的男人！

069 跟着长官逛香港

每次出海，我们都会停靠多个国家的港口。2007年我们乘斯坦尼斯号航空母舰第二次去波斯湾打仗时，也去过好几个国家，发生了一些故事。下面我在这里集中讲一讲2007年我们在香港休息游玩时的一些经历。

我们这次坐斯坦尼斯号航母到波斯湾打仗，比我们上次坐卡尔·文森号出海更加难受一些，因为我们在战区里打仗的时间更长，靠岸休息的次数更少。我们来的时候，就是直接从美国开进来的，中间没有在任何地方靠岸。进入波斯湾后，我们马上打仗，过了很久，才第一次靠岸休息。我们靠岸的港口还是巴林和迪拜，但是没有上次去的多，好像总共去了巴林两次，迪拜两次，基本上等于我们打一个月的仗，也休息不了一回。我记得差不多要一个半月到两个月才有一次休息，可能是前线打仗太紧张了吧。等到我们打了半年仗该回家的时候，来接替我们的那艘航空母舰又来不了了。我听说是它的一个核发动机有毛病，不能正常工作，那艘船还能走，但是没有百分之百的能力打仗。这样它就是有问题了，不能马上进来，我们就不能走，结果把我们回家的时间又给拖后了。我们1月就出海了，回到家的时候夏天都快过完了，好像都到9月了吧。

我们在从波斯湾回美国的路上，去过新加坡靠岸一次，香港靠岸一次。新加坡还是那个样子，没有多少变化。随后我们又到了香港。这是我第一次到香港，所以很多东西很新鲜。我们到香港之前，跟去别的地方一样，已经把一些情报官员派到香港，去了解当地的安全状况，比如说哪些地方能去，哪些地方不能去，要注意些什么问题，然后再把这些情况通告船上的人。我们在下船的时候，大家要开一个短会，说这里不能去，那里不能去，同时告诉我们，为什么不能去。当时听说有些黑社会的地盘不能去，据说以前有美国大兵在那里被人家杀掉的。

我们应该去香港的九龙港，可是因为航空母舰吃水太深，进不去，就停在了离九龙港不远的海上，然后再雇当地人开着小船来接送我们，这些都是事先安排好的。我们一到，那些香港人就开着一个个很小的平板船——就是前面一个平板，后面一个发动机，可能就是当地人说的小舢板——来迎接我们。我们必须坐那种船从港口到航母来回来回地走，非常不舒服。我们这些大兵，天天在海上待着，都没有事，可是一坐上他们的小船，很多人都晕得不行，比我们待在航母上的滋味难受得多，因为航空母舰大，晃得慢，这种船小，晃得很快，就是不停地抖动。有几个军人站在我旁边，一会就不行了，还有人吐起来了。我还好，没有晕这种小舢板。

这次出海，每次下船上岸游玩，我都跟两个老兵一起走。那两个人一个是我们车间的老板，那个马来西亚人，另一个是一个白人，也是他的最要好的朋友。航母上有一间屋子叫作"准备室"，飞行员们每次要飞出去前，都要在那里开一个短会（Brief），分配任务，协调行动。平时他们也在那里休息和等待，就算是他们的工作室。跟以前一样，我们下船的时候，都要去那间准备室签字，记下来我跟谁和谁，几点几分一起下船玩去了。回来时我们也要去那里签字，说我们一起回来了。

我们正准备走，我们队长、副队长，还有一帮飞行员军官来了，他们也是来签字的。一看见我，他们就把我拦住，说："你，过来，你今天要跟着我们走。"我问，为什么？他们说："你来给我们当翻译。"因为香港这个地方，有些人会说英语，但是说不太好，就是蹦一个字再蹦一个字那样，他们嫌累得慌，就让我去替他们说。我说："我又不会说粤语。"他们说："你是中国人，你说话香港人会懂的，对不对？"我对他们说："我可以去给你们当翻译，可是我已经跟这两个人一起签好字了，他们是我的下船同伴（Lift Body）。"那些军官说："没关系，你们两个也来，跟我们一起走。"结果我们3个人都只好跟着军官们一起下船了。

虽然我们军队里口头上也说，不同军衔的人不能出去一起玩，但是只要不是差得太远，军队也就睁一只眼闭一只眼。比如说，我跟我们老板的军衔不一样，但他是士官，我也是士官，差不多嘛，人家就不管了。但是我不能跟军官一起出去，因为差别太大了。所以军官总是跟军官在一起，小兵总是跟小兵在一起。这次军官们说让我去给他们当翻译，也算一条理由，我们跟他们一起走，也不算错。也有人跟着同级别的人一起下船了，出去后又换了别的级别的人，因为大家都喜欢跟谈得来的人一起出去玩。

军队的另一条规定，就是不允许很多人一块走，不准多个人一起签字，因为那样军队不好追踪管理，可是一般我们飞行队的所有军官总在一块玩，所以他们就3个、5个分开签名，出去以后又汇合在一起。所以我们逛香港时，就是一大堆人，有我们3个大兵，还有20多个军官。

可是军官毕竟是军官，他们去的地方跟我们当兵的可不一样。我们出去之前，他们就对我们说，他们会在外面住旅店。我问他们："我们怎么办？"我们队长、副队长都说："你们不用担心，我们住在哪儿，你们就住在哪儿，我们全包了。"我"哇"了一声，很吃惊，也很高兴。

他们这些军官还在航母上的时候，就通过电话或者海军在香港的办公室，租好了一家大宾馆的许多房间。我们航母一到，他们就住到里面享受去了。他们是几个军官住一个套间，就是那种很大的单元，里面什么都有，很像是家的感觉。我们不能回船，要跟着他们，给他们做翻译，所以我们自然不用付钱，也在里面住。住宾馆当然舒服得多，不是船上可以比的。听着好像是我们占他们的便宜，但是他们非叫我们来帮忙的，就等于我们跟他们交换。他们的工资比我们高得多，他们无所谓。

到了那个地方，军官们就开始喝酒。军官也是人嘛，只不过因为他们很多人都有家，有老婆孩子，所以不会去外面找妓女乱来。美国人也没有很多娱乐方式，就是坐在那里喝酒，一喝一个晚上。他们有些人一边喝酒，一边打扑克，还有些人就是坐在那儿看电视。再有就是聊天，也拉着我们聊，什么都说。好多军官也没有多大点，也像小孩似的，说呀闹呀的。我们这里最大的官，就是我们队长，也就40多岁，天天开飞机，身体挺好的，性格也挺随和，跟着大家一起玩。

我到了香港才知道，我的车间老板还会说粤语和中文。平时工作中，我们当然都说英语，这个容易理解，总不能说在美国的航母上你用中文吧。在新加坡靠岸时，我们3人一起搭伴上岸玩，他还是说英文。新加坡人会说英文，但是他们喜欢说中文，可是这个马来西亚人在新加坡时也没有说过中国话，其实新加坡离马来西亚很近的。到香港后，虽然我不会说广东话，但我说普通话时，香港人也能听懂。我们出去玩坐出租车里，他们两人就让我坐在前头，好跟司机说话。可是我跟司机说不清楚的时候，我们老板突然在后面插嘴了，说的是粤语，还说得很好。我吃了一惊，跟他说："我从来不知道你会说粤语。"这时他又用中文说："我还会说普通话。"结果又吓了我一跳。他是马来人，不是华人，不知道他为什么会说粤语和普通话，可能他小的时候有很多朋友是中国人吧。

这一趟去香港比较舒服，除了一天必须回去站岗，其他4天就是跟着我们的军官转，他们去哪，我们就去哪。因为军官们知道我们这些兵挣钱不容易，他们就说："你们给我们当翻译了，所以你们跟着我们走，这一路的消费，就不用你们掏了。"我们出去玩，军官们掏钱。我们吃饭，军官们掏钱。我们租车转悠，还是军官们掏钱。我们住宾馆，军官们已经订好了，已经付过钱了，我们当然更不用掏了。

谁都说我们当兵的花钱大方，其实跟我们这些小兵比起来，那些军官们比我们花得多得多，是我们的好几倍。他们的收入高，所以根本就不在乎。他们要玩什么，就让我们跟他们一起去。白天就是出去吃吃饭，逛逛街。我记得我们没有看电影，也没有去歌厅，总是去酒吧。好玩的是，我们这些军官里有一些年轻人，长得很帅，喝多了酒就上去跳舞。酒吧里有一些女的，她们看出这些人是美国军官，就上来使劲地缠住他们，要他们跟着她们走。我们的军官就是不去，她们就不停地央求，特别可笑。

其实我们也没有太多可以翻译的，没有我们，那些军官们一样可以玩得挺好。平常我给他们打手势，经常见面，但是他们坐在飞机里，我在甲板上，都忙着工作，没有机会聊天。他们现在就算是找一个借口，给我一种待遇吧。我不太爱说话，也不善于交际，可能就是因为我工作干得好，人也老实，从来不捣乱，那些军官们就都喜欢我。所以我觉得干好工作是最重要的，不然他们谁会知道我是谁呀。

070 最后的逃兵

就在我们斯坦尼斯号航母这次到香港靠岸休息时，我们船上有一个大兵跳船跑掉了。他下船后就没有回来，当了逃兵。我们起初并不知道，等到要开船了，才发现有一个兵不见了，这时候再下船找就来不及了。

按照规定，我们下船时要签字，回来后也要签字，本来一查登记本就知道谁回来了，谁没有回来。可是很多时候下船后大家就跑乱了，比如说我跟你一起下船，两个人一起出去玩。可是进城后，你看到你的朋友，你说你要跟他们一块走，我只好说OK了，我当然也去找我的朋友，这样我们两个人就不在一块了。规定是一起走，一起回来，但是中间我们分开了，那也没有办法。虽然规定我跟谁一起签字下船，回来就必须跟谁一起签字回船，不可以是别的人。站岗的大兵会问我："你的同伴上哪儿去了？"你回答不出来不行。但是有的时候，有些站岗的人不负责任，看到我们对不上，也说没有关系。还有的时候，他本来没有上船，他的同伴也帮他画勾了，说他上来了，结果他逃跑了也没有人知道。所以纪律执行太严，大家就很不方便，可是如果纪律执行不严，军队要想找出谁没有回船就不容易了。

等到我们航母要走了，马上就要离开香港回美国了，那个逃兵的单位还没有见到这个人，他们才急了，只好发警报，说丢了一个人。平常我们开会什么的，有一些人不愿去听，嫌太无聊。虽然这样不好，但也不是太严重。不过如果船上发出"有人跳海"的警报，大家就都明白这是一个很严重的事件，所以大家一定会到自己工作单位报到。集合的时候，谁到了，老板就画一个勾，每一个人都到了，他就给飞行队的队长打电话报告，我是哪个车间，我们的人到齐了，都在，没丢人。就是这样，一个一个单位报，一层一层往上报，整个航空母舰都要报，最后报给舰长。他就会宣布，船上的人，哪个部门，哪个飞行队，谁谁谁，失踪了。他广播完以后，就发动大家都去找，他们那个单位、那个飞行队的人四处找。找到了，就算没事了，因为每个人都记录在案了。可是这一次，我们找遍全船，都没有找到他。最后跟他一起下船的同伴说："昨天上岸时，我们是一起走的，但是没有一起回来。"又有人说："我在岸上还看到过这个人，他往什么方向走了。"最后我们确认，这个兵没有回船，跑掉了。

其实那时候我们已经到香港了，下一站就是夏威夷，也就是说我们这应当要回美国了，要回家了。这个兵从1月开始已经坚持到8月了，大半年都过去了，马上就要回家了，他突然不回美国了，逃跑了。这样做有意义吗？没有意义！我实在想不明白，不知道他为了什么。这个人够怪的，马上就要回家了，这时候逃跑实在让人想象不到。可能他就是特别喜欢香港，或者就是死活不想再当兵了，不想在船上待着了，一天也不想干了。我们美国大兵都没有护照，我也不知道他在国外怎么生活。美国海军在香港有一个办公室，他可以去找那个办公室，但是那就等于告诉人家他是一个逃兵，马上就会被政府抓住送回美国。他其实划不来，真是不值得。可是船上好多都是20岁左右的小伙子，想干什么就去干了，不考虑后果。有些人就是这样，年轻人这样的更多，一冲动什么都敢做，管它以后会怎么样哩！

第七章　付出总有回报

071 凌晨救急

我们乘卡尔·文森号航空母舰从波斯湾打仗回来，于2005年7月底、8月初回到加州的穆古海军基地。其后的四五个月里，我们基本处于半休整（Stand Down）状态。我们也不是集体休假，不是大家都回家，不用发飞机，也不用干活了，我们还是要去上班，因为飞行员必须保持状态，过几天就要飞一次。飞机隔两天也要动一动，不然就放坏了。但是我们的工作不太忙了，跟打仗前的训练比起来，上班就等于去玩去了。我们一天也就飞那么一两次，不像以前正常训练时那样一架接着一架地飞。而且现在要飞也是两架一起飞，出去后天上转一圈很快就回来了。这样我们的工作量就小很多，干活相当轻松容易。

我们的上班时间也缩短了，每个人只工作半天，不过还是分白班和晚班。白班从6点半干到十一二点。晚班11点多去，下午三四点就回家了。飞机都不怎么飞了，我们也没有太多的事可做，更不需要晚上、周末加班。我是白天到班上干点活，晚上在家里想玩点啥就玩点啥。

这几个月，我们也不去法伦最佳飞行员训练基地了。大多数人也不再上船训练，因为航母上的水兵也需要休息。但是我后来还是去了好几次我们飞行队要乘坐的新航母斯坦尼斯号，因为我们飞行队与这艘航母刚刚结对，有一个配合问题，彼此都要熟悉一下。

美国军人只要结了婚，大多数家属都是随军的，有的住在基地里面，有的住在基地周围不远的地方。那些有家的人，跟家里人分开了这么长时间，需要一段时间重新回到家人的生活中去，有一个心理适应加上生活调整的过程。很多家属会觉得怎么有一个陌生人闯进了他们的生活。

一些军人因为经过长时间的紧张和压力，会变得脾气大，不容易相处，多多少少会有一些心理上的问题，也需要一点一点调整。

我们这些军人等于是给政府打工的人，跟一般平民一样，也有年假。单身的人可以请假回家看一看父母朋友，但是这种人不是太多，因为美国人都很独立，离开家就是离开家了，也不是特别想回去。大部分人这时候请假都是出去玩，到哪个地方旅游休息，好好放松一下。等回头又要准备出海打仗时，想请假就不容易了。

我当时就是在家休息或者去上班，没有回家。我攒的假都用不完，妈妈说要给我掏飞机票钱，让我回家，我也没有回去。我主要是想好好工作，要比别人强，别人都出去玩了，不干活了，我就留下来干呗。另外就是闲得发慌上网乱转，在网上认识了一个白人姑娘，跟人家搞网恋哩。她总拉我去她家，我也就没空回自己家了。

我们原来的航母卡尔·文森号从波斯湾打仗回来后就被送去大修了，要花好几亿美元，修好几年。跟我们飞行队新配对的航母变成了斯坦尼斯号，它本来是带着我们隔壁另一个E-2预警机队出海的，因为它要检修，去干船坞待了几个月，那个飞行队要出海打仗时，就跟着另一艘航母走了。这样一来，斯坦尼斯号重新入水后，就换成搭载我们飞行队。我第二次出海打仗时，就是乘坐斯坦尼斯号航空母舰。

飞机跟航母结对，并不是很简单的事。在这之前，他们要做很多不同的练习，要彼此熟悉，就是航母与飞行队合练。其中一个练习，就是把我们的飞机飞到航空母舰上，降落、起飞、停住、再弹出去。当时我们队选了一男一女两个飞机维护长跟着去做练习，他们星期六走，星期天从圣迭戈的北岛港登舰，星期一出海练习。他们要在海上待5天，做一些检查飞机、打手势之类的舰上地勤工作。

那个男的本来是星期六一大早要出发。星期五晚上，他出去喝酒去了，还自己开车，结果拿了一个醉酒开车罚单（Drive Under The Influence，DUI），被关到监狱里去了，还要上法庭，这样他肯定来不及上航母了。拿到醉酒开车的罚单，在军队里是一个相当严重的错误，而且会影响到整个飞行队的工作。他一出事，我们飞行队队长20分钟内就被通知到了。

那个星期六早上，刚刚6点钟，我正在睡着觉哩，就听到手机响了。我还说这是谁呀，这么一大早，太不礼貌了。在美国，太早或者太晚给别人打电话，都是不合适的行为。我接通电话，我的部门长官（Division Officer）在电话里说："早上好，我是谁谁谁，我想问你一下，你能不能帮我们一个忙，上船去训练一次。"我问他："不是已经派好人了吗？发生了什么事？"他说："那个男孩酒后开车，拿了醉酒驾驶罚单，去不了了。如果你也不能去的话，我就很麻烦了。"他跟我解释，说在此之前，他已经给很多人打过电话，有些人不愿意去，有些人不接电话。他还说："如果你愿意去的话，一会8点钟就要坐巴士出发，跟着另外20多个人一起走。如果你来不及的话，我可以星期天早上开车单独送你去圣迭戈。"

我知道他手下的人出了这么大一件事，他自己的日子也不好过。这个长官也真是倒霉！反正我也没有什么走不开的事，就帮他一把吧，我就说我可以去。他还要临时交代我要做些什么之类，毕竟事先并不是说要我去的。我跟他在电话上谈了起码有45分钟，已经到6点45了。我问他希望我几点到出发点。他说如果我能去的话，迟一点也没有关系，他会让巴士等着我，而且他会到巴士那里亲自送我。其实他一大早就到办公室去了，四五点钟就开始找人，四处打电话。他这个人原来也是一个小兵，后来出去读了大学，又回来做军官，成为一名飞行员。他后来把我当成他的好朋友，经常拉我去他住的移动房车里玩。

我说："你给我半个小时，我要准备一下，还要洗漱和收拾东西，很多事要做。你也不用来送我了，我会跟着巴士一块走的，应该赶得上。"说完我就把电话一扔，赶快爬了起来，洗一个澡，刮一下胡子，穿上衣服。我还要收拾一下我的包，带一些穿的、用的东西。出一次差，要带的东西很多。我没有时间像平时一样叠放整齐，只好抓起来扔进背包就行了，乱七八糟的，也没有办法。不到8点，我就赶到出发地点了。

我们的部门长官已经在那儿等着我了。他挺感激我的，说："兄弟，你帮了我大忙了！"来送我的还不止他一个人，还有我们的队长、副队长（Executive Officer，XO）、维修官（Maintenance Officer，MO）、助理维修官（Assistant MO，AMO）和士兵总管（Command Master Chief，CMC），就是我们飞行队里面所有的大头，都来送我来了。平时一般我们出差，他们根本不会来送，没有那个必要。要是出海，那是大家一块走，也不是谁送谁。这次因为找不到别人了，我是他们的最后希望，如果我再不能去，他们就真的没有办法了。所有的长官都到了，是因为他们都快急疯了，那么多飞行队一起上舰，就你们飞行队出问题，让飞行总队的领导怎么说？让其他飞行队的人怎么看？那可是星期六一大早，又刚刚打仗回来，他们就要折腾，所以当官的也挺不容易，各种各样麻烦事很多，有些事你想都想不到，出了事你就要马上处理，压力很大。

072 长官太欺负人

那一次我去了，在斯坦尼斯号上干了5天，把工作做完。回来以后，没过两个星期，我们飞行队又要去做同样的练习，还是去跟斯坦尼斯号航母合练。长官们都知道我不喝酒、不闹事、老实肯干，因为前面出过事，他们不敢信任别人，就又要我去。他们对我老板说："上次被折腾怕了，还是让郑去吧。"我老板说："你们让我怎么去跟他说呢？"长官们说："都是为了工作嘛。"我老板说："人家上次是去救急，他可以说不干的，可是他还是去了，帮了咱们飞行队一把，现在他回来才两个星期，你们又让他去，都不让他缓一口气，像话吗？再说他跟我们所有人一样，去波斯湾打了7个月的仗，回国没几天，你们又让他不停地上船，是不是太不公平了？"长官们还是说："我们手底下没有其他人是我们可以信得过的，你让我们怎么办呢？出了错怎么办？"

最后我们老板只好又来找我来了。他进来的时候，我正在干活。他说："你过来，请坐下。"我问他："有什么事吗？"他说："我有一个坏消息。"

我就猜到是什么了，因为我当时已经知道我们的飞机又要跟着斯坦尼斯号航母出海了。我说："好了，你也别为难了，是不是他们又想让我上航母？"他有点吃惊地说："你说对了，我都不好意思跟你说。我帮你争取过的，可是他们就是想让你去。"我说："算了，这是我的工作嘛，那没有办法。"他一个劲地对我说对不起。我说："你不用说了，这不是你的错。"就这样，我又去了一次斯坦尼斯号，跟上次一样，星期六出发，星期天上舰，还是出海5天。

我去了，回来了，又过了几天，同样的事又发生了。这次是我们飞行总队跟斯坦尼斯号最后一次合练。长官们为了保险，还说让我去。我老板都急了，说："你们也太过分了，他都去了两次了，你们就不能换一个人吗？你们什么意思呀？这样对郑不公平，这不是明摆着欺负人吗？别的车间也都去人，他们都可以换人，为什么我们就不能换？人家就算活干得好，老实可靠，也不能这么用人家吧！"我老板不怕，他什么官都不怕，是很讲道理的那种人。他说："我不跟他说，你们要让他去，你们自己跟他说去。"

长官们也同意，说是这样不太对劲，可是怎么办呢？不让他去吧，别的人我们又信不过。因为那时飞行队刚从海湾回来，大家都在休息，比较散漫，容易出事，只有我去，他们是百分之百放心。后来我们的维护官，级别是O4（Officer Level 4），亲自给我打电话。当时是我老板接的。我刚从外面干完活回来，他就对我说："维护官想见你。"我一听就叹气，因为一般大官想见你，都不是什么好事。我说我工作得这么累，这么辛苦，怎么还有人来找我的麻烦？我天天都在机库里面干，不停地跑来跑去。我得干活，因为别的人休假的休假，休息的休息，我不干活，车间就乱了套了。别人都问："我们怎么看到每天只有你在那里工作？怎么没有看见其他人？"我说："他们刚回国，都休息哩。我的休息，就是在外面干活。"我是一个坐不住的人，必须干活，你让我坐5分钟我都坐不住，我屁股痒。我知道我不算聪明，所以我比别人更勤快，更努力。

我去见我们的维护官。我敲敲他的门。他看到我，做了一个请进的手势，我就进去了。我们见到长官要站直，表示尊敬。他让我放松，让我把椅子拉过来，坐在他旁边。他先跟我聊了几句，休息好了没有，工作怎么样，就是这些应酬话。然后他说："我们很感谢你上了两次新的航空母舰，现在还剩最后一次，你能不能再帮我们一个忙，再去一次呢？"人家当官的都开口了，我当然没法说不去，就说："行，没问题。"他说："我知道这对你不太公平，可是我们要派最好的人去，所以只好再派你去一次了。"我说："工作就是工作，我去干，没问题。"他说了几次谢谢，让我出来了。没有办法，我只好再一次上航母干了5天。就等于说，我们飞行队跟斯坦尼斯号的配对练习，全都是我去的。

073 我是飞行队的全能选手

我们第一次出海打仗回来以后没有多久，在2005年的10月还是11月，我们飞行队要换队长了（Change Command Officer），就是我们飞行队的第一把手要调到别的地方去了，第二把手副队长就升为我们飞行队的队长。我们要举行一个很大的仪式，飞行总队的上级军官和别的飞行队的领导都要来道贺。

美国海军的配置是这样，每艘航空母舰上面的所有飞机加起来叫作一个飞行总队（Airwing）。它里面有各种各样的飞机，组成不同的飞行队，一般有好几个F-18战斗轰炸机飞行队，一个EA-6B徘徊者电子战飞机飞行队，一个E-2预警机飞行队，一个S-3北欧海盗（Viking）反潜机飞行队，还有一个直升机的飞行队。我们的金鹰E-2预警机飞行队属于一个飞行总队，叫作第9飞行总队（Airwing 9）。就是说，每一个飞行总队都有一个自己的编号，我们的序号是9。每一个飞行总队进驻一艘航空母舰，由这艘航母带着去打仗。我们的航母就是斯坦尼斯号。

每一个飞行总队都有自己的总队长，在海军里面一般是O6级的军官，跟航母舰长的级别一样高。他和副总队长还有其他总队的军官，都要来参加这个仪式。别的飞行队的队长和副队长等主要官员，也都要来。他们开的F-18、EA-6B、S-3等等飞机，都要到我们这里的机场降落。可是我们航线屋里谁都不敢去接这些飞机，因为我们不会，毕竟那些不是我们自己的E-2飞机。其实也很简单，我们并不需要做详细的检查修理，就是打打手势把它们接进来，然后大体检查一下，看一看刹车有没有过热什么的就行了。我们现在没有打仗，也不是在航母上，就像是人家来串串门，接待一下难不到哪里去。大家都不愿意去做这件事，主要是不愿负这个责任，反正不是我们分内的活，谁要是去干，吃苦受累不说，出了差错不光丢人，还可能给自己带来麻烦。

看到别人都不愿意去接，最后我只好说，那我去吧。当然我也不会，每种飞机的接、发、检查都不太一样。可是别人都不愿意干，总得有人去做这件事吧。不能说上司和其他飞行队跑来祝贺，我们这里没有人迎接吧。那样他们会有危险，对我们自己的形象也不好，因为别人都看着我们哩。他们的飞机虽然不是E-2，但是我们去打仗的时候，天天在航母上一起工作，也看到过他们的人是怎样打手势的，所以我也会打一些。

我们老板见我愿去，很高兴，就让我去接那些飞机。我在外面机场待了好几个小时，就是用接E-2的方法接他们的飞机，因为手势都差不多嘛。他们知道我不太会他们的手势，也不挑剔，我也就是做一做样子，他们都懂。他们一个一个进来，不同的飞机，有F-18，它还有不同的型号（Model），还有直升机、电子战飞机、反潜飞机，各种各样的飞机，全都来了，一会一架，一会一架。我一刻不停地接它们下来，把他们都安顿好。就我一个人，跑前跑后的，累得够呛。

我们飞行队的换队长仪式大约进行了2个小时。仪式结束以后，那些来祝贺的长官们穿上衣服，就该飞回去了。当然还是没有人愿意去发那些飞机。谁去了呢？又是我去了，还是我一个人。别人不愿意干，我也不会干，但是不干又不行，不能把人家都扣在这儿吧。我们老板对那些长官说："现在只有他一个人愿意干，他得把你们一个一个地发出去，你们不要急。"我就跑过去，一架一架不同的飞机，我全部发走了。每架飞机起码要十几分钟吧，折腾下来，又是好几个小时。那些飞行员知道我不了解他们的飞机，就说他们自己检查自己的飞机，我在旁边跟着。没有问题了，他们就说："你帮我把两个发动机打起来，然后再帮我看一看，飞机一切正常，周围没有问题，就给我手势，我就走人。"然后他们就一个一个坐上飞机，我就一架一架地查看、打手势，把他们都送走。很简单的，没有什么难的，就是累一点。

直升机不一样，有点困难，因为它跟我们的E-2飞机完全不一样。它们降落时，我把它们放在机场的最后面，不让它们挡住别的飞机。而且它们叶片一转，到处喷土，尽管我们是水泥地，但还是很脏的，我不想让它们把别的飞机都搞脏了。因为我在船上注意到，他们的飞机维护长让直升机下来时，要做这么一个手势，这么一个动作。我就做着这个手势，意思是让它降落，把它们都接下来。起飞的时候，它就是直接往上飞。我要站在很远的地方，给它打手势，要是太近，他们就看不到我了。我送他们的时候，先打手势告诉飞行员，让他把闸松开，然后做这个动作，就是你可以往上升了，它就起飞了。然后我做手势让飞行员往左边飞走，再给他敬一个礼，他也给我还敬一个礼。最后他就开着直升机向左一拐，飞走了。

就这样，我们航线屋其他人都闲着，跟着大伙一起玩，就我一个人把所有来祝贺的飞机都接下来，又都送走了。那天我忙了整整一天，大家都在庆祝，人人都挺高兴，只有我给累坏了。

074　给基地司令打手势

在我们飞行队上面，还有一个大官，就是我们这4个E-2预警机飞行队的总司令官（General Command Officer）。他比我们飞行队的队长还大一级。我们的队长是O5，就是海军中校（Commander）。他是O6，海军上校（Captain）。我们大家都挺害怕他，因为他的肩膀上有一只鹰，一看就知道是大官。

这个司令官经常轮流去手下每一个E-2飞行队视察，今天到这个飞行队飞一次，明天去对门那个飞行队飞一次。他自己会开E-2飞机，以前也是一个E-2飞机的飞行员，后来提升成基地司令。有一次，他又要来我们飞行队开飞机了，我们的队长给他当副驾驶，就坐在他旁边。我们航线屋要出人去给他们准备飞机和打手势。这次打手势不是给我们的队长打，而是给基地司令打，他是飞机的正驾驶员。

还是没有人愿意去，因为如果出了一点差错，那个基地司令倒不会找我们这些小兵的麻烦，但就是很丢人了。他旁边坐着我们的队长哩，你要是出了错，或者手势太难看，你让我们队长的脸往哪里搁呢？总司令一看，好嘛，你们飞行队就是这么干活的吗？

我一看，没有办法，还是我去吧。我说："基地司令是大官，可是他也是人，我该怎么打手势就怎么打，没什么嘛。"打手势这种活，我每天干几遍、几十遍，熟得不能再熟了，不用想就能打，而且我打的手势是我们队里最快的、最标准的，也是最精神的，这一点我还是挺自信的。我们飞行队和其他飞行队经常有人专门跑来看我打手势，就像来看我表演节目一样。我们队长的太太和小孩有一次也来了，告诉我说是我们队长让她们来的。看完后她一再说谢谢我，说我的动作非常好看，她虽然不懂，但还是看得很开心。

最后当然还是我去了。我准备好基地司令要飞的那架飞机，又打手势发走了他们的飞机。他们回来的时候，还是我去接。平时我发飞机，别人去接也可以，但是这次不行，我们队长要求必须是我去接，不准别人管。基地司令回到地面后，下了飞机就走过来，对我说，在此之前，他去过另外3个飞行队，看到过别的人是怎样打手势的。他说我打的手势，是他手下这4个飞行队里，最棒最棒的。我们队长在旁边听得很高兴，我也觉得挺高兴。

075 老兵的告别礼物

我们的飞行队里有一个维修总管（Maintenance Chief），是一个老兵，当时已经50多岁了。他的级别好像是E6，虽然很高，但还是大兵，不是军官。我们从波斯湾打仗回来后大约三四个月，他就要退休回家了。我们队长就想让他坐在自己飞机的副驾驶位置上，开着飞机带他上天转一圈，算是告别礼物吧。

这个老兵总喜欢板着脸，平常你见到他，总觉得他在生气。我们这些当兵的，很多人都害怕他，都说这个人不高兴了，我们还是躲开点吧。其实他也不是真的不高兴了，他就是那种人，挺严肃、挺阴沉的。有的时候他笑起来，也是哈哈大笑，比谁都笑得欢。

大家怕他，也是因为他的脾气很大，平时总骂人。谁要是干了坏事，他就把那个家伙叫到他办公室去，狠狠地骂人家一顿。我基本上没有干过出格的事，所以很少去他的办公室。有时候碰到了，就是说声："早上好，总管。"他还是那个样子，一脸的不高兴，爱理不理的。就那样吧，我就从他身边走过去就行了。他从来没有骂过我，因为他知道我是那种不会捣乱只会干活的人。

他要出去飞，就要有人去给他打手势。本来都是队里的人，谁打手势都一样，但是他要退役了，又是我们队长亲自给他开飞机，所以给他打手势也是一种荣耀。头一天我已经知道他要去坐飞机，我想这种工作谁愿干谁就去干吧，对我来说，没有意思了，因为在这之前，我已经给海军的四星级将军打过手势，给我们的基地司令打过手势，至于给我们的队长打过多少次手势，我都记不清楚了，所以对我来说，这已经是家常便饭。何况在我们飞行队换队长的时候，所有的飞机都是我接的，也是我发的，要说出风头，我已经出够了，我累了，没意思了。我就说："你们让别人发吧，我去发其他飞机。"我们老板就让我明天发第一架飞机，另一个飞机维护长发第二架飞机，就是这个主管和我们队长飞的那一架。

下午我干完活，刚想坐下休息一会，我们航线屋的电话响了。我们老板一接，是那个维修主管打过来的，说是要找我，让我到他的办公室去。平常他要是让谁去他那儿，就说明那个人没有干好事，要去挨骂了。还没有一个人去了他那儿不挨骂的，百分之百保证！不会说谁能高高兴兴地从他的办公室里出来，不可能的事！

我不想去，可是不去又不行。出了办公室，我一边走一边问自己，我是不是干错了什么事？想来想去，好像没有。不过即使你没有干过什么坏事，上级找你去，你也会想一想，是不是自己什么地方出问题了，自己都不知道。就这样，我问着问着，把自己都问怕了。我心想，是不是什么事情不是我干的，他以为我干的呢？这也不太可能吧。可是他为什么想见我呢？我想，这下子完了，要挨骂了。到后来我就对自己说，没有办法，来都来了，不想那么多吧。

我们飞行队的维修部在一栋专门的楼里头。我进楼后，找到他的办公室。他的门上有块玻璃，我能看到他，他也能看到我。我看见他在工作，写什么东西。我敲了三下门，他抬头看了我一眼，低下头继续写，不理我。我又敲了三下，他又看了我一眼，还是低头继续写他的。我只好站在外面等，因为我们的规矩就是，每次敲三下，只能敲两次，不许敲第三次。人家叫你进去，你才能进去。人家不叫，你就不能进去。有人路过，看见我在那里站着，就问："你在这儿干什么？"我说："他要见我。"别人说："那你敲门呀。"我说："我已经敲了六下了，可是他看见我，又把头低下去了，没让我进去。"

过了好一会，他抬头看看我，向我做了一个让我进去的手势，脸上还是生气的样子。我心想，坏啦，我的世界末日到了。我进去以后，不敢瞎站着，就保持着立正的姿势，把手放在裤子边上，站得直直的，两眼往前看。我这样做，并不全是因为紧张，而是我去见任何一个比我军衔高的人，都必须这样，表示对他的尊敬，因为军队毕竟是有纪律的地方，不允许乱来。他看见我站得很规矩，就说："你干什么呀你？放松，坐下。"我又坐得很规矩，并着腿，挺着腰。他说："你紧张什么？放松，放松。"我就又放松了一点。

他说："你知道我为什么要见你吗？"我说："不知道。"他说："可能你已经知道，我马上就要退休了。明天我要跟队长去坐飞机。平时我看到过你打手势，我很喜欢。你能不能给我这架飞机打手势呢？"我说："我们老板已经让另一个飞机维护长给你打手势了。"他说："这个我知道，但这是我最后一次坐我们的飞机，我还是希望你给我打手势。"

我一想，这下子我给第一架飞机打完手势后，就回不了办公室，只能连续干。可是他说到这儿了，我也不能说不行，好歹没挨骂，累一点就累一点吧。我就说，好吧，没问题。那时候我确实是我们飞行队手势打得最漂亮的，大家都这么说。他可能是希望自己的最后一次飞行尽可能完美，我就帮他这个忙吧。

第二天，我把第一架飞机发出去后，又跑到主管要坐的那一架飞机上去做准备，一点都没有休息。后来主管和队长一起出来了，一起上了飞机。然后我帮他们打手势，把他们发出去了。他们回来时，又是我去接的。主管挺高兴的，对我笑了笑，不再是那个生气的样子。

这个主管退休时，已经在军队里干了20多年了。一个军人如果能在军队里干够20年，就可以拿到退休金（Pension），数额大约是他的基本工资的75%，因为这些人已经四五十岁了，很难再学新东西，也不好找新工作，所以军队就把他们养起来。这个主管的级别不低，干的时间又长，可以拿着很高的退休金回家养老。不过他后来又找到一份政府的合同工，这样他就可以挣双份钱，日子会过得很不错。

076　我是最佳飞机维护长，名字被印在了飞机上

每年12月25日，是圣诞节。一般在12月中旬的时候，我们飞行队都会举办一次圣诞晚会（Command Christmas Party），那是飞行队全年最大型、最热烈的一次聚会，也是一次庆祝活动。在2005年之前，我已经去参加

过两次这种晚会了。我是2003年12月份来到这个E-2飞行队的，当时还在做清扫工作，但已经是飞行队里的人了，当然可以参加那年的圣诞晚会。因为自己不喝酒，我就向我们飞行队的上司报名，去做志愿者，给大家当司机。当时他们需要一个人开着军队的车去接送那些要喝酒的人，怕他们喝多了没法开车，回不了家。这样我就不用买票了，可以免费进去。2004年圣诞晚会我也是一样，又是去当志愿者，又是去给大家开车。

晚会通常是领导讲一讲话，总结过去，表扬先进什么的，跟中国差不多吧，然后就是大家一起吃饭、喝酒、跳舞、聊天、联欢呗，都是那个样子。我这个人，既不喝酒，又不跳舞，还不爱聊天，就在那儿干坐着，一坐一个晚上，三四个小时，太无聊了。到2005年要开晚会的时候，我就不打算去了，因为没有意思，所以我也就没有买票。晚会的票价是6美元，不贵，来参加晚会的人都要买票。飞行队里的人，可以带太太或者男、女朋友参加，但不能带小孩。这样一来，参加晚会的人数可不少，是飞行队工作人员的两三倍吧。

有一天，我们老板进来问我："你买圣诞晚会的票了吗？"我说："没有。"他问："为什么？"我说："我不准备去了，没有什么意思。"他说："你今年不去不行。"我问他："为什么？"他说："队长说了，你不能不去。"我挺惊奇，不知道为什么我不去就不行，这个又不是工作，谁不想去，也可以不参加。

可是当时已经停止卖票了，因为那是一年一度最盛大的晚会，军人家属和外面跟我们有点关系的人都可以买票来参加，很多各式各样的人都跑来想看一看穿着制服的军官，所以票很快就卖光了。我当时就是想买票，也没有地方可以去买了。我只好去问我们老板，我没有票怎么进去？他说："没有关系，因为是队长让你去的，他们会给你留一张票的。"

我们的基地没有足够大的活动厅，容不下我们这么多人，所以我们办晚会是去了附近另外一个海军基地。美国海军有一个工种，就是建筑工人。那个基地是他们的，就在我们附近，离我们这里开车大概需要20分钟吧，不算远。因为他们的人多，所以他们有自己的电影院，还有自己的大饭厅和大礼堂。我们就租借了他们的场地办活动。

到了开晚会那一天晚上，我进去以后，我们老板对我说："你就坐在我身边。"当时我身旁坐着我们老板，我们的主管，我们的部门长官，还有其他军官。我坐在那里，感觉特别别扭，因为他让我跟一些高军阶的人坐在一起，觉得很不舒服。我想去找我的同事，我们老板不允许，说那个位置是专门给我订下来的。当时我知道会有什么事，但没有猜到具体会是什么。那时我还很年轻，没有仔细去想过这个问题，不知道人家是要给我颁奖。我就是老老实实地干活，对得奖这种事情不是看得很重。谁知道谁能得上奖呢？不是你干得好就行的，这个我知道，回头再讲。

我们2005年出海打仗的时候，每隔一段时间，多长没有准，有时很久，有时没有几天，我们总会有点空闲时间，比如说我们经过苏伊士运河时，或者天气很不好，飞机不能飞了，再就是快要靠岸休息了，我们的副队长就会下来，召集大家开会，给我们这些人大概讲一讲，我们打了多少仗了，现在在什么地方，下面要干些什么，还有我们的工作计划、航行计划、作战计划等，属于形势介绍吧。另外一个内容，就是表扬各个单位选出来的干活最好的人，鼓励大家好好工作。

当时船上的飞机维护长，干得比较好的有4个，除了我，还有一个黑人男的，他是从加州首府萨克拉门托（Sacramento）过来的，另外就是那两个女生，一个白人，一个南美混血儿，就是我上甲板救下来的那两个女兵。这个南美女孩皮肤很白，从牙买加来的，会说西班牙语。当时主要是我们4个人竞争，看谁做得最好。还有一个男的，是墨西哥人，干得也不错，可是他太"新"了，上船时还是一个学员，后来在战区才考上飞机维护长。

我们每一个季度都要评选一次本季度最佳飞机维护长。那个黑人得到第一季度的最佳飞机维护长，第二季度我拿了，第三季度是那个牙买加混血儿拿的，第四季度到我们开圣诞晚会时还不知道，后来还是我拿了。每到年终，我们要选"年度最佳飞机维护长"（Plane Captain Of The Year，PCOY），就是说在这些飞机维护长中，谁是这一年里干得最好的。

谁要是被选上了，他的名字就会被印到我们队长或者副队长的飞机底部的机首起落架下面的那个门上。这是一个很大的荣誉，只有年度最佳才会被印上去，比如说"年度最佳飞机维护长"，"年度最佳水兵"（Sailor Of The Year，SOY），而季度或月度的最佳，都算小奖，不能印上飞机。

晚会开始后，我们飞行队的队长给大家讲话，谢谢大家，还有就是给各个单位的先进发奖。轮到我们航线屋时，我们队长宣布，今年的最佳飞机维护长是郑（Airman Zheng），就是我。我当时还在愣神，没有反应过来，我们队长在台上问，他来了没有？我们老板就赶紧把我给推上去了。

我这时候才明白为什么我必须来，还有专门预订的座位。我上台的时候，大家都对着我鼓掌。跟我一起工作的同事们还在那里起哄，大喊大叫。队长把我夸奖了一番，说些什么我也没有注意听，就是表现好呗，然后他就把那个木头做的奖牌递给我，又叫大家给我鼓掌。我捧着奖牌往下走的时候，又听到队长叫我："回来回来，你还有一个奖。"就是那年最后一个季度的最佳飞机维护长奖还没有发，这个奖也是我的。本来他们就是打算在这个晚会上发给我，可是队长忘了。我们的士兵主管提醒他说："郑还有一个奖呢，你怎么让他走了？"队长就说，把他叫回来。好多人都对着我喊，回去，回去。我们队长又讲了一番，说我还是本季度最佳飞机维护长，再一次祝贺我。

我往台下走回座位的时候，平时认识我的人，还有一些军人家属，都

7.1　2005年底，我同时获得"年度最佳飞机维护长"和"季度最佳飞机维护长"两项荣誉，我的两张照片同时出现在飞行队的光荣榜上

ADAN Zheng
PCOY
Lan Zhou, China

7.2 由于我获得"年度最佳飞机维护长",我的名字和出生地被印在我们飞行队队长的E-2C预警飞机上。只有"年度最佳水兵"和"年度最佳飞机维护长"的名字才能被印在飞机上,其他小奖都没有资格

站起来跟我握手,说祝贺你、恭喜你。有些军官也站起来跟我握手,都说祝贺祝贺。在这之前,我已经在这个飞行队里面待了2年多了,大部分人都不知道我是谁,我还没有出名。有些人听说过或者见过我,但是名字跟人对不上号。等我站起来领了奖以后,他们都知道了,原来那个人就是他呀。从那天晚上起,谁都知道这里有我这么一个人了,我的名字就出去了。在我们那个飞行队里,

7.3 我和印有我的名字的E-2C飞机合影。当时有两架飞机上印有我的名字。当我成为合格的飞机维护长时,我的名字已经印在一架飞机上了

7.4　妈妈和我一起捧着我的"年度最佳飞机维护长"奖牌。颁发奖牌是一项很大的荣誉，只有年度大奖才可能颁发奖牌，一般小奖只有奖状

7.5　我们飞行队颁发的"年度最佳飞机维护长"奖牌近景。奖牌做工相当精致，并且有配套支架可以立起来。现在这个奖牌就立在我们家的壁柜里

我再也不是一个默默无闻的人了。

我们基地里有几个人，是专门给飞机搞外形的，比如说飞机上哪个地方漆不行了，他们就去打磨，然后给飞机喷漆。他们也管把我们这些得奖人的名字印到飞机上。我下来以后，一个军官就过来对我说，你赶紧去给他们讲，让他们把你的名字印到队长的飞机上去。

在这之前，已经有一架飞机上有我的名字了，是我当上飞机维护长时，他们印上去的，因为当时我是空勤列兵，所以他们就写成列兵郑（AN Zheng），就是我的姓，然后再写上我家所在的城市特拉华州纽瓦克市（Newark，Delaware）。这个名字一直要到我不再当飞机维护长时才会去掉。我当上"年度最佳飞机维护长"后，他们又在另外一架飞机上写上"郑，年度最佳飞机维护长，兰州，中国"（ADAN Zheng，PCOY，Lan Zhou，China），这次不仅标上我是最佳飞机维护长，还写上了我的出生地中国兰州，只是他们把"兰"（Lan）、"州"（Zhou）两个字分开了，不太对，可能是我没有给他们讲清楚吧。这些字要在我们队长

的飞机上挂一年，直到下一年的年度最佳飞机维护长评选出来以后，才会把我的名字去掉，把他的名字印上来。

从那以后的一年里，我们飞行队就有两架飞机上都印着我的名字。不过后面的地址一个写的是我来的地方，一个写的是我的出生地。很多人看到以后都会问："你们这里有一对双胞胎吗？因为这两个人名字是一样的，却来自不同的地方。"我们单位的人就说："哪里，全是一个人，就是他。"有人问我："兰州怎么样？在中国的什么地方？"我说："在中国的西北部，一个很大的城市。"把中国人的名字和中国的地址印在美军的飞机上，我不知道我是不是唯一的一个，但肯定是很少见的一个。

077 军队里的潜规则

我得奖以后，我的朋友们都很高兴，又起哄又跟我开玩笑。我以前的老师，那个墨西哥人和那个印第安人，也去参加晚会了，也都祝贺我，我们那时已经是很好的朋友了。他们都已经进入各自的车间去学自己的工种，早就已经不在航线屋做飞机维护长了。我的那个墨西哥老师，人很聪明，他后来的工种是修机翼，主要是修理上面可以活动的部分。当时我就对这个我当年的老师说："我一直都在向你学习，你一直是我的榜样和偶像。我知道，大家都明白，去年（2004年）的这个奖应该是给你的，可是因为政治上的原因，他们给了别人。这个对你不公平，挺可惜的。我得到今年的最佳飞机维护长奖，也算是为你所得的。我非常感谢你。"他听后挺感动的。

我们飞行队是这样，当飞行员的全都是白人，当地勤兵的，有一半是白人，一半是少数民族。在我们的那个航线屋里面，西班牙裔南美人特别多，白人比较少。这些南美来的人，很多都会说西班牙语，但是大多数是出生在美国的，其实也是美国人，只不过他们不是美国白人或者黑人，而是西班牙人。

我是2005年得奖的。我手下的一个学员，我训练出来的，2006年得到我们飞行队年度最佳飞机维护长奖。他也是墨西哥人，而且跟我一样，不是在美国出生的。他训练出来的一个学员，得到2007年的年度最佳飞机维护长奖。那个人也是墨西哥裔，但是是在美国出生长大的。训练我的人，就是我的这个老师，也是一个美国出生的墨西哥人，他却没有得上去年的年度最佳飞机维护长奖。

2004年得奖的是一个白人。其实那个白人明显没有这个墨西哥人干得好，可是就在那一年，他要从海军里退役了，因为他只跟海军签了两年合同，时间一到，他就拿着军队福利走了。他在飞行队里待了2年，一直当飞机维护长，却基本上没有得到过什么奖。飞行队领导看他可怜，就照顾他，为了给他一个面子，不让他太难堪，就把年度最佳飞机维护长奖颁发给他。可是这个奖本来不应该是他的，所有人都知道，应该是给我这个墨西哥老师的，可是队里偏偏就给了他。这就是政治，不公平，但是没有办法。

倒不是说这个白人活干得不好，他也还可以，可是美国人不会像中国人一样，拼命地、不停地干活、干活、干活。美国人一般就是把8个小时的活干完就走了，不会自动加班加点。你什么时候看到美国人自己加班了？除非你另外给他加班费。这就是他们的文化。他们上班时，该干啥就干啥，也挺卖力气，不是他的活，他也不多干，下班时间一到，他就回家玩去了。可是别的国家来的人，就跟美国人不一样，活不干完就不走，不管有没有加班费，也不在乎多干多少时间。我的老师是这样，我跟着他学，也是这样，我的学生们都是这样。

所以总的来说，我这个墨西哥老师干得比那个白人多，也比那个白人干得好，可是那个白人在这里干了2年了，要走了，还没有什么奖，面子上过不去，当官的就把这个奖硬发给他了。上级要这样做，我们当兵的又能怎么样？这个奖发给谁，他们都能找到理由，但是谁干得最好，大家心里都是挺清楚的。

虽然我的这个墨西哥老师从来没有当过最佳飞机维护长，但是我们飞行队里有3架飞机上都印着他的名字。要知道，我当上年度最佳飞机维护长，也才只有两架飞机上有我的名字。为什么他的名字会印在3架飞机上了呢？情况是这样，因为他是飞机维护长，所以他的名字写在一架飞机上。后来来了新的飞机维护长，上级就说："把他的名字取下来，换到另一架飞机上去。"可是办事的人忘记了，没有抹掉他的名字，就把他的名字又印到另一架飞机上去了。后来他们又犯了同样的错误，这样他的名字又印到第3架飞机上。这种错误很少见，而且发现后也可以把他的名字抹掉，可能是当官的也知道有点对不起他，就故意这么做，以一种微妙的方式，给他一点补偿。我们这些拿到年度最佳飞机维护长的人，最多也就是把自己的名字印到两架飞机上，而他的名字却出现在3架飞机上了，对他来说，也是一种荣誉了。

虽然说是这样说，他还是没有那块木头奖牌和正式的记录，还是对他不公平，可是不管怎么说，当官的还能想到你，也算可以了。有的地方就是不管你，就是欺负你，你又能把他们怎么样？当然那种人其实不会玩政治，因为这样一来，就没有人会好好干活了。凭什么我干活他得奖呀？那你那个奖还有什么意义？用来骗人的吗？

078 我的晋升之路

美国海军士兵的升级是这样的，从E1到E2到E3，是自动的，到时间就升级。军官也是一样，从O1到O2到O3是自动的，时间一到，直接就升上去了。比如你干了6个月或者9个月，海军就给你升级了，你都不用去问。可是E3到E4，E4到E5，一直再往后，都是要考试的，考不过关就不行。军官也是一样，O3以后再往上升，都要考试。在美军的陆军、海军、海军陆战队和空军等4个分支里面，只有海军是必须通过考试才能升级，其他分支都不全是。这就是海军的人升级比较慢的原因，跟我们比起来，其他军种里的军人升级都挺快的。

我是以E2军衔参军的。进入海军以后，过了9个月，就自动升为E3了。其实就是感觉好一点，因为自己这下子就是老兵了，有经验了，也没人敢欺负你了。但升一级军衔，工资涨得并不多，也就是一二百块吧。E3升到E4，是必须参加考试的，通过了才行。E3当上一段时间后，好像是半年，要不就是9个月，才可以去参加升级考试。我可以考E4的时间我们正在波斯湾里面打仗，这种事根本想都不用去想。

打仗回来以后，除了工作，就是休息，还忙着谈恋爱，我就没有管它。我妈打电话过来催我，我有时也看点书，准备考E4，但也是有一搭没一搭的，不是很认真的那种。等我当上年度最佳飞机维护长，说明我是在空勤人员里面干得最好的，我们飞行队就给了我一个提前晋级的名额（Early Promotion，EP）。它的好处是，我去考试时，只要把名字写在考卷上就行了，都不用去做题，就可以保证升级。所以先进不仅有奖状，也有实惠，不然大家也不会去拼命工作争取先进了。不过我这个人算是比较老实认真的，考试我去考了，还把题都答完了。至于得多少分，我就不用管了，反正肯定是升级了，哪怕是零分，我照样升一级。

后来我在海军中服现役（Active Duty）的那些年，军衔一直都是E4，就是士官（Petty Officer）。虽然我拿到E4后过12个月，就可以考E5了，但是想通过考试很不容易，因为军队跟学校不一样，不是说60分及格，大家一起过，而是你这个工种需要多少人，他们就让多少人过，其他人都升不上去。比如说修飞机发动机这个工种，如果全军只需要50人，不管有多少人报名，300个还是500个，只有前50名算是通过，后面的都没戏，有点像中国考公务员似的。我天天忙，哪有时间学习？我是从军队里出来回到家里以后，才好好复习一番，去年一次就考上了E5。但是我已经是后备役（Reserve Duty）了，也就是军衔高一点，看上去好看，没有涨工资这一说了。

再往上长，就越来越难了。比如说E5长到E6，至少要等3年才能去考试。在海军里面，最高的是E10，就是海军士兵总管（Master Chief Of Navy）。他直接给海军的那个四星级将军干活，管海军里所有的士兵。可是他还是一个大头兵，不是军官。中国以前是先当兵，再升官。美国是上来就分成两叉，各走各的。当兵的永远是兵，当官的永远是官。当兵当得再久再好，也不能直接变成军官。

大概在2006年年初，我们从波斯湾打仗回来后没有多久，我们飞行队在海军里面率先换了飞机发动机的叶片，从4个大叶片换成8个小叶片，就是飞机动力系统（Power System）的升级。我们基地里面有一个小学校，不是很正规，也就是几间教室，不是像彭萨科拉那样的正式大学校。当时从弗吉尼亚那边过来了一个军人，就在基地的一个教室里，给我们飞行队的人讲这种新叶片的知识和用法。我们所有飞机维护长都要轮流去学，不然以后不会做。我也去专门学习了十几天，每天从一大早一直学到下午两点，不用去航线屋上班。

有一天中午，我正在学校里上课，我们老板给我发了一个短信，说是我升级了，从E3升到E4，问我能不能跟我的教官说一声，现在就让我走，下午两点回到队里，要开制服庆祝会（Frocking Ceremony）。他说我必须回去，因为这是一个很大的、很重要的庆祝活动，有好几个人一起升级，队里的领导要来给我们授新军衔。他还让我中午拿着我的衣服去把新军衔绣上去，下午直接就穿着去参加典礼。

当时给我们上课的，也是一个空勤列兵，人挺好的。我过去给他说："我的老板让我今天下午回去参加授军衔大会，我能不能提前一点走？"他问我，你升级了？我说，是的。他就说，祝贺你，你现在就去吧。那一天的课基本上也快上完了，所以并不耽误学习。

我赶紧回家取来我的制服，跑到基地里专门的制服商店（Uniform Store），告诉他们说，我刚刚才接到通知，过两个小时我要到我们飞行队去参加升级大会，因为我去上学了，我们老板20分钟前才通知到我。我一说，他们就明白，说没有关系，我们马上就给你做。这个也不难，就是把我的新军衔，绣到我制服袖子的旁边。我又请他们把我的衣服也熨了一下，这样看上去挺一些。

他们弄好以后，我回到宿舍，换上衣服，赶到飞行队去参加仪式。我们几个要升级的人，排着队站到前面，领导一个一个地介绍我们的情况和给我们升级的决定，然后亲自把新的军衔按到我们的领口上，再发给我们军衔证书，跟我们握握手，我们就算正式升了一级。最后大家鼓掌祝贺，我们敬个礼，就下来了。

我的军衔升为E4后，就是士官了。有时我还到航线屋里工作，因为我的军衔比其他人都高，再加上在此之前，我当选为年度最佳飞机维护长，所以后来我们老板就把很多管理工作交给我来做了，比如说分配工作、检查工作什么的，他一般不管，由我来管。我在那里已经干了很长时间了，熟得不能再熟了，所以做管理工作没有问题，但是如果有什么活其他飞机维护长干不了，或者他们缺人需要帮忙，我也会去干。后来我做得最多的，就是打手势、发飞机和接飞机。

079　小心驶得万年船

我们2005年出海打仗的时候，我们的E-2C飞机是4个叶片的，挺长挺大的那种。回来后没有多久，海军给所有E-2C换装8个叶片的螺旋桨，升级了飞机的推进系统（Propeller System），而我们飞行队是美国海军中第一个换装新叶片的飞行队。我们预警机推进系统升级以后，我们的飞行员进行了试飞，感觉挺不错，马力比以前增大了许多。

我们试用新螺旋桨一段时间后，有一天我去发飞机，首先我要仔细检查一遍飞机，看一看它是不是一切正常。查到新螺旋桨时，我发现有一叶桨片上好像有点什么地方不对。新螺旋桨主要是用玻璃纤维做的，它的最外面是一层厚厚的黑漆，底下一层好像是铁丝网，再往下就是白色的玻璃似的物质，因为玻璃纤维又轻又结实，我们用它来做螺旋桨，可以提高飞机的性能。

　　飞机飞出去的时候，螺旋桨高速转动，有一些小的沙粒打在上面，会在螺旋桨上打出一个一个小坑。我去检查时，看到有这么一个叶片，黑漆被打掉了一块，后面那层铁丝网也基本上被打穿了，中间有一个洞，里面的玻璃都没有了，可能全碎成渣飞出去了。那个洞不小，很深，我怀疑它本身质量就有问题，或者正好有一块大石头砸在这个地方。

　　对于旧的叶片，怎么样算是坏了，有问题了，我很清楚，我们有很明确的标准。可是这是新的叶片，我不知道它的界限（Limitations），

7.6　同事正在检查E-2预警机的螺旋桨

比如说多深的洞，多大的疤，算是好还是坏。当时飞机马上就要起飞，我不可能就这样让它走掉，出了问题不得了。我赶紧跑去问一个专门搞发动机叶片的大兵。我说："你去看一下吧，这样的叶片还能飞吗？"它在空中飞着转着的时候，里面的玻璃会松脱，会飞出来，因为没有东西保护它了。那个洞也会越扩越大，最后可能会使叶片折断。他跑来一看，就说："坏了，这架飞机不能飞了，这个叶片损坏了。"他又赶紧去报告给我们管维修的军官，军官也来看了看，也说这架飞机不能飞了，必须换叶片，不然飞起来有危险。因为我干活认真仔细，发现了危险，防止了事故，他们专门给我发了一个奖，好像是一张蓝色的纸，我记不太清楚了，也不知道扔到哪儿去了，因为我得到的这种小奖太多了。

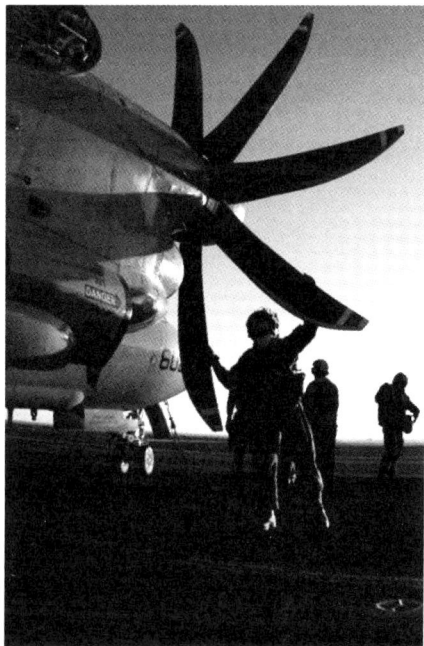

080　我的恋爱故事

　　我这个人不喝酒，不泡吧，也不善交际，没有很多渠道认识女孩。一起工作的人中有女兵，但是军队不允许同事之间谈恋爱，我遵从纪律，也不会去打身边女生的主意。对我来说，最好的办法，只有网恋了。

　　其实我参军没有多久，就在网上认识了一个女孩。她是一个加拿大的印地安族姑娘，脸长得非常漂亮，却是一个高位截瘫坐轮椅的残疾人。当时我们先是在网上聊，后来打电话聊，非常谈得来。我妈妈发现我一个月电话费几百块，还净打国际长途，就追问我是怎么回事。我不肯说，她就按电话号码打到加拿大去问。那个女孩的妈妈接了电话，告诉我妈妈说，她的女儿是瘫痪，天天在网上转，就认识了我。我妈妈当然不同意，问我说："将来你的同伴都高高兴兴地两个人一块走，而你却要推着一个轮椅，你愿意吗？"我傻傻地说："我愿意！"我这个人就是这样，没有太把自己当回事，感觉好就行了。可是有一天，那个女孩的朋友给我打来电话，说是那个女孩出去跟别的男孩约会去了。我知道后，难受了两天，只好放弃了。

　　2005年我们打完仗回来后，大家都在休息，我的工作也不忙，没事就在网上冲浪。10月时，我在网上认识了我的太太——一个白人姑娘。我们俩在网上聊了有一两个星期吧，她突然说："你可以打电话给我呀。"我嘴里说OK，却没有打过去。我不属于那种能主动出击的人，反应也没有这么快。后来还是她给我打来电话，我们就在电话里聊。她又给我寄来一张她的照片，她人长得不错，非常白，但我没有给她发我的照片，我觉得自己挺一般的。

　　快过感恩节时，她给我打电话，问我感恩节上哪里去。我说："我哪也不去，就在基地里待着。"她说："你为什么不到我家来？"我犹豫着，就答应了。我也不知道是什么原因，大概是不好意思拒绝别人吧，太老实了。可是后来一想，还是觉得不好，都不怎么认识，跑到人家家里去干什么？所以后来她一上线，我就赶紧下线，不敢跟她聊天了。她又打电话来,问我什么时候去。我说我不去了。她就在电话里哭起来。她一哭,我就更害怕,更不愿意去了。她把电话挂了,我也不管她了,还不熟悉,也不能算朋友,你叫我怎么办呢?

没过半个小时,她妈妈给我打来一个电话,也是请我去。我说:"我都不认识你们,去干什么呢?"她说:"没有关系,不用怕,来玩吧,感恩节嘛,就是邀请陌生人一起庆祝的节日。"我还是有一点中国人的思想,觉得人家家长都打电话来了,不好说不去,太不给面子,只好同意了。另外我的好奇心比较强,想了解一下真正美国人的生活,因为我还从来没有去过美国人家过感恩节,所以我去看一看他们的感恩节到底怎样过。我没有说要去找人谈恋爱去了,不是想跟这个白人小姑娘成为男女朋友。那一年我只有23岁,那个女孩20岁,都很年轻,不着急。我的第一想法就是趁这个机会去看一看这一家正宗的美国人是怎么生活的,怎样庆祝这个节日的。

那时我在南加州工作,她们家在北加州,离我们的穆古基地开车要6个小时。我身穿便服,开车去了她们家,第一次见到了她。她矮矮胖胖的,脸长得很不错,皮肤非常白,还带着一点粉红色。她们一家都是美国的纯白人,不过是比较底层的那种。她爸爸以前在美国陆军里当过兵,不知道因为出了什么事情,被军队踢出来了。她妈妈原来在洛杉矶工作,跟她爸爸结婚后就不工作了,是一个经常去教堂的基督徒。她妈妈其实是她的后妈,给她们家带来了两个儿子。她是她爸爸带来的。

这个女孩给我介绍了她的家人,然后请我跟她全家一起吃了一顿感恩节大餐,主要是火鸡,还有一些配菜,美国式的。对我来说,这顿饭一般吧,谈不上多么好吃,也不算难吃。当天晚上,我坐在她们家沙发上看电视,就是美国人的节目,乱七八糟的,旁边还有她奶奶,她爸爸妈妈,她的两个弟弟。我坐在沙发头上,她就过来紧贴着我坐下,我没有地方可躲。她爸爸就坐在我们对面,我很不好意思。我在沙发上坐了一阵,就站起来坐到地毯上了。又过了一会,她也坐到地上来了。

我坐在地毯上,手就放在身旁。她坐在地上后,过一会就把她的手放在我的手上。我不好意思，也觉得怪，就把手收回来。她一看，也把手收回去了。我看她把手收回去了，又把手放那儿。过了一会，她又把手放在我手上。我觉得奇怪，你为什么要拉我的手？可能美国文化跟中国文化不一样吧，女孩可以主动的，不一定像中国，一定要男孩主动。如果我们两个人见过好几次面了，她喜欢我，摸我的手，我能理解。第一次见面，她又是一个女孩，怎么能去拉男人的手呢？我感觉不太好，看了一会电视，就告辞回家了，没有在她家住。6个小时车程，不算太远，我连夜开车回到基地。

当时我以为，回来了，就没有什么事了，不就是一起吃了一顿饭吗？后来她总给我打电话，我也跟着她聊。过了两三个星期，有一天她突然问我："这个周末你来看我吗？"我说："这个周末我要值班，还有别的事，去不了。"她说："我们在谈恋爱，约会（Dating），你应该来看我。"我愣住了。我说："我们没有约会。"她一直跟我争，说："我们在谈恋爱。"我说不是，她说就是，没完没了地跟我争。我说我们真的不是。她说："你不是来见过我父母了吗？"我说："是你们非要邀请我去的，我本来没想去呀。"

她后来没有办法了，就说行，我们不是约会，但是还是朋友吧？作为朋友，你也应该经常来看我，是不是？我没有办法，就说好吧。后面三四个月，她总打电话要求我去看她，我就去看过她三四次。她陪着我一起打保龄球、看电影、聊天、吃饭，感觉她是一个挺好的小姑娘。慢慢地，我也就承认我和她是男女朋友了，我也带她见我的朋友和父母，一起去参加我们基地的各种活动。

081 军人的婚姻大事

在美国，一般军人并不能算多么有地位。军官当然好得多，士兵就不怎么样了。你给私人企业干活，能升职，有奖金，工资高很多，也很自由。你在军队里，干得再好，也不会有奖金，干得时间再长，也没有加班费。而且军人工资不高，有各种纪律，什么能干，什么不能干，全都有规定，你无法选择。你做什么工作，在哪里做，也是上级说了算。比如说让你去很偏僻的山沟或者沙漠，你也必须去，没有价钱可讲。关键是还有生命危险，美军常年打仗，哪天让你上前线，你不能说不去。去了，就有可能回不来了，或者丢掉胳膊扔掉腿，残废着回来了。所以前方战事一紧，后面招兵就很困难。人家活得好好的，为什么要跑到天涯海角去送命？

不过许多女孩还是挺想跟军人结婚的。军人找对象，有一定优势，并不是说找不到。那些女孩不能说多么喜欢我们这些军人，可能只是喜欢我身上穿的衣服。军人受过训练，走路做事比较有型，又不会太胖，再穿上军队的制服，看上去很酷，这对吸引女孩子起了很大作用。有些美国女孩很傻，看着喜欢就跟你了。很多美国军人结婚很早，那个年纪的人一般要求不高。

更多的女孩找军人，用中国的话说，就是找一张长期饭票。军人工资不高，但是福利很好，工作也稳定。一般你只要不出大错，就可以在军队里一直干下去。干够20年，就可以拿着养老金退休了。军人的福利包括一家人的医疗费用，不管你生多少小孩，全都包了。军队还给你分房子，或者给你很不错的住房补贴，让你在外面租房子住。有些军官在基地里的房子，看上去就跟豪宅一样，非常漂亮。军人家属大部分不用工作，就在家看孩子，生活相当轻松稳定。

很多军人参军前就有女朋友，比如说中学同学，就是他们的甜心（Sweetheart）。有些军官上军校时，跟学校周围的女孩谈恋爱，后来就结婚了。我们飞行队有些军官自己长得很帅，太太却很一般，不知道他们是怎么走到一起来的，可能他们并不挑剔，感觉好就行了。一般这种私事，人家愿说我们就听着，人家不说，我们也不问。也有一些军人，出去喝酒时在酒吧认识一些女人，然后约会谈朋友，后来就结婚了。当然也有别人介绍的。比如说美国有一种约会叫作"闭眼约会"（Blind

Date），就是我认识一个女孩，我要跟她约会，我叫上我的朋友，她叫上她的朋友，你们认识了，自己去谈，后来也有结婚的。

不过也有一些军人，不管是年长的还是年轻的，没有责任感，不愿意认真地跟一个人好下去，不想结婚。比如说我的一个同事，他跟一个女孩好，那个女孩人不错，长得也不错。他经常跟人家出去约会，好好的，后来两个人却分手了。什么原因呢？这个男孩在跟这个女孩约会的同时，又去跟别的女孩约会。他跟第2个女孩约会的时候，还跟第3个女孩约会。就是他一个男的，同时约会3个女孩。就是花心呗，什么地方都有这种人。我觉得对于一个军人来说，这就有点过分了。他可能是干不了别的，才来参军来了，没有很高的素质，感情上也不想专一。但是我自己的理解是，如果一个平民百姓做这种事，那是他自己的问题，因为他没有什么纪律约束，但是军人毕竟是受过训练的人，是为国家服务的人，干任何事，都应该有纪律、有道德。可是有些人，他们穿着军服时，可以保持或者假装他们遵守纪律，一旦脱下军服，他们就变成了另外一种人，就跟流氓似的。这种人，我不喜欢。

由于我们飞行队里的军官基本上全是白人，他们的太太也都是白人。好多军官太太也不怎么样，长得不太好看，但也没有多丑，就是很一般吧。她们还是挺享福的，不需要工作，靠着老公，什么都有了。我妈妈参加过我们的圣诞聚会，她说那些军官的太太穿着打扮、举止言谈还是有些档次的，基本上属于中产阶级。

当兵的娶的老婆，那就是什么人都有，菲律宾人、南美人不少，白人不太多。像我这种亚洲人娶了白人太太的，相当少见。这些大兵的太太层次都不高，看上去大多出身于低收入群体。她们多数从来没有正经工作过，结婚后很多人也是不工作，就在家待着。当然在基地附近，也没有太多的工作机会。听说他们中的有些人是包办婚姻，就是父母给他们找的老婆，不是他们自由恋爱。人家也就这样过了，好像过得也不错。很多女人很简单，找个男人就是为了养活自己。她们对军人是不是真正有兴趣，那就不一定了，大家都是为了生活。

因为美国军人全世界到处跑，在国外有很多军事基地，所以有些军人就娶了外国老婆。比如说我后来去修飞机发动机车间的老板，是一个墨西哥人，他的老婆就是日本人。他以前在日本的美军基地里当兵，在那里认识了他老婆。结婚以后，他被派回美国了，办了一些手续，把他老婆也从日本弄到美国来了。很多外国女人都是这样移民到美国来的。有一次我们正在一起工作，他老婆给他打电话，我发现他会说一口很溜的日本话。他不黑，也不很白，可能白人血统多一些，不像墨西哥土著那么黑。因为他是墨西哥人，还会说西班牙语，当然还有英语，所以他是一个能说至少3种语言的人。他也是一个士兵，当时的军衔是E6。他可能挺喜欢日本的，后来又申请调回日本工作去了，他太太也跟着他回日本了。

082　学技术才是硬道理

进入2006年以后，我们飞行队完全恢复了正常训练。跟2004年时的情况一样，我们陆地上训练几周，船上训练几周，再去法伦训练几周，整个训练流程没有什么变化。只不过我们的航母改成斯坦尼斯号了，我们飞行队和整个飞行大队都上这一艘航母。

我参军以后，一直做飞机维护长，也干得很不错，但是这并不算一个工种，属于打杂的活，不能永远干下去。我们干到一定时间，都要去别的车间找一个正式的工种，以后就到那里去工作，可以干一辈子。任何一个军人都不允许在海军里面干了4年还没有自己的正式工种。海军里有许多工种，驾驶航母、操纵核反应堆、修飞机发动机、修机翼，凡是可以长期干的技术工作，都算工种，连厨师、吹号都算工种，牧师也是一个工种。

我来到穆古海军基地时，是未确定工种空勤人员（Undes Airman）。

半年之后，在我拿下飞机维护长之后，我就可以一边在航线屋里侍候我的飞机，一边去别的车间选择自己未来的工种。平常我的工作很忙，我不能走，因为我当时最重要的是把飞机维护长这个工作做好。只有当我偶尔有空的时候，我才可以向我们老板申请，说我想去一个什么什么车间看一看他们的工种，看一看他们平常都做些什么，学一学他们的工作。如果老板说，行，现在我们不忙，你可以去。这样我才能走。

我在转了好些车间和工种之后，有点想去做文秘，那也是一个工种，比较轻松，因为我想在海军里面干够20年，以后岁数大了站甲板，可能受不了。我去试了几次，考试总不过，感觉也很不好，因为作为一个外国人，英语的听、说、读、写都比不上土生土长的美国人。做管理工作，对外交际，也不是我的长处。想来想去，我觉得我对飞机发动机更感兴趣。我也终于认识到，做亲自动手的技术活才是我的长项，不能再考虑诸如秘书等文职了。所以我就把我以后的工种选为修飞机发动机，我的工作职称（Title）就是飞行机械师（Aviation Machinist）。

定好工种以后，虽然我还在航线屋里做我的飞机维护长，工作不太忙的时候，我就到修飞机发动机的动力车间（Power Plant）里去，看一看他们怎么干活，学习这个工作。他们当时不让我干，因为我还没有资格碰发动机。他们就是给我讲，这个东西是干什么的，那个东西又是干什么的，发动机是怎样工作的，就这样一点一点地教我。我也就对发动机有了一些认识，对于整个飞机的动力系统有了一些了解。

到了2006年年初，我在航线屋已经干了2年了，应该进入自己的工种了。本来上级早就想把我调去修E-2的发动机，可是飞机维护长太缺，我实在不能走，因为当时又到了出海准备（Work Up）的时间了，天天都在紧张地训练。起初他们说要把我和另外一个修发动机的新人对调一下，让他到航线屋做飞机维护长，我去学着修发动机。可能是飞行队领导觉得那个新兵入伍时的考试成绩不错，实际工作时却不太好，想让他先到航线屋干一段时间杂活再说。可是后来他们又觉得不行，因为这样一对调，我们两个人在两边都要重新训练，他不会做飞机维护长，我也不会修发动机。尤其是他没办法代替我，等于航线屋又多了一个新学员，对工作没有什么帮助。上级就说这样很麻烦，过一段时间就要出海去打仗了，我们太缺人手了。结果我只好又在航线屋里面多待了半年，总共待了两年半。后来我们飞行队的副队长说，按照规定，郑无论如何应该去他自己的车间了，不能再拖了。这样他们才把我正式调进修 E-2 发动机的动力车间，我才算正式成为飞行机械师了。

当时军队里没有足够的经费，我们飞行队又忙于训练，我还要经常回航线屋帮他们打手势发飞机，所以上级就没有送我去彭萨科拉的发动机学校专门学习。我就是跟着动力车间里的人，一边看，一边干，一边学。比如说取一个东西，他们就教我怎么取，然后我就动手去做。我就是这样一点一点地学，直到学会一个又一个修理飞机发动机的技术，然后通过一门又一门的考试，最后成为一个合格的飞行机械师。

直到我离开穆古海军基地，我们的航线屋里面还是没有足够的飞机维护长。2005 年我们打完仗回来以后，很多人都走了，有的人退役了，有的人调走了，有的人去学自己的工种、进自己的车间了。我们训练出来了几个新飞机维护长，但是还不够。我原来是做飞机维护长的，到了发动机车间后，我的主要工作就是一点一点学着修发动机，可是大家都知道我是一个很好的飞机维护长，尽管我不在航线屋工作了，他们有时候需要人的时候，还会来叫我。有时他们打电话来说，我们实在没人了，需要你赶紧来做什么什么，我就只能跑回航线屋干活去。

从此以后，无论是海上训练还是陆上训练，在穆古还是法伦，还有坐斯坦尼斯号航母第二次出海打仗，一直到我正式调走，我都是两边跑着干活。航线屋不太忙时，我就在动力车间检查、修理发动机。那边一打过来电话，我就要跑去给他们发飞机。虽然有很多新人进来，可是又有很多人走，结果飞机维护长总是不够，而且飞机维护长越少，他们就越忙，就更没有时间去训练新人，最后形成了恶性循环，总是没有足够的飞机维护长。所以他们就死抓住我不放，总拉我回去干活。我也还可以，一到地点，马上就可以把角色转过来，虽然很累，但是从来没有出过错。

在动力车间里面，我当时学的和做的，都是维护、保养、修理、检查E-2飞机的发动机。直到2008年的6月，调到勒穆尔（Lemoore，CA）的另一个飞行队以后，我才开始修F-18飞机的发动机。所以我在E-2预警机飞行队的5年时间里，有2年半是两边跑，既修发动机，又接发飞机。

第八章　战区风云录

083 赶路是第一要务

在2005年乘坐卡尔·文森号航空母舰去波斯湾打完仗回来以后，我们飞行队经过一年半的休息、调整、训练和准备，到2007年1月，又坐上斯坦尼斯号航空母舰再一次去波斯湾参加伊拉克和阿富汗的战争。一般说来，一个飞行总队都是固定地跟着一艘航空母舰的，这样彼此比较熟悉，配合起来方便，也不容易出错。我们当时的情况比较特殊，卡尔·文森号去船坞大修去了，我们就只好跟随斯坦尼斯号出海了。

出发时的情况跟上次一样。我们带上一些随船个人用品，其他东西都交给搬家公司放进存贮仓库里，然后坐上大巴开到圣选戈北岛海军基地，从那里登上斯坦尼斯号航空母舰。这艘航母大约在1月中旬从华盛顿州的布雷默顿用了一天多时间开过来，给我们装船用了两天，然后就带着保护我们的一帮小船直接开进了太平洋。每次航母出海的基本情况都差不多，标准化运作，没有什么变化。

我们跨过太平洋的航线也差不多，都经过关岛，但是这一次我们没有停留，直接就开过去了，因为我们要赶时间，不知道是因为我们出发晚了，还是正在波斯湾里面打仗的那一艘航母要急着往回赶，反正我们就是一刻不停地往中东使劲开，哪里都不停。我们这些人眼睁睁地看着关岛从我们眼前过去了，却不能下船，心里当然很不高兴。新加坡就更别说了，连看都没有看到，可能是我们航母抄近道走了。等于我们从地球的这一边，直接开到地球的另外一边，然后直接进入战区，没有任何休息，也没有任何停顿。进入波斯湾后，我们马上开始打仗，也没有说到巴林或迪拜歇几天。反正这一次我们就是不停地赶，像是有什么急事似的。我们这些当兵的，只能在船上待着，该干啥就干啥，上级没说让休息，我们也不问，问了也没用。

因为我们长时间没有下船休息，海军就给我们举办了一个节日，叫作"啤酒节"（Beer Day）。我们这些水兵，只要在船上连续关了45天，没有登上过陆地，那么这一天就要庆祝，就是给我们每一个人发一瓶啤酒，让我们喝。当时我还奇怪，我们的部队正在打仗，甲板上又忙又乱，你们让我们每人喝一瓶啤酒，要是有人喝晕了出了问题怎么办？我拿起来仔细一看，哦，原来是零度酒精的啤酒（0% Alcohol）。我打开瓶盖一闻，还真是一股啤酒味，跟真正的啤酒一模一样。因为我不喝酒，所以我也不喝这种假啤酒。既然每个人只发一瓶，我就把我的啤酒给了我的一个朋友，让他稍微多过一点瘾。这也是美国海军的一种文化，很有意思，是不是？

我们去替换的，是东海岸开来的一艘航母。我们进入战区以后，远远看见那艘航母带着一群护卫舰只迎面出来。它们从我们旁边交错过去以后，绕了一个大圈，又开到我们这群船的旁边来了，陪着我们走了一段路。两艘航母换岗，并不是"我进来，你出去"那么简单，还有一些海上的礼节（Courtesy），在海军中又是一种文化。就是说，我们进去的时候，要出去的那艘航母，不是一见到我们马上就走，而是要陪在我们身边，跟我们一起走一会，送到前面一点，就像老朋友见面，握握手，聊聊天，然后再道别。两艘航母并行走了一段后，那艘航母又转弯走远了，然后再掉头回来，从我们身旁擦肩而过。我们接着往前开，他们往外面走，越走越远，就出了波斯湾，开始往美国这边开了。周围保护那艘航母的小军舰，也跟着全部都走了。

我们一进去，那艘航母的任务就全部完成了，以后的战斗就是我们负责了。我们这些航空母舰出海打仗，就像是站岗，你先去站第一班岗，然后我去接你。如果我没有来，你就不能走。我来了，你把任务交代一下，就回家休息去了。就是这样，一个接一个，一个接一个。我们打完仗走的时候，也必须等下一艘航母进来，也要陪它走一段，都是一样的。不过，我们换岗的时候，两个航母编队离得还是比较远，因为两个打击群的船都很多，挨得太近了不安全，而且聚在一起目标太大，要是受到袭击就会吃大亏，所以我们接替的是哪一艘航母我不知道，也没注意，因为看不清它的船名，但是我能看出它长得跟我们的航母很像，是同一个级别的吧。

084　美伊斗法

进入战区以后，我们就跟在卡尔·文森号航空母舰上一样，一天24小时不停地连轴转，飞机白天飞，晚上也要飞，当然一般晚上会飞得稍微少一点。我们船上的人也是12个小时工作，12个小时休息，从早上6点到晚上6点，再从晚上6点到第二天早上6点，不停地轮换。每一个人都是三个星期白班，三个星期夜班，来回倒。我还是跟大家一样，白天黑夜都干过，上级让我什么时候去干活，我就必须去干活，没有价钱可讲。

那时候美国的飞机既打伊拉克，又打阿富汗，两头都炸。哪边多一点不好说，反正就是飞机飞出去了，又回来，再飞出去，再飞回来，不停地飞，就是这样。我们忙得不行，伊朗人还给我们捣乱。他们有时候派一艘小船，大部分时间是两艘小船，天天跟在我们后头。我们走到哪儿，他们就跟到哪儿，一刻不离。他们开的是那种很小很小的船，只能装几个人，上面有一个球形的东西，可能是雷达，前面有一挺机枪，后面站着一个人，就这些，也没有炮什么的，可能就是伊朗军队的侦察船。它们太小了，我们要想打他们，都不用派F-18，去一架直升机就够了。不过那是在公海上，他们没有惹我们，我们也不能去打他们。

我们总能看到他们，一抬头就看见了，总在后面不远不近地跟着，不过我们也能理解，伊朗跟美国的关系一直很不好，他们肯定会防着我们。伊朗就是波斯，波斯湾就是伊朗附近的海湾。我们的航母开来开去地发飞机，就在伊朗的家门口转悠，他们怕我们突然打他们，就派小船天天跟着我们，有情况好发警报。我们没有想要打他们，可是伊朗人不信，还是派那些小船天天盯着我们的航母。

虽然我们是在战区，但是那里属于公海，他们可以跟着我们，我们也没有办法。但是他们必须跟我们保持一定距离，如果太近了，对我们就是一个威胁。好比有一个坏人，手里拿着一把刀，离你越来越近，你当然会害怕。我们看到他们跟得太近了，就会给他们发一个警告，用无线电或者鸣笛，让他们离远一点。但是只要对方没有开枪，我们就不准开枪，我们不能先打他们。

我们在海湾里，看不见两边的海岸。我们自己的那些护卫军舰，在外面很大的范围里警戒，我们用肉眼也看不见。我们平常能看到的，就是汪洋一片，再就是伊朗的那些小船。想起来挺有意思的，好像我们挺亲近似的，总在一起。我们一般也不加速跑，由他们跟着，我们还是该干啥就干啥，就像没看到他们一样。

2007年的时候，英国人和法国人也到波斯湾来帮我们打仗来了。英国人把他们最大的一艘驱逐舰（Destroyer）派来了，法国把他们唯一的一艘航空母舰也派来了。不过他们只是白天在我们周围转悠，顺手帮一帮忙，看一看热闹，晚上他们就离开了，不管我们了，留下我们自己不停地打仗。

英国的那艘军舰蛮大的，我以前没有见到过。第一次见它的时候，我正在斯坦尼斯号航母的甲板上干活，看见远处有一个灰色的东西在动，一眨眼的工夫，它就过来了，越来越近。我还说，这是一艘什么船呀，开得这么快，一下子就冲过来了。后来看出是一艘军舰，但不像是跟着我们的那些船，再仔细一看，是英国军舰，上面挂着英国的米字国旗。它从我们旁边斜插过去，挡在我们和伊朗小船的中间，停住不动了。我们照样往前开，伊朗的船就被拦住了，没法再跟着我们。英国人看见我们走远了，就掉一个头，赶上我们航母，陪着我们走一段。然后他们就拐弯了，又走得没有影了。原来那两艘被英国人挡得远远的伊朗小船，看见英国人走了，又追了上来，还是跟在我们后面。

除了英国人，法国人也来帮我们打仗。其实没那个必要，美国这么大，伊拉克和阿富汗那么小，根本不需要别人来帮我们打。英国人、法国人来了，也就是做做样子，还可以看一看我们怎么打仗，他们好偷偷地学。英国人没有航空母舰，他们就在地面上派了一些军队，海上也就是派一两艘军舰跟着我们。法国好一点，派来了一艘航母。一般都是快到中午了，10点、11点了，法国航母才会出现在我们美国航母的旁边，然后飞几架飞机出去，帮着我们打仗。但是他们只能打白天的仗，晚上不行，所以天一黑它就开走了，剩下就全是美国人自己去打。

　　我还记得我们刚进波斯湾没有多久，有一天早晨，我们的供给船开到航空母舰旁边，给我们送食物和汽油。我们不能开得太快，因为两艘船很近，中间还挂着缆绳。我们也很少发飞机了，因为我们忙着运东西，直升机飞来飞去的，发飞机、收飞机会有危险。这个时候，对伊朗人来说，是攻击我们的最好时机。他们当时有两只小船，长得一模一样的，就在后面看着我们哩。但是我们不怕，因为他们的船很小，上面只有一挺机枪，只要他们不靠近，不搞自杀袭击，就不会伤到我们。

　　我们正在航母上忙着装东西，老远看见一个影子从后面过来。过了一会，那个东西越来越近，我一看，不像美国的航母，但也是跟航母长得差不多的船。等靠近以后，我看出那是法国人的航母，就是戴高乐号（Charles de Gaulle）。它开到伊朗人的后面，把伊朗人夹在两艘航母的中间。伊朗人前后一看，感觉不妙，就赶紧一左一右，向两边拐着大弯开走了，不再跟着我们。

085 副总统的"登舰秀"

　　伊朗人总跟着我们，是因为美国和伊朗两个国家的关系很坏，谁都把对方当成自己最大的敌人。我们这次出海打仗的时候，当时的美国副总统切尼，就专门飞到我们的斯坦尼斯号航空母舰上来，给我们这些美国军人发表了一次演说，内容就是警告伊朗不要捣乱。我在美国国内从来没有见到过什么大人物，连国会议员都没有见过，跑到波斯湾来，绕过半个地球，却见到了美国的副总统。当然我从来也不想见他们，无所谓的，跟我一点关系都没有。我当时连正式的美国人都不是，见美国的副总统有什么意义呢？

切尼上船的那天早上，我正在甲板上工作，检查我们E-2飞机的发动机，突然看到两架美国人都很少见到的那种巨型的直升机，6个叶片的那种，飞进来了，一边一个，在空中悬停着，没有落下来。我们航空母舰上自己的小直升机也飞出去了，在周围巡逻，看一看有没有敌人的军舰，就是担任警戒。然后我就看到第三架直升机飞过来了，也是那种大家伙。这时前面那两架直升机就降落到甲板上来了，第三架也进来了，在空中停住，上面坐着当时的美国副总统切尼。他要下来时，为了他的安全，就把我们这些船上的军人都轰下去，让我们都到甲板下的机库里去待着。然后船上各处就全是美国联邦调查局（FBI）的护卫人员（Agents）。他们全部都穿着黑色西服、戴着墨镜、插着耳机，身上别着枪，有的还举在手里，就跟电影上差不多吧，挺酷的样子，好像到处都是敌人，他们马上就要去拼命似的。其实航母上哪里有恐怖分子？有本事为什么不上前线去？他们就是讲排场，要不就是不相信我们这些美国军人。

那天我们的飞机都没有飞，专门等着切尼。他来了，还带来很多人，记者、保镖、照相的、拍电视的，甲板上乱哄哄的，再加上3架大直升机，把甲板都占了，我们还怎么飞？我们什么也干不了，就等着他一个人了。地面上的军队可能也不打仗了，没有我们飞机的支援，他们怎么打？

我们全舰的水兵，都在航母甲板下的那个大机库里集合，我们所有人都站着，不允许坐。机库前面搭起一个台子，上面挂一个圆的国徽，写着"美利坚合众国"，中间是一只鹰。切尼上台给我们发表了一个演讲，主要是警告伊朗什么的，我们也不怎么听。他讲给我们也没有什么用，主要是为了让记者记，然后上报纸、上电视，我们就是陪衬，跟背景一样。切尼身旁站着的，全都是联邦调查局的人，就是他的随身护卫（Body

Guard），谁要是想接近他，那是不是可能的。他训完话，跟他附近的几个军人握握手，做一做样子，我们大家都鼓鼓掌，就结束了。

当时我们是在波斯湾里面唯一的一艘美国航空母舰，切尼来伊拉克视察，就趁这个机会到我们航母上来看一眼，讲几句话，又坐上直升机走了。他在船上没有待多久，因为没有时间，他还要去慰问在陆地上的美国士兵。他走了以后，我们继续该干啥就干啥，没有任何变化。副总统来了，搞得很隆重，就是演戏这个样子，打扰我们的工作，挺耽误事的，可是没有办法，我们总要受管政治的那些大人物的支配。

086　又现落水与坠机

切尼的卫队不太相信我们这些大兵，也不是没有道理，因为总有一些人捣乱，你不知道他们会干出什么事来。这次我们斯坦尼斯号出海打仗，还是有人恶作剧，往水里扔东西，然后哨兵就报"有人跳海"，全船的人就都跑去点名。这种事白天少见，大多发生在晚上。每次出海都会有，不可能有哪一次没有。那些兵们无聊了，就想反正我过得不好，我让你们所有人都不好过。他们就是这样的心理，所以总是捣蛋。我们可以理解，因为我们也不舒服，但是很不高兴，因为他们搞得我们更不舒服。比如说我们上班的人，从早晨干到晚上，已经很累了，等到上床睡觉的时候，已经很晚了，睡不了几个小时，我们又要起来继续上班去。可是刚刚睡到半夜两三点，他就搞了这么一个事，把大家都弄醒，30分钟或40分钟就浪费了，谁都睡不成，因为只要没有点完所有人的名，上级是不会让我们回舱睡觉去的。只有他们说演习结束（Drill Is Over），我们才能走。他们没让我们走，我们就只能等着，深更半夜的，困得要死，还得等着。

可是每次出海，总有那么一次或者两次是真的有人跳海了。就算他们想自杀，我们也不能让他们去死，必须去救，所以全船都要查是谁不在了。在我的记忆中，这次坐斯坦尼斯号出海，有过一次真正的"有人跳海"，就是真的有人掉下去了，不是丢手电或者扔垃圾。不过那个兵不是想自杀，是真正无意中掉到海里去了。当时我们正在战区里面打仗，天气不好，风比较大。有一个兵，正在站岗，不小心掉下去了。站岗的都是两个人一组，就怕一个人掉下去后，别人都不知道。我们站岗的时候，都带着无线电通话器，就像以前的大哥大那样的东西。这个人掉进海里，他的同伴立即就用通话器报告给甲板控制室。船上的人再通过船上的喇叭系统，向整个船上的人喊"有人跳海了"。然后就是全船人大集合，那边直升机也马上飞出去了。船上有直升机一直都在值班，飞行员也在准备室里待着，24小时不间断。只要有人掉下去了，他们就立即出发，很快的，5分钟之内就得起飞。

我们穿的救生衣上有一个灯，你可以打开，上面有粘的物质，可以粘在头上，然后它就会发出很亮的白光，一闪一闪的，从很远都能看到。那个人并不是故意要去死，所以他掉进水后，马上把那个灯打开。直升机就飞过去把他拉起来，送他回到航空母舰。

他回来后，先去换衣服，过一会还要去见船上的军官。船上肯定要调查，看你是什么原因，是真的不小心掉下去了，还是不想活了，跳下海找死。人家要问，你怎么掉下去的？他会说，天气不好，我滑跤了，被风吹跑了，我也没有地方可抓，只能掉进水了。军官一看，那样的话，这个人已经够倒霉了，算了，叮嘱他几句，让他小心点算了。这个人算是好的，我听说跟我们一起出海的一艘小船上，有一个兵找不到了，只能说是失踪了，其实就是死了。大海之上，你说他能去哪儿？

我们这次出海，没有听说有人牺牲，但是有一架飞机出事，掉进海里了。飞行员还好，从飞机里弹射出来，漂在海上。我们马上去救他，过了几十分钟吧，直升机就把他给救回来了。

因为当时我正在甲板上干活，所以这件事我亲眼看见。不过一般上级不告诉我们那架飞机到底发生了什么事，因为详细原因是军事机密。他好像不是被敌人打下来的，因为他当时是在海上，不是在陆地，海上没有敌人。后来我听说，他刚飞出去准备打仗的时候，他的飞机的一个发动机就不工作了。他一边向航母汇报，一边赶紧往回飞。航母也马上向他那边开，去迎接他。可是来不及了，他的第二台发动机也熄火了。在弹射出去之前，那个飞行员的任务就是要救下这架飞机。他试了很多办法，看能不能把哪一个发动机启动起来，但是这两台发动机都坏了，都启动不起来，真的没有办法。那架飞机在空中不管用了，没有动力，因为他飞得很高，他就降低高度，保持速度，让飞机滑行，以便有足够时间把自己弹射出去。等到飞机飞得比较低了，他就弹射出来，落到海上了。

每架飞机后面都装着一个小盒子，叫作黑匣子（Black Box），它在任何情况下都会发出信号，即使掉到水里，也可以发出信号，告诉船上的人，这架飞机坠落在哪个地方。而且飞行员的椅子上也有一个跟卫星联系的发报机，我检查飞机时经常看见它，做得非常精致小巧，也相当贵重。飞行员弹射出去以后，那个发报机会自动发出信号，告诉其他人飞行员的位置，这样我们的航母才知道到哪里去救他。要不然那么大的海面，我们直升机到哪里去找人呢？我们就根据无线电信号的方位，很快就把他从水里捞出来了。直升机回来时，我还在甲板上，但是我有自己的工作，要很专心，一般不去注意别人，所以也没有看到那个飞行员长的什么样子，也不知道他是怎样下飞机的，自己下来的，还是被人抬下来的？应该是抬下来的，因为要送他去做检查，看了看他有没有受伤。那架飞机上的黑匣子可以告诉我们很多东西，比如说为什么发动机会坏，可是海水太深，飞机就没法捞起来了。它不是民航机，不值得这么折腾。

087　法国人来偷师学艺了！

英国的驱逐舰和法国的航母戴高乐号经常来，平时就在我们近旁，陪着我们一起走。我们在波斯湾的那几个月，他们都跟着我们，打一打仗，赶一赶伊朗的小船，但他们也就是做一个样子，我们根本用不着他们。他们说自己是我们的盟友，跟着我们一起反恐，实际上也是想跟着我们学习打仗，他们自己不行。我听说法国只有一艘航母，坏了就没有换的了。英国人没有派航母来，没办法发飞机，海上又不打仗，他们的军舰对我们来说一点实际用途都没有，也就是给我们一点心理支持吧。

我在斯坦尼斯号航母的甲板上，可以看到法国的戴高乐号有时也发飞机、接飞机。他们派了几架飞机来帮我们，但是隔很长时间才飞出去一架，慢腾腾的，闹着玩似的，不像我们，不停地发，不停地收，比他们忙多了。所以说主要是我们美国的飞机在打仗，法国的飞机就是备份，比如说我们的飞机炸得差不多了，没有汽油了，他们才飞过去把剩下的敌人炸掉。

我觉得他们的主要目的，就像中国的武侠小说写的那样，是来偷师学艺的。法国人说要跟我们交流，互相学习，可是他们只想跟我们交换航空兵，船上的水兵他们不愿交换，因为他们不感兴趣。他们把他们的很多飞行员和航空兵送到美国的航空母舰上来，仔细看我们是怎样操作的，他们好学着来。根据协议，我们也要派几个人到法国的航空母舰上去，看一看他们是怎么操作飞机的。可是我们每次只过去两个人，随便转转，他们一来就很多人，一大帮子，什么都学，什么都看，所以说交流就是一个借口，他们就是来跟着我们学打仗的，因为他们几乎没有用航空母舰打过仗。

我们这边，要轮流派人上法国航母，这两个星期是这一个飞行队去两人，下两个星期是另一个飞行队又去两人。轮到我们飞行队时，必须选两个人去，可是大部分人都不愿意去，说去那里干什么，没啥可看的。我就说我去吧，因为我想看一看外国的军舰是什么样的，跟美国航母有什么区别，还有就是他们在海上是怎么生活的，同时我也想趁机休息一下，实在太累了。可是我们的上司开始没有同意让我去，他们想让别的人去，因为我一走就缺干活的人了，而且我也不善于搞外交。我无所谓了，不让去就不去了吧，继续干我的活。但是后来叫谁去，谁都不愿去，他们没办法，只好又对我说，那你就去吧。在我们一起修发动机的动力车间里，有一个兵是14岁时才从法国移民来美国的，他们一家实际上都是法国人，所以他会说法语。上级就让他去，说："你会说法语，正好去给郑当翻译。"最后，我们一个中国移民和一个法国移民，一起代表美国兵跑到法国航母上去了。法国人来了一架直升机，落到我们航母上，把我们两人给接过去了。

因为我们没有在法国军舰上工作的资格，去了也不能干活，算是休息，再说我们是客人，他们也会有一点照顾我们，所以去法国军舰挺好的，可是为什么大家都推来推去死活不愿意去呢？这是因为法国人不喜欢美国人，美国人也不喜欢法国人。法国人既然不喜欢美国人，又跑来帮助我们打仗，为什么呢？我说不清楚，可能这就是政治吧，很复杂的。我从来没有问过法国人这个问题，因为这与我无关，我也不关心政治。他们能来帮我们打仗就不错了，我还要去问，那不是找人家骂吗？像英国人跟美国人关系很好，他们来了很自然。他们还派了好多人跟着我们一起工作，等于我们训练他们。他们并没有航空母舰，也不知道他们那些人学出来以后又有什么用。

088　探秘法国航母（1）：工作像度假

我们飞上法国的航空母舰以后，马上就有人过来领着我们到处走，参观介绍。他们就不用派翻译了，因为我的同伴会说法语，他就给我当翻译。法国人就是给我们介绍他们怎么保证安全，有哪些飞行设施，各个部门都是干什么的，就是这些东西，跟美国航母几乎一样，只是小一些。因为我们没有资格去干他们的活，只能跟着他们四处参观，看一看他们是怎么干活、怎么工作的。

法国航母跟美国航母的工作原理是一样的，基本结构也差不多。都是核动力航母，没有太大区别，只是法国的航母很小，没有美国航母的一半大。我站在美国的航母上时，看着法国的航母，我还说，这个东西这么小，能发飞机吗？可是上去以后看看，感觉也不是太小，他们的飞机一样能飞得起来，只是他们能带的飞机少很多，好像不到我们的一半。他们航母上的人也少，最多2000人吧，再多就没有地方放了。我从法国航母上再看美国的航母，发现它是那么大的一艘船。我在上面干活的时候，时间长了就觉得这个航母并不大，因为我住的地方、工作的范围，只有那么一点点，我都习惯了，不会觉得它有多大了，但是我现在从另一艘航母上看自己的航母，那还真是一艘很大的军舰。

法国航母上的很多东西其实是美国制造的，比如蒸汽弹射器，就是把飞机弹射起飞的机器，别的国家造不了，只有美国人可以。法国人造好航母后，却做不出这个东西来，只好买美国的弹射器，不然他们的那个航母就是废品，因为飞机飞不出去。但是它后面挂飞机的拦阻索是法国人自己的，法国人挂飞机的钩子（Hook），跟美国人的不一样，所以美国的飞机不能到法国航母上降落，法国的战斗机也不能降落到美国的航空母舰上。只有直升机没有问题，它不需要用钩子挂住，所以法国的直升机可以飞到美国的航空母舰上来，我们的直升机也可以飞到他们的航母上去。

法国人也有预警飞机，但也不是他们自己造出来的，而是买是美国人的，所以法国人的舰载预警飞机跟美国人的一模一样，都是E-2C。航母上的预警飞机，第一是不好做，第二是价钱高，所以一般国家都没有，不是造不出来，就是没有钱造。美国有钱，海军规模也大，造这种飞机划算，所以美国很早就有预警机，也是世界上预警飞机最多的一个国家。法国人也有钱，可是没有技术，造不出来，只好买美国人的，直接用。听说美国公司赚了很多钱，就像是垄断，反正只有我们有，你们要不要吧？要就多掏钱。

因为我们告诉他们，我们在美国航母的预警飞机上工作，法国人就把我们带到他们的E-2C上去看了看。外表看当然是一模一样，里面也一样，而且到处写的还都是英文，没有见到法文。他们的飞行员肯定都会英语，可能也是在美国培训的，不然开不了美国的飞机。你说我们从他们那里能学到什么吧？本来就是我们自己制造的飞机，我们天天用，用了很多年了，比他们熟悉得多。我们说是去交流，其实是给他们面子，我们根本就不想去。

法国人的战斗机是他们自己的，翅膀是在机身的靠后面，像一个三角形，也是两个发动机，看着好像还不错。他们航母太小，没有带几架飞机，我在甲板上看到也就是五六架战斗机停在那儿，还有一架直升机，就是这些。他们的甲板等于是空的，跟美国人比起来，他们差得远。美国航母每次出海都带50—80架飞机，甲板上总是满满的。我不知道他们有没有反潜飞机和电子战飞机，他们没说，我们也懒得问，估计他们没有。那些飞机太大，他们的航母那么小，装E-2就很不容易了，再上来几架那种大飞机，他们就没有地方装战斗机了，更没有办法打仗了。可能他们就是用直升机去做这些工作，凑合着也能用吧。

因为他们人少，飞机少，所以他们飞机起飞的架次比我们少得多。我看到他们就是飞一两架飞机出去，过一两个小时回来了，等了很长时间，又放出去一架飞机，就是这样，有点偷懒拖拉。他们一天最多也就飞四五架飞机，而且速度很慢，过很久才走一架。我们人多，飞机多，转得很快，一架接一架的，不停地起飞降落。一架飞机回来了，检查一下，加加油，换一个机组，马上又飞出去，从不间断。所以他们跑来打仗就像是表演似的，做做样子、亮亮相就完了。

另外我们一天24小时连轴转，两班倒，不停地干。他们只干白天一班，晚上就不起降飞机了，大家爱干什么就干什么去。而且他们白天一般也是上午10点、11点才过来，开始干活时都快12点了，该吃中午饭了，结果就是一半人工作，一半人吃饭去了。这样效率能高吗？实在太懒了！当然他们也做一点点事情，比如说我们的飞机的炸弹用完了，没有东西可扔了，就把目标告诉法国飞机，他们就去"砰砰砰"一炸，然后就回来了。所以他们就是我们的替补，一般在旁边看热闹，偶然上去打一下。他们也不是太在乎，因为这个仗本来就不是他们法国人的仗，是我们美国人自己打的仗。他们想帮忙时就来帮我们一下，不想帮忙时就不来了。

白天我们在法国航母上能看到我们的美国航母，晚上就看不见了，因为天一黑法国的航母离开美国人开到别的地方去了，在海上漂着，啥事也不干。我们本来就没有资格给他们干活，他们也没有很多活要干，所以我们两人在法国航母上就等于休息去了，跟度假一样。待够两个星期后，法国的直升机又把我们两人送了回来。我们回船后也不用给飞行队的领导和同事介绍法国航母的情况，他们不在乎，我们自己也不在乎。我们从法国人那里学不到什么，就是去大概看一看，了解一下，就是中国人说的礼尚往来，人家跑来学了那么多，我们不去就太不给他们面子了。

089　探秘法国航母（2）: 浴室的艳遇

我们在法国航母上的那两个星期，跟他们的水兵吃在一起，住在一块，了解体会一番他们是怎样在海上生活的。法国水兵的生活基本跟我们差不多，都是住在很小的床上，都是按时吃饭，按时干活。我吃他们的伙食，还行吧，跟美国的饮食有一些区别，但也差不太多。法国大餐是比较有名的，但是我们毕竟是在军舰上，不是在餐馆里，那种感觉不一样。住的地方也差不多，结构都一样，也是挺挤的。只有一点，美国的航空母舰上没有酒吧，不可以喝酒，法国的航空母舰上有酒吧，下班后可以去喝酒。他们晚上不用干活了，当然可以喝酒玩乐，放松一下，只要不是喝得太醉影响第二天的工作就行了。这一点我们美国人比不了，因为我们的节奏太快，24小时连轴转，不可能让水兵们去喝酒，不然肯定会影响下一班的工作。我感觉法国人还是很会享受的，就像我以前听说的一样。

我在法国航母上还有一个奇遇，以前想都没有想到过，实在是太奇怪、太无法想象了。上了法国航母没有多久，我就跟着我们飞行队的那个法国人一起去洗澡。进门的时候，前面站着几个男人，我想这肯定是男澡堂了，问都不用问。我们进去后，脱衣服开始洗澡。正在洗呢，我偶然转过来抬头一看，哎呀，怎么会有个女的也在那边洗澡？很近的，就在我们旁边。我能看见她，她也能看见我。我光着身子，她也光着身子。欧洲女人的曲线很大很夸张，那绝对是一个女人，根本不可能看错。我吓了一大跳，急忙用手背去打那个法国人，问他："伙计，咱们是不是走错澡堂了？"他说："什么？"我说："你看，那边有个女的在洗澡。怎么回事？"他说："没关系。"我说："什么意思呀你？没关系？为什么一个女的会在我们男人的洗澡堂里洗澡？"他说："放松，洗你自己的。"我看别的人都没有说什么，好像就自己在大惊小怪似的，就赶快洗自己的。

过了一会，又一个女人光着身子进来了。又过了一会，一大帮子女孩子光着身子进来了。我急了，我还光着屁股哩！这是怎么回事呀？太不像话了！我又去打那个法国人，又去叫他。他还在洗自己的澡，一点都无所谓。他是法国人，了解欧洲文化，我就不行，听都没听说过有这种事。我又用手背去敲他，再一次问："伙计，这是怎么回事呀？到底是咱们走错了澡堂还是她们走错了澡堂？"他说："没有，都没错。"我说："那怎么这里有这么多女人？就在那边，跟咱们一起洗澡。"他说，这很正常。我说："你这是什么意思呀？咱们光着身子，她们也光着身子，这怎么可能正常呀？"他说："你现在是在法国的航空母舰上。"我说："那又怎么样？难道你要告诉我，法国航空母舰上男兵女兵是不分开洗澡的？"他笑笑说："确实不分。"我叫了起来："什么？真的？怎么可能？"

我们美国人的航母上也是有男兵也有女兵，但是洗澡是分开的，男兵有男兵的澡堂，女兵也有女兵的澡堂，绝对不可能在一起。法国人就不一样了，他们只有一个洗澡间，男女兵不分，中间也没有隔任何东西，也不分开时间段，谁什么时候想洗就去洗，大家都光着身子一起洗。我们在里面洗的时候，女兵也可以进来洗，结果我们看见她们的裸体，她们也看见了我们的裸体。她们无所谓，别的法国人也无所谓，只有我这么一个外国人被吓得够呛。我这辈子别说没有经历过这种事，想都没有想到过还会有这种事。

为什么会是这样？我估计首先还是跟欧洲的文化有关。欧洲人比美国人要开放得多，美国人在这一方面要保守一些。与其他国家比起来，美国也算开放的，但是跟欧洲人一比，还是差得远。人家根本就不在乎，没有把男的女的一起洗澡当一回事，在美国那肯定是不允许的，谁要敢这么干，就是犯了大错误。另外，他们的航空母舰的尺寸也没有美国人的那么大，有些东西只能挤在一块。建男女两个洗澡间太占地方，他们就只建一个，男兵女兵，都用一个澡堂。但是可以分时间段呀，比如说女兵6点到8点洗，男兵8点到10点洗。可能是他们嫌麻烦，反正也没有人在乎，要洗就大家一块洗吧。

可是男的女的都光着屁股在一起洗澡，又都很年轻，小伙子、大姑娘的，没有对象，或者对象不在身边，那不是很容易出问题吗？当然是这样，他们对这个也不在乎！我都不知道该怎么跟你讲，因为我洗澡的时候，就能看到这种事，就是他们男兵女兵当众做爱。我们在波斯湾，天气太热，一天下来，不可能不去洗澡。可是我只要去洗澡，就能看见他们在做那种事。比如说我正在洗澡哩，就看到一个男兵跟一个女兵，当着大伙的面，就是我的眼前，开始发生关系，开始做爱。他们一边做，一边还跟旁边人说话，就像边吃饭边聊天似的，特别随便。那些法国男兵、女兵也不是情人，也不是朋友，好像都不认识，反正双方一商量，都同意，就在一起做。当然他们不能强迫对方，那样是犯大罪的。他们就是看上谁了，就去问，那边也愿意，就去做。对，就像请人一起跳舞一样，挺简单的。

美国人不准军舰上的男兵、女兵之间发生关系，有文化上的不同，也是怕女兵怀孕。你要是在打仗的时候怀孕了，那要你这个军人是干啥来的？是生孩子来了，还是打仗来了？所以美国人不会允许军人这么乱来。我听说美国航母上也有这种事，没抓住也就算了，谁要是被抓住了，就要倒大霉，要受处分。法国人的想法不一样，你爱干啥就干啥去，但是谁要是怀孕了，谁就有麻烦了，所以他们也有一定的规定去约束这种事情。要是没有规矩的话，那不都乱了套了吗？航母上全是挺着大肚子的女兵，还干不干活了？法国人也考虑到这个问题了，所以法国人说，士兵们要做，就在洗澡间做，别的地方不允许，同时他们在每一个洗澡间的墙上，都挂着一个盒子,里面就是避孕套。就是说,士兵们可以在洗澡间里面做爱,但是不能让女兵怀孕,就是这样!

跟我一起上法国航母的那个从法国来的美国兵,不敢去跟法国女兵勾搭,因为他毕竟是在美国军队里做事,纪律不允许,哪有跑到人家法国航母上去干这种事的?不像话!而且他14岁就来美国了,也受到一些美国文化的影响,觉得这样不好,不会去,也不愿意去。我当然更不会去,赶快洗完澡出来就行了,不去理睬他们。

对于美国人来说,法国人的这种开放我们实在不懂,无法理解。你们是来打仗的军人,怎么能这样?太不严肃了!可是我们到了那里,就得遵守法国人的规矩,只能想开一点,我们要把自己放到人家的文化里面去。我们要告诉我们自己,我们现在不是在美国的航空母舰上,我们看到的任何事情,都是人家的文化,我们不能要求别人都跟我们一个样子。我们也没有觉得人家冒犯了我们,我管得着别人的事吗?我不能去说,你们怎么能这样?我没有这个权力去判断别人。他们爱怎么样就怎么样吧,对于一个兵来说,他的工作很认真,把该干的活都干好了,那就行了。他们是不是还干了别的事情,与别人无关,那是他们的私生活。

090 工作多得让我分身乏术

我这次出海打仗,跟我在前一年训练时一样,既当飞机维护长,又做飞行机械师,既要去发飞机、接飞机,又要去修飞机的发动机,两方面的活都要干。时间分配大概是一半对一半。比如说今天我有发动机的活要干,我就先去干自己的活,因为我这个人是属于动力车间的,发飞机是去给别人帮忙,我当然先顾自己这头。我正忙着,航线屋那边打电话来了,说有一架飞机要出去了,可是他们人手不够,让我赶快过去。他们一般都是打电话到我们动力车间的办公室,我们老板总在那里。他接到电话后，就过来对我说："把你手上的活放下，现在他们需要你去给飞机打手势。"我问他说："我这些活怎么办？"他就说没关系，他会找人来做，或者他自己亲自动手。我们老板是一个马来西亚人，很聪明能干，也是我的一个好朋友。他以前也是在这个车间干活的，后来考上了高军衔，就升级当上整个车间的头。我按照他的吩咐，就上甲板去了，在上面打手势发飞机。把飞机发出去以后，我再跑回动力车间，继续干我的修发动机的活。

我们动力车间的工作，实际上分两部分。一部分是在甲板下面的机库里维修、更换发动机，另一部分是在甲板上检查发动机。有些人不愿意上甲板，因为上面日晒雨淋，还有危险，下面有冷气，也比较清静。我就无所谓，在哪儿干都行，他们就经常让我上甲板去检查发动机。E-2飞机的发动机还是很不错的，一般很少修，但是要经常检查，保证没有问题。比如说哪个地方是该喷热气，我就要看一看，保证它是在喷热气。还有看一看各个地方有没有漏机油或者漏汽油呀，哪些地方应该是什么样子，我都要检查一遍。这些是专项检查，跟飞机维护长的大体检查不一样。我们是要仔细检查发动机，他们是飞机的各个部分都要看一看，没有明显的问题就行了。我在检查发动机的时候，发动机前的螺旋桨就在我面前转，飞行员已经在飞机里面做准备工作了，所以这个活也不轻松，噪音大，还危险，万一螺旋桨上掉下一块来，一下子就能把我打死。

我刚刚检查完发动机，看着我的飞机飞走了，就看见航线屋的主管，那个矮胖矮胖的菲律宾人，军衔是E6，摇摇晃晃地过来了。我就知道，他又要找我干活去了。我跟他开玩笑说："你又需要我了？"他也不太好意思，总要拉别的车间的人去给他干活，就像总要求人似的，面子上不好看，但是他实在没有办法，手下没有足够的兵。他说："我们需要你的帮助，我们什么都准备好了，就是需要一个人去打手势。"我就说行呀，然后就去帮他们干活，给他们打手势把飞机发走。

我正在打手势的时候，看见一架大飞机开到升降机上去了，就是要降到机库里去修，我就想，坏了，又来修理的活了，下面也不轻松。刚打完手势，把飞机交给船上穿黄衣服的人，就看见我们老板也上来了。我问他怎么了。他说一架C-2要上航母，实在没有人可派，只好由他自己干。我不愿让我们老板再干这种活，他以前在我这个军衔的时候，干过很久，现在他年龄不小了，再干这样的活不合适。他看我刚把飞机发走，气都没喘一口，就说："你先去休息休息。"我说："我没事。"我问他那架C-2什么时候到，他说马上到。我说："你下去休息吧，别管了。"他说："我刚刚才睡了一小觉，就是在上班的地方迷糊了一下，我没事，你已经在上面很长时间了，你去休息一下吧。"我说："我没事，还是我去检查这架C-2，你下去吧。"他问，你行吗？我说，我行。他说，OK，就下去了。这时候C-2降下来了，我就帮着C-2的人检查飞机，然后再把C-2发走。C-2还没走远，我就看见我的E-2从头顶擦地一下过去了，我就知道它就要降下来了，我马上要去迎接。就是这样，不停地干，没完没了，还忙不过来。有的时候事情多到我都不知道下一步应该去干什么好，就忙到这种地步。

091　在航母上做什么都要快

我们飞行队里头的所有人，都是只在一个车间里干活，不用去帮别人，只有我一个人是两边跑，在两个单位里面都有工作。这样我跑的次数就比别人多得多，一会跑上，一会跑下，就是航母上那种很陡的楼梯，我一天爬上爬下好几遍。我的脑袋还得快速转换，该修发动机的时候，就想着怎么修发动机，该打手势的时候，就想着怎么打手势，不能乱了。这个倒没有问题，我一边在楼梯上跑，一边就转过来了。我去打手势的时候，就不去想发动机的事，我去修发动机，就不想打手势的事，因为我要是去想别的事情的话，手上的活就可能出错。如果就因为我在哪个地方疏忽了，那架飞机会掉下来，几千万美元就没有了，更重要的是还有5个人的生命也会消失在我的手里。飞机坏了还好说，因为它毕竟是一个东西，还可以再造，可是5条人命啊，要是在我手里没了，我自己都没法再活下去了。人家也是军人，人家也有家庭有孩子，都是一个飞行队的，天天见面，还是很有感情的。所以我的责任很大，我要对他们负责。其实不管是什么人，哪怕是从来没有在一起工作过的人，一个完全陌生的人，我们都要为他负责。我们干工作，就必须干好，我们不能不好好干，因为我们手上就是别人的生命。我们的要求是很高的，汽车坏了，可以停下来修，飞机坏了，就什么都完了，没有其他机会。

其实在陆地上时，不管是在穆古，还是在法伦，我去打手势发飞机的时间并不算太多，他们航线屋的人手勉强够用。可是只要一上船，无论是出海训练还是到波斯湾打仗，我去他们那边帮忙的次数就多得多了，这是因为海上和陆地上的工作流程不太一样。

在陆地上，我们准备一架要飞的飞机，工作时间大约需要一个小时。比如说一架飞机13点要起飞，那么从12点开始，我们就要把雷达打开检查一下，把整架飞机走一遍，看一看有没有问题，还要把飞机上的锁取下来，摆在地上，弄得整齐好看一点，再把飞行员的玻璃擦干净，让他们感觉舒服。临起飞前，飞行员们也要开一个小会，就是他们自己分配活，飞到空中以后，你要干什么，他要干什么，怎么配合行动什么的。到了13点，他们就上飞机了。我们一打手势，就把他们发出去了。

但是一上航母，一架飞机的准备时间就延长到两个小时了。比如说一架飞机13点要出去，我们11点就必须开始准备这架飞机。为什么准备飞机的时间到航母上就变长了呢？因为航母上要求高，飞机起飞出任务的准点率（Percentage To Meet The Schedule）必须达到95%以上，陆地上就没有这么严。比如说我们在航母上准备一架飞机，突然发现它的雷达不工作了，不能出去打仗，我们必须马上把人分成两批。一批抢修这一架飞机，看能不能赶在13点之前修好。另一拨人赶快去准备另外一架飞机。如果这边修不好，那边还有一架飞机可以飞。如果我们12点才准备飞机，到12半或者快13点了，突然发现这架飞机的什么地方坏了，没法飞了，

8.1   航母拥挤的甲板。为了节省空间，暂时不执行任务的飞机都机翼向后折叠

我们根本没有时间再去准备另外一架，这样我们的成功率就会降下来。所以航母上准备飞机的时间长得多，需要的人也就多许多。他们本来人手就不太够，这样一来，就更不够了，只好不停地找我去帮忙。

另外，因为我干得熟，速度快，动作好看，他们也特别喜欢用我。我的活干得漂亮，所有人都会感觉舒服。有些人也是合格的飞机维护长，可是速度比不上我，因为他们不熟。我根本都不用去想，直接伸手劈里啪啦一打，5分钟就能把飞机发出去。其实我要是用最快的速度打手势的话，5分钟都用不了。船上穿黄衣服的人看到过我打手势很快，有一次他们对我说："这架飞机必须马上走，它不出去的话，其他在空中的飞机就不能打仗了，因为那些飞机要靠它来控制，只有它能看到远处，别的飞机不行。"他们对我举手示意，要求5分钟必须完成。我就做了一个动作，跟他们半开玩笑说，3分钟。没有人相信我，3分钟，哪有那么快的手势？后来飞机就进来了，开始准备，我啪啪啪啪地打手势，3分钟，那架飞机就已经在线上要出去了。它飞上天的时候，才用了4分钟。

船上交流，全靠手势，因为飞机发动机的噪声太大，我们说话彼此听不见，也容易出错。我打手势的时候，比如说我用右手敲敲左手戴手表的地方，再举出5个手指头，示意5，再指一下飞机，就是说我要用5分钟的时间把这架飞机发出去。别人示意一般都是8分钟、10分钟。我们工作中有一些专用的手势，可以用一只手表示数字0—15。我们是只用一只手，这样专业一点，而且只伸一只手也轻松许多，另一只手还可以做别的动作。要是两只手的话就显得太傻，有时候可能会造成混乱。5个手指头怎么从0数到15呢？就是手臂的方向再加上手指的个数，比如说手臂向上伸出一个指头，那是1；手臂向左伸出一个指头，那是6；手臂向右伸出一个指头，那就是11。所以我们一只手可以从0数到15，不过平常我们用数一般不会超过12。

092 有人被吸进了发动机？！

C-2飞机就是美国航空母舰上的运输飞机。它的形状和基本结构跟E-2飞机差不多，比如它的机翼，它的后部，都跟E-2一模一样。只有它的发动机有一点不同，比起E-2的发动机，看上去稍微扁一点，宽一点。因为这种飞机跟其他飞机不一样，不属于战斗飞机，也不是天天都在航空母舰上，所以海军没有把他们整个飞行队全放在船上，只放了十几个人。可是他们基本上每天都会有一架、两架飞到船上来，比如说送些人、接些人、送些飞机的零部件，或者是送一些邮件。他们在船上的人不够，干不了什么活，而我们这些做预警机的人，全都在船上。结果他们的飞机就成了我们的飞机，什么活都要我们去干。如果他们忙不过来的话，我们要去接这种飞机或者发这种飞机。他们的飞机如果坏在船上了，更是要我们去修。本来总共4架E-2飞机，我们管着就很累，现在再加上两架C-2，一下子6架飞机，还都是大飞机，实在不好维护修理。

我给你举一个实例。航空母舰上所有的飞机，为了少占地方，都要把机翼折起来。它们要到起飞之前，才把机翼展开。我们E-2飞机的机翼也要折叠。C-2的大体结构跟E-2差不多，也是很大，两个发动机。它的机翼的折叠方式跟E-2一样，也是先竖起来，再往后折过去。

这种飞机太大，太占地方，航母上本来地方就小，所以这种飞机平时不停在航空母舰上。我们出海的路上，它们是在航母上的，反正我们不怎么飞飞机，它们还不算太碍事。到了波斯湾以后，它们就飞到巴林的美国基地去了，停在那里。它们只有在送人、送货、送信的时候，才会飞回来。送完东西，它们马上就飞走，从来不会待在航母上。

那天，一架C-2飞机从巴林上航母之前，它的一边机翼就出了问题，但是他们飞行队的那些人懒得修，随便糊弄两下，就把飞机送到航母上来了。他们这种做法带有很大的危险性，如果那个机翼在飞机飞行的过程中真的不管用了，出了事故，就可能连飞机带人全没有了。飞行员还真算是幸运，把飞机安全地飞到船上来了。

他们降落了以后，把机翼折叠好，收起来了。等到又要飞出去的时候，飞行员把飞机启动，让发动机转起来，再把翅膀打开。机翼里有一个活塞，通过它施加压力，再通过液压油，把机翼展开，所以这个时候液压油的压力会增大。可是活塞的密封不行了，结果"砰"的一声就炸开了，液压油喷得到处都是。那架飞机的整个发动机，还有左边的机翼，全都是红的，地上也全都是红的。

当时船上的人都急了，以为出了大事故，因为一看到红色，大家马上就想，是不是有人被吸进发动机了？那些喷得到处都是的，是不是人的血？飞行员赶紧把飞机停下来，把两个发动机都关掉。大家跑过去仔细一看，还好，没有人被搅死，是液压油。民用的液压油都是白色的，只有军队上用的液压油是红色的，因为这样只要一有漏油，我们就容易发现。可是一般也就是渗漏出来一点点，谁也没有见过满地都是红色的，所以我们当时都以为是有人出事了。

当时我正在甲板上，我的飞机刚走，这架飞机也马上要走了。我跑过去一看，好家伙，本来发动机是白色的，现在全是红的了，机翼也是红的。这架飞机都成这样了，肯定不能飞了。这种飞机一坏，只要是在船上，那就全都是我们的事。我就知道我们要倒霉！我们还有自己的E-2飞机要修，他们还来捣乱，你说烦人不烦人吧？

这时候，他们的人也上来了，因为毕竟那是他们的飞机，不是我们的。可是他们在船上的那点人，只能做一些飞机维护长那样的工作，接飞机，发飞机，检查一下，要是飞机真的坏了，他们修不了，因为他们没有带那么多车间到船上来。没有办法，只能是我们去帮他们修。

我们马上开始检查，看一看到底是什么地方出了问题。当时我们看到一些毛毛絮絮的东西。我们都说："这架飞机坏了也就坏了，炸了也就炸了，但这些是什么呀？"它的液压油炸开以后，这样的东西跟着喷得到处都是，发动机外面有，机翼上也有。我们捡起来仔细一看，是油巾，就是像布一样的东西，军队里面用的，它不吸水，只吸油，一吸就吸走了，就像吸纸一样。我们都觉得奇怪，为什么这里会有这种东西？后来我们上去一看，那个坏掉的零件上面，有一圈这种油巾，卷上去，缠在上面，用一根铁丝捆住。我们更奇怪了，这是为什么？我们就拿了一把钳子上去，把那根铁丝剪断，再把那层油布掀开。我们的一个修机翼的人说："看上去好像没有坏，也看不出有什么问题。"他又用手摸了摸，然后下来说："我知道为什么了，因为那个零件上面有这么宽一条裂开的缝。只要液压油一上压力，它当然会爆。他们那些管 C-2 的家伙懒得修，临时搞了这么一个玩意，瞎凑合。"我们听了都很生气，有这么干活的吗？这可是要命的事！要是液压油在空中炸开了怎么办？

093　熬夜干活让人吃不消

当时我们自己也有一架 E-2 飞机在修，那架飞机是起落架坏了。只要飞机驾驶舱里面的起落架灯一亮，就说明有一个起落架出了毛病，我们就必须修。可是要处理这样的问题，我们只能把那么大一架飞机全部架起来，然后充上电，让一个人坐在飞机驾驶舱里面，操纵着这个起落架一会上、一会下，这样我们才能检查问题到底出在哪里。这么大一个工程，需要许多人去帮忙，并不仅仅是他们车间的人，所以我们已经派了很多人盯住这架飞机干活了。

现在这架 C-2 又坏了，也必须由我们飞行队的机翼维修车间（Air Wing）来修。再加上船上给我们下了一个命令："今天晚上，不管你们花多长时间，多少人力，都必须把这架飞机修好，明天一大早必须把它发出去，因为它在船上太碍事，影响航母打仗。"机翼维修车间也是两班倒，白班的人干白天的活，晚班的人干晚上的活，没有多余的人。现在一下子多了这么多活，到哪里去找人干呢？结果他们白天上完班的人，都不能回去休息，因为上晚班的人要干晚上的活，比如检查我们E-2飞机的机翼，所以白天的人只好留下来去修这一架C-2。你看，C-2这帮家伙把我们害得多惨！

其他车间的人看到这种情况，都说："既然我们是一个飞行队的，为什么我们不去帮一帮机翼维修车间的人呢？他们够倒霉的了。我们都是自己人，不能不管。"当然有些人不愿意受累，就回去休息去了。那不是他们的工作，他们当然可以走，他们有这个权利。但是我留下来了，我要尽力为我的同伴们帮忙。虽说我是修发动机的，可是有些简单的活，取几个螺丝下来，递个东西，这些事我都可以干，反正他们指挥着就行了，就算是给他们打下手吧。所以我们白班留下的人，有的去帮着修起落架，有的去帮着修机翼，都是连轴转。

我们要同时修两架飞机，而且还都是大飞机，大家都忙得不行。我们里面的很多人，白天已经在甲板上干了12个小时了，现在还得接着干，除了修自己的飞机，还要修这架烂飞机，心里不舒服。C-2的人也不来帮我们，自己跑去休息去了。本来就不是我们的责任，是他们的错，他们还这个样子，太不像话了。我们就有人向领导反映说："是他们的飞机坏了，为什么他们不能来帮我们修？他们的人睡觉去了，我们的人难道不需要休息吗？"最后我们的领导对他们的上司说："你们能不能派几个人来？你们不干活，来底下陪一陪我们的人、说一说话也行。"其实我们知道他们就是派人来了，也干不了什么活，连打下手的水平都没有。可是他们自己睡觉，我们给他们干活，哪有这种道理？

我帮着他们一直修到半夜，都1点钟了，看着差不多了，我就回去睡觉去了，因为第二天一大早我还要上班。他们又忙了一阵，把这架C-2的机翼修好了。飞机坏了以后，就从甲板降到机库里来，修好以后，又要升上甲板，准备飞出去。这时候我们要在甲板上把发动机打开，再做几个展开、折上机翼的动作，看一看还有没有什么毛病，是不是真的全修好了。如果没有问题，这架飞机就放在甲板上不再动弹，明天早上第一个就把它发出去。

可是现在有一个问题，飞机是修好了，却没有办法试，因为在我们预警机飞行队里面，只有我一个人有资格去给这种 C-2 飞机打手势。以前我们飞行队曾经想派人去他们 C-2 那边学习他们怎么打手势，就是一专多能吧，要是他们的人不够用了，我们可以去帮忙，因为两边的飞机差不多，打手势也差不多。可是没有人愿意去，谁都知道，多学一点，就得多干一点。最后只有我一个人自愿去学了，还拿到了证书。

现在他们要测试这架飞机，可是没有人打手势。他们飞行队的人不愿去把他们的飞机维护长叫起来，说是他们第二天要发飞机，如果不休息好，出了事怎么办？结果怎么样？他们跑来把我给叫起来了。难道我第二天就不用干活了吗？没有办法，欺负人哩！我正在睡觉，他们把我叫醒，说："你得赶紧上甲板去。"我说："我上甲板干什么去？"他们说："只有你会给这架飞机打手势，我们都不会，只能你去。"其实他们也会做一些，都差不多，但是他们没有资格填那个合格表。就是说，因为他们没有合格证，军队不敢让他们去打手势，万一出事了怎么办？谁负责？再说没有我的签名，纸面工作就通不过，飞机不能飞。

我一看表，才睡了不到两个小时，你们就把我叫起来，这还让不让我活了？可是不去还不行，我只好赶紧穿上衣服，刮一下胡子，马上就上去了。到甲板上一看，他们都准备好了，只要我打手势就行了。在陆地上，我打手势不需要得到任何人的同意，可是在航空母舰上，我每做一步，都要得到船上的人的允许。比如说，我们要准备转动机翼了，我们就要问船上的人："我们可以把机翼转下来吗？"他们说可以，给我打一个手势，我才可以做。每一次发动一个发动机时，也还要问他们，我现在能不能启动一号发动机，他说可以，我才能打手势让飞行员启动发动机。如果他们没说可以，我就不能做，要等着他们一个一个同意。那天夜里，他们知道第二天早上这架飞机要作为第一架飞机飞出去，所以他们就一次给了我所有的允许，让我把该做的工作全部一次做完，这样我就容易点。

我们先要移动别的飞机，把这架飞机移出来，开到起飞线上，然后我再给飞机打手势，让他们测试机翼，起码干了一个多小时，才把这些活做完。我再一看表，已经凌晨4点半了。我说，得了，我还回去睡什么觉呀？我还不如洗个脸，喝点水，吃点东西，直接上班算了。

到了6点，我就晃晃悠悠地去上班了。我们老板，那个马来西亚人，看我这个样子，就问："你怎么了？"我说："我昨天半夜一点才睡觉，今天早上3点他们又把我拉起来干活，这不是才干完嘛。"他问："你帮这些人发那架飞机了？"我说："是的，我不帮没人帮，怎么办呢？"他说："你就等于一夜没有睡觉。"我说："那又能怎么办呢？"这种事情对我来说，也不是第一次了。

094　航母上的最高荣誉（1）：最佳水兵

我就这样干呀干，大家都看得到，所以很快就被我们飞行队评为"月度最佳水兵"（Sailor Of The Month，SOM）。当时我已经上过法国航母又回来了，应该是2007年的4月或者5月，记不清楚了。我并没有太在意，因为我在陆地上时也被评过好几次"月度最佳水兵"（SOM，Sailor Of The Month）和"季度最佳水兵"（SOQ，Sailor Of The Quarter）。这些都是小奖，不会把我的名字写在飞机上，也就是发一张纸质奖状，并且把我的照片贴在飞行队门口的光荣榜上，比起我所得到的"年度最佳飞机维护长"（PCOY），差得很远，因为那是年度大奖，要把我的名字印在队长的飞机上，而且发给我一个木质奖牌，专门制作的，很精致。但是我从来没有得到过"年度最佳水兵奖"（SOY，Sailor Of The Year），那是最好的，每年整个飞行队只评出一个人，他的名字也写在飞机上。我记得这种奖只发给高军衔士官，比如说E5或者E6，我得到"最佳飞机维护长"时，还是列兵。

我在战区打仗时被我们E-2预警机飞行队选为"月度最佳水兵"之后，我的名字就上了航母的广播了。还不是让广播员念稿，而是由我们斯坦尼斯号航母的舰长亲自发表讲话，广播给全船的所有人听。他这样做是为了鼓励手下的军人干好工作，表现好的水兵才能得到这个荣誉。他的驾驶室里有一个麦克风，他只要一打开开关，整个航母都能听到他的讲话。

他在广播里说："这里是斯坦尼斯号航空母舰的舰长×××，现在我宣布本月各个飞行队的最佳水兵。"说到我们飞行队时，我听到他把我的名字说了出来。当时我的职位已经是士官了，所以他提到我说的就是郑士官（Petty Officer Zheng），军队里是只提姓不提名的，这个跟老百姓不一样。然后他就在广播里介绍，我是从哪里来的，什么时候参军，现在做什么工作，有哪些光荣事迹，最后就是祝贺，并希望大家向我学习。然后他再继续广播下一个飞行队得奖的人。

我事先并不知道舰长要宣布这些。我们在工作的时候，一般没有人告诉你，你已经被提名要得什么奖了，更不是说你自己申请去得什么奖，那是不允许的。在陆地上时，如果我被提名了，有时会有人给我透露一点消息，因为这些是小奖，谁都不是太在乎。可是到了船上以后，为了不让我们分心，上级什么都不会告诉我们，要是有人去抱怨，去争奖，那不就给他们添麻烦了吗？所以我听到广播后，有一点意外，算是一个惊喜。当时我心里还是挺高兴的，毕竟干了这么多活，也很辛苦，得到上级的认可，比较满意。

这件事完了以后，我就以为过去了。在陆地上我得这些奖时，都是这样，宣布一声，表扬一下，把我的照片贴出来，就这样。我还是卖力地干我的活，跟以前一样。我当时不知道，航母出海打仗的时候，还有一个特殊的大奖，就是"最优秀水兵"（Sailor Of the Day，SOD）。上级把我们整个飞行大队里所有飞行队本月所选出的月度最佳水兵，再放到一块进一步评比，要选出一个"最佳中的最佳"（Best Of The Best），就是最优秀水兵，然后送这个水兵去航母的指挥室，听我们的舰长介绍他指挥航母的各种情况，并亲手驾驶我们的斯坦尼斯号航空母舰。

这种最优秀水兵，每个月从航母上几千个海军士兵中评出两个，飞行大队里出一个，船上的水兵里出一个。就是航空兵和水手各评各的，飞行队里的人跟飞行队里的人比，船上的人跟船上的人比。整个飞行大队里面，要选出来唯一的一个本月干得最好的航空兵；船上的各个部门（Department）之间，也要选出一个本月干得最好的水手，然后这两个人一起去见舰长。飞行队里的航空兵从来不跟船上的水手放在一起比，因为工作性质不一样，单位也不一样，没有办法比较，就像打篮球的只能跟打篮球的比，不能说去跟踢足球的比，那样没有意义。

我们飞行队先把我选出来了，作为本飞行队月度最优秀水兵报到飞行大队，然后飞行大队再把我跟其他飞行队的选出来的月度最优秀水兵比，最后他们决定，这个E-2飞行队里的郑士官，是整个飞行大队里本月最棒的航空兵。那一个月，我们整个第9飞行大队（Air wing 9）就选出我一个人去做最优秀水兵。

当然并不是说，我一被选出来，马上就去见舰长、开航母，我们要等到舰长有时间才行。当时我们还在波斯湾战区里打仗哩，所以我们舰长的日程安排不是很稳定，要根据打仗情况随时调整。直到有一天他找到时间了，就说让最优秀水兵们来吧，我现在要见他们。然后他就打电话找到我们飞行队的队长，说让队长带着我去他的舰长室。

095 航母上的最高荣誉（2）: 为飞行队争光

那一天我正在甲板上工作，看到我们队长到甲板上来了，我还想他来这干什么？现在又不是他的飞行时间？结果他是来找我的。他对我说："你现在给我下去，马上换衣服去，就是换上那种上面是浅蓝色的衬衫，下面是深蓝色的裤子那种水兵服，还要戴上帽子。"说完他还带着我一起下到船舱里，很郑重很认真的样子。

　　我问他："我这是要去哪里？"他不肯说，只是说："过一会你就知道了。"我又问："那我穿上衣服后到哪里去等着呢？"他说："你换好衣服就去你的车间吧，我一会来叫你。"我当时挺奇怪，不知道是怎么回事，反正他是头，他让我干啥我就干啥，当兵的就是少提问题多干活。当时我只知道我被选为"最优秀水兵"了，以为宣布了、表扬了也就完了，不知道后面还有一个最优秀水兵日。在此之前，没有人告诉过我，我也从来没有关心过。我就知道埋头干活，不去想别的。

　　我稍微清洗了一下，换好衣服，然后就去我们车间，往那儿一坐，等着我们队长。我们车间里的人都看着我，对着我笑。别人都穿得脏兮兮地干活哩，只有我一个人穿得很正式，坐在那儿不动。我们老板也对着我笑，他知道我要去干什么，所有的人都知道，只有我自己不知道。我们老板能不知道吗？他推荐的我，但是他不告诉我。

　　我们老板就是那个马来西亚人，我的好朋友，下船时总带着我一起走。他不光不告诉我，还捉弄我。他笑嘻嘻地问我："你穿这么漂亮干什么去呀？"我说："我不知道，是队长到甲板上让我下来换衣服，然后在这儿等他。"他说："是吗？那你干什么坏事了？"我吓了一跳，真以为我犯了什么大错误。以前因为工作的关系，我在船上确实跟别人吵过架，也打过架，可是最近没有呀。我属于那种相当老实的人，有时候别人逗我玩，我还以为是真的。他一吓唬我，我就害怕了，问他："我干了什么坏事了？"他说："你自己干了什么坏事，你都不知道？"我反问他："你要是干了坏事，你都记得吗？"他说："我会。"我心想，我没有干什么坏事呀，我到底干什么坏事了呢？当时我就没吭声，坐在那儿不动，心里一直在想自己这些天干什么事了。我想了好半天，我说："我真没捣乱呀！我干什么错事了呢？"我们老板知道我又被他糊弄住了，就笑嘻嘻的，越笑越高兴。这时我才明白，他又逗我玩了。这家伙真讨厌，总拿我开心。他属于那种特别聪明的人，每次都能把我给蒙进去。

他刚开完玩笑，我们的士兵总管来了。他是我们队里最大的兵，是一个个子矮矮的菲律宾人。你说他的个子有多矮吧，他看我的时候得把头抬起来，就那么矮。他看到我手里拿着一个杯子喝咖啡，看着他们不知道该怎么办的样子，就过来抬着头看着我，他的脸不是很严肃，但也不笑。他问我："你知道你要干什么去吗？"我说："我不知道。"他说："你不知道你要跟着我们屁股后面去见一个人吗？"我说："我真的不知道。我们要去见谁？"

这时候我们的队长、副队长，还有维护主管（Maintenance Officer）、部门主管（Division Officer）、部门的士兵主管（Division Chief），再加上我们车间老板，都聚齐了。这么多人，一起带着我去见舰长。我自己不能去，船上什么人能去什么地方都规定得很严格，没有资格就进不去。

我们队长进来后也不笑，脸上很严肃，过来就跟我握了握手，然后说："你就跟我一起走。"我就跟着他，我屁股后面又跟了很多人，都是队里当官的。我想他是中校，我就是一个小兵，怎么能够跟他并排走呢？我就放慢脚步，溜到我们车间老板身边，他跟在最后面。他说："你跑到这后面来干什么？"我问他："这是上哪里去？"他说："我不告诉你。"我又问他："那你知道我们是去哪里吗？"他说："我知道，但是我不能告诉你。"

后来我们队长发现我不在旁边了，他就转过身来对我说："你给我过来。"我只好过去了。我们副队长怕我又溜到后面去，就在我后面跟着我。我没有办法，只好跟着队长并排走。

因为我们车间是在航母机库（Hanger Bay）的最后面，我们要走过起码一半的航空母舰，再从楼梯口上甲板。机库里的很多人都看着我，都在说，这个人干什么呢？这么多当官的都跟在他后面。当时我就有点吓着了，心里说这么大阵势，怎么回事？我当时有点害羞的感觉，特别不好意思。

上了甲板后，我们队长说："好了，现在我们上去。"我问他："上哪里去？"他说："我们要上甲板以上第7层（Level O7）。"飞行甲板就是第一层（Level O1），从那个舰岛舰桥再往上，就是O2、O3等等，O7在舰桥最上面。我们要上 O7，那就是要去舰长的指挥室，因为舰长的指挥室就在航母舰桥的最高层，他要清楚地看到整个航空母舰。

我们就往上爬那些楼梯，爬了半天，到了最高层。这时候我心里还在犯嘀咕哩，知道这是好事，因为他们要批评我，也不会把我带到舰长指挥室来批评，但是我还是不清楚具体是什么事。那时我真的一点都不知道当兵的还能进航母的最高指挥室，还能跟舰长聊天，还能开 15 分钟航母。

我们到了舰长指挥室的门口，那儿有一个专门站岗的人。他问我们："你们来干什么？"我们的队长就说："我们飞行队里的这个人被评为本月的最优秀水兵，今天我们受舰长邀请，来此参观访问。"他还说了很多，很正规的那种。当时我也没有注意听，只知道我被评为全飞行大队最好的水兵了，现在是来见舰长。那个站岗的大兵就说："你们等一下。"他就进去了，把门关上。我们这些人都直直地站在门外等。

这时候我才知道，连我们队长也不能随随便便进舰长室。我知道他们天天见面，因为每天早上，每个飞行队的队长，要跟船上的舰长，还有船上的航母打击群将军（Strike Group Leader），一起开一个会，就是通报情况，布置任务等等。但那是在船上的会议室，并不是在舰长的指挥室。我这次得奖，不光是给自己脸上抹金子，他作为飞行队里最大的头来说，脸上的光荣比我的更大。那么多飞行队，只有他手下的人得奖，他当然高兴了，说明他管理有方嘛。我们飞行队的其他长官们见舰长的机会就不多了，因为他们离舰长太远了。他们也算是沾光吧，也荣耀一回。

我们一堆人上舰桥楼梯的时候，后面还跟着一批人，就是船上各部门评出来的本月最优秀水兵。那个得奖的是一个白人小伙子，他后面也跟着一群领导，但是没有跟着我的人多。那个月只有我们两个人得到这个大奖，也只有我们两个人有资格来见舰长。每个月评出 2 个，出海打仗半年，总共只有 12 个。因为这个奖在陆地上不评，我们每两年出海打仗一次，所以能得到这个奖的人相当少，非常不容易。

096 航母上的最高荣誉（3）：我坐上了舰长的位置

我们等了一阵，那个站岗的出来说："你们现在可以进去了。"我们队长首先推门进去，我们大家，还有船上部门的人，都跟着进去了。舰长先跟我们队长、副队长聊了几句天，他们都是军官，彼此比较熟悉。然后我们队长把我介绍给舰长。舰长是一个白人老头，高高瘦瘦。你要是见到也会说，这个人的气质真是太棒了！他给你的感觉，就好像是一座大山站在你面前一样，特别踏实，特别自信，特别威严。他跟我握了握手，很有力，然后把斯坦尼斯号航母专门的徽章（Coin）发给我。美国每艘航母、每艘军舰、每个飞行队都有自己的徽章。它们就像是一个纪念牌似的，可以在单位的商店里买到，还可以网购。但是由领导专门发给你，意义不一样。我手上所有的徽章，有三四个吧，都是因为我工作好，领导发给我的，我自己从来没有掏钱买过。

因为是我们飞行队的人先进去，所以舰长先接见我，那个船上选出来的白人小伙子就先去开航母。我跟舰长谈15分钟话，他开15分钟的船，然后我们两个人再互换，舰长接见他，我去开航母。

一般谁能跟舰长说上15分钟话，就很了不起了，因为他实在很忙，没有时间跟别人聊天，而且我就是一个当兵的，跟一般长官都说不上话，更不用说舰长了。我进了航母指挥室，不仅仅是跟舰长说话，还有许多我根本想不到的事情。航母指挥室有一把椅子，非常特殊，下面有一个金属一样的踏板，你要跨上去，才能坐到椅子上。这把椅子很大，很舒服，只有舰长能坐，别人不允许坐。当然其他人也不敢坐，那是舰长的位子，谁敢坐呀？他坐的那个位置肯定是专门设计的，那是航母上最高的位置，视野最好，他能看到航空母舰从前面到后面的整个甲板，而且看得一清二楚，任何一个角落都不会漏掉，因为他要坐在那里指挥整个航母打仗。

椅子的前面，有七八个显示屏幕（Monitor Screens），一个一个地排开，都是平板的，而且都是触摸屏。那还是我第一次看到触摸屏的电脑，当时还只是军队里有，外面社会上看不到。在那些显示器上，舰长可以看

8.2 斯坦尼斯号航空母舰舰长亲手颁发给我的斯坦尼斯号航母徽章正面

8.3 斯坦尼斯号航空母舰舰长亲手颁发给我的斯坦尼斯号航母徽章背面

到船上的任何信息，比如说航母核反应堆发动机的情况，弹药、汽油的情况，各种飞机的情况。他要想知道什么，看一眼就行了。他要想指挥航母行动，用手指头点一点屏幕就行了。舰长的椅子旁边没有其他椅子，没有人敢坐在他旁边。他只要走上台阶，往那个转椅上一坐，前面一低头就全是显示器屏幕，稍抬头就能看到整个航母的甲板，再抬头就看见所有起飞和降落的飞机。我觉得这些东西有点像科幻电影似的，可是在航空母舰的舰长指挥室里，这一切都是真的。

我刚进去的时候，舰长要指挥发飞机。他就坐在那个椅子上干活，让我站在旁边看。他边工作边跟我说话，夸了我一阵，大致内容是感谢我的工作。过了一会，他看着没有太多事了，就自己站起来，对我说："你坐这儿吧。"我看着他，不敢坐。他看出我的心思，又说："没关系，你就坐这儿，坐这儿吧，你就坐在这个椅子上，当几分钟舰长，现在这艘航母就归你指挥了。"我看他真的是让我坐他的椅子，我就坐上去了。当时我还真想试一试，因为我从来没有来到航空母舰上这么高的一个位置，能把航母从头看到尾，而且看得一清二楚，所有东西全都在我的眼皮底下。这是航空母舰上唯一的一个点，能看到飞行甲板的所有细节。我想我天天在甲板上发飞机、接飞机，他应该已经看到过我无数次了。

　　我坐到舰长的椅子上后，舰长就站在我旁边，给我介绍，他以前是干什么的，我们都要执行一些什么任务，他都要做些什么工作。这个屏幕是干什么的，那个屏幕又是干什么的，他怎样在上面指挥全船的工作。他说他原来也是飞行员，但是现在太老了，不再自己开飞机了，而是指挥年轻人开飞机了。以前我以为舰长指挥航母，就是坐在那里，指挥手下人干活，自己什么事都不管。从那天起我才知道，不是这样的，我们所做的工作，实在比不了他。尽管他是坐在那儿，他承担的责任比我们这些跑腿的大得多，比我们飞行队的长官也大得多。他除了要指挥船上5000多个为他工作的人把仗打完，工作搞好，要平平安安地回家，还要考虑怎么用最大的力量去帮助地面上的部队，怎样避免和减少我们自己的损失。他脑子里装的东西跟一般人不一样，他考虑的问题一般人也想象不到。就像我们，叫你干啥你就干啥去，叫你把这个东西搬到那里，你就去搬到那里，不用想太多。他不一样，他要应对很多预料不到的事情。比如说我们航母正在执行一个任务，突然出了什么事，不能按计划执行了，他马上就要想出一个最快最好最有效果的新方案，立即就要组织我们这么多人去执行，还不能出错。他几乎没有考虑的时间，马上就要解决问题。他的工作就是这样一个工作，很有挑战性，非常不容易，不是一般人能够干得了的。

　　在我坐在舰长椅子上的这段时间，我们飞行队的队长，还有别的那些军官，都在后面站着，离我们有一段距离。他们没有资格走到台子上来，也不敢太靠近。舰长靠在我坐的椅子旁边跟我讲话，还给我指这里能看到什么，那边又是什么。我大部分时间都是听着点头，好多东西我不懂，也没敢问他什么问题，怕耽误他的时间。他看着15分钟到了，就对我说："你的时间到了，现在我就让你去开15分钟航空母舰。"然后我就带着我们飞行队的那些军官往驾驶区那边走。舰长就让那个船上的最优秀水兵过来，又再让那个水兵做一回舰长，再介绍一遍他自己的工作。

097　航母上的最高荣誉（4）：亲手驾驶航母

舰长指挥室不大也不小，比一般人家的客厅要大一些。舰长的椅子占一个角（Quarter），那边只有他一个人，就是靠甲板这边，可以看到全船。驾船的人和航母的方向盘也占一个角，就在舰长的右手边，稍微底下一点点，靠近船头这边，能看到船头，但不能看到整个甲板。开船的人也不用看太多甲板，上级命令他怎么开，他就怎么开。除了舰长和开船的驾驶员，指挥室里还有一些别的人，像参谋、技术人员、勤务人员等等，他们都在指挥室的另外一边工作。

我下了舰长的椅子，就走过去开航母。在我的想象中，航母的方向盘应该是很大的。你想想看，别的船那么小，就有一个那么大的方向盘，转半天都转不过来，航空母舰这么大一艘军舰，它的方向盘应该多大呀？再小也不能小过那些小船的方向盘，是吧？结果我错了，我注意一看，航空母舰的方向盘就这么小一点点，比咱们开车的方向盘还小一点。当时我就问开船的人："咱们这么大一艘航母，方向盘就这么小吗？"他说是的。我挺惊奇的。

我们海军里管军舰驾驶员，叫作"方向主管"（Quartermaster）。航母怎么走，就看他怎么转方向盘，怎么定速度。他们也是小兵（Enlisted），不是军官。这些开船的驾驶员一般也都是一些很年轻的人，有男兵，也有女兵。他们学的就是驾船这个工种，就像我学的是修发动机工种一样。我去的那天，开航母的是一个男兵，军衔比我还低一级，是E3。这个活不错，不脏，不累，也没有什么危险，但也别想得太美，他们工作时要一直站着，没有椅子坐，还要一直集中精力，不敢走神，一班12个小时，旁边坐着舰长，后面一堆大官，不是那么好混的。

我走到航母驾驶员跟前，他就站到一边去了，说："你来开吧。"当然我不会开船，更不会开航母，因为我不是学这个工种的。他就在我旁边教我怎么开。不过我也不是做做样子，因为那个驾船的兵自己并不动，只是站在我旁边，他让我把两只手放在方向盘上，由我来亲自驾驶航母。

但我也不能随便开，因为当时外面甲板上还是放飞机，航母必须迎风，必须有一定速度，不是像自己开船出去玩，我想往哪开，就往哪开，我必须听从他的指挥。

　　航母的方向盘旁边，还有一个像飞机的操作杆那样的东西，是用来调节航母的速度的。我把那个操作杆往上一推，航母的速度就快上去，往下一拨，航母的速度就慢下来。航母上并没有脚踩的踏板，不是像开汽车一样靠脚加速或减速，它就是用这根杆来调速。那根杆不长，也挺轻的，一拨就行。当时他给我讲，现在我们要放飞机了，要把航母的速度加快。然后他就问后面的那些人，现在我们要开多快。有人告诉他，要30节（30 Knots），他就让我把那个操作杆往上推，把航母的速度加到30节。我也不用像汽车踩油门似地总要去踩，才能让它保持一个速度，开航母就有点像用汽车里的巡航（Cruise Control），我把速度操作杆拨到那个节数，停住就行了，航母就自动用这个速度往前跑。

　　除了这个速度操作杆之外，航母方向盘的旁边还有一个电子显示屏幕，上面主要是海图，告诉你现在航母的位置在什么地方，周围是什么状况，比如说有什么礁石、浅滩，有哪些地方不能开。开船的人除了自己要注意海面，还要不停地看旁边的这个海图，不是说走直线就可以了，还要根据这个海图，不停地调整航母的方向，不能把航母撞到礁石上去了。

　　那个航母驾驶员一边教我开航母，一边给我讲怎样认那些海图上的标记。比如说这个标号说那里的水位比较低，我们就得换一个地方走。挺复杂的，因为水底下的东西你看不到，不是像开车一样，什么你都能看到。开船的人要不停地看船的方向，再对照地图，跟着转方向盘，这样才能保证航母不出问题。航母的方向盘，速度操作杆，还有这个电子海图，都集中在体积很小的一个地方，就在驾驶员旁边，很容易就能操纵一艘巨大的航母。

　　我在那里开船的时候，我的上司们都在我后面站着，他们不能上来跟我一起开。所以我进舰长室待了半个小时，他们也就只好在后面站了半个小时，一直陪着。我开了15分钟航母，到点就离开了，不能再打扰舰长的工作。我们走的时候，又去跟舰长握手道别。我说谢谢，他也说谢谢。我们飞行队的那些军官们，送我一直往下走，一直把我送到我工作的车间，又跟我说了一阵话，才一个一个离开。他们也都说谢谢我，因为我为我们飞行队争了光。然后我就回到我住的舱室，把我的礼服换下来，穿上工作服，又回到甲板上干活去了。

除了去舰长指挥室当十几分钟舰长和开一阵航母之外，我们还有另一个荣誉，就是当天晚上跟舰长一起吃饭。航母上小兵有小兵的餐厅，军官有军官的餐厅。军官从来不跟小兵坐在一块吃饭，小兵也不准进军官的餐厅。

那个晚上，我穿着便服，先去见我们飞行队的队长，然后他把我领到军官餐厅跟舰长一起吃饭。那里面有一张大桌子，我和船上的那个最优秀水兵、我们舰长、我们飞行队的队长、船上那个水兵的长官，还有其他飞行队的队长，坐在一起吃饭。飞行队其他长官，还有我们车间的老板，都没有资格来。军官餐厅当然吃的会好一些，毕竟人家是军官嘛，但对我来说，也不是很兴奋，因为太拘束了。长官陪着我一起吃一顿饭，算是给我的一种待遇，一种鼓励吧。

这些是船上给我的优惠待遇，还有我们飞行队给我的待遇。第二天我又去见了我们的士兵总管，就是我说的那个个子矮矮的菲律宾人。他的办公室不好找，我找了半天才找到。他给了我一张吃饭的优惠证，我可以拿着它用一整天。在那一天里，我可以在餐厅里优先插队取饭，不用跟别的人一起排队。我是先进，谁也说不出什么来。不过那张证只能用一天，第二天就不管用了。

098　航母扎堆大演习

离开香港后，我们就往回开。一般这个时候，我们就会放松休息，因为仗已经打完，马上就要到家了。可是这次不行，上面通知："我们马上还要举行一次大演习。"下面就有人抱怨："本来回家就迟了，哪有回来的路上还做演习的？"可是我们这些兵有什么办法？我们抱怨也没有用。我那时候也想回家休息，想见女朋友，可是人家不让，我只好不想。本来航母是使劲往西开的，过了几天，就慢下来了，左拐右拐的，让我们发飞机，开始大演习。我们就又使劲干活，跟在战区打仗时一样。

过了几天，有一天早晨，我们正在甲板上工作的时候，突然看见我们航母后面跟着许多小船，都是我们这个斯坦尼斯号打击群护卫航母的军舰，还有供应船，全都排好队跟在我们后面。在我们航母前头，水上冒出一个小黑头，就是那艘潜艇。在那些小船后头，还有一个小黑头，是另一艘潜艇。当时大家都不知道要搞什么鬼，因为平时我们是看不到这些小船和潜艇的，它们在我们周围，但隔得很远，而且他们在我们的前头、后头、左面、右面都有，不会排好队在我们后面跟着。有些老兵就猜，可能是要给我们照相，不然摆这个架势、搞这么好看干什么？

我们还是照样干自己的工作，反正上级不告诉我们，一定有保密的理由，我们也不用去问。过了一会，都不知道是从哪儿来的，另外一艘航空母舰，就是尼米兹号（Nimitz），突然"啪"地一下就在我们航母的左边出现了，跟我们平行开，后面也跟着它们自己的一堆船。我们更奇怪了，以为出了什么事，或者是波斯湾里面更乱了，要不就是哪个地方又出现了什么危机，比如说要打伊朗，因为副总统切尼都警告他们了。要不然，怎么这些船都出来了呢？而且两艘航空母舰在一块开，对面船上全是飞机，我们船上也全是飞机。

又过了一会，我无意中抬头一看，旁边又出现一艘航空母舰，就是小鹰号（Kitty Hawk），从我们右边列着队，一下子就开过来了。它后面也跟着一批船，排的阵式跟我们和尼米兹号的一样。

这个时候，3艘航空母舰我都能看到，我们的航母斯坦尼斯号在中间，前面是潜艇，后面是一长排船，左边是尼米兹号航母打击群，右边是小鹰号航母打击群，场面很大很壮观宏伟，让人很兴奋。你要是看到了，你也会觉得，真是不得了，太伟大了。你还会觉得，哇，我就站在这么大的一个航空母舰上，旁边还有两个同样巨大的航母，你会觉得你这么艰辛地工作，这么长时间的痛苦，一切都很值得。

我们这些水兵感到惊讶兴奋，是因为我们谁都不知道会出现3艘航母聚在一起的情况，没有人告诉过我们，这是要保密的事情。后来船上的美国人说，这次把3艘航空母舰放在一块，是有危险的，因为它给美国的敌人提供了最大的目标。要是敌人向这个地方发一颗原子弹，那么我们3个航母战斗群就全完了，几百架飞机，几万人都没有了，等于说美国海军去掉小一半。在美国历史上，3艘航空母舰聚集在一起的例子，是很少很少的。

我们这3艘航空母舰并排开了一会，就开始发飞机，3艘航母一起发，把自己船上的F-18都发出去。其他飞机只要能发的，也全都发出去了。这些飞机飞上天后一下子就都飞得没有影了。我们船上的人还奇怪，他们都干什么去了？一般我们都是一边发飞机，一边接飞机，很少有把所有飞机都发出去，却没有飞机飞回来的。

过了一会，我们就听见远处有一种像是打雷的声音。我们都说，这是什么？好像在很远的空中。我们抬头一看，美国空军的B-52轰炸机，非常大的飞机，在前面领路，轰隆隆飞过来了，后面跟的全都是F-18。我从来没有见过B-52，这是我第一次看到，而且就从我头上飞过去。那种飞机有8个发动机，一边4个，你想那种飞机有多大吧！我一看，哇，真的好大呀！后面全是F-18，大约有200多架，而且排着队，飞得很近，很齐，也很好看。在军队里，我们把它叫作"队列飞行"（Formation Flying）。我们这些兵看着都惊叹，我们的飞行员的技术真是不赖，能飞得这么好，真是不简单。这些飞机就这样，排着队从我们这3艘航空母舰的头上轰隆隆地飞过去了。这就是一种飞行仪式，非常壮观，特别好看，也十分激动人心。我们这些船上当兵的都向空中的飞机挥手欢呼。那些飞机一直排着队往前飞，直到又飞得没影了。

最后我们这3艘航母和后面的军舰都鸣笛，尼米兹号向左，小鹰号向右，都拐弯开走了，我们这3个航母打击群就分开了。然后我们的F-18

8.4　美国海军三艘航母斯坦尼斯号、尼米兹号和小鹰号2007年在太平洋举行联合演习（图片来自网络）

就都飞回来了，演习正式结束。小鹰号好像直接就开回美国去了，尼米兹不知道去了哪里。我们的所有战斗任务也做完了，现在开往夏威夷。

099　老虎巡航

完成3艘航母协同作战的大演习后，我们总算放松下来，不怎么发飞机了，航母又是全速往回开。过了几天，我们来到夏威夷，要在这里待5天。虽然都是靠岸休息，但是有一点不同，因为我们已经回到美国了，我们停靠的港口，就是美国海军在夏威夷的基地，所以上级说："你们这艘航空母舰是从战场上回来的，你们这些船上的水兵都辛苦大半年了，你们这一次就不用再站岗放哨了，我们让住在夏威夷的海军军人来替你们站岗吧。"这样我们就舒服很多，出去玩的时候不用算着什么时间必须回船值班。其实那里算是美国国内，基本上没有危险，所以船上就不用站岗了，船下还是需要有人值班看着点，毕竟这是航母，不能说什么人想上去就上去。那个基地里有一些新兵，刚从学校毕业或者刚从新兵训练营出来，被分配到这个地方，还没有出过海打过仗，什么都没有见识过，上级就让他们替我们这些老资格的人站岗值班吧。

我们一到夏威夷，就用海军的大民航机把航母上的一半水兵送回美国大陆，然后把另外一半水兵的家属，比如说爸爸、妈妈、兄弟、姐妹、朋友接到航母上来，让他们跟我们这些水兵一起在航母上生活一个星期。我们并不是说停在港口，让这些水兵家属上船来看一看、住两天就算了，而是要带着这么些人从夏威夷开回加州，就是让水兵的亲戚朋友们真正坐一回航母，看一看航空母舰上的工作生活到底是什么样的，他们要跟我们住在一块，吃在一块，让他们看一看自己的孩子到底是怎么工作的，让这些平民百姓、军人家属了解我们，平时他们没有这个机会。这项活动叫作"老虎巡航"（Tiger Cruise），军队隔一段时间会搞一次，就是为了安慰和鼓励我们这些大兵，让我们觉得脸上有光，再苦再累也值得。

这里面还有一个怪事情，我不说你都想不到。我们这些军人最亲的是什么人？当然是老婆孩子了。可是我们邀请亲属上船时，不能邀请他们。孩子不让来，可以理解，因为一般军人的孩子都小，上军舰有危险，他们乱跑掉进海里怎么办？乱摸乱碰把飞机搞坏了、把炸弹弄爆了怎么办？可是为什么连老婆也不让来呢？你想想看，一个男的跟一个女的碰到一起会干什么？夫妻会干什么？可是军队有纪律，不准在船上干那种事。你下船了，爱干啥就干啥去，但只要在船上，就是不允许。也不仅仅是因为船上的空间太小了，美国人可能觉得，军舰是一个挺神圣的地方，不能干那种事。

这项活动很早就安排了，让我们上报自己想邀请谁。你邀请人时，要告诉军队，你跟这些人是什么关系，军队要去调查，没有问题了才让他们来，并不是说只要是军人的家属就可以登船。本来我是可以邀请我的妈妈和爸爸的，可是他们在东海岸，太麻烦了，多一事不如少一事吧。我的女朋友倒是在西海岸，可是人家连老婆都不准来，女朋友更是不允许了，所以我也没有邀请她。

　　我的那两个经常一起下船去玩的朋友，就是那个马来西亚人，我们车间的头，还有那个白人，也都没有邀请自己的亲属上航母。老婆孩子不准来，只能邀请父母兄弟姐妹这些，可是有的人跟家里人的关系并不是很近，也就懒得邀请他们。那个马来西亚人的爸爸很想来，可是身体不太好，不方便，没办法来，这个马来西亚人就邀请了他们家庭的一个好朋友（Family Friend）来参加"老虎巡航"来了。

　　来的人是一个白人老头，以前在美国海军里面当过军官，后来具体做什么工作我忘记了，只记得他好像是中产阶级的人。这个马来西亚人给我们介绍一番，我们也就认识了。我们跟这个白人老头聊天，他给我们讲他什么时候参军，有些什么故事，我们一边听他说，一边也给他讲，现在航母上是什么样子了，都有些什么武器装备，就是以前的兵跟现在的兵做点交流吧。

　　在夏威夷玩的那几天，就是我们3个人陪着白人老头一起到处转，沙滩转一转，市里头转一转，酒吧里逛一逛。那个白人老头比较有钱，他不会摆阔，故意大手大脚地花钱，但也不是把钱看得很重要。他请我们3个人去吃当地的饭，看当地人的表演。比如说一些小孩表演爬椰子树，就拿一根绳子，光着脚就上去了，非常快。他们上去后就在树上挂着，把椰子摘了扔下来。我们就接着，喝里面的汁。还有当地人跳舞，胖胖的，扭得还挺灵活。到了晚上，我们又跟着导游，去一个地方看当地人怎么烤猪。他们不是把猪放在炉子里烤，而是在地上挖了一个洞，把猪放进去，在地底下烤。那个洞不是很大，底下具体怎么烤我看不到。然后我们就看表演，听他们唱歌。等猪烤好了，他们就请我们吃烤猪，味道还不错。当时沙滩上有很多人，有一排排椅子和桌子。大家不管认识不认识，都一溜一溜地坐在一块，聊天、吃东西。当地人一个一个地推着车，给我们端上菜来。每人一份，有大菜，有甜点，还有饮料。吃完以后，还是看当地人的表演，跳舞、玩火，很轻松，挺过瘾。

　　到了睡觉的时候，那个白人老头不想回航空母舰上去住，可能觉得不舒服，毕竟他不当兵很多年了，不习惯了，就自己租了一个旅店的房

间休息。我们3个人并没有租旅馆，本
来说下去玩完后就回船上去。可是老头
一个人待着没有意思，就给我们3个人
也订了一个房间。我们不好说把人家请
来了，又不陪人家，就住了下来。晚上
我们3个人就陪老头喝酒、聊天、看电视，
他就是花钱买个高兴吧。

等到航母从夏威夷开往圣迭戈的时
候，就是"老虎巡航"开始以后，老头
当然只好住到船上了。不过他本来就是
海军，虽然没有在航母上干过，各个军
舰上住得都差不多，他还可以，不是很
舒服，但还能忍受。别的一些人就不行
了，有的睡不着，有的撞头，还有的晕船。

8.5 我回家后的照片。我感到很快乐

我们这些水兵倒是感觉不错，就像是在海上开大舞会一样，不用干什么活，
陪着亲戚朋友们玩。说是让这些平民上船来体验我们的生活，其实差得很
远。像我们打仗的时候那种样子，他们根本受不了，别说一天受不了，一
个小时他们都不行。四五十度高温，在甲板上晒着，还要不停地干活，干
很重的活，10分钟他们可能就全完了，没有受过专门训练，他们根本不行。

在这一个星期里，我们的航母会开的慢一点，稳一点，不做很大的
机动，不会猛转弯、猛加速。有的时候，我们会飞几架飞机出去，做一
些空中表演（Air Show）给这些平民们看。但是我们规定只要有飞机起降，
就不能允许任何平民在甲板上待着，因为那样太危险了，所以我们都是
先让平民下到船舱里，或者站在甲板旁边的猫道（Catwalk）上，再把飞
机发出去，然后再让平民上甲板看我们演出。我们的飞机一架一架地飞
过来，广播里就介绍说这种飞机是干什么用的，开飞机的是谁和谁。飞
行员的亲戚朋友就兴奋地欢呼吼叫。其实这么飞最舒服了，因为他们飞
得很慢，做一些展示（Demo），不是打仗那种又快又急。飞行表演结束了，

8.6　2012年我回勒穆尔基地时的照片。后面就是我以前的单身宿舍

我们再把平民送走，飞机才能降下来，因为甲板上有挂飞机的钢缆，飞机落下来时也很快，还要喷气，不可能允许有任何平民待在甲板上。

　　我们就这样快快乐乐地，一直开到圣迭戈，然后我们飞行队和那些水兵的家属都下船了。我们的航母斯坦尼斯号再开回它的家华盛顿州的布雷默顿。下船的时候，我没有什么感慨，就是觉得总算回来了。我那时已经是老兵，一会上船，一会下船，一会训练，一会打仗，都习惯了，没有什么好兴奋的。那是我最后一次出海打仗，可是当时我不知道，我以为我会在海军里面干20年，把这辈子都投进去。如果我知道我再也不会出海打仗了，可能会有一些留恋吧，毕竟我的这种经历太不平凡了，而且那时我也做得很好，很成功。不过后来回头想，我不再干下去也是对的。我不是那种喜欢刺激的人，也没想过要干出点什么成就来，能够像现在这样平平安安地回来，开始平平凡凡的生活，对于我这样的人来说，就已经很不错了。真的，我上了战场，也打了仗，那是因为我要挣钱，没有办法，我从来没有想过要当什么英雄，只想安安静静地过我的日子。你们要是了解我，你们就会明白的，我就是这样一个人。

第九章　从“鹰眼”转战“大黄蜂”

100 决定再干四年

就在这一次跟着斯坦尼斯号航空母舰出海打仗期间，我跟美国海军的第一个4年的合同期满了。我可以选择再签一个合同，再给海军干4年，也可以选择退伍回家。如果我选择退伍的话，那么4年一到我就可以走，不管当时我是在哪里。比如说我是2003年7月3日入伍的，那么到了2007年7月2日，如果那天我正在上夜班，我就看着表，午夜钟声一响，我就可以放下工具，脱掉工作服，直接换上便装，不用再给军队干一点活，因为从那一秒钟起，我就已经是平民了，不再是军人。第二天我就可以坐上来航母的C-2飞机，去巴林的美国军事基地，再从那儿坐上海军的大型民航飞机，直接飞回美国。然后我就可以拿着军队给我的福利去上学了，就这么简单。美国的合同是很严的，我不用多干一分钟，也不能少干一分钟，4年就是4年，刚刚好就行了。

我们给政府干活也有假期，因为我很少用，都不记得一年有多少天了，好像还不少。我们离开军队的时候，如果还有假的话，有一部分可以换成钱，也可以提前休假，把自己的假期休完。比如说我还有20天假没有用，我可以卖一半给军队，他们就多发给我10天的基本工资。因为我7月3日要离开部队，还剩下10天假，所以我6月23号就可以退伍回家了。但是在战区里是不准请假的，所以就算我还有年假没有用完，也只能干到7月2日午夜，不能提前走，我的那些假期就算是作废了。军队会说，谁叫你之前不用的？规定就是规定，他们也没有办法。

大部分不想当一辈子兵的人都是干完4年就走，因为干4年跟干8年的退伍福利是一样的，没有任何区别，人家为什么要多干4年？军队当

然希望我们这些军人干的时间越
长越好，因为培养一个人不容易，
你要是再往下干，他们不用培养
了，直接就可以用。在战区里打
仗的时候，军队正需要人干活，
而且把一个退伍的人从波斯湾送
回国也要花很多钱。他们就说，
你们谁愿意在战区里跟海军再签

9.1 我的狗牌。每个美国军人都有两个狗牌。如果他战死了，一个给他的家人，一个随他下葬

4年合同，我们就给你奖金（Bonus），给你多发半年的工资，而且不用上
税。我当时的基本工资是一个月约1500美元，所以我要是跟他们续签第
二个4年的合同的话，我就可以净拿9000美元，因为在战区，也不用上税。
这个对于我来说，是一笔不小的收入，我就同意了。

其实我也不是贪财，我早就有这种想法，再干4年，甚至在军队里干
满20年，因为虽然工作很辛苦，但我不怕吃苦，当时也干得很不错，而
且我不知道自己出来后能干什么，我又不善于读书，没有专业又怎么找
工作呢？另外，当时我正在跟一个加州的白人姑娘谈恋爱，都准备结婚了，
我既需要钱，也不想回家，所以再签一个合同对我来说比较合适。考虑
再三后，我打电话给我们船上的特别咨询员，说我愿意跟海军续签4年
合同。他很高兴，说他马上准备手续文件。后来他就打电话让我去签字。
就这样，我们正在波斯湾里打仗的时候，我在斯坦尼斯号航空母舰上直
接跟海军又签了4年的合同。我的长官和同事们听说后都挺高兴，因为他
们多了一个帮手，也省去了许多麻烦。

101 终于从海上回到陆地

海军里的工作，分成两种，一种是海上工作（Sea Duty），另一种是

陆地工作（Shore Duty）。海上工作就是大部分时间在船上，要出差，要出海打仗，顾不上家，有牺牲的可能。陆地工作大部分时间在陆地上，不用出海打仗，经常回家住，也没有太大的危险。一般人当然都愿意做陆地工作，而不愿去做海上工作，反正福利待遇完全一样，工资也一样，虽然海上补贴稍微多一点点，但工作却艰苦得多。原来海军的规定是，海上工作4年，可以转换成陆地工作；陆地工作4年后，必须回到海上去工作，就是4年一个轮换（Rotation）。这样基本情况就是海军中有一半人在海上，一半人在陆上，结果海上人手不够，陆地人满为患。

我刚当兵服现役没有多久，海军换了一个四星级将军。他上台后就改了规矩，把海上工作和陆地工作的轮换时间间隔给改了。海上工作的时间从4年增加到5年，陆地工作的时间从4年减少成2年。这样大家都得到海上打仗去，不能都待在岸上家里了。我当时所在的E-2飞行队，属于海上工作单位（Sea Duty Command），而不是陆地工作单位（Shore Duty Command），因为我们的飞机要经常上船，我们训练和打仗都要出海，所以我在海军里面的头5年都属于海上工作。

我加入海军的时候，跟海军签了4年合同。在2007年随斯坦尼斯号航母出海打仗期间，我正好干满4年。如果我不想干了，军方可以在我期满的那一天，用飞机把我拉回来，因为我们是签了合同的，只要合同时间一到，我可以一分钟都不多待，军队会直接用C-2飞机把我送回美国，我的任务就算完成了，我就可以拿着上大学的钱回家读书了。

由于种种原因，我在波斯湾战区里面又跟军队续签了4年合同，这样我就至少要在海军里面干满8年。本来我应该是2007年7月转成陆地工作的，海上工作时间延长后，我就变成了2008年7月才能换工作。所以我在加州穆古的第一个单位里面本来是干4年，就是因为改了规定，我待了5年，增加了一年。一个海上工作，5年时间，至少要出海打仗两次，一般人都是这样。所以我2005年去波斯湾一次，2007年又去波斯湾一次。2008年我走了，转为陆地工作了，所以2009年他们再次出海打仗时，我就不用去了。

后来我转到了勒穆尔（Lamoore，CA）的F-18飞行队，那是一个培训新飞行员的学校，属于陆地工作单位。那里本来只允许我待两年，因为这是陆地工作的时间限制，可是由于我到2010年工作期满时，我跟海军的合同只剩下一年时间了，没有哪一个海上工作单位愿意要我。人家觉得太不值得，你来了，刚干熟了就要走，他们还不够麻烦的。一般来说海军都是希望大家去做海上工作，但也要看你现在所在的飞行队是不是需要人，这个可以稍微灵活一点。因为我工作干得比较好，勒穆尔那个地方不太好，没有人愿意去，非常需要人，所以后来海军就同意让我在勒穆尔多干了一年。这样我的陆地工作时间就成了3年，延长了一年。加上前面海上工作5年，我的整个现役服役期（Active Duty）总共是8年。

到了2008年的7月份，我已经干满5年海上工作，可以转往陆地工作了。当然如果我愿意继续做海上工作，继续在E-2预警机队里面干，海军会很高兴的，可是当时我已经结婚，太太家在北加州，我希望搬到离太太家近一点的地方，所以我还是申请去做陆地工作了。

我们跟平民一样，换工作时要自己去找，但跟平民不一样的是，我们不能随便找。海军里有这样一种人，我们把他们叫作"特别咨询员"（Detailer），就像学校里的就业顾问（Consultant）一样，专门帮我们联系工作。我找到我们的特别咨询员，说我要去岸上工作了，你们有没有这样的地方？他就给了我一些表格，上面列有现在有哪几个地方需要陆地工作的人。我选择了几个我想去的地方，就给他们发申请信，然后看有哪些地方要我。如果有一个地方一看，有这么一个兵想来，我们正好也需要这样一个人，那个地方就会下人员订单，说我们需要他，他应该什么时候到这里来报到。然后军队会安排好一切，到时候我去那儿就行了。

我当时也申请了东海岸的工作，这样就离家近些，而且我是在东海岸长大的，虽然加州也不错，但是我觉得东海岸更像美国一些，我更喜欢东海岸。2007年底我已经在加州结了婚，但是这个不用太考虑，因为军人的家属可以随军，我可以带着太太去东海岸。可是当时美国打仗已经花了很多钱，明显感觉到经费不够用，如果把一个军人从美国的这一端送到那一端，军队的花费不少，而就在加州内部找，搬家的距离近，军队要花的钱少很多，所以他们一般不批准我们换到很远的地方去工作。结果我去东海岸的申请就没有成功，他们还是把我留在加州。所以虽然说军队会尽量照顾军人，但还是有限制，不像平民一样，想去哪里就去哪里，政府管不着。而对于我们军人来说，军队让你去哪里，你就得去哪里，让你什么时候去，你就必须什么时候去，中间还不能有空隙，否则你就算违反合同，你就会有大麻烦。

最后根据军队的需要和我的选择，定下我去勒穆尔（Lamoore，CA）的F-18飞行队工作。在我去这个地方之前，他们给我发了一张表，告诉我必须不晚于什么时间之前去那里报到。我可以提前到，但不能晚到。我本来应该是2008年7月走，但是他们要我6月到勒穆尔进F-18飞机的培训学校去学习3个星期，学一些关于喷气式发动机的基本知识，然后再去我的新飞行队工作。因为不同飞机的发动机是不一样，我以前做的都是E-2飞机的发动机，现在我必须去学有关F-18飞机发动机的课程。E-2是螺旋桨发动机，F-18是喷气式发动机，原理完全不一样，属于不同种类的发动机，有些基础工作差不太多，但是大部分都不一样。

我们来到一个新的地方，要注册，离开那里的时候，也要签离，这样军队才保持着你这个人的轨迹（Track），建立起你这个人的档案。本来我应该是6月初才离开E-2飞行队的，可是他们那时候就要上船出海，因为下一年他们又要出海打仗，当时正在抓紧训练。所以我5月就办好了离职手续，离开了我们的E-2飞行队，6月初到达勒穆尔。

102　初识F-18大黄蜂

勒穆尔海军基地在穆古海军基地北边四五个小时车程的地方，不靠海，比较靠近山区，但还是在平原上。这个基地相当大，是美国西海岸所有F-18飞机的家，所有F-18飞行队都驻扎在这里。

　　一般F-18飞行队都是要上航空母舰的，所以都算海上工作，但是我去的这个飞行队，属于一个学习驾驶F-18战斗轰炸机的学校，是专门用来训练新的军官成为F-18飞行员的，一般不出海打仗，所以我们算是陆地工作。尽管我们也要上航母，也要去别的地方训练，但是跟真正要出海打仗的飞行队比起来，我们还是轻松很多。

　　我在入队之前，去上过3个星期的课，学习F-18飞机发动机的基本原理，都是理论，真正的技术什么也没有学到。进入飞行队后，我就在飞行队里跟着那些有经验的技师，就是我的老师们，一点一点去学，一点一点去干，把所有技术都学到手。我的能力也是这样一点一点积累起来的，证书就这样一个一个考下来。一年多以后，我成为一个合格的F-18发动机维护修理技师，我可以干几乎所有的修理发动机的活。

　　我们飞行队的工作，就是培养F-18大黄蜂战斗轰炸机的飞行员。比如说，你从海军军官学校（Naval Academy）或者从军官预备学校（Officer Candidate School，OCS）毕业后，你就是海军军官了。这时你有两种选择，你可以当飞行军官（Aviation Officer），就是当飞行员，你也可以当陆地军官（Land Officer），就是在陆地上做一些情报搜集、物料管理等工作。如果你选择去当一名飞行员，海军会让你去参加一系列考试，看你的身体和智力行不行。如果都可以了，海军会让你自己决定去试着飞一下不同的飞机，看一看哪一种最适合你。如果你上来就说，我喜欢E-2，那你就先去试E-2。当然，大部分人都是先从F-18飞机开始。但是F-18飞行员不是说谁想当谁就能当的，所有人都必须通过各种考试，要先飞最慢的螺旋桨飞机，再飞喷气式教练机，你都要通过。如果发现你不行，军队就会让你去开一些慢一点的飞机，像C-2和直升机。如果你还是不行，他们就会让你回到地面上去做其他工作。这就是一个一边选择一边淘汰的过程，最后留下来的开F-18飞机的，一定是最好的飞行员。

　　如果你前面所有的考核都合格了，海军会把你送到我们飞行队来，你就在这里开始学着飞F-18。你要从最基本的动作开始学，学习怎么起飞、怎么拐弯、怎么降落这些动作，然后再一点一点学怎么进行空中格斗、怎么发射导弹、怎么扔炸弹，最后就是学白天和黑夜怎样从航母上起飞和降落。你是要出海打仗的，这些都必须学会，只要有一项你通过不了，你就被淘汰了，你就只能去开慢一点的飞机，或者去当陆地军官。

我们基地有一个挺大的飞机场，新飞行员们就在那里先学F-18的起飞和降落。我们有双座教练机，有老飞行员当教练带着他们飞，他们一点一点也就学会了。离我们基地不远的地方，有一块属于我们基地的射击区（Shooting Range），专门给F-18飞机当射击场。那里面没有大山，就是沙漠。地上停着一些破烂的坦克，有几节火车，作为射击目标，用来教飞行员怎么扔炸弹、怎么发射导弹、怎样用飞机上的机枪去打地上的油罐。射击场里面不准进人，这样飞机练习时就不怕伤到地面上的人。

这些新飞行员大部分时间是在家里头做各种练习，都是在我们基地周围飞来飞去。根据训练要求，我们也要送他们去另外两个地方，就是埃尔森特罗（El Centro，CA）和基韦斯特（Key West，Florida）。埃尔森特罗也在加州，靠近墨西哥，离边界很近。那里是美国海军蓝天使飞行表演队的家（Home Port），冬天他们都驻在那里。到了夏天他们就去彭萨科拉，那儿算是他们的第二个家。只要天气一暖和，他们就要到处表演，全美国、全世界地跑，很多人看过他们的表演。埃尔森特罗的气候和环境有点像中东，所以我们也经常去那里，目的就是教新飞行员练习在中东的飞行和轰炸。

有时候我们还会去基韦斯特。那是美国最南端的一个小岛，旅游胜地，很有名，上面有一个海军的基地，离我们很远，我们要坐着海军专用的民航飞机飞过去。我们在那个地方也是训练飞行员扔炸弹和发导弹，但是在海上训练，因为在陆地轰炸和海上轰炸不太一样，所以他们必须学习两套不同的作战方法。我们必须教会新飞行员，在陆地上怎么飞怎么炸，在海上又应该怎么飞怎么炸，因为这是两个不同的环境，所以有不同的飞行和轰炸模式（Protocol）。

我们不再去法伦，因为那不是新飞行员应该去的地方，它是训练最好最棒的飞行员的训练基地。虽然训练内容是一样的，也是空中格斗、飞机轰炸，但要求掌握很高的技巧，只有老飞行员才有可能去。这些学生学的轰炸基本上就是怎么按按钮，怎么把导弹发出去，离打仗的水平还差得远。就像一个人刚学会开车，你不可能让他上F-1赛车场。他的技术不行，去了也没有用。飞行员训练也是一样。飞机那么贵的东西，上面还装着炸弹、导弹，万一新飞行员无意中按了导弹发射按钮，就可能把同伴的飞机打下来。新飞行员学的，就是按这个键，系统启动了，再按这个键，导弹或者炸弹就会飞出去了，都是一些最基本的东西。他们要出去打仗，不能说连开枪、扔炸弹都还不会吧？要学完基础的，再练高级的，再上战场真正去打仗，有了战斗经验，这些飞行员就成熟了。

我们还是要上航母，只不过我们去的次数比以前少多了，通常一两个月才去一次，每次只待5天，不再是3个星期。我们去的目的，是跟着学生去训练，或者参加他们最后的考试。这个考试就是要求所有的新飞行员必须能从航母上飞出去，也要能落到航母上来，无论是在白天还是在夜里。一个新飞行员必须通过了这项考试，才能成为一名真正的航母飞行员。如果他不合格的话，教练们会让他再试几次。要是他还是不行，那他就没有资格飞F-18。

所以我换成陆地工作以后，尽管不长时间出海了，还是要经常上航空母舰，只不过不是只待在一艘航母上了。哪艘航母有空，就开过来训练新飞行员，我们就要跟着上船。后来西海岸的所有美国航母，等于美国的一半航空母舰，像华盛顿号、里根号、尼米兹号、斯坦尼斯号等等，我都上去过了。对于我来说，它们都差不多，只不过是名字不同罢了。我们上去是要训练新飞行员，或者陪着他们去考试，并不是出海打仗去了。

103 糊弄上司

尽管说是陆地工作，我们待在家里的时间也不太多，总是需要到处跑，去埃尔森特罗，去基韦斯特，或者上航母。而且我们每次出去，都没有一个固定的回家时间，因为这要看学生的学习情况。我们一次出去带二三十个学生，学习同一个飞行动作。如果他们很快都学会了，我们也就早早回来了。他们当中只要有一个人没有通过，剩下的人都不能走，我们也就回不了家。所以说我们每次出差时间的长短是掌握在学生手里的。

我们派人去船上训练时，通常要带五六架F-18飞机；去埃尔森特罗，起码带10架，有时12架；去基韦斯特，也是带10架或者12架。这样我们的人把大部分好飞机都带走了，可是勒穆尔基地里的其他学员还要训练，剩下的人就必须赶修家里的飞机。有时候我们一个晚上有十几架飞机要修。它们一线排开，很长一队，可是我们已经把最好的人送去出差去了，剩下的人不够，没有办法一个晚上修好所有要修的飞机。这时候我们就要问，这些飞机当中，有哪几架是第二天早上要用的，我们就先盯着这几架飞机修。剩下的飞机，等我们有时间了再去修，这算是没有办法的办法。

本来我们的人手就不够，整天拆东墙补西墙，忙不过来，可是有的时候，还会有更坏的情况发生。比如说我们的F-18飞出去了，跟学生一起走了，走到半路，有一架飞机坏了，停到某个地方不能动了。怎么办呢？我们又要送一到两个比较有经验的技师去做救援（Rescue），要赶到那个地方去把这一架飞机修好，再让它飞去训练学生。他们这一走，我们的人手就更不够了，更是忙不过来。工作量（Work Load）还是那么多，人却少了，你让我们怎么办？

有的时候，我们实在没有办法了，就把最好的飞机给上航母飞行甲板的学员用，把一些半不楞登的飞机，就是有的东西不能用，比如说有个灯不亮，有的地方掉了漆，但不会影响飞机飞行，我们把这种叫作"能执行部分任务"（Partial Mission Capable）的飞机，让那些新飞行员带着去训练，因为他们就是学一些最基本的东西，怎么起飞、怎么降落、怎么在空中转一圈，就是这些动作，飞机有点小问题不影响飞行。他们要用飞机，我们实在没有，只好给他们一些不太好的凑合一下吧。

　　我刚到勒穆尔的时候，那里有两个训练F-18飞行员的学校。我工作的学校是训练普通大黄蜂飞机的，就是比较小、比较早期的那种。从我们飞机库往下走，还有另外一个飞行队，它也是训练学校，不过是训练超级大黄蜂的，就是那种比较新也比较大的飞机。这两种飞机很相似，所以都叫F-18，同胞兄弟吧。超级大黄蜂的体积要比大黄蜂大，很多是两个飞行员，但也不一定，也有一个飞行员的。大黄蜂也一样，可以是一个飞行员，也可以是两个，型号不一样而已。超级大黄蜂个头大一些，速度快一点，装的东西多一点。我们的电子战飞机EA-6B"徘徊者"（Prowler）太大太老了，总是坏，修理维护费用太高，美国后来就用超级大黄蜂改成一种电子战飞机，叫作EA-18G"咆哮者"（Growler）。它还是超级大黄蜂的机体，只不过把原来徘徊者上面的设备，安装到F-18上了。这种电子战飞机比较小，也比较新，飞得很快，跟F-18一样。

　　后来，上级把我们这两个飞行队合并了，让我们搬到他们那边去，腾出地方来。他们把我们原来用的那个机库翻修一下，准备为将来入驻的F-35隐形战斗轰炸机用，这样勒穆尔基地也就可以用来训练F-35的飞行员了。可是这种新飞机很贵，毛病也多，总是造不好，不知道什么时候才能装备部队。一直到我走，也没有见到过F-35的影子。

　　可是上级把两个飞行队合并到一块以后，我们要修理维护的飞机就从六七十架变成了一百多架，里面既有大黄蜂，也有超级大黄蜂。我们这些机械兵出差、上航母的次数就更多了，因为我们以前只跟着学习大黄蜂飞机的学员走，现在他们把两种飞机混到一块了，每次我们就必须派两组人去，一组修理大黄蜂，一组修理超级大黄蜂。这样一来，我们的人手就更不够了，因为出差的次数多了，出差的人多了，剩下的工作却一点没有少，无论如何都忙不过来。

　　上级一看，就说："你们可以交叉学习（Cross Training），修大黄蜂的人去学修超级大黄蜂，修超级大黄蜂的人去学修大黄蜂，你们都拿更多的资格证，这样每次出差就不用那么多人了，而且一边有空的话，也可以帮助另一边。"这个办法看上去有道理，实际上是做不到的，因为大黄蜂与超级大黄蜂，尽管两个都是F-18，它们的发动机还是有一定区别的。他们想让我们在3个月的时间里，一个人学会修两种飞机的发动机，这根本不可能，因为我们自己手头的工作都忙不过来，根本没有的时间去学另外一种发动机的修理。他们又只给我们这么一点点时间，那就更是不可能完成的任务（Mission Impossible）了。

到最后，我们做的就是表面文章。你到我这里看一看，知道一点点，就算你会了，我到你那里看一看，也是只知道一点点，也算我会了。我们只能干一些很简单的活，稍微复杂一点的，就干不了了。上级从表格上一看，很多人都能修两种飞机的发动机了，太好了。实际上我们还是只会修自己的发动机，对方的根本不会。想让我去代替他，或者让他来代替我，都是不可能的。这种事就是自己骗自己吧，长官看着开心就行了，我们自己该忙不过来还是忙不过来。这些长官其实就是被糊弄了！

104 持证上岗

派谁去出差，上航母或者去埃尔森特罗、基韦斯特，主要看各个人手里有多少F-18发动机修理资格证（Qualifications）。证书越多，出差的可能性越大。证书都是一点一点学，一个一个拿到的。对于F-18的发动机，它的所有修理资格证书，我基本上都有，只有一个做检查的证书我还没有拿到。其实这最后一个证书也已经差不多了，我都会做，也去学校学习过了，只要考一下试，通过后就可以给我发这个证书。可是那时我就要走了，离开军队退出现役，没有来得及去考，也没有必要去考了。我去学习这个证书的时候，别人也问我："你都要走了，怎么还来学习？"我说我也不知道。我们老板知道我要走了，还送我来学校，这个钱就等于白花。后来他们说因为我的名字已经在学习名单上，他们不想把我去掉，所以还是派我去学习。我学好以后，也没有来得及帮他们干活，就离开军队回家了。

　　发动机分得很细，无论哪一个部分，没有相应的证书你就不能碰。就算你学得差不多了，只要你没有拿到资格证，你也不能单独干活，必须由有资格的人看着你干才行，或者人家干，你去给人家打下手。比如说他指导你怎么干，你干完了，他检查一遍没有问题了，由他签字通过，你没有权力签字。

　　我们要拿这些资格证书，根据不同情况有不同办法。比较简单的，比如说把什么东西拆下来，再装回去，就是拧拧螺丝，上级看你干得不错，签个字就算你过了。复杂一些的，要先跟着老师学习一段时间，然后去参加考试，必须通过才行。更复杂的项目，还要进学校专门学习，学完后再考几次试，都通过了才能拿到证书。

　　我这里举两个例子。比如说F-18装汽油的油箱（Gas Tank）跟E-2的不一样。E-2的油箱就是直接把油装进去，装满了就行，跟汽车的油箱完全一样，而且E-2只有一个油箱，这也跟汽车一样，因为E-2不用做很激烈的机动，不会面对面地跟敌人对射，也不会翻过身来，毕竟它上面还立着一个大圆盘哩，不可能像战斗机一样在空中做各种动作。F-18就不一样了，它是战斗机，机动能力很强，急转弯，上下翻飞，空中格斗，什么都要做，它的油箱就非常重要了。F-18有4个油箱，油箱1和油箱4叫作"供油油箱"（Fill Tanks），油箱2和油箱3叫作"转移油箱"（Transfer Tanks）。飞机先用油箱1和油箱4里面的油，用掉一部分后，再把油箱2和油箱3里的油转移到油箱1和油箱4里头，这样飞机才容易保持平衡。各个油箱通过管道连到一起，中间有油泵，有感应器。供油油箱的油用到一定程度，感应器说没油了，油泵就把转移油箱里的油送过去。F-18的油箱里面还有几个软袋子，我们是把袋子装进油箱里，再把油加进袋子里。这样有许多好处，例如有利于保持飞机平衡，而且如果一个袋子被打穿了，油不会漏得太快，也不会影响到所有的汽油供应，因为油箱是分开的。我们的一个工作，就是给油箱换袋子。我们要把旧的袋子取出来，放一个新的进去，再把所有管道安装好。我先学习，再跟着做得熟练的技师做几次，然后去参加考试，合格通过了，拿到证书后，我才可以自己去干这个工作。

　　另一个例子是启动飞机的发动机。我们修发动机的时候，经常要把发动机打着火，试一试，看一看有什么问题，修好了没有。我们不能每次都把飞行员叫来给我们打火，尤其是我们经常连夜加班修发动机，更不可能把飞行员拉起来帮忙了，因为他们第二天还要开飞机，头一天晚上不能不睡觉。所以上级就让我们这些大兵去学习如何把发动机打着。这是我们车间比较重要的一个证书，我们要先考笔试，通过以后，再去考操作。考操作是去一个中心，在模拟器上进行考试，就跟打游戏一样。我一个人在一个房间里面操纵模拟器，一名有经验的飞行员做考官，他通过广播给我发指令，我就一项一项做，他通过电脑和录像看我做的对不对。他会给我一些紧急情况，比如说左发动机突然起火了，问我怎么处理。我要自己做，还要回答他的问题。考试结束以后，他出来对我说："你通过了，但是还有一些很小的地方做得不够好。"他就指出来哪些应该怎样做会更好一些，让我今后注意。

　　我刚去的时候，什么都还不会干，要跟着别人学，所以很少出差，因为我没有很多资格证书，去了也没有用，还耽误飞行员的训练。后来我拿到的证书越来越多，出差的次数也就越来越多，因为出差都是派能干活的人去，我不想去都不行了，因为没有人像我一样能干活，必须由我去。有的时候我是连着跑，刚从南加州回来，又要上航母，刚从航母回来，又要去佛罗里达，所以我在基地待的时间并不太多，总是要往外跑。我说："我刚回来，还没有休息，能不能让别人去？"我们老板说："这没有办法，我们需要开发动机的人，你有资格，别人不行，所以只能让你去。"

　　平时我们一走，就带上12架飞机，每次我们去，总共20多个人吧，里面可能只有两个人有资格进驾驶舱启动发动机，我就是其中一个。我要坐进飞机里，把发动机打开，然后我们大家再做一些有关发动机的检查，发现是什么问题，就停下发动机去修理。修好后，我还要再打开发动机，大家再检查一遍，看它是不是工作正常了。如果没有修好，我们还要再来几遍。所以我干活越努力，能干的活越多，要干的活也就越多。哪里都一样吧，最忙的就是最能干的。

我们上航母或者去埃尔森特罗、基韦斯特，一般每个车间去两个人。我们车间特殊，要去4个人，两个修大黄蜂，两个修超级大黄蜂。因为到了那里也有白班和晚班，一个人去了没法轮换，所以任何工种都是成对出差。如果去的学员多，带去的飞机很多，我们车间就会送6个人过去，这边3个，那边3个。一般还行，不会说忙不过来。要是连续几架飞机出了问题，就麻烦了，有时候我们要打电话让车间再送几个人过来。我后来搬到基地里住以后，干脆有出差就去，反正在哪儿干也是干，基地里住着不舒服，我不去也不行，没有人比我更合适。

105 一人考试，全体陪练

我们上航空母舰的时间，比去埃尔森特罗或者基韦斯特的时间少很多，因为去那两个地方是训练学生各方面的飞行技能，而去航空母舰就是带学生去参加他们的毕业训练和考试。如果他们能在白天和夜间，从航母上起飞和降落，所有测试都通过了，他们就算毕业了，就正式成为一名海军飞行员了。当然他们进海军后还要进行很多高级训练，就跟我以前在穆古时见到的那些飞行员一样，基地飞、上船飞、去法伦飞，所以成为有经验的老飞行员很不容易。我们飞行队进行的都是基础训练，学生能在航母上起飞和降落就行了，没有更多更高要求。

对于一般的飞行队，都是人跟着飞机走，飞机跟着训练计划走，可是对我们训练飞行队，就不一样了，是人跟着学生走，学生跟着学习进度走。学生有学得快的，也有学得慢的，所以我们总是不知道什么时候要出差。学生去哪儿，我们就要派一批人跟着去那儿。我们出差在外的时间也不固定，要看学生。他们去一个地方，就是要学一组动作，他们

只要有一个没有学会，我们就都不能走，所有人都要在那儿陪着他。如果一个学生总是不过，我们就只能等。像这样的事情有，但是还算比较少。

比如说有一次，我去航空母舰，送一批学生去参加毕业考试。有一个学生，白天还行，起飞、降落都可以。到了晚上，天黑了，他起飞没有问题，降落就不行了，回来时无论如何就是挂不上那4根钢缆，落不下来，每次他都只能复飞。就这样，他飞呀飞，挂呀挂，怎么都挂不上，最后他都没有汽油了，船上的指挥只好让他别回来了，飞到圣迭戈的陆上海军基地降落去吧，明天早上再飞回来。这个学生没有办法，只好自己飞到陆地上去了。

当时他由一个有经验的飞行员也就是教官带着。可是教官是副驾驶，坐在后面，看不见前面的情况。他可以控制飞机，但是目的是教学生，所以只能由学生自己飞。后来汽油不够了，教官也可以把飞机降落到航母上来，但是他毕竟视野不好，不够安全，所以还是让他们飞到陆地上去了。

第二天他飞回航母上来了。船上的指挥官通知他说："你有两种选择，你要想再试，我们可以让你再试一次，让你夜里飞出去，再降落回来，但是你要从头开始，把所有的项目都再做一遍。你要是不愿意试了，那你就失去做F-18飞行员的资格了，以后就让你试着去开别的飞机，比如直升机、C-2飞机什么的。"他说："那不行，我就是要开F-18。"上级就又给了他一次机会，让他白天好好练习，晚上再试一遍。

到了晚上，我们大家都眼巴巴地等着，因为他不降落，我们都不能下班，没法回家。我们看到他降下来了，看上去什么都对，可是就差那么一点点，没有挂住。他有这个毛病，挂钩不是早了就是晚了，就是挂不住。怎么回事这是？真是把人都急疯了！很多人都给家里打了好几次电话说要回去了，可是每次都走不成。他在那里复飞、降落，每次看到他就要挂到钢缆上了，突然就失掉了，真不知道为什么！他只好又飞，又试着降落，折腾好几次，最后终于挂住钢缆了，这样他就通过了。天啊，谢天谢地，真不容易！他激动坏了，因为他总算当成F-18飞行员了！我们其他所有人也都大松一口气，因为我们总算可以回家了！

106 不止有一种飞行员

我所见到的专门驾驶飞机的飞行员，几乎全都是白人，很少有黑人或其他种族的人。有些黑人或者亚裔军官，也上飞机，但是他们是坐在飞机后面操作电脑、雷达等仪器的，不直接驾驶飞机。凡是上飞机的，我们都叫作"飞行员"（Pilot），可是有两种不同的飞行员，一种是驾驶飞机的飞行员（Aviation Pilot），另外一种我们叫作NFO，就是不驾驶飞机的飞行员（Non-Flight Officer）。E-2上面有5个飞行员，只有2个是会开飞机的，后面3个都是在电脑上面工作，搜集敌情，指挥其他飞机等等。F-18上面的飞行员当然都会开飞机，但是也有分工，比如说要是两个飞行员在上面的话，一个专管开飞机，一个专管扔炸弹。

我刚去E-2飞行队时，第一个上司有点像西班牙裔，比较黑，可能是混血，不完全是白人。他是一个驾驶飞机的飞行员，剩下的开飞机的飞行员就全都是白人，没有别的族裔，没有墨西哥人或者亚洲人。我去的勒穆尔那个F-18飞行队，前面的3个队长都是白人，最后才来了一个黑人。他可真的是开飞机的飞行员，驾驶F-18的。听说在E-2这个圈子里（Community），有一部分是生在美国的日本人。他们能说很流利的英语，但只是坐在飞机后座操纵雷达，而不是坐在飞机前座开飞机。我从来没有见到过亚洲人开F-18或别的飞机的，不知道为什么。相对来说，不管是什么飞行员，坐在飞机前面还是后面，亚洲人都很少。可能亚洲人不喜欢打仗，都去读书去了。

我也见到过女飞行员，那就不用说了，全都是白人，没有一个其他族裔的。我在E-2预警机那边时，我们有一个部门长官（Division Officer），就是一个女军官，自己会开飞机。等我到了F-18飞行队，那是一个训练学校，所以女飞行员更多一些。她们真是厉害，开飞机的技术根本看不出来跟男飞行员有什么区别，有时候我觉得她们的飞机开得比男飞行员还要好一些。

我们在训练时，有一些老师是澳大利亚人，不是美国人。他们来当老师，跟美国人是一种交流，但是他们还是澳大利亚空军的军官，并没有加入美国国籍。有一些国家，像澳大利亚、加拿大，还有别的国家，他们的空军用F-18做主力战斗机，所以他们有很多军官来与我们交流。美国空军是不用F-18的，F-18都是给海军用。所以美国空军比其他国家空军要先进很多。别的国家的空军才用到F-18，美国空军F-22都有了。

在军队里面驾驶飞机就像平民百姓的工作一样，不是说每一个工作都适合你，或者每一个人都适合不同的工作。我干的工作不一定适合你，你干的工作也不一定适合我。如果一个工作不适合你，你要是硬去干的话，可能不光是干不好，还会出事，说不定还会伤到自己，或者伤及别人。所以如果你不适合开F-18的话，上级就会让你换飞机，一般说是去开螺旋桨类的飞机，像直升机，或者E-2、C-2，因为速度慢，好掌握。如果你除了F-18不愿开别的飞机，那你就去当一名普通军官。大多数人都会换一种飞机开，反正也是飞行员。

但是在飞行员里面，有些人看不起开直升机的飞行员。比如说有人问你是开什么飞机的，你说你是开直升机的，人家就"啊"的一声，好像是说，直升机的飞行员，什么呀？有些开不了F-18飞机的人，也会选择开E-2。当然E-2的飞行员也并不都是开F-18不行被淘汰下来的，有的人是只愿意开E-2，他们不想去扔炸弹，不愿意开战斗机，就想开一种速度不快不慢的飞机，可又不想去开直升机，就选择了E-2。尽管E-2的飞行员没有开F-18战斗机的飞行员那么酷，但是E-2也不是那么好开的，至少要比直升机难开，因为它上面有一个大盘子，而且它要上前线，不是光在航空母舰周围转悠。其实所有飞行员都非常优秀，都是淘汰了很多轮剩下来的。海军飞行员比空军飞行员更不容易，因为他们要在航母那么小一块地方起飞和降落，他们要被弹出去，要挂下来，还不能出一点错。他们要是出了错，他们自己和我们这些甲板上的人就全完了。

107 另类军人：怀孕女兵和同性恋

我的同事里面，是有各式各样的人。大部分跟我差不多，当几年兵，全球转一转，拿到福利就走了。也有的一直当下去，成家、立业、升职，20年后，拿着退休金回家养老。比较特殊的也有，比如说有一个女兵，很年轻，长得也不错，还没有结婚，就生了一个孩子。孩子的爸爸也在我们飞行队里面，大家都知道他们两人有这层关系，但都不说破，因为军队不允许，他们是违反纪律悄悄谈恋爱的。这两个人都是白人，都是从美国的小地方来的。后来这个女孩怀孕了，她说她不知道这个孩子是谁的，因为她是在已经怀孕6个月时，才知道自己怀孕了。其实谁相信呀？不可能的事！她又不是傻瓜，别人更不是傻瓜，谁都知道这个孩子是谁的。那个年轻的男兵也不管，因为他在家乡还有一个女朋友，也怀孕了。就是说，他在军里军外，同时把两个女孩的肚子都搞大了。

这个女兵怀孕以后，挺着一个大肚子，可以来上班，但是不能干力气活。她就是在办公室里坐一天，接一接电话，做一些纸面工作，其实等于她什么都不用干，毕竟我们是发动机修理车间，主要工作都是要动手去做的，不能坐在办公桌前不动。她不能用力了，还能干什么？生孩子的时候，政府给了她42天产假。这是除了正常的年假之外，额外的休息。

小孩生下来以后,她又回来干活了。在我们基地里,有托儿所,也有幼儿园。她就是单亲妈妈,白天把孩子送到托儿所,然后来上班,晚上再去把孩子接回家。她回车间的时候,我们老板不太想要她了,因为她对我们的工作不太感兴趣,整天混。可是她跟军队签了合同,也没有明显违反纪律,军队也不能没有理由就把她赶走。她是那种比较天真的女孩,没有什么社会经验,军队好像不适合她。我不知道她为什么参加海军,成为军人。我从来不去问她这类事情,因为我们一般不过问别人的私事。她可能到军队就是为了挣读书的钱,因为有很多人参军就是为了这个目的。

我碰到过有同性恋倾向的大兵。在我们车间里,就有一个同事是同性恋者。他自己不承认,我们也不问。当时军队的政策就是"我们不问,你也别说"(Don't Ask, Don't Tell)。但是我们在工作中,能够看得出来,他的动作,他说话的样子,都跟我们这些人不一样,非常明显,就像是一个女人。有的时候,我们都觉得,他比那些像男人的女兵更像女人。所以我们根本不用问,一眼就看出来了。他是一个墨西哥人,但是出生在美国,不会说一句西班牙话。

美国军队里流传着一种说法,就是同性恋的男人性格不行,非常懦弱,连枪都不敢开,更不用说去打击敌人了。如果你是陆军或者海军陆战队的人,带着一个这样的男人,如果你们去打仗,你对他说:"我去打敌人,你掩护我。"你敢相信他吗?他要是不敢向敌人开枪,怎么保护你呢?所以很多大兵都不喜欢同性恋,怕自己死在他们手里。我觉得这不是真的,大家都是人嘛,但是很多军人确实不信任同性恋,就怕他们关键的时候顶不住,那别人不是倒大霉了吗?好在军队里有很多活,像技术支持、后勤支援什么的,他们都可以干。一般说来,他们不会在军队里找一个同性同伴(Partner),因为他们也知道别人不喜欢这种事。可能也有吧,但是极少,我既没有见过,也没有听说过。以前是不行,现在同性恋都公开化了,连同性婚姻都允许了,可能以后军队里也有一对一对的同性恋吧。想起来很怪,谁知道呢!

108 军婚的福利与苦恼

我是 2007 年底在穆古 E-2 飞行队时领证结婚的。本来我结了婚后可以马上向军队要房子，因为当时我马上就要离开奥克斯纳德去勒穆尔了，不想瞎折腾，就没有申请住房。穆古海军基地离我太太的家比较远，开车要 6 个多小时。勒穆尔就近多了，只要 2 个小时。

我到了勒穆尔海军基地后，本来想住在基地里面的，但是太太嫌基地离市中心太远，我就和太太在基地外面的一个社区里租了一个连栋屋（Townhouse）。那里离我工作的地方有点距离，开车需要近半个小时。当时基地里军队的房子也不太够，所以愿意给我们这些已婚军人一点补贴，让我们自己在外面的公寓里租房子住。我当时租了一个四室一厅的两层楼，房租是一个月 1200 美元，军队给我补 900 美元，我只需要从我的工

9.3 我在加州勒穆尔租住的连栋屋外景。四室一厅，条件很不错

9.4　我在加州勒穆尔租住的小区风景

资里出300美元。勒穆尔在加州内地，比较偏僻，所以房价比较便宜，在奥克斯纳德那种靠近马里布豪宅区的海边可没有这样的好事。

我当时的基本工资大约是每个月1600多美元。我结婚有了家属以后，根据我的军衔，在海军里面工作的年头，还有我工作的地区，军队还会再给我一些律贴，就是额外的钱（Extra Money），让我能够体面地生活。我的工资加津贴再加房补，一个月将近3000美元，还是可以的。可是没有过多久，我太太的娘家要开一个比萨店，为了省钱，把她拉回去免费打工。她住在父母家，却又问我要600美元住宿费。这样光是住宿就花掉我1800美元。剩下的1000多一点，要负担两个人的汽车、电话和吃穿，实在有点紧张。

除了住房补贴，军队给已婚人士的另一大福利，就是全家医疗费用全包，老婆孩子看病都不要钱。我太太身体不好，经常要看病拿药，这

9.5 加州勒穆尔海军基地内军人住宅之一

些都免费，她只要出示一下她的军人家属医保卡，不用付一分钱。她在勒穆尔时，就去我们军队里的医院看过病。她回家以后，由于她是军人家属，可以就近在她家周围找一个医生看病，然后那个医生会把账单直接寄到军队来要钱。

我在那栋大房子里住了两年，大部分时间都是我一个人待着，我太太回家打工去了。我觉得总这样分开不行，说过她很多次，她就是不听，她父母也不放她走。我去她们家找她，跟她吵架，她也不吱声，不理我。有什么事情，她不跟我说，总让她妈妈来告诉我。我很生气，我说我一个人住这么大一栋房子干什么，不如到基地里住去，还可以省一点钱。后来我就搬入基地，住进了军人宿舍。最后一年我就是在基地里生活的。

勒穆尔基地的军人宿舍不是单元房，而是像中国以前那样的单身楼。我们两个人挤在一个房间里，没有厨房，没有厕所，更没有隐私，跟穆

9.6 加州勒穆尔海军基地内军人住宅之二

古比起来，条件要差许多，所以很多人都不愿意来勒穆尔。不过，也有很多人在那里度过了自己整个海军生涯，一辈子都待在勒穆尔。我原来的一个上司就是，他在美国海军里面工作了16年，从一个飞行队转到另一个飞行队，中间还升了一级，都是在勒穆尔基地里面转圈圈，别的地方哪里也没有去过，就是因为这个地方没有人愿来，上级就把他留在这儿，不准走。只要招进来一个人，他们就想尽量留住他，不愿让他走。我在陆地工作两年期满时，因为只剩一年服役期，没有海上工作的地方肯要我，我就给我们基地的特别咨询员打电话，说我想留下来再干一年，问他行不行。他很高兴，说为什么不呢？当场就同意了。因为这个地方没有人愿意来，我干了2年了，什么都会了，正是出活的时候，他们当然愿意要我了。后来的一年，他们就是经常派我出差，使劲用我。

第十章 不是结局的尾声

109 成为美国公民

我是2010年5月才宣誓成为美国公民的。本来我一参军，就可以转为美国公民，因为那时我拿到美国绿卡都已经四五年了，再说参军有优惠，可以提前入籍。可是我试过几回，都没有成功，因为那些给政府干活的人，那些公务员，不太负责任，总是把我的申请材料弄丢。我说我自己去寄，他们还说不行，真是气人。后来我去波斯湾打仗去了，想管也管不了了。所以我一直都不是美国公民。到了第二个基地后，我不再出海，在陆地上工作，我就找时间把这事办了。刚开始要学修发动机，太忙，我也就没有去申请，反正是不是公民都一样干活，对我没有太大影响。我在2007年底时，第二次出海打仗回来以后，跟一个白人姑娘结了婚。因为我娶了一个美国姑娘，所以我也可以通过婚姻申请入籍美国公民，但是如果我按婚姻类申请的话，尽管等的时间不长，还是没有按美国军人的申请类别来得快，所以我仍然决定以军人的身份提交申请。

我从参加美国海军，到当上飞机维护长，再到乘卡尔·文森号航母出海打仗，再荣获年度最佳飞机维护长，再去修理E-2飞机的发动机，再一次乘斯坦尼斯号航母出海打仗，再到在波斯湾里亲手驾驶斯坦尼斯号美国航空母舰，直到我去修理F-18飞机的发动机，整整7年时间里，我都是一个拿着绿卡的美国居民，法律意义上的中国公民。尽管当时我的中国护照已经过期，但在我加入美国国籍之前，从原理上讲，我就是一个中国公民。当然对我来说，具体是什么都无所谓了，我就是一个小兵，干活挣钱去了，跟着别人出海打仗去了，就是这个样子。

2010年4月，我又一次填了入籍申请表，这次是我自己寄给移民局的，不再让军队帮我寄。过了3个星期，有一个移民局的女士来了，她是专门来面试申请美国公民的军人的，不接待平民。平民还要去考试，我们就不用参加专门的考试了，面试一下就行。

我去见她之前，收到她一封信，上面通知让我去面试，什么时候到什么地方，需要带些什么。那天是星期五，大家都在上班，因为这件事对我非常重要，平时我从不请假的，这一天我请了假。我按时到那儿，进去以后，她说，你把后面的门关上，我说OK，就把门关上了。她说你坐下，我就坐下。然后她开始跟我聊天，问我一些问题，就算是面试了。她跟我说话，就是要看我这个人有没有具备最基本的英文能力，如果我连这些都没有的话，就不好办了。并不是说一个外国人只要当了几年美国兵，英语就可以过关了。我见过一些外国人来当兵的，干活还行，跟美国人一聊天，他们就不行了。我还可以吧，毕竟我是在美国读的高中，平常的朋友也是美国人。她又给我看了一张纸，上面是英文问题，她说："你能不能口头给我回答出来？"我就一一回答了。她又说："我再问你几个问题，我嘴巴说，你用笔把回答写出来。"我也一一写完了，然后交给她。她看了看说："你通过面试了。"

那个女移民官接着说："你可以下午2点回来，直接参加宣誓仪式。你要是因为什么事不能等的话，也可以离开，以后我们再通知你什么候再到这儿来宣誓。"她说她现在就把我的材料交给她的上司去批，下午我就可以马上宣誓入籍。我说："我还是争取一天把这事办完吧，一拖下去又不知道什么时候了。"我就给我的老板打了一个电话，说："移民局的人让我等到下午，这样我今天就能宣誓成为正式的美国人了。如果你现在要我回去上班的话，我现在就回去，但是下次我还得请假再来。"因为当时已经接近中午，我上的是白班，下午三四点钟我就该下班了，我的周末就开始了，我的老板就说："你现在回来干什么？你回到车间，我们都该下班了，晚班的人也要到了。你不用回来了，这件事对你和对我们都非常重要，你就马上把它办了吧。"

我就吃点东西，坐在那儿等着。另外3个人也在那里等。其中有两个人跟我一样，都穿着海军军服。还有一个男的，穿的是海军陆战队军服。只有我一个人是中国人，他们3个全都是墨西哥人或南美洲人。后来我们4个人一起宣誓加入美国国籍，移民官发给我们国籍证书，还让我们拿着自己的证书给我们照相。移民官说："从今天开始，你们就正式成为美国公民了，祝贺你们！"我当时心想，至于吗？不就是美国公民嘛。虽然我自己也希望成为一个美国公民，但是真的到了他们宣布说，我就是美国公民了，我又觉得没有什么特别的。美国公民，好啊，那又怎么样？我并没有多少兴奋，公民就公民吧。

　　成为美国公民对我的军队生涯还是有一点帮助的，总体来说比较划算，把我在军队里面的路稍微打开的宽一点吧。我只有绿卡的时候，有些事情人家就会怀疑，这个人是不是有可能泄露机密。成为美国公民以后，就不太一样了，你自己的感觉好一点，别人也更加相信你，就是说还是有一些微小的差别的。我不能说是美国人在这一点上歧视外国人，人家只是为了保护自己，他们不能说是为了照顾你一个人的面子，就泄露很多机密，造成巨大损失。全世界都是互相保密的，美国没有做错什么。中国的军舰也不可能招一个美国人上去当兵。美国人说外国人只要有绿卡就行，已经算很宽容的了。

110　艰难的告别

　　到了2011年7月，我在美国海军里就干满8年了。本来我参军时是想一口气干满20年的，可是到这个时候，我却不想再干了。一是因为如果我再干下去，就用不上军队的福利了，等我40多岁后出来，就算让我去上学，我年龄大了，也读不进去了。不读书，没有新知识，也没有民用的专业了，找工作太难了，以后整个人就废掉了，干不了啥了，所以我觉得现在应该是回家的时候了。

另外，我的婚姻也出现了问题。我太太被她父母拉回去开比萨店，两人长期不在一起，感情慢慢地就不行了。我警告过她多少回，她就是不听，那就算了，各走各的路吧。我要是还在加州，就解脱不了，她一家人都在加州，缠着我不放，我太老实，斗不过他们，没有办法，还是赶紧回东海岸吧，离开他们，越远越好。

还有一个原因，就是海军每次升级都要考核。他们不会再给我免试升级了，我要再考上去也不容易，因为越往上走，要的人越少，他们把升职的成绩定得很高，大多数人都上不去。当然我后来还是考上 E5，可是再往上就非常难了。军人嘛，就是奉献去了。我如果回家学修车，一天干 8 个小时，一个月轻轻松松也能拿到 3000 多块钱，以后手艺高了，拿 4000、5000 美元也很正常。可是在军队里，整天出差，没日没夜地干，所有的都加起来，也就是 2000 多一点。别人都是干 2 年或 4 年就走，我已经奉献 8 年了，早就够了，也应该回家过自己的日子了。

其实最根本的原因，是我对军队失望了。军队里都是国家的人，就是大锅饭，干好干坏一个样。我在头一个飞行队里，还行，比较公平，我只要好好干，就能受到表扬，大伙都尊重我，还有提前晋级的奖励。但是在这个 F-18 飞行队里，把人际关系和政治那种东西，都带到工作中来了。我干得好，干得多，没有人表扬我。越懒的人，干得越不好的人，把时间都用来去搞关系巴结上司的人，反而得很多奖。如果是这样的话，我为什么要干呢？我干得再好，也没人在乎。他们把我的工作动力都给拿走了。

因为我拿的资格证书多，干活也卖力，很多时候，我就成了救急人员，没人干的活，别人干不了的活，都是我去干。我经常加班，一个人在车间里干很长时间，把难活、脏活、累活都替他们做完了。我已经习惯干活不惜力气，从来都是拼命努力。可是结果怎么样呢？那些人好像就是没有看到似的，没有人在乎我，也没有人有一点点感激，好像我天生就该做冤大头似的。谁能给我解释一下？我这个最能干活的人，什么奖状都没有，一个表扬也没有，一句谢谢的话都没有，而那些不干活的人，净捣乱、天天迟到早退的人，反而两个星期就拿一次奖，这是什么原因？其实就是长官的管理有问题。这样我还干什么？我为什么要干？最后我就心灰意冷，不想干了，不愿卖命了。你们要是不公平的话，谁干呀？让那些吹牛拍马的人干去呗！我后来也发现，勒穆尔那个地方，除了地点偏僻条件差，管理也不行，怪不得没有人愿意去哩！

后来我上班的时候，把该干的工作干好就行了，不再多干了。有人问我："以前你总是加班，干得最多，现在为什么只干自己分内的活了？"我说："我原来干那么多，他们从来连一句谢谢都没有说过。他们有几次出了事，都是我第一个人去救的，从来没有别人帮过我，可是他们当官的却从来没有表扬过我。"有一次我救了火，避免了一次大事故，他们也只是说了一声谢谢，连一张白纸黑字的纸片都没有给我。他们只是口说一声，我给谁看去？我没有证据呀！现在我就把我该干的活干了，多余的活我就不干了。谁爱干谁干去，我凭什么呀我？

别人的假期，早就用完了，从来不攒，人家都回家去了、旅游去了、玩去了。我表现好，很少回家，从来不旅游，就知道卖命地干活，所以攒了好多假期。前年的、去年的、今年的，好几年的假期，都在那儿没有动过。后来马上就要离开部队了，7月3号要走，我就把我的一半假期卖给军队，拿着钱走人，因为军队不让全卖，只能卖掉一半。另外一半，我就在家休息，不干了。还干它干什么？我在E-2飞行队干了5年，什么奖都拿到了，航空母舰都开过了。我在这个F-18飞行队干了3年，一样拼命地干，却一个奖都没有拿到过。他们这样欺负人，我就不干了！谁爱干谁干去！他们不公平，那就没有人干活了，能走的都走了，走不了的就练吹牛拍马去了，因为长官就喜欢这个。反正政府工作，怎么混都行，要是私营公司，这样的做法早就垮了。我管不了他们的事，我回家不干就是了！

111　从修理飞机到修理汽车

一般说来，美国人去参军，等于找了一份工作。这个工作的好处是随时可以去干，有很好的福利，还可以周游世界，坏处是工资不高，干活很累，还有危险，要是被敌人打死了，那你就什么也没有捞到。服役时的福利主要是全家看病不要钱，住房免费或者租房补贴，另外还有生命保险。如果一个军人死了，不管是战死的，出事故死的，还是自杀的，因公还是因私，保险公司不问原因，都会赔钱。就算他是自杀的，那也还是跟工作有关，因为工作压力大，受不了，他才去死的，所以应该给他的家属一些钱作为补偿。

如果一个人自杀了，比如说他从航空母舰上跳到海里死掉了，军队就会派人来调查，问你们知不知道他有自杀倾向？如果有人知道，他们就会问："你既然知道，为什么不帮助他？你们飞行队为什么不管？"就像是医生，你知道这个病人的情况，你不给这个病人治病，这个病人最后死了，谁的错？不是病人的错，是你这个医生的错。这个自杀的人也一样，如果他说过想死，或者他有那个动机你能看出来，你就要拉着他，不准他去任何地方。你还要报告你的上司，让上司采取措施。美国政府天天都跟各种各样的军人打交道，当然什么都计算好了。防止军人自杀，当然是政府的责任，也是为了少掏钱，还多一个干活的人。

如果你咬着牙在军队里干够了20年，军队会给你发养老金（Pension），你就可以退休了，爱干点啥就去干点啥。你可以从此不工作，待在家里享清福，也可以去上学，不管你多老，政府都给你付学费，只要你愿意学。我知道有一个中国小教授招了一个50多岁的老兵做他的博士生，反正军队掏钱，只要老头爱学就行了。你也可以另外去找一份工作，那你就有两份收入。养老金发多少，有一个表可以告诉你，跟你的军衔、工作年限都有关，但是我从来没有注意过，反正我离干到20年还早得很。我听说大约是你的基本工资的75%。可是军队里补贴比较多，基本工资长得慢，所以这个养老金也不会高到哪里去。

只要没有在军队里干够20年，出来后就没有养老金。我的主要福利就是上学的学费，5年的老兵医疗保险，还有就是60岁就可以拿社会养老金（Social Security）。在我离开军队的5年内，只要到老兵医院（Veterans Affairs Hospital）看病，就可以不要钱。但是这种保险的覆盖不行，连牙医（Dental）、眼科（Vision）都没有，只能看常见的病。可是我们都还是年轻人，通常也没什么大病，所以基本上用不上。拿社会养老金，别人是67岁，我们是60岁，差不了多少，也没有太大意思。

我主要能享受的，就是上学的学费，包括读书期间的生活费。只要我想读，那就爱读几年读几年，上大学，读硕士，念博士，军队都给我出钱。这个福利在我离开军队后15年内都有效，就是这笔钱给我放在那里，放15年。以前是10年，现在延长到15年了。只要我在离开军队15年内开始读书，他们就会出钱。无论我是去一所社区学校，还是特拉华大学（University Of Delaware），或者哈佛大学（Harvard University），我只要考得进去，政府就会给我掏学费。我如果15年后还没有去读书，政府就会把这笔钱收回去。当然，15年后我也太老了，不太可能再去读书了。

如果我去读书，政府还要给我生活费，条件是我本人必须去学校校园（School Campus）上课，不能只在网上修课。如果我离开家去别的地方读书，他们还会帮我付租房费。他们是按照当地的生活标准付钱的，这些都根据不同的地区、地点等有专门的计算公式，很严格。比如说假如我有本事考上斯坦福大学（Stanford University），他们就会把加州和斯坦福那个地点输入公式，算出应该给我多少租房钱，然后按月给我打入我的账号。如果我有太太，他们还要给我太太生活费。如果我有小孩，他们还要给我小孩的生活费。总之，我去上学以后，军队会支持我一家人。

去当兵的人，有一些人是经济条件太差，没有办法，只能参军挣学费，有一些人是不爱学习，确实去混饭吃去了，混完拉倒。当大兵的大多数来自社会下层，一大半都是这样。他们只要愿意上进，在军队里辛苦几年，出来后国家就会掏钱送他们去读书，有了专业就可以找一个好工作，他们也就进入中产阶级了。听说这是美国政府特意设计的，就是不能让富人永远富，穷人没希望。不管你出身多么差，国家都给你上升的机会，就看你自己是不是努力了。确实也有不少人通过当兵改变了自己的生活，成为专业人士，或者去给政府打工。像我学习飞机维护长的那个墨西哥老师，他退伍后就在加州做了警察。

不过，军队里还是有很多人不爱读书，出去后也不愿上学，直接找工作干活了。工作起来，时间很快，一晃就过去了。他们的钱，政府就省了下来。军队也是计算过的，大概有多少比例的军人根本不会用到它的这些福利，算下来划算，所以它才会有这样一个政策。另外，不论是当4年兵还是当8年兵，出来后的福利没有区别，这也是为什么很多人都是当满4年兵就走人，查理和我另外一个同学都是这样。我当了8年兵，等于给政府做了两份贡献，只拿了一份福利，所以政府在我身上是赚了的。

我从海军出来之后，回到我原来的社区学校读汽车修理专业，准备拿一个修汽车的文凭（Diploma）。我把所有修汽车的课上完后，再修3门课，就能拿到大专文凭（Associate Degree）。如果我还想再往上学，本科（Bachelor）、硕士（Master）、博士（Ph.d）都可以读，也可以一边工作一边上学，军队都会给我掏学费。不过我现在就是要拿专科文凭，不太可能读到本科去，因为那跟修车没有关系，没有必要。我还有一年半才能学完修车。共有8个证书，要一个一个修，还要一个一个考，而且也不是我毕了业就可以去考，我必须先去修车行干两年，当学徒，要不然政府不让我考。美国都是这样，护士、医生等等，不是读完书出来就拿执照（License），都要实习很长一段时间，有了足够的经验才行。

我现在的生活靠军队发的学生津贴，大约每个月1400美元，再加上我是美军后备役军人，每个月去一个周末，训练两天，给我4天的钱，大约200美元，所以总共有1600美元。另外我们后备役一年要求去一个基地正规训练14天，就是回到正式服役（Active Duty）里面去干两个星期。我们的一年是从今年的10月到明年的10月这样算的。去年我没有去成。我在网上找来找去，没有地方需要我，所以我就给军队打报告，他们批准我可以不做。今年冬天放寒假没有课时，我会去诺福克海军基地训练两个星期。

我看了一下军队帮我们交学费的福利政策,上面写着只要你当过90天的现役军人,就可以享受代交学费的待遇。当然你不可能跟军队签90天的合同。90天,等于你刚从新兵训练营出来,都还没有干活哩,也没有去前线打过仗,你就想要这种福利,不可能的。但是如果你参军满90天后,因为身体等客观原因,比如说身体出状况了,实在不行了,没法干下去了,有上级批准,那是可以的。可是只要你跟军队签了4年合同,就不能无缘无故说不干了。比如说你干了3年,受不了啦,不干了,那不行,国家不会给你任何福利,除非你有医院证明你确实不行,否则你就不能违约。

如果你犯了很严重的错误,被军队踢出去了,那你什么都没有了,而且你以后连找政府的工作都很难,比如说你不能当警察,因为你干的坏事在你的记录上,会永远跟着你。反过来说,这种记录也可能帮到我们。有些东西我现在用不上,并不代表对我以后也不能用。比如说军人找政府工作,就比别人有优势,毕竟我原来给政府干过,他们信得过我。

如果你在军队里受了伤,政府会管你一辈子。但是必须跟你工作有关才行,比如说胳膊断了,腿没了,或者五脏六腑出了毛病,那政府管你。如果你出去玩去了,出车祸了,腿断了,手没了,军队会把你踢出去,什么福利都不会给你。不是他们的原因,他们为什么管你一辈子呢?反正你已经是一个废人了,你出去吧你!

112 成功的定义

小的时候,我非常胆小,比所有女孩子的胆子都小,而且小得多。当时小孩们都玩滑梯,就是爬上去,再滑下来,哪里都有,特别普通的那种。别的孩子都玩得特别起劲,只有我是从来不敢去玩。你要拉我上去,我都不去。你拿枪逼着我，我也不去。你就是打死我，我还是不去。我的胆子就那么小，小到什么事都不敢去做。我也不知道为什么，天生就是这样。

我们幼儿园还有木马，会转圈圈的那种，一会升，一会降，一种很慢很安全的大玩具，现在都没有多少人爱玩了，因为它不够刺激。那种木马20世纪80年代在我们兰州还是很时髦的，大家都抢着上去坐，一个班上有50多个小孩，人人都喜欢它，所有人上去后都玩得高高兴兴的，每个小孩都在笑，可是只有一个孩子不敢上去，那就是我。最后我们班的车老师，是一个女老师，对我特别好，她说："车老师带你玩，你玩不玩？"我不敢去，她非要拉我去，说我玩一次就不害怕了。她带着我上去只转了一圈，我坐在上面还是怕死了。人家小孩都有胆量抓住把手站起来，我坐在那里，被老师抱着，还是吓得要死，就怕掉下去，因为木马一上一下的，有一点点失重的感觉，我心里就想，完了完了，这下子我要死在上面了。其实怎么可能！我现在也想不明白自己当时为什么就那么害怕，那么胆小。在我们那里，小时候我的胆小老实是出了名的。

就是我这样一个特别胆小、特别老实的人，特别害羞甚至从来不敢主动开口说话的人，后来居然参加了美军，当了8年兵，经常上航母，还出海打过两次仗，真是难以想象！那些以前认识我的人都说，就他这样一个人，居然参军打仗去了，根本想不到。我说不光你们没有想到，我也没有想到。对于别人来说，可能不算什么，但是对于我来说，这就是一个巨大的跨越。走出这一步，不仅是艰辛和痛苦，甚至还可能是死亡，因为在航母甲板上工作，是世界上第二最危险的工作，我能把这个工作做8年，没有死，活着回来了，就很不容易。我两次出海打仗，都没有告诉妈妈。我觉得我是一个男人，长大了，成人了，就应该对自己狠一点，别娇惯自己。打仗就是我的工作，我出去了，可能回来，也可能死在外面，但我就是去拼了，能回来就回来，死了也就死了，就这样吧，别想那么多，有我没有我，地球还是一样转，没有什么区别。

你说要采访我，把我的故事讲给别人听，我就犹豫了，是不是应该去讲这些事情。我不想炒作自己，不想让很多人知道世界上还有我这么一个人，因为我实在太一般了，不想让别人打扰我的生活。可是你告诉我说，许多人都很迷惘（Lost），不知道自己应该干点什么。所以我想，通过我的经历，通过我的故事，别人也许就会想，他这样的一个人，一个特别不起眼的人，一个看上去不如我的人，都能做到这些，我还有什么是做不到呢？

我还想通过我的经历去帮助一些人去想一想怎样看自己，或者想一想到底什么是成功。每个人对成功的定义都不一样。很多人总是说，一个人的成功，就是手里有多少钱，有多少资产，要住多么大的房子，要开什么样的好车，这就是他的成功的标志。我觉得这种说法当然不错，可也不全面。比如说你觉得自己走到了别人的前头就是成功，如果是你自己走的，那还可以；可如果你不是靠自己，或者你走的是歪门邪道，即使你走在别人的前面了，你又怎么能说自己成功了呢？比如说你爸爸妈妈是富翁，你一出生就很有钱，你哪怕是一个傻子，什么都不用干，也比别人钱多，谁会觉得你很成功呢？你要是偷了人家的，抢了人家的，就算你有钱了，可是天天怕别人来抓你，怕被拉出去枪毙，你又怎么能算成功呢？

我在这里想通过我自己的经历告诉大家，不管你干任何事，如果你能够尽到自己的努力，把它做到最好，这就是一个人的成功。我就是一个当兵的，以后去修车，实在算不得什么，可是跟以前的我相比，我觉得自己还是挺成功的，因为我用了自己最大的力量，超越了自己，这不是容易做到的事情。我觉得一个人不用事事都走在别人前面，因为不可能每一个人都当第一名，你只要尽到了自己最大的努力，每天都有一点点进步，你就是成功的。

我觉得对于我来说，参加海军，就是我到现在为止干过的一件最成功的事。所以我想，通过我的经历告诉别人，不管你做什么事，只要做得开心，你就应该去做。只要你用了最大的力量，做出自己所能达到的最好的成绩，你就是一个成功的人。你不一定非要当一个大官，或者成为一个富翁，你才说自己成功了。有的人聪明，有的人笨，有的人强壮，有的人衰弱，有的人运气好，有的人运气差，不可能人人都升官发财。我觉得只要尽到自己的努力，做到比以前的自己更好，就算是成功，就没有白活。

离开军队以后，我经常想，这8年值不值得？每一次我都觉得，尽管吃了很多苦，受了很多累，也经历过一些危险，但是参军这件事不仅值得，而且很有必要，因为它改变了我很多。以前我是一个不爱说话的人。在我参军之前，对陌生人，我基本上不会说一句话。我的性格就是这样，太内向，也很胆小。给国内的亲人打国际长途的时候，我妈妈把电话接通了递给我，我经常都不会吱声，人家使劲跟我说话，我就知道哼哼两声，连整句的回答都没有。

我以前在中国时，学习成绩总是倒数。来到美国后，上高中、读社区学校，也基本属于垫底的学生。而现在，从军队回来以后，我再去上课的时候，变成了全班最好的学生，期末考试，4门功课全部拿A。为什么会是这样？这跟我当了8年兵很有关系。因为在做飞机维护长的时候，我必须向上级汇报飞机的情况，每天十几遍、几十遍地说，这样就逼着我学会了讲话。我在军队里干得好，上司让去给别人分配工作，给别人检查工作，我就有了一些组织能力。再后来，我学习修理飞机发动机，我去订购零配件和材料，必须正确，出了错就不能用，浪费时间还浪费钱，这样我就学会了材料管理。美国的课堂，很讲究学生跟老师的互动，现在老师提问题，我就尽量回答，结果我成了班上跟老师互动最好的人。我学过修理飞机发动机，而且是高手，现在让我学修理汽车发动机，感觉就容易多了。我在军队里磨炼了8年，各个方面都有一些进步，现在再读书，我的成绩自然就上去了。

我听新闻说，美国人去当兵的，有70%以上来自贫困家庭，他们实在太穷了，不当兵不行，没有出路。我们家不穷，我的爸爸妈妈都是高级知识分子，我的家庭条件一直很不错，我父母可以养我一辈子，我真的用不着去冒险拼命，我也知道当兵不是一件舒服容易的事，可是我还是强迫自己当兵去了。我父母虽然是有房有车有钱，可是这些都是他们自己一点一点奋斗得来的，跟我没有什么关系。我这个人不聪明，也没有什么过人的地方，我就是不想靠家长，不当啃老族，靠自己拼命努力，走出一条自己养自己的路来。苦一点，累一点，难一点，有什么可怕？咬咬牙，也就顶过来了。我也是80后，也是独生子，小时候也是养尊处优，可我还是去把8年的苦硬吃下来了，并且依靠自己的努力，把我的名字写在了美军飞机上了，也亲手驾驶了美国的航空母舰。

　　我看到周围有很多很有钱的亚洲人，跑到美国来，耀武扬威，开很好的车，花钱如流水，很骄傲、很得意的样子，可是他们那么年轻，那些钱不可能是他们自己挣来的。说实话，这样的人，我看不上。他们自己从来没有努力过，无论他们多么有钱，也只能证明他们的父母很成功，而他们自己什么都不是。你要是真有本事，就自己去开创一番事业吧，无论多么小，那也是自己干出来的。我以后会开一个小小的修车铺，也许还会给那些被惯坏了的孩子们修车，我不会羡慕他们，我会心平气和，因为我的每一分钱，都是靠我自己的劳动赚来的，我问心无愧。

附录

一、大事记

1. 郑一鸣在美军服役期间的大事时间表

2003年7月3日	参加美国海军，进入伊利诺伊州的新兵训练营。
2003年10月9日	新兵训练营毕业，前往佛罗里达州海军教育中心接受专业培训。
2003年11月19日	专业培训结束，回家探亲。
2003年12月3日	飞往加利福尼亚州奥克斯纳德市穆古海军基地报到，加入VAW-112金鹰E-2C预警机飞行队。
2004年2月	调入航线屋学做E-2C飞机的飞机维护长。
2004年4月	第一次登上卡尔·文森号航空母舰并参加海上训练。
2004年6月	考试通过，获飞机维护长正式资格。
2005年1月	乘卡尔·文森号航空母舰第一次赴波斯湾参加对伊拉克和阿富汗的战争。
2005年7月	第一次出海打仗结束，乘卡尔·文森号航空母舰回到美国东海岸的诺福克港。
2005年9月	第一次登上斯坦尼斯号航空母舰。
2005年12月	荣获"年度最佳飞机维护长"称号。
2006年6月	进入E-2C飞机发动机维修车间成为飞行机械师。
2007年1月	乘斯坦尼斯号航空母舰第二次赴波斯湾参加对伊拉克和阿富汗的战争。
2007年5月	荣获全航母"最优秀水兵"称号，会见航母舰长并亲手驾驶航空母舰。
2007年7月3日	在战区与美国海军签订第二个四年服现役合同。
2007年8月	第二次出海打仗结束，乘斯坦尼斯号航空母舰回到美国西海岸圣迭戈北岛港。
2007年12月	与当地白人姑娘结婚。
2008年6月	调入加州勒穆尔海军基地担任F-18战斗轰炸机发动机维修机械师。
2010年4月	宣誓加入美国国籍。
2011年7月3日	退出美军现役，转入美军后备役。

2. 2005年卡尔·文森号航空母舰出海大事记

2005年1月13日	离开母港布雷默顿。
2005年1月16—31日	出发前考核及军事演习。
2005年2月1日	离开圣迭戈港经太平洋前往波斯湾。
2005年2月21日	到达关岛访问休整。
2005年3月6日	到达新加坡访问休整。
2005年3月19日	到达波斯湾，替换杜鲁门号航母，开始对伊拉克和阿富汗的军事行动。
2005年5月2日	两架F-18飞机空中相撞，两名海军陆战队飞行员牺牲。
2005年3—6月	多次停靠迪拜港和巴林港访问休整。
2005年6月30日	完成战斗任务，离开波斯湾经大西洋回国。
2005年7月8日	通过苏伊士运河。
2005年7月11日	到达希腊访问休整。
2005年7月20日	到达葡萄牙访问休整
2005年7月31日	回到诺佛克港。

3. 2007年约翰·斯坦尼斯号航空母舰出海大事记

2007年1月16日	离开母港布雷默顿。
2007年1月20日	离开圣迭戈北岛港经太平洋前往波斯湾。
2007年1月22日	在太平洋上展开为期4天的出发前考核。
2007年2月4日	在关岛地区举行战斗演习。
2007年2月19日	到达波斯湾，开始对伊拉克和阿富汗的军事行动。
2007年3月20日	一架海军陆战队F-18飞机失事坠海，飞行员获救。
2007年5月11日	美国副总统切尼登上航母讲话，警告伊朗。
2007年2—7月	多次停靠迪拜港和巴林港访问休整。
2007年7月11日	完成战斗任务，离开波斯湾经太平洋回国。
2007年7月19日	到达新加坡访问休整。
2007年7月28日	到达香港访问休整。
2007年8月7—14日	汇同三个航母打击群在关岛地区举行战斗演习。
2007年8月20日	到达夏威夷港访问休整，并接载军人家属开始"老虎巡航"。
2007年8月27日	到达圣迭戈北岛港。
2007年8月31日	回到布雷默顿港。

二、美国海军军官军衔图表

工资等级	O-10		O-9	O-8	O-7	O-6	O-5	O-4	O-3	O-2	O-1
军衔符号											
军衔（中文）	五星上将①（Fleet Admiral）	上将（Admiral）	中将（Vice Admiral）	少将（Rear Admiral [Upper Half]）	准将（Rear Admiral [Lower Half]）	上校（Captain）	中校（Commander）	少校（Lieutenant Commander）	上尉（Lieutenant）	中尉（Lieutenant, Junior Grade）	少尉（Ensign）
简称	FADM	ADM	VADM	RADM	RDML	CAPT	CDR	LCDR	LT	LTJG	ENS
北约代号	OF-10	OF-9	OF-8	OF-7	OF-6	OF-5	OF-4	OF-3	OF-2	OF-1	

① 战时军衔

三、美国海军八个分队的职业军官军衔图表

分队	医疗部队	牙医部队	护士部队	医务部队	牧师部队（基督教）	牧师部队（犹太教）	牧师部队（伊斯兰教）	补给部队	土木工程师部队	军法处长部队
佩章										
编码①	210X	220X	290X	230X	410X	410X	410X	310X	510X	250X

① 各编码表示其所属群组或职业。最后一位（第四个）数字X代表该军官是：现役军人（0）、后备军人（5），或全职支援（7）

四、2007年美国海军航空兵第九飞行大队编制组成图

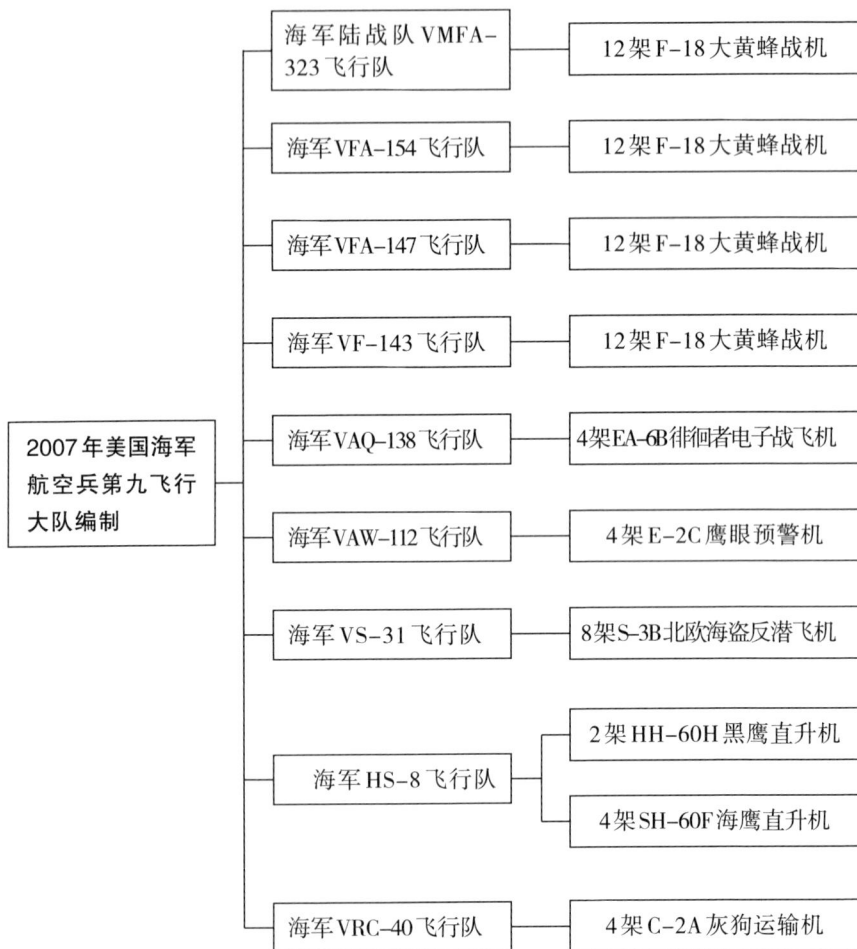

```
                                    ┌──────────────────────┐      ┌──────────────────────┐
                                    │ 海军陆战队VMFA-        │──────│ 12架F-18大黄蜂战机    │
                                    │ 323飞行队             │      └──────────────────────┘
                                    └──────────────────────┘
                                    ┌──────────────────────┐      ┌──────────────────────┐
                                    │ 海军VFA-154飞行队      │──────│ 12架F-18大黄蜂战机    │
                                    └──────────────────────┘      └──────────────────────┘
                                    ┌──────────────────────┐      ┌──────────────────────┐
                                    │ 海军VFA-147飞行队      │──────│ 12架F-18大黄蜂战机    │
                                    └──────────────────────┘      └──────────────────────┘
                                    ┌──────────────────────┐      ┌──────────────────────┐
                                    │ 海军VF-143飞行队       │──────│ 12架F-18大黄蜂战机    │
                                    └──────────────────────┘      └──────────────────────┘
  ┌──────────────┐                  ┌──────────────────────┐      ┌──────────────────────────┐
  │ 2007年美国海军 │                  │ 海军VAQ-138飞行队      │──────│ 4架EA-6B徘徊者电子战飞机   │
  │ 航空兵第九飞行  │─────────────────│                      │      └──────────────────────────┘
  │ 大队编制      │                  └──────────────────────┘      ┌──────────────────────┐
  └──────────────┘                  ┌──────────────────────┐      │ 4架E-2C鹰眼预警机     │
                                    │ 海军VAW-112飞行队      │──────└──────────────────────┘
                                    └──────────────────────┘      ┌──────────────────────────┐
                                    ┌──────────────────────┐      │ 8架S-3B北欧海盗反潜飞机    │
                                    │ 海军VS-31飞行队        │──────└──────────────────────────┘
                                    └──────────────────────┘      ┌──────────────────────┐
                                    ┌──────────────────────┐      │ 2架HH-60H黑鹰直升机   │
                                    │ 海军HS-8飞行队         │──────└──────────────────────┘
                                    │                      │      ┌──────────────────────┐
                                    └──────────────────────┘      │ 4架SH-60F海鹰直升机   │
                                    ┌──────────────────────┐      └──────────────────────┘
                                    │ 海军VRC-40飞行队       │──────┌──────────────────────┐
                                    └──────────────────────┘      │ 4架C-2A灰狗运输机     │
                                                                  └──────────────────────┘
```

五、航母甲板各工种及其头盔和工作服颜色一览表

工种	头盔颜色	工作服/救生背心颜色	救生背心上的文字(胸/背)
飞机移动和轮挡员	蓝	蓝	本人编号
飞机移动和起飞操纵员	黄	黄	职衔、本人编号
拦阻装置操作员	绿	绿	A
航空燃料员	紫	紫	F
货物装卸员	白	绿	供给/邮政
飞机弹射官	绿	黄	本人职衔
弹射器操纵员	绿	绿	C
弹射器安全观察员	绿	红	本人职衔
飞机失事救护员	红	红	失事/救护
升降机操作员	白	蓝	E
爆炸物处理员	红	红	黑色EOD
支援设备故障排除员	绿	绿	GSE
直升机降落信号兵	红	绿	H
直升机飞行器材检查员	红	褐	H
解钩兵	绿	绿	A
飞机降落指挥官	无	白	LOS
外场机械军士长	绿	褐	中队符号和Maint-COP
维修军士长	绿	绿	中队符号和Maint-COP
质量检查军士长	褐	绿	中队符号和QA
飞机检修军士长	绿	绿	黑白交替图案和中队符号
液氧员	白	白	LOX
维修人员	绿	绿	黑色条带和中队符号
医务人员	白	白	红十字
传令员	白	蓝	T
军械员	红	红	黑色条带和中队符号
摄影师	绿	绿	P
飞行器材检查员	褐	褐	中队符号
安全员	白	白	安全
垂直补给协调员	白	绿	补给协调
牵引车司机	蓝	蓝	牵引车
转移军官	白	白	转移军官

六、美国海军现役航母一览表

级别	舰号	名称	入役时间	母港
尼米兹级	CVN–68	尼米兹号（尼米兹级首舰）	1975年服役	华盛顿州埃弗里特（Everett，WA）
	CVN–69	艾森豪威尔号	1977年服役	弗吉尼亚州诺福克（Norfolk，VA）
	CVN–70	卡尔文森号	1981年服役	华盛顿州布雷默顿（Bremerton，WA）
	CVN–71	罗斯福号	1986年服役	弗吉尼亚州诺福克（Norfolk，VA）
	CVN–72	林肯号	1989年服役	弗吉尼亚州诺福克（Norfolk，VA）
	CVN–73	华盛顿号	1992年服役	日本横须贺美国海军基地（Naval Base in Yokosuka，Japan）
	CVN–74	斯坦尼斯号	1995年服役	华盛顿州布雷默顿（Bremerton，WA）
	CVN–75	杜鲁门号	1998年服役	弗吉尼亚州诺福克（Norfolk，VA）
	CVN–76	里根号	2003年服役	加利福尼亚州圣迭戈（San Diego，CA）
	CVN–77	布什号	2009年服役	弗吉尼亚州诺福克（Norfolk，VA）

（代）跋　向老兵致敬

　　我爸是在朝鲜战争后期参军的。因为他是学生兵，有文化，入伍就是干部。他们一行十多人从四川走到东北去报到，一路上大家都担心，不知道现代战争怎么指挥，美国鬼子好不好打，结果大部分人找了各种门路和理由都溜掉了，只有我爸和另一个人最后参加了志愿军。他们坐船刚到朝鲜，中美就签订了停战协议。上级命令他们立即回国加入海军，于是他成为了中国海军导弹部队里最早的成员之一。虽然我爸实际上只有大专学历，可是在当时的军中，他就已经算高级知识分子了。现在成群的硕士、博士找不到工作，在那时是无法想象的事情。几十年后我想起来还是觉得惊讶，一群手提步枪、吃着炒面、基本上全是文盲的农民军队，居然跟世界上最强大的美军打了一个平手还略占优势，无论怎么说都是奇迹。

　　随后的20年，我爸的大部分时间都是在山东青岛和辽宁葫芦岛的海军基地里做岸防导弹科研，也去过新疆、青海、广东等地。我妈那时在西安工作，坐火车到青岛去跟他结了婚。我看过他当时的照片，身穿海军军官的军服，非常帅也非常有型，我妈能看上他不是没有原因的。他当时的工资也挺高，给我买了一台国产第一批的电子管收音机。我经常爬到收音机后面去找，不知道播音员阿姨是从哪里钻进去的。他还花5元钱给我买了一把玩具手枪，是当时最贵最好的，那也是我向小伙伴们炫耀的资本。

　　"文革"中不知道来了一个什么运动，让大批官兵复员，我爸也被踢出部队，回到农村种地。我爸老实听话，跑到西安拉我妈跟他回乡当农民。我妈坚决不同意，说那样的话两个孩子就完了。其后1年半我爸就是盲流，没有户口、没有工作、没有钱，也没有粮票。为了填饱肚子，我妈用1斤粮票换5斤红薯，天天顿顿都是它，吃得我满嘴长泡拉不出屎来。我妈每天晚上抱着我哭，说我们明天就要上街要饭去了。我爸压力巨大，整天不说话，有一天突然无故晕倒，我妈喊了他很久才把他叫醒。我写到美国大兵服役20年就可以拿终生养老金时不由地感叹，美国之所以强盛，与它善待为国拼过命的人有关。我也非常感谢我妈当年的坚持，她只要后退一步，我今天也许就是四处打工的苦力了。那些农民工不是不聪明，也不是不勤快，他们只是没有机会。在美国你只要肯去当兵，政府就给你上大学的学费。一个健康的社会应该给所有愿意努力的人提供尽可能多的上升机会。

后来政府终于同意我爸转业进我妈的工作单位，随后我们全家被下放到陕南、陕北的几处穷乡僻壤。那里没有电灯，每天夜里我们就在昏暗的煤油灯下，听我爸一遍又一遍地讲他们试验"海鹰"导弹的故事，想象着那两个阳光明媚的天堂——青岛、葫芦岛。我爸因为资格老，下放时被安排做一个小官，可是上级来视察时，别人都是报喜不报忧，只有他总说实话，把问题、困难全翻出来。领导也是人，谁不喜欢听好话？所以他总混不出名堂来。

改革开放后，大家升官的升官、发财的发财，我爸这样的人，当然什么也捞不到，在一个闲职上干到退休。我有我爸的基因，又没有任何关系，也是混得穷困潦倒。在我最艰难的时刻，我爸不仅没有找门路求人去帮我，反而时常写信来教育我，让我到最艰苦的地方去，到最需要的地方去。他们这些人，一生都是这样，可以说是愚忠傻孝，也可以说是忠诚坚忍。他们有他们的情怀，超出了我们许多人可以理解的范围。

我出国时，我爸其实是不赞同的，可是他也明白我的无奈。我站稳脚跟后，接他来美国玩。在华盛顿朝鲜战争纪念碑前，他脸色严峻，久久不语。在纽约哈德逊河上遥望曼哈顿时，他认为只要再有几十年和平，中国的建设不会比美国差。他对美国印象最深的是管理井井有条，总说我们要学习。他不愿去看码头上展示的美国航母，他说要看就看我们中国的军舰。

再一次见到我爸时，他已经病入膏肓，有再多的钱、再好的医院也来不及了。那时候他已经开始糊涂，我在病房陪他，他总是半夜爬起来往外跑，嘴里不停地唠叨着："青岛来人了！葫芦岛来人了！"直到生命的尽头，他仍然魂牵梦绕着他奉献了整个青春的青岛、葫芦岛。

我一直想写点什么纪念我爸，可是他既不是出身名门贵族，也没有做出惊天伟业，他像我们周围千千万万的老百姓一样，悄悄地出生，默默地工作，静静地离去，我实在不知道从哪里下笔。我爸去世三个月后，我遇到了一鸣。他在美国海军中当兵八年，刚从航空母舰下来。我跟他商量几句，当即决定把他的航母经历写成书，也算帮我爸圆一个梦。我要把这本书供奉到我爸的墓前，我还要告诉他，爸，咱们国家也有航空母舰了，很强大很威武，它的名字来自你长期工作的省份，叫作"辽宁"，它的母港也是你永远无法忘怀的地方，青岛。

海　攀

2013年3月12日

出版后记

　　军事专家指出，转向关注天空和海洋已成为当代世界军事发展的一大趋势，而航母作为联结天空与海洋的载体，得到世界上越来越多国家的重视。随着2012年9月25日辽宁号航母正式交付中国人民解放军海军，公众对航母的热情也在逐渐高涨，这从"航母style"的全国范围内的走红程度就可见一斑。我们此次出版《我在美军航母上的8年》一书，希望能为国内公众打开了一扇便捷准确地了解关于航母各类细节的窗口。

　　本书是一部关于美军航母舰载航空兵的招收、训练、战斗及生活的文献性记录。与其他的军事类书籍不同，本书介绍了美军的航母战略却没有生硬地照搬政策，描写了美军航母和舰载机上的各种装备设施却没有堆砌琐碎的数据，述说了航母打击群的紧张严密的战场运作情况却没有腥风血雨的渲染。本书文风质朴无华，最大限度地保留了口述的特点，通过文字向读者真实再现了美军舰载航空兵在八年军旅生涯中的所见所闻。

　　除军事类信息之外，本书也是对一名来自中国的普通大兵在美军服役期间心路历程的记录，真实而不浮夸。口述者一鸣通过八年军事训练和战争的磨砺，从胆小怯懦、学习成绩总是垫底的差生蜕变成为自信成熟、能够独当一面的全航母最优秀水兵。正是这段独特经历带来的感受和体悟让一鸣对"成功"的定义有了更深切的认识，希望自己的故事能够带给读者更多的正能量，让大家用更乐观、更积极的态度面对人生中的逆境和挫折。

　　感谢海攀先生对我们的信任，将本书交由后浪出版公司出版，感谢尹卓将军、戴旭大校、宋晓军评论员为本书的作序或推荐；特别要感谢的是张力老师为本书所做的大量工作。

服务热线：133-6631-2326　188-1142-1266
服务信箱：reader@hinabook.com

图书在版编目（CIP）数据

我在美军航母上的8年 / 海攀，(美) 一鸣著. -- 天
津：天津人民出版社，2018.2（2022.3重印）
ISBN 978-7-201-12711-8

Ⅰ.①我…　Ⅱ.①海…②一…　Ⅲ.①长篇小说—中
国—当代 Ⅳ.①I247.5

中国版本图书馆CIP数据核字（2017）第297019号

本书中文版权归属银杏树下(北京)图书有限责任公司。

我在美军航母上的8年
WO ZAI MEIJUN HANGMU SHANG DE 8 NIAN

出　　版	天津人民出版社	出 版 人	刘　庆
地　　址	天津市和平区西康路35号康岳大厦	邮政编码	300051
邮购电话	（022）23332469	电子信箱	reader@tjrmcbs.com
出版统筹	吴兴元	编辑统筹	张　鹏
责任编辑	金晓芸	特约编辑	林立扬　韩贵骐
营销推广	ONEBOOK	装帧制造	墨白空间·张静涵
印　　刷	北京天宇万达印刷有限公司	经　销	新华书店经销
开　　本	690毫米×960毫米　1/16	印　张	21　插页4
字　　数	301千字		
版次印次	2018年2月第1版　2022年3月第7次印刷		
定　　价	49.80 元		

后浪出版咨询(北京)有限责任公司　版权所有，侵权必究
投诉信箱：copyright@hinabook.com　fawu@hinabook.com
未经许可，不得以任何方式复制或者抄袭本书部分或全部内容
本书若有印、装质量问题，请与本公司联系调换，电话010-64072833